Engelsstimme

© Ralf Baumgarten

ARNALDUR INDRIÐASON, Jahrgang 1961, war Journalist und Filmkritiker bei Islands größter Tageszeitung. Heute lebt er als freier Autor in Reykjavík und veröffentlicht mit sensationellem Erfolg seine Romane. Als einziger Kriminalautor in Nordeuropa hat er zweimal hintereinander den gegehrten »Nordic Crime Novel's Award« erhalten. Seine Krimis belegen allesamt seit Jahren die obersten Ränge der Bestsellerlisten auf Island und lassen selbst *Harry Potter* hinter sich. Und das in einem Land, in dem es im Schnitt nur vier Mordfälle pro Jahr gibt!

ARNALDUR
INDRIÐASON

ENGELS-STIMME

Island-Krimi

Aus dem Isländischen von Coletta Bürling

Weltbild

Die isländische Originalausgabe erschien unter dem Titel
Röddin bei Vaka-Helgafell, Reykjavík

Vorbemerkung: In Island duzt heutzutage jeder jeden. Man redet sich nur mit dem Vornamen an. Dies wurde bei der Übersetzung beibehalten.

Besuchen Sie uns im Internet:
www.weltbild.de

Genehmigte Lizenzausgabe für Verlagsgruppe Weltbild GmbH,
Steinerne Furt, 86167 Augsburg

Übersetzung: Coletta Bürling
Umschlaggestaltung: Jarzina Kommunikations-Design, Köln
Umschlagmotiv: © Hubert Stadler / Corbis, Düsseldorf
Gesamtherstellung: Freiburger Graphische Betriebe GmbH & Co.KG,
Bebelstraße 11, 79108 Freiburg
Printed in Germany
ISBN 3-8289-7791-x

2008 2007 2006 2005
Die letzte Jahreszahl gibt die aktuelle Lizenzausgabe an.

Weh mir, wo nehm ich, wenn
Es Winter ist, die Blumen und wo
Den Sonnenschein,
Und Schatten der Erde?
Die Mauern stehn
Sprachlos und kalt, im Winde
Klirren die Fahnen.

Aus HÄLFTE DES LEBENS von Friedrich Hölderlin

Endlich war der Augenblick gekommen. Der Vorhang ging hoch, der Saal lag vor ihm. Es war ein wunderbares Gefühl, von all diesen Leuten angeblickt zu werden, und seine Schüchternheit verflog im Nu. Er sah einige seiner Schulkameraden und Lehrer, und sogar der Rektor war anwesend, der ihm wohlwollend zuzunicken schien. Aber sonst kannte er nur wenige. All diese Leute hatten sich eingefunden, um ihn zu hören, seine schöne Stimme zu hören, die auch im Ausland bereits Aufsehen erregt hatte.

Das Summen im Saal verstummte allmählich, und aller Augen waren in schweigender Erwartung auf ihn gerichtet. Er sah seinen Vater in der Mitte der ersten Reihe mit übereinander geschlagenen Beinen sitzen, sah seine dicke, schwarze Hornbrille und auf dem Knie den Hut liegen. Er sah, dass er das Opernglas auf ihn gerichtet hatte und ihm aufmunternd zulächelte, das hier war für sie beide die große Stunde in ihrem Leben. Von jetzt an würde nichts mehr so sein wie früher.

Der Chordirigent hob die Hände. Schweigen senkte sich über den Saal.

Und er begann zu singen, mit dieser reinen, schönen Stimme, von der sein Vater sagte, es sei eine Engelsstimme.

Erster Tag

Eins

Elínborg wartete im Hotel auf sie.

Ein großer Weihnachtsbaum stand im Foyer, und die Halle war mit Tannenzweigen und glitzernden Kugeln weihnachtlich geschmückt. *Holder Knabe im lockigen Haar* erklang aus einer unsichtbaren Lautsprecheranlage. Große Reisebusse standen vor dem Eingang, und die Menschen strömten in die Rezeption. Ausländer, die Weihnachten und Neujahr in Island verbringen wollten, weil in ihren Augen Island Abenteuer und Spannung versprach. Sie waren gerade erst gelandet, aber trotzdem hatten sich einige bereits die typischen Islandpullover gekauft. Man trug sich eifrig als Gast in diesem fremden Winterland ein. Erlendur klopfte sich den nassen Schnee vom Mantel. Sigurður Óli ließ die Blicke über das Foyer schweifen und entdeckte Elínborg bei den Aufzügen. Er stieß Erlendur an, und sie gingen zu ihr hinüber. Sie hatte den Schauplatz bereits in Augenschein genommen. Die Polizisten, die zuerst eingetroffen waren, hatten dafür gesorgt, dass nichts angerührt wurde.

Der Hotelmanager bat händeringend darum, nicht überzureagieren. Das Wort hatte er verwendet, als er anrief. Dies war ein Hotel, und Hotels lebten von ihrer Reputation, und er bat sie, Rücksicht darauf zu nehmen. Deswegen gab es draußen keine Sirenen, und es gab auch keine uniformierten Polizisten, die durch die Halle stürmten und Leute anrempelten. Der Hotelmanager erklärte, dass die Gäste des Hotels unter gar keinen Umständen in irgendeiner Weise beunruhigt werden dürften.

Island durfte nicht *zu* spannend und abenteuerlich sein.

Jetzt stand der Hotelmanager an der Seite von Elínborg und gab Erlendur und Sigurður Óli die Hand. Der Mann war so fett, dass er kaum in seinen Anzug passte. Das Jackett war über dem Bauch mit einem Knopf zugeknöpft, der sicher nicht mehr lange halten würde. Der Hosenbund verschwand unter dem enormen Bauch, der aus dem Jackett quoll, und der Mann schwitzte so stark, dass er das große, weiße Taschentuch, mit dem er sich in regelmäßigen Abständen Stirn und Nacken abwischte, kaum wegstecken konnte. Der weiße Hemdkragen war schon schweißnass. Erlendur drückte seine feuchte Hand.

»Vielen Dank«, erklärte der Hotelmanager und blies vor lauter Besorgnis wie ein Wal. Er hatte das Hotel fast zwanzig Jahre lang geleitet, aber so etwas war ihm noch nie untergekommen.

»Und das mitten im Weihnachtsbetrieb«, stöhnte er. »Ich begreife nicht, wie so etwas passieren kann. Wie kann so etwas passieren?«, wiederholte er, und ihnen entging nicht, dass ihn die Situation völlig überforderte.

»Ist er unten oder oben?«, fragte Erlendur.

»Unten oder oben?«, schnaufte der fette Hotelmanager. »Meinst du etwa, ob er zum Himmel gefahren ist?«

»Tja«, sagte Erlendur. »Das müssen wir wohl unbedingt in Erfahrung bringen.«

»Nehmen wir den Aufzug nach oben?«, fragte Sigurður Óli.

»Nein«, erwiderte der Hotelmanager, der sich auf den Arm genommen fühlte und Erlendur anstarrte. »Er ist hier unten im Keller. Hat da ein kleines Zimmer. Wir haben ihn nicht rauswerfen mögen. Und das ist dann der Dank dafür.«

»Warum wolltet ihr ihn denn rauswerfen?«, fragte Elínborg.
Der Hotelmanager sah sie an, ohne zu antworten.
Sie begaben sich langsam auf der Treppe neben dem Aufzug nach unten. Der Hotelmanager ging voran. Sogar treppabwärts waren die Stufen eine Anstrengung für ihn, und Erlendur überlegte, wie er da wohl wieder hochkommen würde.
Sie hatten sich damit einverstanden erklärt, möglichst rücksichtsvoll vorzugehen, nur Erlendur hatte nichts gesagt. Sie wollten wenigstens versuchen, so diskret wie möglich zu arbeiten. Drei Polizeiautos und ein Krankenwagen standen hinter dem Hotel. Polizei und Krankenwagenbesatzung waren zum Hintereingang hereingekommen. Der Amtsarzt war unterwegs. Er würde den Totenschein ausstellen und den Leichenwagen anfordern.
Sie gingen einen langen Gang entlang, Schritt für Schritt hinter dem schnaufenden Wal her. Uniformierte Polizisten grüßten sie. Je weiter sie nach hinten kamen, desto dunkler wurde der Gang, weil die Birnen an der Decke den Geist aufgegeben hatten und sich offenbar niemand die Mühe gemacht hatte, sie auszuwechseln. Schließlich kamen sie in der Finsternis an eine Tür, die halb offen stand und den Blick in einen kleinen Raum freigab. Der glich eher einer Abstellkammer als einer menschlichen Behausung, aber enthielt immerhin ein schmales Bett und einen kleinen Schreibtisch. Auf den dreckigen Fliesen lag ein abgewetzter Bettvorleger, oben, knapp unterhalb der Decke, war ein kleines Fenster.
Der Mann saß mit dem Rücken an die Wand gelehnt im Bett. Er trug ein knallrotes Weihnachtsmannkostüm mit entsprechender Mütze, die ihm ins Gesicht gerutscht war. Der weiße Weihnachtsmann-Rauschebart verdeckte den Rest des Gesichts. Die Schnalle des breiten Gürtels war

über dem Bauch gelöst worden, und die Jacke war aufgeknöpft. Darunter trug er nichts weiter als ein weißes Unterhemd. Über dem Herzen war eine tödliche Stichwunde. Am Bauch waren noch weitere Verletzungen, aber der Stich ins Herz war der tödliche gewesen. Seine Hände wiesen ebenfalls Stichwunden auf, als hätte er versucht, den Angriff abzuwehren.

Die Hosen waren heruntergelassen. An seinem Glied hing ein Kondom.

»Morgen kommt der Weihnachtsmann«, trällerte Sigurður Óli und schaute auf die Leiche hinunter.

Elínborg brachte ihn mit einem »Psst» zum Schweigen.

Im Zimmer gab es noch einen kleinen Kleiderschrank. Der stand offen, und man sah zusammengefaltete Hosen und Pullover, gebügelte Hemden und Socken. Die Livree hing auf einem Bügel, dunkelblau mit goldenen Epauletten und glänzenden Messingknöpfen. Neben dem Schrank standen blank geputzte Lederschuhe.

Zeitungen und Zeitschriften stapelten sich auf dem Fußboden. Neben dem schmalen Bett stand ein Nachttisch mit einer Lampe. Auf dem Nachttisch lag ein Buch: *A History of the Vienna Boys' Choir*.

»Hat dieser Mann hier gewohnt?«, fragte Erlendur und blickte sich um. Elínborg und er hatten sich in das Zimmer hineingezwängt, Sigurður Óli und der Hotelmanager standen draußen. Für alle war drinnen kein Platz.

»Wir haben ihm gestattet, sich hier einzurichten«, sagte der Hotelmanager verlegen und wischte sich erneut den Schweiß von der Stirn. »Er arbeitete schon seit langem bei uns, war schon da, als ich kam. Er war Portier.«

»Stand die Tür offen, als man ihn gefunden hat?«, fragte Sigurður Óli und versuchte amtlich zu klingen, um den Ausrutscher von vorhin wieder wettzumachen.

»Ich habe sie gebeten, auf euch zu warten«, erklärte der

Hotelmanager. »Das Mädchen, das ihn gefunden hat. Sie ist in der Kantine für die Hotelangestellten. Das arme Ding steht unter Schock, das könnt ihr euch sicher vorstellen.«

Der Hotelmanager vermied es, in das Zimmer zu blicken.

Erlendur trat zu der Leiche und untersuchte die Herzwunde. Er konnte sich nicht vorstellen, mit was für einem Messer der Mann getötet worden war. Er blickte hoch. Über dem Bett hing ein altes, vergilbtes Kinoplakat mit Shirley Temple, das an den Ecken mit Tesafilm angeklebt worden war. Erlendur kannte den Film nicht. Er hieß *The Little Princess*. Das Plakat war der einzige Schmuck, den es im Zimmer gab.

»Wer ist denn das?«, fragte Sigurður Óli, der an der Tür stand und das Plakat betrachtete.

»Das steht doch da«, sagte Erlendur. »Shirley Temple.«

»Wer war das noch? Lebt sie noch?«

»Wer war Shirley Temple?«, wiederholte Elínborg. »Weißt du wirklich nicht, wer sie war? Du hast doch angeblich in Amerika studiert.«

»War sie ein Hollywoodstar?«, fragte Sigurður Óli und schaute immer noch auf das Plakat.

»Sie war ein Kinderstar«, sagte Erlendur mürrisch. »So gesehen ist sie also schon lange tot, ob sie nun noch am Leben ist oder nicht.«

»Aha«, gab Sigurður Óli von sich, der mit dem Gesagten rein gar nichts anzufangen wusste.

»Ein Kinderstar«, sagte Elínborg. »Wenn ich mich nicht täusche, lebt sie noch. Ich erinnere mich nicht so genau. Ich glaube, sie arbeitet im Auftrag der Vereinten Nationen.«

Erlendur fiel auf, dass es keine weiteren persönlichen Gegenstände in dem Zimmer gab. Er sah sich um, nirgends ein Buchregal oder CDs, kein Computer, kein Radio und kein Fernseher. Nur ein Schreibtisch, ein Stuhl neben dem Bett und eben das Bett mit einem zerwühlten Kopfkissen und einem schmutzigen Bettbezug. Der winzige Raum erinnerte ihn an eine Gefängniszelle.

Er trat auf den Gang hinaus und spähte in die Dunkelheit. Er glaubte, einen schwachen Rauchgeruch wahrzunehmen, so als hätte jemand mit Streichhölzern herumhantiert, um sich Licht zu verschaffen.

»Was gibt es da hinten sonst noch?«, wandte er sich an den Hotelmanager.

»Nichts«, erwiderte der und schaute zur Decke. »Nur das Ende des Gangs. Da fehlen ein paar Birnen, ich lass das in Ordnung bringen.«

»Wie lange hat der Mann hier gelebt?«, fragte Erlendur und ging in das Zimmer zurück.

»Ich weiß es nicht, das war vor meiner Zeit.«

»War er schon hier, als du Hotelmanager wurdest?«

»Ja.«

»Willst du mir damit sagen, dass er in diesem Kabuff mehr als zwanzig Jahre gelebt hat?«

»Ja.«

Elínborg betrachtete das Kondom.

»Auf jeden Fall hat er sich an Safersex gehalten«, erklärte sie.

»Nicht safe genug«, meinte Sigurður Óli.

In diesem Augenblick erschien der Amtsarzt im Gefolge eines Hotelangestellten, der sofort wieder Richtung Treppe verschwand. Der Arzt war ziemlich korpulent, konnte es aber keinesfalls mit dem Hotelmanager aufnehmen. Als er sich in das Zimmer zwängte, wurde es Elínborg zu eng und sie schlüpfte rasch hinaus.

»Hallo Erlendur«, sagte der Amtsarzt.

»Na, was meinst du dazu?«, fragte Erlendur.

»Herzstillstand? Aber ich muss mir das noch näher anschauen«, erklärte der Amtsarzt, der für seinen merkwürdigen Humor bekannt war.

Erlendur schaute Elínborg und Sigurður Óli an, die breit grinsten.
»Hast du eine Ahnung, wann das passiert sein könnte?«, fragte Erlendur.
»Lange kann es nicht her sein. Irgendwann in den letzten zwei Stunden. Er ist noch warm. Was ist mit den Rentieren, habt ihr die auch gefunden?«
Erlendur stöhnte.
Der Amtsarzt nahm die eine Hand von der Leiche.
»Ich stelle euch den Wisch aus«, sagte der Arzt. »Ihr schickt ihn dann ins Leichenschauhaus, und die öffnen ihn da. Ich habe gehört, dass ein Orgasmus Ähnlichkeit mit dem Sterben haben soll«, fügte er hinzu und schaute auf die Leiche herunter. »Er hat's also doppelt bekommen.«
»Doppelt bekommen?« Erlendur begriff ihn nicht.
»Einen doppelten Orgasmus«, sagte der Arzt. »Ihr fotografiert das alles, nicht wahr?«
»Natürlich«, sagte Erlendur.
»Die Fotos werden sich prima in seinem Familienalbum machen.«
»Ich habe nicht den Eindruck, dass er Familie hat«, entgegnete Erlendur und blickte sich um. »Bist du dann einstweilen fertig?«, fragte er, langsam hatte er genug von dieser Art von Humor.
Der Amtsarzt nickte, zwängte sich wieder auf den Gang und verschwand.
»Müssen wir nicht das Hotel schließen?«, fragte Elínborg und sah, wie der Hotelmanager nach Luft schnappte. »Damit hier niemand raus- oder reinkommen kann. Alle Gäste verhören und alle Angestellten? Den Flugplatz dichtmachen. Den internationalen Schiffsverkehr ...«
»Um Himmels willen«, stöhnte der Hotelmanager, knüllte sein Taschentuch zusammen und schaute beschwörend auf Erlendur. »Das ist doch bloß ein Portier!«

Maria und Josef hätten hier nie eine Herberge bekommen, dachte Erlendur.

»Diese ... diese ekelhafte Angelegenheit hat nichts mit meinen Gästen zu tun«, rief der Hotelmanager und bekam vor Empörung kaum Luft. »Das sind zum größten Teil ausländische Touristen oder Isländer aus anderen Landesteilen, vermögende Leute, die Reedereien und dergleichen besitzen. Keiner von denen hat irgendwas mit diesem Portier zu tun. Keiner! Dies ist das zweitgrößte Hotel in Reykjavík, und über die Feiertage ist es voll bis unters Dach. Ihr könnt mir hier nicht dichtmachen! Das könnt ihr einfach nicht machen!«

»Wir könnten schon, aber wir werden es nicht tun«, sagte Erlendur beschwichtigend. »Wir müssen vielleicht den einen oder anderen Hotelgast vernehmen, und den größten Teil des Personals, denke ich.«

»Gott sei Dank«, stöhnte der Hotelmanager und schien sich wieder zu beruhigen.

»Wie hieß der Mann?«

»Guðlaugur«, sagte der Hotelmanager. »Ich glaube, er ist so um die fünfzig. Und du hast wohl Recht, was seine Familie angeht. Ich glaube, er hat keine.«

»Wer hat ihn hier besucht?«

»Ich habe keine Ahnung«, schnaufte der Hotelmanager.

»Ist hier im Hotel vielleicht irgendetwas Ungewöhnliches vorgefallen, was mit diesem Mann in Verbindung stand?«

»Nein.«

»Diebstahl?«

»Nein, hier ist gar nichts vorgefallen.«

»Beschwerden?«

»Nein.«

»Er war nicht in irgendwas verwickelt, was das hier erklären könnte?«

»Nicht, dass ich wüsste.«

»Gibt es jemanden im Hotel, mit dem er nicht gut auskam?«
»Mir ist nichts dergleichen bekannt.«
»Vielleicht außerhalb des Hotels?«
»Ich weiß von nichts, aber ich kenne ihn auch nicht besonders gut. Kannte …«, korrigierte sich der Hotelmanager.
»Nicht einmal nach zwanzig Jahren?«
»Nein, eigentlich nicht. Er hatte nicht viel für andere Menschen übrig, glaube ich. Er lebte ziemlich für sich.«
»Glaubst du, dass ein Hotel der richtige Ort für solche Menschen ist?«
»Ich? Ich weiß ni… Er war immer äußerst höflich, und es hat sich nie jemand über ihn beschwert. So gesehen.«
»So gesehen?«
»Nein, es hat sich nie jemand über ihn beschwert. Er war im Grunde genommen ganz gut in seinem Job.«
»Wo ist die Kantine, von der du gesprochen hast?«, fragte Erlendur.
»Ich bringe dich hin.« Der Hotelmanager wischte sich den Schweiß von der Stirn und war offensichtlich erleichtert, dass sie das Hotel nicht schließen wollten.
»Hat er häufig Besuch gehabt?«
»Was?«, sagte der Hotelmanager.
»Besuch«, wiederholte Erlendur. »Hier muss doch jemand bei ihm gewesen sein, den er gekannt hat. Hast du nicht den Eindruck?«
Der Hotelmanager schaute auf die Leiche, und sein Blick blieb an dem Kondom hängen.
»Ich habe keine Ahnung, was er für Freundinnen hatte.«
»Du weißt nicht gerade viel über diesen Mann«, sagte Erlendur.
»Er ist Portier hier«, sagte der Hotelmanager. Er war offensichtlich der Meinung, dass Erlendur sich mit dieser Erklärung zufrieden geben könnte.

Sie verließen den Raum. Die Leute von der Spurensicherung rückten mit ihren Geräten und Apparaten an, und ihnen folgten weitere Polizisten. Es war nicht ganz einfach, sich an dem Hotelmanager vorbeizuzwängen. Erlendur trug ihnen auf, auch den Gang und die dunkle Ecke hinter dem Zimmer genau zu untersuchen. Sigurður Óli und Elínborg blieben noch kurz in dem Raum stehen und betrachteten die Leiche.

»Also ich möchte nicht so gefunden werden«, sagte Sigurður Óli.

»Ihn juckt das doch nicht mehr«, erwiderte Elínborg.

»Nee, wahrscheinlich nicht«, sagte Sigurður Óli.

»Ist da was drin?«, fragte Elínborg und zog eine kleine Tüte mit Erdnüssen hervor. Sie hatte immer etwas zu knabbern in der Tasche. Sigurður Óli hielt das für ein Zeichen von Nervosität.

»Was drin?«, fragte er.

Sie nickte in Richtung der Leiche. Sigurður Óli schaute sie einen Augenblick an und begriff dann, worauf sie hinauswollte. Er zögerte etwas, kniete sich dann aber hin und beäugte das Kondom.

»Nein«, sagte er. »Nichts. Das Ding ist leer.«

»Die hat ihn dann umgebracht, bevor er seinen Orgasmus hatte«, sagte Elínborg. »Der Arzt glaubte ...«

»Die?«, echote Sigurður Óli.

»Ja, liegt das nicht auf der Hand?«, sagte Elínborg und stopfte sich eine Hand voll Erdnüsse in den Mund. Sie hielt Sigurður Óli die Tüte hin, der aber dankend ablehnte. »Kommt dir das Ganze nicht irgendwie nuttig vor? Er ist hier mit einer Frau zusammen gewesen«, erklärte sie. »Oder?«

»Das ist die nahe liegendste Erklärung«, sagte Sigurður Óli und erhob sich.

»Du glaubst aber nicht daran?«, fragte Elínborg.

»Ich weiß es nicht. Ich habe keinen blassen Schimmer.«

Zwei

Die Kantine für die Angestellten hatte wenig mit dem prunkvollen Foyer und den elegant eingerichteten Zimmern des Hotels gemeinsam. Es gab keinen Weihnachtsschmuck, keine Weihnachtsmusik, nur ein paar schäbige Küchentische und Stühle, Linoleum auf dem Fußboden, das an einer Stelle gerissen war, und in einer Ecke befand sich eine kleine Kücheneinheit mit Schränken, Kaffeemaschine und Kühlschrank. Es sah so aus, als ob hier nie sauber gemacht würde. Die Tische, auf denen überall dreckige Tassen herumstanden, waren übersät mit Kaffeeflecken. Die betagte Kaffeemaschine lief und rülpste Wasser in den Filter.

Einige Angestellte des Hotels standen im Halbkreis um das junge Mädchen herum, das die Leiche gefunden hatte und immer noch unter Schock stand. Sie hatte geweint und das schwarze Mascara war verlaufen. Sie schaute hoch, als Erlendur und der Hotelmanager hereinkamen.

»Da ist sie«, sagte der Hotelmanager, als trüge sie die Schuld daran, dass der Weihnachtsfrieden gestört worden war. Er scheuchte die anderen weg. Erlendur schob ihn ebenfalls hinaus und erklärte, er müsse in Ruhe mit dem Mädchen reden. Der Hotelmanager blickte ihn verwundert an, widersprach aber nicht, sondern murmelte, dass er genug zu tun hätte. Erlendur schloss die Tür hinter ihm. Das Mädchen versuchte, das Mascara von den Wangen zu wischen, und schaute Erlendur an, verunsichert, was sie jetzt erwartete. Erlendur lächelte, zog einen Stuhl heran und setzte sich ihr gegenüber. Das Mädchen war im gleichen Alter wie seine Tochter, etwas über zwanzig, nervös und immer noch verschreckt durch das, was sie gesehen hatte. Sie war schlank, hatte schwarze Haare und trug die typische Zimmermädchenuniform, einen hellblauen Kittel. Auf der Brusttasche befand sich ein Namensschild. Ösp. Eine Espe.

»Arbeitest du schon lange hier?«, fragte Erlendur.

»Fast ein Jahr«, sagte Ösp leise und blickte ihn an. Er schien ihr nichts tun zu wollen. Sie zog die Nase hoch und richtete sich auf ihrem Stuhl auf. Es hatte sie offenbar sehr mitgenommen, die Leiche zu entdecken. Ein Schauder durchfuhr sie. Der Name passt gut, dachte Erlendur bei sich. Sie zittert wie Espenlaub.

»Macht es dir Spaß, hier zu arbeiten?«, fragte Erlendur.

»Nein«, erwiderte sie.

»Und warum bist du dann hier?«

»Irgendwo muss man ja schließlich arbeiten.«

»Was ist denn so schlecht an diesem Job?«

Sie schaute ihn an, als läge die Antwort auf diese Frage auf der Hand.

»Ich überziehe die Betten. Putze die Klos. Sauge Staub. Trotzdem besser als im Bónus-Billigmarkt zu arbeiten.«

»Und die Leute?«

»Der Hotelmanager ist ein Arsch.«

»Kommt mir so vor wie ein Hydrant, der leckt«, sagte Erlendur.

Ösp lächelte.

»Und einige Gäste glauben, dass man hier arbeitet, damit sie einen betatschen können.«

»Warum bist du in den Keller gegangen?«, fragte Erlendur.

»Um den Weihnachtsmann zu holen. Die Kinder warteten auf ihn.«

»Die Kinder?«
»Auf der Weihnachtsfeier. Wir haben eine Weihnachtsfeier für die Hotelangestellten. Für ihre Kinder und auch für die Kinder von Hotelgästen, und er sollte den Weihnachtsmann spielen. Als er sich nicht blicken ließ, wurde ich losgeschickt, um ihn zu holen.«
»Das muss sehr unangenehm gewesen sein.«
»Ich habe noch nie eine Leiche gesehen. Und dann das Kondom ...« Ösp versuchte, das Bild zu verdrängen.
»Hatte er Freundinnen hier im Hotel?«
»Nicht, dass ich wüsste.«
»Weißt du, ob er mit anderen Personen außerhalb des Hotels in Verbindung stand?«
»Ich weiß überhaupt nichts über diesen Mann, und ich hab mehr von ihm gesehen, wie mir lieb war.«
»Als«, korrigierte Erlendur.
»Was?«
»Es heißt mehr als und nicht mehr wie.«
Sie schaute ihn mitleidig an.
»Findest du, dass das eine Rolle spielt?«
»Ja«, sagte Erlendur.
Sie schüttelte den Kopf und war mit ihren Gedanken weit weg.
»Du weißt also nicht, ob er irgendwelchen Besuch hatte?«, fragte Erlendur, um das Thema Grammatik zu beenden. Im Geiste sah er ein Therapiecenter vor sich, wo deprimierte Als-Wie-Patienten in Bademänteln und Filzpantoffeln durch die Gänge schlurften und therapiert werden wollten.
»Nein«, sagte Ösp.
»Stand die Tür offen, als du kamst?«
Ösp überlegte einen Augenblick.
»Nein, ich hab sie aufgemacht. Ich hab angeklopft, und als keine Antwort kam und ich schon fast wieder gehen

wollte, fiel mir ein, die Klinke auszuprobieren. Ich dachte eigentlich, dass abgeschlossen wäre, aber sie ging auf, und da saß er halb nackt und mit dem Kondom …«

»Wieso hast du geglaubt, dass abgeschlossen wäre?«, beeilte sich Erlendur einzuwerfen.

»Bloß so. Ich wusste, dass das sein Zimmer war.«

»Bist du irgendjemandem begegnet, als du nach unten gingst?«

»Nein, niemandem.«

»Er war also eigentlich bereit für die Weihnachtsfeier, aber dann ist jemand gekommen und hat ihn abgelenkt. Er hatte ja schon das Weihnachtsmannkostüm an.«

Ösp zuckte mit den Achseln.

»Wer hat bei ihm die Bettwäsche gewechselt?«

»Wie meinst du das?«

»Die Bettwäsche. Die ist schon lange nicht mehr gewechselt worden.«

»Ich weiß nicht. Bestimmt er selber.«

»Es muss ein ziemlicher Schock für dich gewesen sein.«

»Der Anblick war ekelhaft«, sagte Ösp.

»Ich weiß«, sagte Erlendur. »Versuch irgendwie, das Ganze so schnell wie möglich zu vergessen. Wenn du kannst. War er gut als Weihnachtsmann?«

Das Mädchen schaute ihn an.

»War er?«

»Ich glaube nicht an Weihnachtsmänner.«

Die Frau, die die Weihnachtsfeier arrangiert hatte, war adrett gekleidet, klein und um die dreißig, vermutete Erlendur. Sie stellte sich als Marketing- und PR-Beauftragte des Hotels vor, und Erlendur hatte keine Lust, sie über ihren Job zu befragen; fast alle, die man heutzutage traf, waren irgendwas mit Marketing. Sie hatte ein Büro im Erdgeschoss, wo Erlendur sie am Telefon vorgefunden hatte.

Die Medien hatten Witterung davon bekommen, dass in dem Hotel etwas nicht stimmte, und Erlendur vermutete, dass sein Gegenüber gerade dabei war, einem Journalisten irgendeine Geschichte aufzutischen. Das Gespräch endete sehr abrupt. Die Frau wimmelte den Anrufer ab und erklärte kategorisch, dass er sich auf keinen Fall auf sie beziehen dürfe.

Erlendur nannte seinen Namen und schüttelte ihre kühle Hand. Er fragte, wann sie zuletzt mit, ähem, mit dem Mann im Keller gesprochen hätte. Er wusste nicht, ob er ihn ›den Portier‹ nennen sollte – oder ›den Weihnachtsmann‹, den Namen des Mannes hatte er vergessen. ›Weihnachtsmann‹ fand er eigentlich unpassend. Wenn schon, dann war Sigurður Óli hier der Weihnachtsmann – auch wenn er nie ein Kostüm anhatte.

»Guðlaugur?«, sagte sie und löste sein Problem. »Das war heute Morgen, weil ich ihn an die Weihnachtsfeier erinnern wollte. Ich traf ihn bei der Drehtür. Er war im Dienst. Er war Portier hier im Hotel, wie du vielleicht weißt. Und vielleicht sogar mehr als Portier, eigentlich Hausmeister. Hat alles Mögliche repariert und so.«

»Hilfsbereit?«, fragte Erlendur.

»Wie bitte?«

»Freundlich und hilfsbereit, meine ich, oder musste man ständig hinter ihm her sein?«

»Das weiß ich nicht. Spielt es eine Rolle? Für mich hat er nie etwas gemacht. Oder besser gesagt, ich brauchte ihn nie in Anspruch zu nehmen.«

»Weswegen spielte er den Weihnachtsmann? War er kinderlieb? Komisch? Lustig?«

»Das war schon so, als ich hier angefangen habe. Ich arbeite seit drei Jahren hier, und dies ist die dritte Weihnachtsfeier, die ich organisiere. Er hat auch bei den anderen beiden den Weihnachtsmann gespielt, aber halt auch schon davor. Er war ganz in Ordnung. Die Kinder hatten ihren Spaß mit ihm.«

Sie machte nicht den Eindruck, als würde ihr Guðlaugurs Tod in irgendeiner Form nahe gehen. Er ging sie nichts an. Es ging einzig und allein darum, dass der Mord die Marketing und PR-Angelegenheiten durcheinander zu bringen drohte. Erlendur wunderte sich, wie man so gefühlskalt und langweilig sein konnte.

»Aber was für ein Mensch war er?«

»Keine Ahnung«, sagte sie. »Ich habe ihn nie richtig kennen gelernt. Er war Portier. Und Weihnachtsmann. Das waren eigentlich die einzigen Male, wo ich mit ihm gesprochen habe. In seiner Rolle als Weihnachtsmann.«

»Was ist aus der Weihnachtsfeier geworden? Als sich herausstellte, dass der Weihnachtsmann tot war?«

»Wir haben sie abgeblasen. Was anderes konnten wir nicht machen. Auch aus Pietätsgründen«, fügte sie hinzu, als wolle sie endlich eine Spur Mitgefühl zeigen. Es war nicht sehr überzeugend. Erlendur sah es ihr an, dass ihr die Leiche im Keller vollkommen egal war.

»Wer hat diesen Mann am besten gekannt?«, fragte er. »Hier im Hotel, meine ich.«

»Ich habe nicht die geringste Ahnung. Sprich doch mal mit dem Empfangschef. Der Portier unterstand ihm.«

Das Telefon auf ihrem Tisch klingelte, sie nahm den Hörer ab und schaute Erlendur an, als ob er ihr im Wege sei. Der stand auf, verließ das Zimmer und dachte bei sich, dass sie nicht endlos anderen am Telefon etwas vorlügen konnte.

Der Empfangschef hatte absolut keine Zeit, um sich mit Erlendur zu befassen. Die Touristen scharten sich um den Rezeptionstisch. Er und drei weitere Hotelangestellte nahmen die ausgefüllten Formulare entgegen, und Erlendur beobachtete, wie sie im Computer registrierten, Pässe kontrollierten, Schlüssel aushändigten, lächelten, um sich danach gleich dem nächsten Gast zuzuwenden. Das Gedränge reichte bis zur Drehtür. Durch sie hindurch sah Erlendur draußen noch einen weiteren Bus vorfahren und vor dem Hotel halten.

Die in der Mehrzahl nicht uniformierten Polizisten waren über das ganze Gebäude verteilt und vernahmen das Personal. In der Kantine im Keller war so etwas wie eine Außenstelle der Polizei eingerichtet worden, von wo aus die Ermittlung geleitet wurde.

Erlendur betrachtete die Weihnachtsdekoration eingehend. Aus der Lautsprecheranlage ertönte ein amerikanisches Weihnachtslied. Er schlenderte in den großen Speisesaal, der hinter dem Foyer lag. Da hatten sich bereits die ersten Gäste zu einem opulenten Weihnachtsbüfett eingefunden. Er spazierte an der Tafel entlang und ließ seinen Blick über Lachs, geräuchertes Lammfleisch, kalten Schweinebraten und Rinderzunge mit den entsprechenden Beilagen wandern und betrachtete die köstlichen Nachspeisen, Eis, Sahnetorten und Mousse au Chocolat, oder was das alles sein mochte.

Erlendur lief das Wasser im Munde zusammen. Er hatte den ganzen Tag so gut wie nichts gegessen.

Er blickte sich rasch um und ließ blitzschnell eine Scheibe von der delikaten Rinderzunge in seinem Mund verschwinden. Er war überzeugt, dass ihn niemand beobachtet hatte, deswegen machte sein Herz einen Satz, als eine scharfe Stimme hinter ihm ertönte.

»Also hör mal, so geht es nun wirklich nicht. Das ist nicht gestattet!«

Erlendur drehte sich um, und ein Mann mit einer ausladenden Küchenchefmütze auf dem Kopf trat mit finsterer Miene dicht an ihn heran.

»Was soll das heißen, hier am Büfett sich einfach was mit

den Fingern in den Mund zu stopfen? Was sind das denn für Sitten?«

»Reg dich ab«, sagte Erlendur und nahm sich einen Teller. Er begann, sich diverse Köstlichkeiten aufzuladen, als hätte er genau das von vornherein vorgehabt.

»Hast du den Weihnachtsmann gekannt?«, fragte er, um von der Rinderzunge abzulenken.

»Den Weihnachtsmann?«, sagte der Koch. »Was für einen Weihnachtsmann? Ich wollte dir nur sagen, dass du das Essen nicht mit den Pfoten anrührst. Das gehört ...«

»Guðlaugur«, unterbrach Erlendur ihn. »Hast du ihn gekannt? Er war auch Portier und dann wohl auch so was wie ein Faktotum hier im Hotel, wenn ich es richtig verstanden habe.«

»Du meinst Gulli?«

»Ja, Gulli, wenn das sein Spitzname war«, sagte Erlendur und legte eine ordentliche Scheibe kalten Schinken mit etwas Joghurtsauce auf seinen Teller. Er überlegte, ob er Elínborgs Meinung zu diesem Büfett einholen sollte, sie verstand wirklich etwas von guter Küche und sammelte schon seit Jahren Rezepte für ein Kochbuch.

»Nein, ich ..., was meinst du mit ›Hast du ihn gekannt‹?«, fragte der Koch.

»Du weißt also noch nichts davon?«

»Wovon? Was ist eigentlich los?«

»Er ist tot. Ermordet. Hat sich das noch nicht im Hotel herumgesprochen?«

»Ermordet?«, ächzte der Koch. »Ermordet! Was, hier im Hotel? Und wer bist du eigentlich?«

»In seinem Kabuff da unten im Keller. Ich bin von der Polizei.«

Erlendur lud sich weitere Köstlichkeiten auf den Teller. Der Koch hatte die Rinderzunge vergessen.

»Wie wurde er ermordet?«

»Dazu kann ich nichts sagen.«
»Hier im Hotel?«
»Ja.«
Der Koch blickte sich um.
»Das kann ich einfach nicht glauben«, sagte er. »Das wird bestimmt das ganze Haus auf den Kopf stellen.«
»Genau«, erwiderte Erlendur. »Und zwar total.«
Er wusste, dass dieser Mord an dem Hotel kleben bleiben würde. Es würde diesen Stempel nie wieder loswerden. Es würde von jetzt an das Hotel sein, in dem der Weihnachtsmann ermordet und mit einem Kondom am Schwanz aufgefunden worden war.
»Hast du ihn gekannt?«, fragte Erlendur. »Diesen Gulli?«
»Nein, eigentlich kaum. Er war Portier und hat außerdem alle möglichen Kleinigkeiten gefixt.«
»Gefixt?«
»Repariert. Ich habe ihn überhaupt nicht gekannt.«
»Weißt du vielleicht, wer ihn hier im Hotel am besten gekannt hat?«
»Nein«, sagte der Koch. »Ich weiß nichts über diesen Mann. Wer kann ihn ermordet haben? Hier im Hotel? Herrgott noch mal.«
Erlendur war klar, dass er sich wegen des Hotels mehr Sorgen machte als wegen des Ermordeten, und er war drauf und dran, ihn darauf hinzuweisen, dass der Mord auch mehr Hotelgäste anlocken konnte. Heutzutage dachten die Leute so. Sie könnten womöglich mit dem Mordschauplatz Werbung für das Hotel machen und sich auf Kriminaltourismus spezialisieren. Er hielt sich aber zurück, denn er sehnte sich danach, sich mit dem Teller irgendwo hinzusetzen und zu schlemmen. Einen Augenblick Ruhe zu haben.
In diesem Moment erschien Sigurður Óli auf der Bildfläche.

»Habt ihr was gefunden?«
»Nein«, sagte Sigurður Óli und betrachtete den Koch, der sich jedoch schleunigst mit diesen Neuigkeiten in die Küche verzog.
»Und du futterst jetzt einfach?«, fügte er vorwurfsvoll hinzu.
»Mensch, komm mir jetzt bloß nicht mit so einem Quatsch. Ich hatte hier ein kleines Problem.«
»Dieser Mann da unten hat nichts besessen, oder falls er etwas besessen hat, hat er es nicht in diesem Kellerloch aufbewahrt«, sagte Sigurður Óli. »Elínborg hat im Schrank alte Schallplatten gefunden. Das war das Einzige. Müssen wir nicht das Hotel schließen?«
»Das Hotel schließen, was soll denn der Blödsinn?«, entgegnete Erlendur. »Wie willst du das überhaupt anfangen, so ein Hotel dichtzumachen? Und wie lange willst du das durchhalten? Du willst womöglich jedes Zimmer von einem Suchtrupp durchforsten lassen?«
»Nein, aber der Mörder könnte ein Hotelgast sein. Das muss man in Betracht ziehen.«
»Reine Spekulation. Es gibt zwei Möglichkeiten. Entweder ist er im Hotel, als Gast oder Angestellter, oder er steht in keiner Verbindung zum Hotel. Wir werden wohl mit dem gesamten Personal und all den Gästen sprechen müssen, die in den nächsten Tagen das Hotel verlassen, vor allem aber mit denen, die ihre Abreise vorverlegen, obwohl ich sehr bezweifle, dass derjenige, der das getan hat, in dieser Form die Aufmerksamkeit auf sich lenken würde.«
»Nein, genau. Ich habe über das Kondom nachgedacht«, sagte Sigurður Óli.
Erlendur suchte nach einem freien Tisch, fand ihn und nahm Platz. Sigurður Óli setzte sich zu ihm. Der voll geladene Teller vor seiner Nase ließ ihm ebenfalls das Wasser im Munde zusammenlaufen.

»Hör zu, falls es sich um eine Frau handelt, dann ist sie wohl noch in dem Alter, wo sie Kinder kriegen kann, oder nicht? Wegen des Kondoms.«

»Ja, so wär's vor zwanzig Jahren gewesen«, sagte Erlendur und probierte den geräucherten Schinken. »Heutzutage werden Kondome nicht nur zur Empfängnisverhütung verwendet, lieber Sigurður Óli. Sie bieten auch Schutz gegen allen möglichen Scheiß, Chlamydia, Aids ...«

»Das Kondom könnte uns aber auch sagen, dass er diese, diesen, dieses ... Individuum nicht besonders gut gekannt hat, das auf seinem Zimmer war. Das kann so ein Schnellfick gewesen sein. Wenn sie sich gut gekannt hätten, würde er vielleicht kein Kondom verwendet haben.«

»Wir müssen im Auge behalten, dass das Kondom nicht ausschließt, dass er mit einem Mann zusammen war«, sagte Erlendur.

»Was das wohl für ein Messer gewesen ist? Ich meine, die Mordwaffe?«

»Warten wir ab, was bei der Obduktion herauskommt. Es ist selbstverständlich kein Problem, sich hier im Hotel ein Messer zu beschaffen, falls es jemand aus dem Hotel war, der auf ihn losgegangen ist.«

»Schmeckt's?«, fragte Sigurður Óli. Er hatte zugesehen, wie Erlendur sich die verschiedenen Gerichte zu Gemüte führte und hätte es ihm nur zu gerne nachgetan, befürchtete aber Schlagzeilen im Stile von: Zwei Kriminalbeamte ermitteln in einem Mordfall in einem renommierten Hotel und tafeln ausgiebig am Weihnachtsbüfett, als wäre nichts vorgefallen.

»Ich hab vergessen nachzusehen, ob etwas drin war«, sagte Erlendur zwischen zwei Bissen.

»Findest du, dass du hier am Tatort einfach so in dich reinspachteln kannst?«

»Das hier ist ein Hotel.«

»Ja, aber ...«
»Ich habe dir schon gesagt, es hat da ein kleines Problem gegeben, und ich konnte mich nur auf diese Weise rausreden. War was drin? In dem Kondom?«
»Leer«, sagte Sigurður Óli.
»Der Amtsarzt behauptete, er hätte einen Orgasmus gehabt. Sogar zwei, aber das habe ich nicht kapiert.«
»Ich kenne niemanden, der seine Witze kapiert.«
»Der Mord ist also mittendrin begangen worden.«
»Tja, da geschieht irgendwas ganz plötzlich. Als gerade alles richtig gut lief.«
»Falls alles richtig gut lief, wieso war dann ein Messer in der Nähe?«
»Das gehörte womöglich zum Spiel dazu.«
»Zu welchem Spiel?«
»Sex ist heute etwas komplizierter als nur die althergebrachte Missionarsstellung«, dozierte Sigurður Óli. »Es kann also jeder x-Beliebige gewesen sein?«
»Jeder x-Beliebige«, sagte Erlendur. »Wieso heißt das eigentlich Missionarsstellung? Was für Missionare sollen das sein?«
»Keine Ahnung«, seufzte Sigurður Óli. Erlendur konnte manchmal Fragen stellen, die ihn irritierten. Sie klangen simpel, waren aber so unendlich kompliziert – und bescheuert.
»Hat das was mit Afrika zu tun?«
»Oder mit katholischen Zeiten«, sagte Sigurður Óli.
»Wieso Missionare?«
»Ich weiß es nicht.«
»Das Kondom bedeutet nicht, dass das andere Geschlecht auszuschließen ist«, sagte Erlendur. »Soviel steht fest. Nur wegen des Kondoms können wir nichts und niemanden ausschließen. Hast du den Hotelmanager gefragt, warum er den Weihnachtsmann rauswerfen wollte?«

»Nein. Wollte er ihn rauswerfen?«
»Er hat es erwähnt, aber nicht erklärt. Wir müssen wissen, was er damit gemeint hat.«
»Hab ich mir notiert«, sagte Sigurður Óli, wie immer mit einem kleinen Notizblock und einem Bleistift ausgerüstet.
»Dann gibt's da eine Gruppe, die mehr als andere Kondome verwendet.«
»Tatsächlich?«, fragte Sigurður Óli, der mal wieder nichts kapierte.
»Huren.«
»Huren?«, wiederholte Sigurður Óli. »Nutten? Glaubst du, dass sich so was hier rumtreibt?«
Erlendur nickte.
»Die missionieren intensiv in Hotels.«
Sigurður Óli erhob sich, blieb aber vor Erlendur stehen und schien noch etwas sagen zu wollen, wusste aber nicht, wie. Erlendur, der seinen Teller inzwischen geleert hatte und den der ausladende Büfetttisch wieder lockte, schaute ihn fragend an.
»Ähm, wo wirst du eigentlich Weihnachten feiern?«, fragte Sigurður Óli schließlich verlegen.
»Weihnachten?«, sagte Erlendur. »Ich bin ... was meinst du eigentlich, wo ich Weihnachten feiere? Was geht dich das an?«
Sigurður Óli zögerte einen Moment, bevor er das Risiko einging.
»Bergþóra hat überlegt, ob du wohl allein sein wirst.«
»Eva Lind hat irgendwelche Pläne. Was meint Bergþóra eigentlich? Dass ich zu euch kommen soll?«
»Ach, ich hab keine Ahnung«, sagte Sigurður Óli. »Frauen! Die sind einfach nicht zu begreifen!« Dann stiefelte er wieder hinunter in den Keller.
Elínborg stand vor dem Raum des Ermordeten und sah

den Leuten von der Spurensicherung bei der Arbeit zu, als Sigurður Óli in dem dunklen Gang auftauchte.
»Wo ist Erlendur?«, fragte sie und leerte die Erdnusstüte.
»Beim Weihnachtsbüfett«, schnaubte Sigurður Óli.

Ein provisorischer Labortest, der später am Abend durchgeführt wurde, ergab, dass das ganze Kondom voller Speichelreste war.

Drei

Die Spurensicherung hatte sich mit Erlendur in Verbindung gesetzt, sobald sich herausgestellt hatte, dass man den genetischen Fingerabdruck hatte. Erlendur befand sich immer noch im Hotel. Der Tatort glich zeitweilig einem Fotostudio. Blitze beleuchteten den dunklen Gang in regelmäßigen Abständen. Die Leiche wurde aus allen Perspektiven fotografiert, ebenso all die Gegenstände, die in Guðlaugurs Zimmer waren. Der Tote wurde anschließend in das Leichenschauhaus am Barónsstígur gebracht. Das Zimmer des Portiers war auf Fingerabdrücke untersucht worden, von denen eine ganze Menge zutage kamen. Sie wurden jetzt mit dem Fingerabdruckarchiv der Polizei verglichen. Fingerabdrücke wurden vom gesamten Personal genommen. Diese Mitteilung aus dem Labor bedeutete außerdem, dass von allen Speichelproben entnommen werden mussten.

»Aber was ist mit den Hotelgästen?«, fragte Elínborg. »Müssen wir das nicht auch bei denen machen?«

Sie sehnte sich danach, ihre Schicht zu beenden und nach Hause zu kommen; sie bereute es, gefragt zu haben. Elínborg feierte Weihnachten ausgiebig und genoss es, die ganze Familie um sich zu haben. Sie dekorierte ihr Zuhause mit Zweigen und Flitterkram, backte viele Sorten köstlicher Plätzchen, die sie in sorgfältig beschrifteten Tupperdosen aufbewahrte. Ihr weihnachtliches Festessen genoss auch außerhalb der Familie einen legendären Ruf. Das Hauptgericht war jedes Jahr ein schwedischer Weihnachtsschinken, den sie zwölf Tage auf ihrem Balkon in einer Marinade ziehen ließ und mit so viel Hingabe umsorgte, als wäre es das in Windeln gewickelte Jesuskind.

»Ich glaube, dass wir davon ausgehen können – das ist jedenfalls mein Eindruck –, der Mörder ist Isländer«, sagte Erlendur. »Die Hotelgäste können wir erst mal hintanstellen. Das Hotel ist jetzt zu Weihnachten voll und kaum jemand reist ab. Wir knöpfen uns natürlich diejenigen vor, die vorhaben abzureisen, von ihnen nehmen wir Speichelproben und auch Fingerabdrücke. Wir können jedoch nicht verhindern, dass sie das Land verlassen, da müsste schon ein sehr starker Tatverdacht gegen sie vorliegen. Und wir brauchen eine Liste über diejenigen Ausländer, die sich zum Zeitpunkt des Mordes im Hotel befanden, die später Angekommenen können wir beiseite lassen. Versuchen wir, das Ganze möglichst umkompliziert anzugehen.«

»Aber wenn die Sache nicht so unkompliziert ist?«, fragte Elínborg.

»Ich glaube nicht, dass irgendeiner von den Hotelgästen weiß, dass hier ein Mord verübt wurde«, warf Sigurður Óli ein, der ebenfalls nach Hause wollte. Seine Frau Bergþóra hatte ihn am späten Nachmittag angerufen und gefragt, ob er nicht bald käme. Jetzt sei genau der richtige Augenblick, und sie würde ihn erwarten. Sigurður Óli wusste sofort, was mit dem richtigen Augenblick gemeint war. Sie versuchten, ein Kind zu bekommen, aber es wollte einfach nicht klappen. Sigurður Óli hatte Erlendur erzählt, dass sie eine künstliche Befruchtung in Erwägung gezogen hätten.

»Musst du dann so ein Röhrchen abgeben?«, hatte Erlendur gefragt.

»Röhrchen?«

»So ein Reagenzglas, meine ich. Morgens.«

Sigurður Óli hatte Erlendur angestarrt, bis ihm endlich aufging, was Erlendur meinte.
»Ich hätte dir das nie erzählen sollen«, war seine genervte Reaktion gewesen.
Erlendur nippte an einem scheußlich schmeckenden Kaffee. Sie saßen zu dritt im Kaffeeraum fürs Personal im Keller. Die Hauptaktion war beendet, die Polizisten und die Leute von der Spurensicherung waren weg, das Zimmer war versiegelt worden. Erlendur hatte keine Eile. Das Einzige, wohin er sich zurückziehen konnte, war seine dunkle Wohnung in einem anonymen Wohnblock, wo er mit sich selbst allein war. Weihnachten bedeutete ihm nichts. Er bekam ein paar Tage frei, mit denen er nichts anfangen konnte. Seine Tochter würde ihn vielleicht besuchen, um geräuchertes Lammfleisch zu kochen. Manchmal brachte sie auch ihren Bruder mit. Und Erlendur saß herum und las, aber das machte er sowieso immer.
»Ihr solltet zusehen, dass ihr nach Hause kommt«, sagte er. »Ich werde noch ein bisschen bleiben. Mal sehen, ob ich es schaffe, mit diesem Empfangschef zu sprechen, der absolut unabkömmlich zu sein scheint.«
Elínborg und Sigurður Óli standen auf.
»Und was ist mir dir?«, fragte Elínborg. »Willst du nicht auch einfach nach Hause gehen? Weihnachten steht vor der Tür und ...«
»Was ist eigentlich mit euch beiden los? Warum lasst ihr mich nicht in Ruhe?«
»Es ist Weihnachten«, sagte Elínborg seufzend. Sie zögerte. »Ach, vergiss es«, sagte sie dann. Sie und Sigurður Óli drehten sich um und verließen den Raum.
Erlendur saß eine Weile nachdenklich da. Er dachte an Sigurður Ólis Frage, wo er zu Weihnachten sein würde. Und jetzt auch noch Elínborgs Fürsorglichkeit! Er sah im Geiste seine Wohnung vor sich, den Sessel, den klappri-

gen Fernseher und die Bücher, mit denen die Wände voll gestellt waren.
Manchmal kaufte er sich zu Weihnachten eine Flasche Chartreuse und hatte ein Glas neben sich stehen, während er über Gefahren und Bergkatastrophen vergangener Zeiten las, wo die Menschen mangels anderer Transportmittel zu Fuß von einem Ort zum anderen gehen mussten und die Weihnachtszeit besonders gefahrvoll war. Die Leute ließen sich durch nichts abhalten, zu Weihnachten zu ihren Liebsten zu gelangen, sie kämpften gegen die Naturgewalten an, verirrten sich in tobenden Schneestürmen und kamen um, und für die Daheimgebliebenen verwandelte sich das Fest der Geburt des Erlösers in einen Albtraum. Einige wurden gefunden. Andere nicht. Wurden nie gefunden.
Das waren Erlendurs Weihnachtsgeschichten.

Der Empfangschef hatte das zur Livree gehörige Jackett ausgezogen und war schon im Mantel, als Erlendur ihn in der Garderobe antraf. Der Mann erklärte, todmüde zu sein und nach Hause zu seiner Familie zu wollen, wie alle anderen auch. Er hatte von dem Mord gehört, ja, schrecklich, er wusste aber nicht, was er dazu beitragen konnte.
»Wenn ich richtig verstehe, hast du ihn hier im Hotel mithin am besten gekannt«, sagte Erlendur.
»Nein, das ist nicht richtig«, sagte der Empfangschef und wickelte sich einen dicken Schal um den Hals. »Wer hat dir das gesagt?«
»Er unterstand aber doch dir, oder?«, fragte Erlendur und umging die Frage.
»Unterstand mir, ja, wahrscheinlich. Er war Portier, ich bin für die Rezeption zuständig, die Registration, das weißt du vielleicht. Weißt du, wie lange die Geschäfte heute Abend offen haben?«

Er schien nicht das geringste Interesse für Erlendur und seine Fragen zu haben. Erlendur ging das auf die Nerven. Außerdem ging ihm auf die Nerven, dass das Schicksal des Mannes im Keller augenscheinlich allen völlig egal war.
»Wahrscheinlich rund um die Uhr, ich weiß es nicht. Wer könnte wohl ein Interesse daran gehabt haben, deinen Portier zu erstechen?«
»Meinen? Er war nicht mein Portier. Er war der Portier des Hotels.«
»Und warum hatte er die Hosen runtergelassen und hatte ein Kondom am Schwanz? Wer ist bei ihm gewesen? Wer kam überhaupt zu Besuch bei ihm? Hatte er irgendwelche Freunde hier im Hotel? Hatte er irgendwelche Feinde? Weswegen wohnte er hier im Hotel? Was war da mit ihm vereinbart worden? Was hast du eigentlich zu verbergen? Warum kannst du mir nicht ganz normal antworten?«
»Hör zu, ich, was ...?« Der Empfangschef verstummte. »Ich möchte nur so schnell wie möglich nach Hause«, sagte er schließlich. »Ich habe keine Antwort auf all deine Fragen. Weihnachten steht vor der Tür. Können wir uns nicht morgen unterhalten? Ich habe heute den ganzen Tag keinen Augenblick Ruhe bekommen.«
Erlendur schaute ihn an.
»Wir unterhalten uns morgen«, sagte er. Als er die Garderobe verließ, erinnerte er sich auf einmal an die Frage, die ihn seit seiner Unterhaltung mit dem Hotelmanager beschäftigt hatte. Er drehte sich um. Der Empfangschef war schon in der Tür, als Erlendur ihm zurief.
»Warum wolltet ihr ihn rauswerfen?«
»Was?«
»Ihr wolltet ihn rauswerfen, den Weihnachtsmann. Warum?«
»Ihm war gekündigt worden«, sagte er endlich.

Der Hotelmanager war beim Essen, als Erlendur ihn fand. Er saß an einem großen Tisch in der Küche, hatte sich eine große Küchenchefschürze umgebunden und stopfte die Reste in sich hinein, die auf den halb leeren Platten vom Büfett hereingetragen worden waren.

»Du kannst dir nicht vorstellen, wie ich es genieße, zu essen«, verkündete er und wischte sich den Mund ab, als er bemerkte, dass Erlendur ihn anstarrte. »In Frieden«, fügte er hinzu.

»Ich weiß genau, was du meinst.«

Sie waren allein in der großen blitzsauberen Küche. Erlendur konnte nicht umhin, ihn zu bewundern. Er aß schnell, aber enorm gewandt und ohne Gier. Seine Bewegungen waren fast elegant. Er verleibte sich einen Bissen nach dem anderen ein, konzentriert und mit sichtlicher Leidenschaft. Er schien jetzt etwas ruhiger zu sein, nachdem die Leiche entfernt worden war und keine Polizisten und Reporter mehr vor dem Hotel herumstanden; die Polizei hatte angeordnet, dass das Hotel nicht betreten werden dürfte, weil das gesamte Gebäude als Tatort galt. Im Hotel selbst jedoch ging fast alles wieder seinen normalen Gang. Die wenigsten ausländischen Gäste wussten von der Leiche im Keller. Viele hatten die Unruhe bemerkt, die mit der Polizeiaktion verbunden war, und sich erkundigt. Der Hotelmanager hatte seinen Angestellten eingeschärft, einen alten Mann zu erwähnen – und einen Herzinfarkt.

»Ich weiß, was du denkst, du findest, dass ich hier fresse wie ein Schwein, nicht wahr?«, sagte er und hörte auf zu essen, um einen Schluck Rotwein zu trinken. Der kleine Finger von der Größe eines Würstchens spreizte sich ab.

»Das vielleicht nicht, aber ich verstehe, warum du ein Hotel führen willst«, sagte Erlendur. Aber dann konnte er sich nicht mehr beherrschen. »Du frisst dich tot, das weißt du wohl«, sagte er brutal.

»Ich wiege 180 Kilo«, sagte der Hotelmanager. »Mastschweine sind auch nicht viel schwerer. Ich bin immer fett gewesen, etwas anderes kenne ich nicht. Habe nie eine Abmagerungskur mitgemacht. Mir ist nie eingefallen, meinen Lifestyle zu ändern, wie es so schön heißt. Ich fühle mich sauwohl. Auf jeden Fall besser als du, habe ich den Eindruck«, fügte er hinzu.

Erlendur erinnerte sich, gehört zu haben, dicke Menschen seien fröhlicher als Bohnenstangen. Er glaubte aber nicht, dass das stimmte.

»Besser als ich?«, sagte Erlendur und lächelte schwach. »Was weißt du schon darüber. Weswegen hast du den Portier entlassen?«

Der Hotelmanager hatte wieder angefangen zu essen, und es dauerte eine geraume Weile, bis er das Besteck von sich legte. Erlendur wartete geduldig. Er sah, dass der Mann überlegte, was die beste Antwort darauf wäre, wie er sich ausdrücken sollte, nachdem Erlendur nun einmal von der Kündigung erfahren hatte.

»Das Hotel steht nicht so gut da«, sagte er schließlich. »Den ganzen Sommer sind wir sozusagen überbucht, und zu Weihnachten und Silvester ist auch immer viel los, aber dazwischen gibt es immer wieder tote Zeiten, und die können wirklich schwierig sein. Die Hoteleigentümer verlangen kostendämpfende Maßnahmen. Personalabbau. Ich fand, dass ein ganzjährig angestellter Portier bei vollem Lohn überflüssig war.«

»Aber wenn ich richtig verstanden habe, war er viel mehr als nur ein Portier. Weihnachtsmann beispielsweise. Und so was wie ein Hausfaktotum. Er hat alles Mögliche repariert. Mehr so etwas wie ein Hausmeister.«

Der Hotelmanager hatte wieder angefangen, sich den Bauch voll zu schlagen, und es entstand erneut eine Pause im Gespräch. Erlendur blickte sich um. Die Polizei hatte den Leuten, die ihre Schicht beendet hatten, gestattet, nach Hause zu gehen, nachdem Namen und Adresse notiert worden waren; es war immer noch nicht bekannt, wer zuletzt mit dem Toten gesprochen hatte oder wie der letzte Tag in seinem Leben verlaufen war. Niemand hatte etwas Ungewöhnliches im Zusammenhang mit dem Weihnachtsmann bemerkt. Niemand hatte jemanden in den Keller gehen sehen. Niemand wusste, von wem der Weihnachtsmann Besuch bekommen hatte. Nur einige wenige wussten überhaupt, dass er dort lebte, dass dieses Kabuff tatsächlich sein Zuhause war. Es hatte den Anschein, als ob sich alle so wenig wie möglich mit ihm abgeben wollten. Nur wenige sagten aus, ihn gekannt zu haben, und Freunde hatte er jedenfalls keine in diesem Hotel besessen. Die Angestellten wussten auch nichts von irgendwelchen Freunden außerhalb des Hotels.

Der reinste Kaspar Hauser, dachte Erlendur bei sich.

»Niemand ist unentbehrlich«, sagte der Hotelmanager und spreizte das Würstchen wieder ab, als er aufs Neue zum Wein griff. »Natürlich ist es nie schön, Leute entlassen zu müssen, aber einen ganzjährigen Portier können wir uns einfach nicht leisten. Deswegen wurde ihm gekündigt. Aus keinem anderen Grund. Als Portier hatte er ja auch nicht so sonderlich viel zu tun. Er trug eine Livree, wenn Filmstars oder hohe Gäste aus dem Ausland kamen, und er warf Leute hinaus, die hier nichts zu suchen hatten.«

»Wie hat er es aufgenommen, als er entlassen wurde?«

»Er hatte Verständnis dafür, glaube ich.«

»Fehlen hier in der Küche irgendwelche Messer?«, fragte Erlendur.

»Ich weiß es nicht. Jedes Jahr gehen hier Messer und Gabeln und Gläser für zigtausend Kronen verloren. Auch Handtücher und ... Glaubst du, dass er mit einem Messer aus dem Hotel erstochen worden ist?«

»Ich weiß es nicht.«
Erlendur schaute dem Hotelmanager beim Essen zu.
»Er hat hier zwanzig Jahre gearbeitet, und keiner kannte ihn. Findest du das nicht etwas ungewöhnlich?«
»Angestellte kommen und gehen«, sagte der Hotelmanager und zuckte mit den Achseln. »In dieser Branche herrscht eine ständige Fluktuation. Ich denke schon, dass die Leute von ihm gewusst haben, aber wer kennt heutzutage schon wen? Ich weiß es nicht. Ich kenne niemanden hier so gut.«
»Du bist aber trotz der branchenüblichen Fluktuation hier kleben geblieben.«
»Es ist schwierig, mich von der Stelle zu bewegen.«
»Warum hast du gesagt, dass du ihn rauswerfen wolltest?«
»Habe ich das gesagt?«
»Ja.«
»Das war nur so dahingesagt, ich habe nichts Besonderes damit gemeint.«
»Aber du hattest ihn schon entlassen und wolltest ihn aus dem Zimmer werfen«, sagte Erlendur. »Dann kommt jemand daher und bringt ihn um. Er hat sich in letzter Zeit nicht gerade auf der Sonnenseite des Lebens befunden.«
Der Hotelmanager tat, als sei Erlendur nicht anwesend, während er sich Kuchen und Mousse au Chocolat mit den eleganten Bewegungen eines routinierten Vielfraßes einverleibte und die Köstlichkeiten zu genießen versuchte.
»Warum war er eigentlich noch nicht weg, wo du ihn doch entlassen hattest?«
»Er hätte schon um die letzte Monatswende weg sein sollen. Ich habe ihm zugesetzt, aber nicht sehr. Hätte ich wahrscheinlich machen sollen. Dann wär uns dieser Mist erspart geblieben.«
Erlendur betrachtete den Hotelmanager, der weiter aß, und schwieg. Vielleicht war es das Büfett. Vielleicht seine dunkle Wohnung. Vielleicht diese Jahreszeit. Das Fertig-

essen, das ihn erwartete. Die einsamen Weihnachtstage. Erlendur wusste es nicht. Die Frage brach gewissermaßen ohne sein Zutun aus ihm heraus.
»Ein Zimmer?«, fragte der Hotelmanager, als hätte er nicht verstanden, was Erlendur gesagt hatte.
»Es braucht nichts Besonderes zu sein«, sagte Erlendur.
»Meinst du für dich?«
»Ein Einzelzimmer«, sagte Erlendur. »Muss nicht mit Fernseher sein.«
»Bei uns ist alles ausgebucht. Leider.« Der Hotelmanager starrte Erlendur an. Ihm war nicht daran gelegen, rund um die Uhr einen Kriminalbeamten um sich zu haben, einen, der ihm bei allem, was er tat, über die Schulter gucken konnte.
»Der Empfangschef hat gesagt, es gäbe ein freies Zimmer«, log Erlendur und war noch entschlossener. »Er sagte, es wäre kein Problem, ich müsste nur mit dir reden.«
Der Hotelmanager starrte ihn an und blickte dann auf die Mousse, die noch übrig war, und schob den Teller von sich weg. Ihm war der Appetit vergangen.

Es war kalt in dem Zimmer. Erlendur stand am Hotelfenster und schaute hinaus, sah aber nichts als sein Spiegelbild in dem dunklen Glas. Er hatte schon eine ganze Zeit lang diesem Mann nicht mehr Auge in Auge gegenübergestanden, und er sah in der Dunkelheit, dass er gealtert war. Jenseits von ihm und ringsherum fielen Schneeflocken sanft zur Erde, als wären die Himmel zerbrochen, und ihr Staub rieselte über die Welt. Ihm fiel ein kleiner Gedichtband ein, den er besaß, wunderschöne Übersetzungen einiger Gedichte von Hölderlin. Sein Geist irrte ziellos durch die Gedichte, bis er bei einem Satz innehielt, der zu dem Mann passte, der ihm aus dem Fenster in die Augen schaute.
Die Mauern stehn sprachlos und kalt, im Winde klirren die Fahnen.

Vier

Er war kurz vor dem Einschlafen, als leicht an die Tür geklopft wurde und er leise seinen Namen flüstern hörte. Er wusste sofort, wer das war. Als er öffnete, stand seine Tochter Eva Lind auf dem Korridor des Hotels. Sie blickten einander an, und sie lächelte, während sie an ihm vorbei ins Zimmer schlüpfte. Er machte die Tür zu. Sie setzte sich an den kleinen Schreibtisch und holte eine Schachtel Zigaretten heraus.

»Ich glaube, es ist verboten, hier zu rauchen«, sagte Erlendur, der sich bisher an das Rauchverbot gehalten hatte.

»Ja«, sagte Eva Lind und steckte sich eine Zigarette an. »Warum ist es hier so kalt?«

»Ich glaube, der Heizkörper ist defekt.«

Erlendur setzte sich auf die Bettkante. Er war nur in der Unterhose und zog sich die Bettdecke über Kopf und Schultern, was ihn wie einen Höhlenmenschen aussehen ließ.

»Was soll das eigentlich?«, sagte Eva Lind.

»Mir ist kalt«, sagte Erlendur.

»Ich meine das mit dem Hotelzimmer, warum gehst du nicht einfach nach Hause?« Sie sog den Rauch tief in die Lungen ein, fast ein Drittel der Zigarette brannte dabei auf. Dann blies sie den Rauch aus, und das Zimmer füllte sich mit Qualm.

»Ich weiß es nicht. Ich habe ...« Erlendur verstummte.

»Keine Lust, nach Hause zu gehen?«

»Ich fand das hier irgendwie passend. Hier im Hotel ist heute ein Mann ermordet worden, hast du das nicht gehört?«
»Irgendein Weihnachtsmann, oder? Wurde er ermordet?«
»Der Portier. Sollte den Weihnachtsmann für die Kinder hier im Hotel spielen. Wie geht's dir?«
»Gut«, sagte Eva Lind.
»Du arbeitest immer noch?«
»Ja.«
Erlendur schaute sie an. Sie sah besser aus. Sie war zwar immer noch klapperdürr, aber die Ringe unter den schönen blauen Augen waren blasser geworden, und sie war auch nicht mehr so hohlwangig. Er nahm an, dass sie jetzt schon seit fast acht Monaten keine Drogen angerührt hatte. Nicht, seitdem sie eine Fehlgeburt gehabt und bewusstlos im Krankenhaus zwischen Leben und Tod geschwebt hatte. Als sie aus dem Krankenhaus entlassen worden war, war sie zu ihm gezogen und hatte ein halbes Jahr bei ihm gewohnt. Sie hatte sich einen festen Job gesucht, was schon seit zwei Jahren nicht mehr der Fall gewesen war. Die letzten Monate hatte sie sich ein Zimmer in der Innenstadt gemietet.
»Wie hast du mich hier gefunden?«, fragte Erlendur.
»Ich hab dich nicht auf deinem Handy erreicht und hab dann im Büro angerufen, und da hat man mir gesagt, dass du hier bist. Als ich nach dir gefragt habe, sagten sie, dass du dir ein Zimmer genommen hättest. Was ist eigentlich los? Warum gehst du nicht nach Hause?«
»Ich habe eigentlich keine Ahnung, was ich mache«, sagte Erlendur. »Weihnachten ist eine komische Zeit.«
»Ja«, sagte Eva Lind, und sie schwiegen.
»Hast du etwas von deinem Bruder gehört?«, fragte Erlendur.
»Sindri arbeitet immer noch auf dem Land«, antwortete

Eva Lind, und die Zigarette zischte kurz, als die Glut den Filter erreicht hatte. Die Asche fiel auf den Fußboden. Sie suchte nach einem Aschenbecher, fand aber keinen und stellte die Zigarette hochkant auf den Schreibtisch, um sie ausbrennen zu lassen.

»Und deine Mutter?«, sagte Erlendur. Es waren immer dieselben Fragen, und die Antworten waren auch meist dieselben.

»Okay. Schuftet wie gewöhnlich.«

Erlendur schwieg unter der Bettdecke. Eva Lind schaute auf den blauen Rauch der Zigarette, der kräuselnd vom Schreibtisch aufstieg.

»Ich weiß nicht, ob ich das noch lange durchhalte«, sagte sie und starrte auf den Rauch.

Erlendur schaute zu ihr hoch.

In dem Augenblick klopfte es an der Tür, und sie blickten sich fragend an. Eva stand auf und öffnete. Ein Hotelangestellter in Livree stand auf dem Korridor. Er sagte, er würde in der Rezeption arbeiten.

»Es ist verboten, auf den Zimmern zu rauchen«, erklärte er, nachdem er an Eva Lind vorbei ins Zimmer gelugt hatte.

»Ich hab ihr gesagt, sie soll sie ausmachen«, sagte Erlendur unter seiner Bettdecke. »Sie hat noch nie auf mich gehört.«

»Es ist verboten, Mädchen auf dem Zimmer zu haben. Wegen dem, was passiert ist.«

Eva Lind lächelte schwach und schaute zu ihrem Vater hinüber. Erlendur schaute zu seiner Tochter hoch und auf den Angestellten.

»Uns wurde gesagt, dass ein Mädchen hier heraufgegangen ist. Das ist nicht gestattet. Du musst jetzt gehen. Auf der Stelle.«

Er stand in der Tür und wartete darauf, dass Eva Lind hin-

ausgehen würde. Erlendur stand auf, immer noch mit der Bettdecke über den Schultern, und ging auf den Mann zu.
»Sie ist meine Tochter«, sagte er.
»Ja, genau«, erklärte der Mann aus der Rezeption, als ginge ihn das nichts an.
»Im Ernst«, sagte Eva Lind.
Der Mann blickte sie abwechselnd an.
»Ich will kein Theater«, sagte er.
»Dann hau ab und lass uns in Ruhe«, sagte Eva Lind.
Er stand da, schaute Eva Lind und Erlendur an, der mit dem Oberbett über den Schultern hinter ihr stand, und bewegte sich nicht vom Fleck.
»Mit dem Heizkörper hier stimmt was nicht«, sagte Erlendur. »Der wird überhaupt nicht warm.«
»Sie muss mit mir kommen«, erklärte der Mann.
Eva Lind sah ihren Vater an und zuckte die Achseln.
»Wir reden später miteinander«, sagte sie. »Ich hab keinen Bock, mich mit dem Typ hier anzulegen.«
»Was hast du damit gemeint, dass du es nicht mehr durchhältst?«, sagte Erlendur.
»Wir reden später«, sagte Eva Lind und ging zur Tür hinaus.
Der Mann grinste Erlendur an.
»Wirst du etwas wegen des Heizkörpers hier unternehmen?«, fragte Erlendur.
»Ich werde es melden«, erwiderte er und machte die Tür zu.
Erlendur setzte sich wieder auf die Bettkante. Eva Lind und Sindri Snær stammten aus einer misslungenen Ehe, die vor mehr als zwei Jahrzehnten auseinander gegangen war. Nach der Scheidung hatte Erlendur so gut wie keinen Kontakt zu seinen Kindern gehabt. Seine Ex-Frau hatte es so gewollt. Sie fühlte sich betrogen, und sie benutzte die Kin-

der, um sich an ihm zu rächen. Erlendur hatte sie gewähren lassen. Später bereute er es zutiefst, keinen Versuch mehr gemacht zu haben, um die Verbindung zu seinen Kindern aufrechtzuerhalten. Bereute es, Halldóra das alles überlassen zu haben. Als sie älter wurden, fanden sie von sich aus den Weg zu ihm. Da war Eva Lind schon drogenabhängig. Sein Sohn war Alkoholiker und hatte einige Entziehungskuren hinter sich.
Ihm war klar, was Eva gemeint hatte, als sie erklärte, sie wüsste nicht, ob sie es durchhalten würde. Sie hatte keine Entzugstherapie mitgemacht. Hatte keine Institution aufgesucht, um Hilfe bei ihrem Problem zu bekommen, sondern den Kampf von sich aus und allein aufgenommen. Sie war schon immer verschlossen und schwierig gewesen und hatte sich quer gelegt, wenn die Rede auf ihre Lebensweise kam. Sie hatte es nicht geschafft, loszukommen, als sie schwanger wurde. Sie versuchte es und konnte zwischendurch mal eine Zeit aufhören, hatte aber nicht die Kraft, um ganz und gar damit aufzuhören. Versuchte es aber, und Erlendur wusste, dass es ihr ernst damit war, aber sie war zu labil und schaffte die Kurve nicht. Er wusste nicht, weswegen sie so abhängig von diesem Gift war, dass es wichtiger für sie war als alles andere im Leben. Er kannte nicht die Gründe für diese Zerstörung, wusste aber wohl, dass er sie auf eine gewisse Weise im Stich gelassen hatte. Dass er in irgendeiner Form auch die Schuld daran trug, wie es um sie stand.

Er hatte im Krankenhaus an Eva Linds Bett gesessen, als sie im Koma lag, weil der Arzt ihm gesagt hatte, dass sie möglicherweise seine Stimme hören und vielleicht sogar seine Nähe spüren könnte. Einige Tage später war sie wieder zu Bewusstsein gekommen, und als Erstes hatte sie darum gebeten, ihren Vater zu sehen. Sie war so schwach gewesen, dass sie kaum sprechen konnte. Als er kam, schlief sie, und er setzte sich zu ihr und wartete darauf, dass sie aufwachte.

Als sie endlich die Augen öffnete und ihn erblickte, war es, als würde sie versuchen zu lächeln, fing aber an zu weinen, und er stand auf und umarmte sie. Sie zitterte in seinen Armen, er versuchte, sie zu beruhigen, bettete sie wieder in die Kissen und wischte ihr die Tränen ab.

»Wo bist du diese langen Tage gewesen?«, fragte er, streichelte ihr die Wangen und versuchte, aufmunternd zu lächeln.

»Wo ist das Baby?«, fragte sie.

»Haben sie dir nicht gesagt, was passiert ist?«

»Ich habe es verloren. Sie haben mir aber nicht gesagt, wo es ist. Ich habe es nicht zu sehen bekommen. Sie trauen mir das nicht ...«

»Es hat nicht viel gefehlt, und ich hätte dich verloren.«

»Wo ist es?«

Erlendur hatte das tot geborene Kind im OP gesehen, ein Mädchen, das vielleicht den Namen Auður erhalten hätte.

»Möchtest du das Kind sehen?«, fragte er.

»Verzeih«, sagte Eva leise.

»Was?«

»Wie ich bin. Wie ich das Kind ...«

»Ich brauche dir nicht zu verzeihen, wie du bist, Eva. Du brauchst mich nicht um Verzeihung zu bitten dafür, wie du bist.«

»Doch.«

»Dein Schicksal bestimmst du nicht allein.«

»Willst du ...?«

Eva Lind verstummte und lag vollkommen erschöpft da. Erlendur wartete still, während sie wieder Kräfte sammelte. Es verging eine lange Zeit. Schließlich blickte sie ihren Vater an.

»Willst du mir helfen, sie zu beerdigen?«, fragte sie.
»Natürlich«, sagte er.
»Ich möchte sie sehen«, sagte Eva.
»Glaubst du, dass …?«
»Ich will sie sehen«, wiederholte sie. »Bitte mach, dass ich sie sehen kann.«
Erlendur zögerte, ging aber dann doch in die Anatomie und holte die Leiche des Mädchens, das er im Stillen Auður nannte. Er wollte nicht, dass es namenlos blieb. Er trug sie in einem weißen Handtuch durch die Krankenhauskorridore, denn Eva war zu schwach, um sich zu bewegen, und er brachte das totgeborene Kind zu ihr auf die Intensivstation. Eva nahm ihr Kind entgegen, betrachtete es und schaute dann zu ihrem Vater hoch.
»Das ist meine Schuld«, sagte sie leise.
Erlendur war überzeugt, dass sie in Tränen ausbrechen würde. Er war überrascht, als sie das nicht tat. Über ihr lag eine Ruhe, die den Ekel verhüllte, den sie vor sich selber verspürte.
»Du darfst ruhig weinen«, sagte er.
Eva schaute ihn an.
»Ich habe es nicht verdient, zu weinen«, sagte sie.
Auf dem Friedhof in Fossvogur hatte sie im Rollstuhl gesessen und mit versteinerter Miene zugeschaut, wie der Pfarrer mit einer kleinen Schaufel Erde auf den Sarg warf. Sie stand unter Mühen auf und wehrte Erlendur ab, als er ihr helfen wollte. Sie machte das Zeichen des Kreuzes über dem Grab ihrer Tochter, und ihre Lippen bewegten sich, aber Erlendur wusste nicht, ob sie mit den Tränen kämpfte oder ein stilles Gebet sprach.
Das war an einem schönen Frühlingstag gewesen, die Sonne glitzerte auf der Meeresbucht, und man konnte Spaziergänger sehen, die in der Nähe von Nauthólsvík unterwegs waren und das schöne Wetter genossen. Halldóra

stand etwas abseits und Sindri Snær am Rand des Grabs, aber er hielt Distanz zu seinem Vater. Sie konnten kaum weiter voneinander entfernt sein, eine Gruppe entzweiter Menschen, die nichts anderes gemeinsam hatten, als dass ihr Leben eine Qual war. Erlendur ging es auf, dass die Familie seit mehr als einem Vierteljahrhundert nicht mehr so zusammengestanden hatte. Er schaute zu Halldóra herüber, die es vermied, ihn anzusehen. Er redete nicht mit ihr und sie nicht mit ihm.

Eva Lind ließ sich in den Rollstuhl zurückfallen, Erlendur beugte sich über sie und hörte sie stöhnen:

»Dieses Scheißleben.«

Erlendur schreckte aus seinen Gedanken hoch, als er sich plötzlich an etwas erinnerte, was der Mann von der Rezeption gesagt hatte. Er hatte vorgehabt, eine Erklärung zu verlangen, es dann aber vergessen. Er stand auf, blickte den Korridor entlang und sah, wie der Mann im Aufzug verschwand. Eva Lind war nirgends zu sehen. Er rief dem Mann hinterher. Der stoppte die Aufzugtür, kam wieder aus dem Aufzug heraus und musterte Erlendur in Unterhosen und mit Oberbett von oben bis unten.

»Was hast du damit gemeint, als du gesagt hast ›wegen dem, was passiert ist‹?«, fragte Erlendur.

»Wegen dem, was passiert ist?«, wiederholte der Mann etwas überrascht.

»Du hast gesagt, ich dürfte kein Mädchen auf dem Zimmer haben, wegen dem, was passiert ist.«

»Ja.«

»Du meinst, was mit dem Weihnachtsmann im Keller passiert ist.«

»Ja, und was weißt du eigentlich darüber?«

Erlendur schaute auf seine Unterhose und zögerte einen Augenblick.

»Ich bin mit der Ermittlung befasst«, sagte er. »Mit der polizeilichen Ermittlung.«

Der Mann starrte ihn an und konnte seine ungläubige Miene nicht verhehlen.

»Wieso bringst du diese Dinge miteinander in Verbindung?«, beeilte Erlendur sich zu sagen.

»Ich verstehe nicht«, sagte der Mann und trat von einem Fuß auf den anderen.

»Das hört sich so an, als ob es ganz in Ordnung gewesen wäre, mit einem Mädchen auf dem Zimmer zu sein, wenn der Weihnachtsmann nicht umgebracht worden wäre. So hast du das gesagt. Verstehst du jetzt, worauf ich hinauswill?«

»Nein«, sagte der Mann. »Habe ich gesagt ›wegen dem, was passiert ist‹? Ich kann mich nicht erinnern.«

»Genau das hast du gesagt. Das Mädchen dürfte nicht bei mir sein, wegen dem, was passiert ist. Du hast geglaubt, dass meine Tochter eine …« Erlendur versuchte es vorsichtig zu formulieren, aber es gelang ihm nicht. »Du hast geglaubt, dass meine Tochter eine Nutte ist, und bist gekommen, um sie rauszuwerfen, weil der Weihnachtsmann ermordet wurde. Wenn das nicht passiert wäre, wäre es ganz in Ordnung gewesen, ein Mädchen auf dem Zimmer zu haben. Gestattet ihr, dass Mädchen auf die Zimmer gehen? Wenn alles in normalen Bahnen verläuft.«

Der Mann schaute Erlendur an.

»Was meinst du mit Mädchen?«

»Nutten«, sagte Erlendur. »Dürfen sich normalerweise Nutten hier im Hotel aufhalten und auf die Zimmer gehen, während ihr an der Rezeption ein Auge zudrückt, bloß jetzt nicht, wegen dem, was passiert ist? Was hat der Weihnachtsmann damit zu tun? Hatte er etwas damit zu tun?«

»Ich habe keine Ahnung, wovon du redest«, sagte der Mann von der Rezeption.
Erlendur wechselte die Methode.
»Ich kann verstehen, dass ihr vorsichtig seid, wenn hier im Hotel ein Mord passiert ist. Ihr wollt nicht die Aufmerksamkeit auf etwas Ungewöhnliches, etwas, was aus dem Rahmen fällt, lenken, auch wenn das an und für sich keine große Sache ist und nichts dagegen einzuwenden wäre. Die Leute können von mir aus machen, was sie wollen, und dafür bezahlen. Prostitution ist in Island legal, solange man nicht seinen Lebensunterhalt davon bestreitet. Was ich aber herausfinden möchte, ist, ob der Weihnachtsmann in irgendeiner Form etwas mit Prostitution zu tun gehabt hat.«
»Ich weiß nichts über Prostitution«, erklärte der Mann. »Wie du gesehen hast, kriegen wir das mit, wenn Mädchen hier allein durch die Gänge spazieren. War das im Ernst deine Tochter?«
»Ja.«
»Sie hat mir gesagt, ich soll sie am Arsch lecken.«
»Passt genau.«

Erlendur schloss die Tür hinter sich, legte sich ins Bett und schlief bald ein. Er träumte, dass die Himmel ihren Staub auf ihn herunterrieseln ließen, und er hörte das Klirren von Fahnen.

Zweiter Tag

Fünf

Der Empfangschef war nicht zur Arbeit erschienen, als Erlendur am nächsten Morgen in die Lobby kam und nach ihm fragte. Keiner wusste, warum, er hatte nicht angerufen und sich krank gemeldet oder gesagt, dass er sich freinehmen würde, um irgendetwas zu erledigen. Eine Frau Mitte dreißig sagte Erlendur, dass es in der Tat ziemlich merkwürdig sei, dass der Empfangschef nicht zur festgesetzten Zeit bei der Arbeit erschienen war, denn der Mann sei immer superpünktlich. Und ganz unbegreiflich, dass er nicht angerufen hatte, falls er sich freinehmen wollte.

Sie berichtete Erlendur alles sehr freimütig, immer wieder unterbrochen von einer Mitarbeiterin des Krankenhauslabors, die ihr die Speichelprobe entnahm. Insgesamt drei Laborantinnen waren damit beschäftigt, die genetischen Fingerabdrücke des Hotelpersonals zu erfassen. Einige andere gingen zu den Privatadressen derer, die frei hatten. Bald würden die Speichelproben aller derzeitigen Hotelangestellten vorliegen, um mit dem Speichel am Kondom des Weihnachtsmanns verglichen zu werden.

Kriminalpolizisten vernahmen die Angestellten, um festzustellen, inwieweit sie mit Guðlaugur bekannt gewesen waren, und wo jeder Einzelne sich gestern am späten Nachmittag aufgehalten hatte. Die gesamte Mordkommission beteiligte sich an jenem Stadium der Ermittlung, das in der Hauptsache noch aus Sammeln von Informationen und Beweismaterial bestand.

»Was ist mit denen, die bis vor kurzem hier gearbeitet haben oder schon vor einiger Zeit hier aufgehört haben, die kannten den Weihnachtsmann doch auch?«, fragte Sigurður Óli. Er setzte sich zu Erlendur in den Speisesaal und sah zu, wie der sich genüsslich Hering und dunkles Roggenbrot, gekochten Schinken, Toastbrot und dampfenden Kaffee einverleibte.

»Wir sehen erst mal, was jetzt beim ersten Anlauf herauskommt«, erwiderte Erlendur und schlürfte den heißen Kaffee. »Hast du etwas über diesen Guðlaugur herausgefunden?«

»Nicht viel. Über ihn scheint es nicht viel zu sagen zu geben. Er war achtundvierzig Jahre alt, unverheiratet und kinderlos. Hat über zwanzig Jahre hier im Hotel gearbeitet. Es sieht so aus, als hätte er die ganzen Jahre da unten in dem Kellerloch gewohnt. Seinerzeit sollte das wohl nur eine Übergangslösung sein, so sagt jedenfalls der fette Hotelmanager, aber er behauptet, auch nicht viel mehr darüber zu wissen. Er hat mir geraten, mit seinem Vorgänger zu sprechen, der hat nämlich seinerzeit den Deal mit Guðlaugur gemacht. Fettkloß war der Meinung, dass Guðlaugur damals die Wohnung gekündigt worden war und er die Erlaubnis erhielt, sein Zeugs hier im Keller aufzubewahren. Und das hat dann einfach dazu geführt, dass er dort hängen geblieben ist.«

Sigurður Óli schwieg eine Weile.

»Elínborg hat mir gesagt, dass du hier im Hotel übernachtet hast.«

»Kaum zu empfehlen. Das Zimmer ist kalt, und man hat keine Ruhe vor dem Personal. Aber das Essen ist gut. Wo ist Elínborg?«

Im Frühstücksraum war Betrieb, und der Saal summte unter den lebhaften Gesprächen der Gäste, die sich am Frühstücksbüfett bedienten. Die meisten waren Ausländer in Wollpullovern und Bergschuhen. Sie waren dick vermummt, obwohl sie eigentlich nur ins Stadtzentrum wollten, das gerade mal zehn Minuten entfernt war. Kellner sorgten dafür, dass die Kaffeetassen nicht leer wurden, und räumten gebrauchte Teller ab. Aus der Lautsprecheranlage klangen getragene Weihnachtslieder.

»Die Hauptverhandlung ist heute, das weißt du doch«, sagte Sigurður Óli.

»Ja.«

»Elínborg ist dort. Was glaubst du, wie das ausgehen wird?«

»Wahrscheinlich kriegt er ein paar Monate auf Bewährung. Wie immer bei diesen miesen Richtern.«

»Er wird doch wohl kaum den Jungen behalten dürfen.«

»Ich weiß es nicht«, sagte Erlendur.

»Was für ein Dreckskerl«, sagte Sigurður Óli. »Er gehörte auf dem Lækjartorg an den Pranger gestellt.«

Elínborg hatte die Ermittlung geleitet. Ein acht Jahre alter Junge war mit schweren Körperverletzungen ins Krankenhaus eingeliefert worden. Aus ihm war nichts herauszuholen gewesen, was den Tathergang betraf. Man ging zunächst davon aus, dass ältere Schulkameraden außerhalb des Schulgeländes über ihn hergefallen waren und ihn so zugerichtet hatten; ein Arm war gebrochen, die Kiefer waren angeknackst und zwei Zähne im Oberkiefer fehlten. Sein Vater kam kurz darauf aus der Arbeit nach Hause und verständigte die Polizei. Ein Krankenwagen lieferte den Jungen ins Krankenhaus ein.

Der Junge war ein Einzelkind. Seine Mutter befand sich in der psychiatrischen Klinik, als der Überfall stattfand. Er lebte allein mit seinem Vater in einem schönen, zweistöckigen Haus mit fantastischer Aussicht im Stadtviertel Breiðholt. Der Vater, geschäftsführender Direktor einer Internet-Firma, war erwartungsgemäß erschüttert über

diesen Überfall und sprach davon, sich an den Jungen rächen zu wollen, die seinen Sohn so zugerichtet hatten. Er verlangte, dass Elínborg die Täter ausfindig machen müsse.
Elínborg wäre vermutlich der Wahrheit nie auf die Spur gekommen, wenn das Haus nicht zwei Etagen gehabt hätte und das Zimmer des Jungen in der oberen gewesen wäre.
»Sie nimmt sich das viel zu sehr zu Herzen«, sagte Sigurður Óli. »Elínborg hat natürlich selber einen Sohn in diesem Alter.«
»Man darf sich nicht zu sehr von so was beeinflussen lassen«, antwortete Erlendur, der mit seinen Gedanken weit weg war.
»Und das sagst ausgerechnet du?«
Die friedliche Stimmung im Frühstücksraum wurde plötzlich durch Lärm, der aus der Küche herausdrang, gestört. Ein Mann schimpfte lautstark und stritt sich mit jemandem, man konnte jedoch nicht hören, über was. Erlendur und Sigurður Óli standen auf und gingen Richtung Küche. Die Stimme gehörte dem Chefkoch, der Erlendur mit der Rinderzunge ertappt hatte. Er ließ seinen Zorn an der Laborantin aus, die ihm eine Speichelprobe entnehmen wollte.
»... und jetzt zieh endlich ab mit deinen Scheißpinnchen«, schrie der Koch eine Frau um die fünfzig an. Ihr Handwerkszeug stand auf dem Tisch. Trotz seines Wutanfalls blieb sie höflich, aber bestimmt, und das trug nicht dazu bei, seinen Zorn zu mildern. Als er Erlendur und Sigurður Óli erblickte, geriet sein Blut noch mehr in Wallung.
»Seid ihr wahnsinnig geworden?«, schrie er. »Glaubt ihr wirklich, ich wäre unten bei Gulli gewesen und hätte ihm einen Präser über den Schwanz gezogen? Ihr tickt wohl nicht ganz frisch, ihr Saftärsche. Das hier kommt überhaupt nicht infrage, das kommt überhaupt nicht infrage.

Mir ist scheißegal, was ihr dazu sagt. Ihr könnt mich meinetwegen in eine Zelle stecken und den Schlüssel wegschmeißen, aber ich mach bei so einem Scheiß nicht mit, habt ihr das kapiert, ihr Idioten?«

Wutschnaubend stürmte er aus der Küche. Er fühlte sich in seiner Männlichkeit angegriffen, die allerdings durch die Kochmütze etwas beeinträchtigt wurde, und Erlendur musste unwillkürlich lächeln. Er schaute die Laborantin an, die das Lächeln erwiderte und dann anfing zu lachen. Die Spannung in der Küche löste sich. Köche und Kellner, die sich in der Küche versammelt hatten, brachen in schallendes Gelächter aus.

»Sind die anderen auch so schwierig?«, fragte Erlendur die Laborantin.

»Nein, überhaupt nicht«, erwiderte sie. »Eigentlich zeigen alle großes Verständnis. Er war der Erste, der das unter seiner Würde fand.«

Sie lächelte, und Erlendur mochte ihr Lächeln. Sie war etwa so groß wie er selbst, hatte dichtes blondes Haar, das sie kurz geschnitten trug, und hatte eine bunte Strickjacke an mit einer weißen Bluse darunter, dazu Jeans und solide schwarze Lederschuhe.

»Mein Name ist Erlendur«, rutschte es unwillkürlich aus ihm heraus, und er streckte ihr die Hand hin.

Sie schien etwas verwirrt zu sein.

»Ja«, sagte sie und gab ihm die Hand. »Ich heiße Valgerður.«

»Valgerður?«, wiederholte er. Er sah keinen Ehering. Erlendurs Handy klingelte in der Jackentasche.

»Entschuldige«, sagte er und nahm das Gespräch entgegen. Er hörte eine altbekannte Stimme, die nach ihm fragte.

»Bist du das?«, sagte die Stimme.

»Ja, ich bin's«, sagte Erlendur.

»Mit diesen Mobiltelefonen kenne ich mich nicht aus«,

sagte die Stimme am Telefon. »Wo bist du eigentlich? Bist du in dem Hotel? Du stehst vielleicht unter Druck. Oder im Aufzug.«

»Ich bin im Hotel.« Erlendur legte die Hand über den Lautsprecher und bat Valgerður, einen Augenblick zu warten. Dann ging er durch den Speisesaal in die Lobby. Marian Briem war am Telefon.

»Schläfst du im Hotel?«, fragte Marian. »Stimmt was nicht bei dir? Warum gehst du nicht nach Hause?«

Marian Briem war jahrzehntelang bei der Kriminalpolizei gewesen und hatte mit Erlendur zusammengearbeitet. Er hatte Erlendur damals in den Job eingewiesen, als der bei der Polizei angefangen hatte. Marian telefonierte ab und zu mit Erlendur und beklagte sich, dass er nie zu Besuch käme. Zwischen ihnen hatte nie ein besonders inniges Verhältnis geherrscht, und Erlendur hatte eigentlich keine Lust, Marian jetzt im Alter zu besuchen. Vielleicht, weil sie einander zu ähnlich waren. Vielleicht sah er in Marian seine Zukunft vor sich, und das wollte er vermeiden. Marian war einsam und langweilte sich im Ruhestand.

»Wieso rufst du an?«, fragte Erlendur.

»Da gibt es immer noch ein paar Leute, die mich nicht ganz vergessen haben und Verbindung zu mir halten, auch wenn du kein Interesse daran zu haben scheinst«, sagte Marian.

Erlendur war drauf und dran, das Gespräch sofort abzubrechen, aber irgendetwas ließ ihn zögern. Marian Briem hatte ihn schon ein paar Mal auf eine Spur gebracht, ohne dass er darum gebeten hatte. Er durfte nicht zu unhöflich sein.

»Kann ich dir mit irgendwas behilflich sein?«, fragte Erlendur.

»Sag mir den Namen des Mannes. Ich könnte etwas herausfinden, was ihr übersehen habt.«

»Du kannst es nicht lassen.«
»Ich langweile mich«, sagte Marian. »Du kannst dir nicht vorstellen, wie sehr ich mich langweile. Jetzt bin ich schon fast zehn Jahre im Ruhestand, und ich kann dir sagen, jeder Tag in dieser Hölle ist wie eine ganze Ewigkeit. Wie tausend Jahre jeder einzelne Tag.«
»Da wird doch einiges für Senioren gemacht«, sagte Erlendur. »Wie wär's mit Bingo?«
»Bingo«, schnaubte Marian.
Erlendur nannte Guðlaugurs Namen. Er fügte einige Informationen über die Sachlage hinzu und verabschiedete sich dann, ohne dass es zu unhöflich klang. Das Handy klingelte im gleichen Moment wieder.
»Ja«, sagte Erlendur.
»Wir haben einen Zettel im Zimmer des Toten gefunden«, sagte eine Stimme am Telefon. Es war der Chef der Spurensicherung.
»Einen Zettel?«
»Auf dem steht: Henry 18.30.«
»Henry? Warte mal, wann hat das Mädchen den Weihnachtsmann gefunden?«
»So gegen sieben.«
»Dieser Henry könnte also bei ihm im Zimmer gewesen sein, als er ermordet wurde?«
»Weiß ich nicht. Aber da ist noch was anderes.«
»Ja?«
»Es könnte sein, dass das Kondom dem Weihnachtsmann gehört hat. In der Tasche seiner Livree war eine ganze Zehnerschachtel, drei fehlen.«
»Sonst noch was?«
»Nein, nur eine Brieftasche mit fünfhundert Kronen, ein alter Personalausweis und ein Kassenzettel vom ›10-11-Supermarkt‹, datiert auf vorgestern. Doch, und dann noch ein Schlüsselbund mit zwei Schlüsseln.«

»Was für Schlüssel?«
»Der eine scheint mir ein Hausschlüssel zu sein, und der andere könnte ein Schlüssel zu einem Schrank sein oder so was. Er ist viel kleiner.«
Das Gespräch war beendet. Erlendur hielt Ausschau nach der Laborantin, aber sie war verschwunden.

Unter den ausländischen Hotelgästen gab es zwei mit dem Vornamen Henry. Einerseits ein Amerikaner namens Henry Bartlet, und andererseits ein Engländer, Henry Wapshott. Der Letztere antwortete nicht, als man bei ihm durchklingeln ließ, aber Bartlet war auf seinem Zimmer und wunderte sich sehr, als sich herausstellte, dass die isländische Polizei etwas von ihm wollte. Die Story des Hotelmanagers über den Herzinfarkt des Portiers war offensichtlich glaubwürdig gewesen.
Erlendur nahm Sigurður Óli zu dem Treffen mit Henry Bartlet mit. Sigurður Óli hatte ein amerikanisches Diplom in Kriminalwissenschaften, auf das er sich nicht wenig einbildete, und beherrschte die Sprache wie ein Eingeborener. Der amerikanische Singsang ging Erlendur zwar auf die Nerven, aber damit musste man sich abfinden.
Auf dem Weg nach oben berichtete Sigurður Óli Erlendur darüber, dass man mit der Mehrzahl der Hotelangestellten, die Schicht hatten, als Guðlaugur ermordet wurde, gesprochen hatte, und dass die meisten ein Alibi vorzuweisen hatten, das von anderen bestätigt werden konnte.
Bartlet war um die dreißig, ein Börsenmakler aus Colorado. Er und seine Frau hatten vor einiger Zeit eine Sendung über Island im amerikanischen Fernsehen gesehen und sich von der wilden isländischen Natur und der Blauen Lagune faszinieren lassen; dort waren sie bereits dreimal gewesen. Sie hatten einfach beschlossen, einen Traum Wirklichkeit werden zu lassen und Weihnachten und

Silvester in diesem fernen Winterland zu verbringen. Sie waren hellauf begeistert vom Land, fanden aber die Preise in den Restaurants und Kneipen der Stadt unverschämt hoch.

Sigurður Óli nickte zustimmend. Für ihn waren die USA das Land seiner Träume, und er genoss es in vollen Zügen, sich mit dem Ehepaar zu unterhalten und mit ihnen über Basketball und amerikanische Weihnachtsbräuche zu reden, bis Erlendur genug hatte und ihn unterbrach.

Sigurður Óli informierte die Eheleute über den Tod des Portiers und den Zettel, den man in dem Zimmer gefunden hatte. Henry Bartlet und seine Frau starrten die Kriminalbeamten an, als hätten sie sich urplötzlich in Gäste von einem anderen Planeten verwandelt.

»Ihr habt den Portier nicht gekannt, oder?«, fragte Sigurður Óli, als er ihre entgeisterten Mienen sah.

»Mord?«, stöhnte Henry. »Hier im Hotel?«

»Oh, my god«, sagte seine Frau und sank auf das Doppelbett nieder. Sigurður Óli beschloss, das Kondom nicht zu erwähnen. Er erklärte, dass der Zettel darauf hindeutete, dass Guðlaugur, der Ermordete, eine Verabredung mit einem Mann namens Henry gehabt hatte, aber sie wüssten nicht, an welchem Datum und ob dieses Treffen bereits stattgefunden hatte oder möglicherweise erst zwei Tage, eine Woche oder zehn Tage später stattfinden sollte.

Henry Bartlet und seine Frau wiesen es weit von sich, den Portier gekannt zu haben. Sie hatten ihn nicht einmal wahrgenommen, als sie vor vier Tagen im Hotel eincheckten. Erlendur und Sigurður Óli hatten sie ganz offensichtlich in Aufregung versetzt.

»Jesus«, ächzte Henry. »Ein Mord!«

»You have murders in Iceland?«, fragte die Frau und schaute auf die Icelandair-Broschüre auf dem Nachttisch.

»Cindy«, hatte sie zu Sigurður Óli gesagt, als sie sich begrüßten.
»Rarely«, sagte er und versuchte zu lächeln.

»Dieser Henry muss nicht unbedingt Gast im Hotel gewesen sein«, konstatierte Sigurður Óli, während sie auf den Aufzug nach unten warteten. »Muss nicht mal ein Ausländer sein. Es gibt auch Isländer, die Henry heißen.«
»Genau«, sagte Erlendur. »Der stammt bestimmt aus dem edlen Geschlechte derer von Reißaus.«

Sechs

Sigurður Óli hatte den ehemaligen Hoteldirektor ausfindig gemacht. Deshalb verabschiedete er sich von Erlendur, als sie in die Lobby kamen,und machte sich auf den Weg zu ihm. Erlendur fragte nach dem Empfangschef, aber der war immer noch nicht aufgetaucht und hatte auch nichts von sich hören lassen. Henry Wapshott hatte am frühen Morgen seinen Schlüssel an der Rezeption hinterlegt, ohne dass es irgendjemandem aufgefallen wäre. Er hielt sich schon seit einer Woche im Hotel auf, und sein Zimmer war für zwei weitere Tage gebucht. Erlendur bat darum, sofort benachrichtigt zu werden, wenn Wapshott sich an der Rezeption blicken ließe.

Der Hotelmanager watschelte an Erlendur vorbei.

»Ich hoffe nur, du belästigst meine Gäste nicht«, sagte er.

Erlendur zog ihn ein wenig beiseite.

»Wie sieht es hier im Hotel mit Prostitution aus?«, fragte Erlendur ohne Umschweife, als sie beim Weihnachtsbaum in der Eingangshalle standen.

»Prostitution? Wovon redest du eigentlich?«, stieß der Hotelmanager ächzend hervor und wischte sich mit seinem zerknüllten Taschentuch über den Nacken.

Erlendur blickte ihn an und wartete.

»Jetzt fang bloß nicht an, so einen verdammten Quatsch damit in Verbindung zu bringen«, sagte der Hotelmanager.

»Hat der Portier hier vielleicht die Nutten besorgt?«

»Jetzt hör aber mal auf«, sagte der Hotelmanager. »Es gibt

keine Nutt ... keine Prostitution in diesem Hotel.«
»In allen Hotels gibt's Prostitution.«
»Nanu?«, sagte der Hotelmanager. »Hast du Erfahrung damit?«
Darauf antwortete Erlendur nicht.
»Willst du damit andeuten, dass unser Portier hier den Zuhälter gespielt hat?«, erklärte der Hotelmanager und klang schockiert. »Noch nie in meinem Leben habe ich so einen absurden Quatsch gehört. Das hier ist kein Striplokal. Das hier ist das zweitgrößte Hotel in Reykjavík!«
»Lungern hier wirklich keine Frauen an der Bar oder im Foyer herum, die es auf die Männer abgesehen haben und mit ihnen aufs Zimmer gehen?«
Der Hotelmanager zögerte. Er schien Erlendur nicht gegen sich aufbringen zu wollen.
»Das ist ein großes Hotel«, sagte er schließlich. »Wir können nicht alles mitverfolgen, was sich hier abspielt. Falls es tatsächlich eindeutig um Prostitution geht, versuchen wir, etwas zu unternehmen, aber es ist ziemlich schwierig. Falls wir etwas beobachten, was nicht ganz koscher ist, mischen wir uns ein. Ansonsten bleibt es den Gästen überlassen, was sie auf ihren Zimmern treiben.«
»Ausländer und reiche Isländer, Reeder vom Land, hast du das nicht gesagt?«
»Ja, und natürlich noch viele andere. Das ist keine billige Absteige. Es ist ein renommiertes Hotel, und die Gäste sind gut situiert und können sich im Allgemeinen die Übernachtung locker leisten. Hier verkehrt kein Gesocks. Sieh dich um Himmels willen vor, solche Gerüchte in Umlauf zu setzen. Die Konkurrenz ist so schon hart genug, und es ist furchtbar, mit diesem Mord in Verbindung gebracht zu werden.«
Der Hotelmanager schwieg eine Weile.
»Hast du vor, weiterhin hier im Hotel zu übernachten?«,

fragte er dann. »Ist das nicht in hohem Maße ungewöhnlich?«
»Hier ist nur eins ungewöhnlich, nämlich ein toter Weihnachtsmann bei dir im Keller«, entgegnete Erlendur lächelnd.
Er sah, wie die Laborantin mit ihren Gerätschaften aus der Hotelbar im Erdgeschoss kam. Er verabschiedete sich mit einem Kopfnicken vom Hotelmanager und ging zu ihr hinüber. Sie wandte ihm den Rücken zu und war auf dem Weg zur Garderobe beim Seiteneingang des Hotels.
»Wie geht es voran?«, fragte Erlendur.
Sie drehte sich um und erkannte ihn sofort wieder, ging aber trotzdem weiter.
»Leitest du diese Ermittlung?«, fragte sie und betrat die Garderobe, wo sie einen Mantel vom Bügel nahm. Sie bat Erlendur, ihre Tasche zu halten.
»Es waren nicht alle begeistert von den Speichelproben«, sagte sie, »und damit meine ich nicht nur den Koch.«
»Uns geht es in erster Linie darum, die Hotelangestellten auszuschließen, damit wir uns auf andere Dinge konzentrieren können, ich dachte, euch wäre das als Erklärung an die Hand gegeben worden.«
»Hat nicht viel genutzt. Habt ihr was gefunden?«
»Valgerður ist ein alter isländischer Name, nicht wahr?«, sagte Erlendur, ohne auf ihre Frage einzugehen.
Sie lächelte.
»Darfst du nicht über die Ermittlung sprechen?«
»Nein.«
»Würde es dir etwas ausmachen, wenn Valgerður ein alter Name ist?«
»Mir? Nein, ich ...« Erlendur zögerte.
»Sonst noch was?«, fragte Valgerður und streckte ihre Hand nach ihrer Tasche aus. Sie musste über diesen Mann lächeln, der in seiner geknöpften Strickweste unter dem

schäbigen Jackett mit den abgenutzten Ellbogenschonern vor ihr stand und sie mit traurigen Augen anschaute. Sie waren wahrscheinlich im gleichen Alter, aber er wirkte zehn Jahre älter als sie.

Es rutschte Erlendur heraus, ohne dass ihm klar war, was er da eigentlich sagte. Diese Frau hatte irgendwas.

Und er sah keinen Ring.

»Ich hätte gern gewusst, ob ich dich heute Abend hier zum Abendessen einladen darf, zum Weihnachtsbüfett, das ist wirklich exzellent.«

Er wusste gar nichts über sie, und er sagte es so, als hätte er keine Chance, eine positive Antwort zu bekommen, aber er hatte es trotzdem gesagt, und er wartete nur darauf, dass sie anfangen würde, zu lachen und ihm von ihrer Ehe zu erzählen, von vier Kindern, Einfamilienhaus und Sommerhaus, Konfirmationsfeiern und Abiturpartys, das älteste Kind bereits verheiratet, und wie sehr sie sich darauf freute, mit dem geliebten Ehegatten in Frieden alt zu werden.

»Vielen Dank«, sagte sie. »Das ist sehr nett. Aber ... leider, ich kann nicht. Trotzdem vielen Dank.«

Sie nahm ihm die Tasche ab, die er für sie aufgehoben hatte, zögerte einen Augenblick, schaute ihn an und verließ dann das Hotel. Erlendur blieb halb benommen in der Garderobe zurück. Es war Jahre her, seit er zuletzt eine Frau eingeladen hatte. Sein Handy klingelte in der Jackentasche, er holte es geistesabwesend hervor und nahm den Anruf entgegen. Es war Elínborg.

»Jetzt kommt er in den Saal«, sagte sie beinahe im Flüsterton.

»Was?«, sagte Erlendur.

»Der Vater, er kommt gerade mit seinen beiden Rechtsanwälten herein. Weniger reicht wohl nicht, um ihn reinzuwaschen.«

»Sind viele Leute da?«, fragte Erlendur.

»Nein, nur ganz wenige. Ich glaube, das ist die Familie des Jungen mütterlicherseits, und dann noch ein paar Journalisten.«

»Was für einen Eindruck macht er?«

»Wie gewöhnlich ist ihm nicht das Geringste anzumerken, trägt Anzug und Krawatte, als wäre er auf dem Weg zu einer Vorstandssitzung. Der Mann hat keine Spur von Gewissen.«

»Doch«, sagte Erlendur. »Bestimmt hat er ein Gewissen.«

Erlendur war mit Elínborg ins Krankenhaus gefahren, sobald die Ärzte die Erlaubnis gegeben hatten, mit dem Jungen zu sprechen. Er war operiert worden und lag jetzt auf der Kinderstation mit anderen Kindern zusammen. An den Wänden waren Kinderzeichnungen, Spielzeug lag auf den Betten, wo Eltern auf der Bettkante saßen, die nach schlaflosen Nächten erschöpft aussahen, unendlich besorgt wegen ihrer Kinder.

Elínborg setzte sich zu ihm. Der Junge trug einen dicken Kopfverband, sodass man vom Gesicht fast nur den Mund und die Augen sah, die den Kriminalbeamten voller Misstrauen entgegenblickten. Der Arm war eingegipst und hing an einem Haken über dem Bett. Unter dem Oberbett zeichneten sich die Verbände ab. Sie hatten die Milz retten können. Der Arzt hatte gesagt, dass sie gern mit dem Jungen reden dürften, aber es stehe auf einem anderen Blatt, ob er mit ihnen reden wolle.

Elínborg begann damit, von sich selber zu erzählen, wer sie war und was sie für Aufgaben bei der Polizei hätte, und sie fügte hinzu, dass sie hinter denen her wäre, die ihn so zugerichtet hätten. Erlendur stand etwas abseits und verfolgte das Gespräch mit. Der Junge starrte Elínborg an. Sie wusste, dass sie eigentlich nicht mit ihm reden durfte, ohne dass ein Elternteil anwesend war. Sie hatten sich mit dem Vater im Krankenhaus verabredet, aber eine halbe Stunde war bereits verstrichen, ohne dass er aufgetaucht war.

»Wer hat das getan?«, fragte Elínborg endlich, als sie fand, dass sie zur Sache kommen konnte.

Der Junge blickte sie an und sagte keinen Ton.

»Wer hat dich so zugerichtet? Es ist ganz in Ordnung, wenn du mir das sagst. Die sollen nicht wieder über dich herfallen dürfen, das verspreche ich dir.«

Der Junge schaute zu Erlendur herüber.

»Waren das die Jungs in der Schule?«, fragte Elínborg. »Die großen Jungs? Wir wissen schon, dass zwei, von denen wir glauben, dass sie dich angegriffen haben könnten, richtige Rowdys sind. Sie haben schon früher andere Kinder angegriffen, aber nicht so schlimm. Sie behaupten, dass sie dir nichts getan haben, aber wir wissen, dass sie zu der Zeit in der Schule waren, wo du angegriffen wurdest. Bei ihnen war gerade die letzte Stunde zu Ende.«

Der Junge schaute Elínborg stumm an, während sie redete. Sie war in der Schule gewesen und hatte mit dem Rektor und den Lehrern gesprochen, sie war bei den beiden Jungen zu Hause gewesen und hatte die Familienverhältnisse erkundet und ihnen zugehört, als sie behaupteten, dem Jungen nichts getan zu haben. Der Vater des einen war im Knast.

In diesem Augenblick kam ein Kinderarzt in das Krankenzimmer. Er erklärte, dass der Junge der Ruhe bedürfe, sie sollten später wiederkommen. Elínborg nickte, und sie verabschiedeten sich.

Später am gleichen Tag war Erlendur ebenfalls mitgekommen, um den Vater des Jungen in seinem Haus aufzusuchen. Der Vater gab die Erklärung ab, dass er vormittags an einer wichtigen Telefonkonferenz mit Geschäftspartnern in Deutschland und Amerika teilnehmen musste und deswegen nicht ins Krankenhaus gekommen war. »Das hat sich ganz plötzlich ergeben«, sagte er. Als er sich endlich freimachen konnte, hatten Elínborg und Erlendur das Krankenhaus gerade verlassen.

Während sie miteinander sprachen, fielen die schrägen Strahlen der Wintersonne durch die Wohnzimmerfenster und beleuchteten die Marmorfliesen auf dem Fußboden und den Teppich auf der Treppe zur oberen Etage. Elínborg, die da stand und seinen Erklärungen zuhörte, glaubte auf einmal einen Flecken auf dem Teppichboden, mit dem die Treppe ausgelegt war, zu erkennen, und dann noch einen auf der nächsten Stufe.

Kleine Flecken, fast unsichtbar, wenn nicht die Wintersonne so schräg ins Zimmer geschienen hätte.

Flecken, die beinahe aus dem Teppich entfernt worden waren und bei flüchtigem Hinsehen so wirkten, als sei das die Teppichstruktur.

Flecken, von denen sich herausstellte, dass es kleine Fußstapfen waren.

»Bist du noch dran?«, fragte Elínborg am Telefon. »Erlendur? Bist du noch dran?«

Erlendur kam wieder zu sich.

»Informier mich, wie's läuft«, sagte er, und damit war das Gespräch beendet.

Der Oberkellner des Hotels war ein Mann um die vierzig, gertenschlank. Er trug einen schwarzen Anzug und hochglanzpolierte Lackschuhe. In einer Ecke des Speisesaals ging er die Listen mit den Tischreservierungen für den Abend durch. Nachdem Erlendur sich vorgestellt und gefragt hatte, ob er ihn einen Augenblick stören dürfe, blickte der Oberkellner langsam von dem abgegriffenen Reservierungsbuch hoch, und ein elegantes dünnes Oberlippenbärtchen und schwarze Bartwurzeln, die er bestimmt zweimal am Tag rasieren musste, kamen zum Vorschein, bräunlicher Teint und braune Augen.

»Ich habe Gulli eigentlich überhaupt nicht gekannt«, sagte der Mann, der Rósant hieß. »Schrecklich, was da mit ihm passiert ist. Habt ihr schon etwas herausgefunden?«

»Nichts«, sagte Erlendur kurz angebunden. Er dachte an die Laborantin – und an seine Tochter Eva Lind, die erklärt hatte, sie würde es nicht mehr durchhalten. Er wusste, was das zu bedeuten hatte, aber innerlich hoffte er, dass er sich irrte. »Jetzt an den Feiertagen ist ganz schön viel los, nicht wahr?«, sagte er.

»Wir versuchen, das Beste daraus zu machen. Jeder Tisch wird möglichst dreimal an einem Abend belegt, und das kann äußerst schwierig sein, weil manche Gäste der Meinung sind, dass sie das Büfett, wenn sie schon teuer dafür bezahlt haben, mit sich forttragen müssen. Der Mord im Keller hat nicht dazu beigetragen, unsere Situation zu verbessern.«

»Wohl nicht«, erwiderte Erlendur desinteressiert. »Du arbeitest dann also noch nicht lange hier, wenn du Guðlaugur gar nicht gekannt hast.«

»Nein, ich bin erst seit zwei Jahren hier. Ich hatte nicht viel mit ihm zu tun.«

»Wer, glaubst du, hat ihn hier im Hotel am besten gekannt? Oder überhaupt gekannt.«

»Ich habe nicht die geringste Ahnung«, sagte der Oberkellner und strich sich mit dem Zeigefinger über diesen Strich von einem Schnurrbart. »Ich weiß gar nichts über diesen Mann. Vielleicht die Putzmannschaft? Wann bekommt man über die Ergebnisse der Speichelproben Bescheid?«

»Bescheid worüber?«

»Wer bei ihm war. Ist das nicht so ein DNA-Test?«

»Ja«, sagte Erlendur.

»Müsst ihr das womöglich ins Ausland schicken?«

Erlendur nickte.

»Weißt du, ob er hier im Keller Besuch bekommen hat? Von Leuten, die nichts mit dem Hotel zu tun haben?«

»Hier ist immer so viel Betrieb. So ist es halt in Hotels. Die Leute laufen wie die Ameisen raus und rein, rauf und runter, nie herrscht Ruhe. In der Hotelfachschule wurde uns beigebracht, dass es im Hotel nicht um das Gebäude geht oder die Zimmer, sondern um Menschen. Im Hotel dreht sich alles um Menschen. Nichts anderes. Wir haben dafür zu sorgen, dass sie sich wohl fühlen. Sich wie zu Hause fühlen. So ist es in Hotels.«

»Ich will versuchen, mir das zu merken«, sagte Erlendur und bedankte sich bei ihm.

Er ließ abchecken, ob Henry Wapshott inzwischen ins Hotel zurückgekehrt war, was aber nicht der Fall war. Doch immerhin war inzwischen der Empfangschef zur Arbeit erschienen und begrüßte Erlendur. Wieder hatte ein Bus vor dem Hotel gehalten, voll mit Touristen, die ins Foyer drängten. Der Empfangschef lächelte Erlendur verlegen zu und zuckte mit den Achseln, als sei es nicht seine Schuld, dass keine Zeit für ein Gespräch war und man auf bessere Zeiten warten müsste.

Sieben

Guðlaugur Egilsson hatte 1982 seine Tätigkeit in dem Hotel aufgenommen. Damals war er achtundzwanzig Jahre alt. Zuvor hatte er in unterschiedlichen Bereichen gearbeitet, zuletzt als Nachtwächter im Außenministerium. Als die Entscheidung getroffen wurde, im Hotel eine feste Stellung für einen Portier einzurichten, hatte er die Stelle bekommen. Damals herrschte ein Tourismus-Boom auf Island. Das Hotel war vergrößert worden, und mehr Leute wurden eingestellt. Der ehemalige Hoteldirektor wusste nicht mehr genau, weswegen Guðlaugur eingestellt worden war, konnte sich aber undeutlich erinnern, dass es nicht viele Bewerber auf die Stelle gegeben hatte.

Der Hoteldirektor hatte einen guten Eindruck von ihm. Er schien umgänglich, höflich und dienstbeflissen zu sein. Im weiteren Verlauf erwies er sich als guter Mitarbeiter. Er hatte keinerlei Familie, weder Frau noch Kinder, was den Hoteldirektor etwas beunruhigte, denn meist waren Männer mit Familie zuverlässigere Arbeitskräfte. Ansonsten hatte Guðlaugur über sich und seine Vergangenheit nicht viel Worte gemacht.

Kurz nachdem er angefangen hatte, war er zum Hoteldirektor gekommen und hatte gefragt, ob es im Hotel irgendeine Art von Unterkunft für ihn gäbe, solange er irgendwo eine neue Bleibe zu finden versuchte. Ihm war kurzfristig gekündigt worden, er stand auf der Straße und schien ziemlich verzweifelt zu sein. Er wies den Hoteldirektor auf eine kleine Kammer am hintersten Ende eines Korridors im Keller hin, wo er sich gut vorstellen könnte, provisorisch unterzukommen, solange er noch keine Wohnung gefunden hatte. Sie hatten sich den Raum angeschaut, der mit allem möglichen Kram voll gestopft war, aber Guðlaugur sagte, er wüsste, wo man den so lange verstauen könnte, das meiste müsste man sicher sowieso nur wegwerfen.

So kam es, dass Portier Guðlaugur, später auch Weihnachtsmann, in sein winziges Zimmer einzog, wo er bis zu seinem Todestag lebte. Der Hoteldirektor ging zunächst davon aus, dass er höchstens ein paar Wochen dort bleiben würde. So hatte Guðlaugur es nach eigenen Worten vorgehabt, und die Kammer war ja auch nicht so, dass irgendjemand dort für längere Zeit leben wollte. Aber die Wohnungssuche zog sich in die Länge, und bald schien es irgendwie selbstverständlich zu sein, dass Guðlaugur im Hotel wohnte, vor allem als er neben dem simplen Portiersdienst nach und nach auch die Hausmeisteraufgaben übernahm. Mit der Zeit fanden alle es sehr praktisch, dass Guðlaugur nachts im Hotel zur Verfügung stand, wenn irgendetwas kaputtging oder schief lief und jemand zum Reparieren gebraucht wurde.

»Kurz nachdem Guðlaugur in seine Kammer gezogen war, hat der ehemalige Hoteldirektor hier aufgehört«, sagte Sigurður Óli, der oben bei Erlendur auf dem Zimmer saß und ihm von seinem Gespräch berichtete. Der Tag war fortgeschritten, und es ging auf den Abend zu.

»Weißt du, warum?«, fragte Erlendur. Er hatte sich auf dem Bett ausgestreckt und starrte zur Decke. »Das Hotel war gerade erst erweitert worden, jede Menge neues Personal eingestellt, und er hört kurz danach auf. Findest du das nicht komisch?«

»Danach habe ich nicht gefragt. Ich werde sehen, was er

dazu sagt, falls du der Meinung bist, dass es tatsächlich eine Rolle spielen könnte. Ihm war nicht bekannt, dass Guðlaugur den Weihnachtsmann gespielt hatte. Das muss sich nach seiner Zeit so ergeben haben, und er war wirklich erschüttert darüber, dass man ihn in diesem Raum ermordet aufgefunden hat.«

Sigurður Óli blickte sich in dem kahlen Zimmer um.

»Willst du wirklich über Weihnachten hier bleiben?«, fragte er.

Erlendur ging nicht auf die Frage ein.

»Warum siehst du nicht zu, dass du nach Hause kommst?«

Schweigen.

»Die Einladung steht noch.«

»Vielen Dank, und schöne Grüße an Bergþóra«, sagte Erlendur nachdenklich.

»Was geht eigentlich ab bei dir?«

»Nichts, was dich angeht, wenn denn überhaupt bei mir ... etwas abgeht«, sagte Erlendur. »Weihnachten geht mir auf den Geist.«

»Ich jedenfalls möchte möglichst schnell nach Hause«, sagte Sigurður Óli.

»Wie geht's mit dem Kinderkriegen?«

»Nicht besonders.«

»Liegt das Problem bei dir?«

»Ich weiß es nicht. Wir haben uns noch nicht untersuchen lassen, aber Bergþóra hat das schon in Erwägung gezogen.«

»Willst du überhaupt ein Kind?«

»Ja. Ich weiß es nicht. Ich habe keine Ahnung, was ich will.«

»Wie spät ist es?«

»Schon nach halb sieben.«

»Geh nach Hause«, sagte Erlendur. »Ich werde mich mal um unseren Henry kümmern.«

Henry Wapshott war zwar ins Hotel zurückgekommen, befand sich aber nicht auf seinem Zimmer. Erlendur ließ von der Rezeption aus zu ihm durchklingeln und fuhr dann mit dem Aufzug hoch, um an der Zimmertür zu klopfen. Er bekam keine Antwort. Er überlegte, ob er den Hotelmanager dazu bringen sollte, das Zimmer zu öffnen, aber dazu musste er einen Durchsuchungsbefehl in der Hand haben, und das konnte sich bis spät in die Nacht hineinziehen. Außerdem war es völlig ungewiss, ob Henry Wapshott der Henry war, mit dem sich Guðlaugur um 18.30 Uhr verabredet hatte.

Erlendur stand auf dem Gang und ging die verschiedenen Optionen durch, als ein Mann zwischen fünfzig und sechzig um die Ecke bog und auf ihn zukam. Er trug eine abgewetzte braune Tweedjacke, grüne Khakihosen und ein blaues Hemd mit knallrotem Schlips. Grau meliertes Haar war sorgfältig über die Halbglatze gekämmt worden.

»Sind Sie das?«, fragte er auf Englisch, als er sich Erlendur näherte. »Mir wurde gesagt, dass jemand nach mir gefragt hat. Ein Isländer. Sind Sie Sammler? Wollten Sie sich mit mir treffen?«

»Heißen Sie Wapshott?«, fragte Erlendur. »Henry Wapshott?« Sein Englisch war nicht besonders gut. Er verstand zwar das meiste, aber mit dem Sprechen haperte es. Wegen zunehmender internationaler Verflechtungen in der Kriminalität hatte die Polizei spezielle Englischkurse eingerichtet, an denen Erlendur teilgenommen hatte. Es hatte ihm gefallen, und inzwischen las er sogar hin und wieder ein englisches Buch.

»Mein Name ist Henry Wapshott«, sagte der Mann. »Was wollen Sie von mir?«

»Wir sollten vielleicht nicht auf dem Gang herumstehen«, erklärte Erlendur. »Können wir auf Ihr Zimmer gehen? Oder ...?«

Wapshott blickte auf die Zimmertür und dann wieder auf Erlendur.
»Vielleicht sollten wir hinunter in die Lobby gehen«, sagte er. »Was wollen Sie von mir? Wer sind Sie?«
»Gehen wir nach unten«, sagte Erlendur.
Henry Wapshott folgte ihm zögernd zum Aufzug. Als sie ins Foyer kamen, ging Erlendur zu einem etwas abseits stehenden Tisch in der Nähe des Restaurants, an dem man rauchen durfte. Sie setzten sich, und sofort erschien die Bedienung. Es hatten sich schon wieder einige Gäste beim Büfett eingefunden, das Erlendur nicht weniger verlockend vorkam als am Abend vorher. Sie bestellten Kaffee.
»It's very odd«, sagte Wapshott. »Ich war vor etwa einer halben Stunde genau an dieser Stelle mit jemandem verabredet, aber der Mann ist gar nicht aufgetaucht. Er hat mir keine Nachricht hinterlassen, aber dann stehen Sie auf einmal vor meiner Tür und gehen wieder mit mir nach unten.«
»Wen wollten Sie hier treffen?«
»Einen Isländer. Er arbeitet hier im Hotel. Er heißt Guðlaugur Egilsson.«
»Und Sie waren heute hier um halb sieben mit ihm verabredet?«
»Genau«, sagte Wapshott. »Was …? Wer sind Sie?«
Erlendur informierte ihn darüber, dass er von der Polizei sei und ging kurz auf den Mord an Guðlaugur ein und die Tatsache, dass sie einen Zettel in seinem Zimmer gefunden hatten, der auf eine Verabredung mit einem Mann namens Henry schließen ließ. Das war also offensichtlich er gewesen. Die Polizei interessierte sich dafür, weswegen sie sich treffen wollten. Erlendur erwähnte nicht, dass seiner Meinung nach Wapshott ganz gut in dem Kabuff des Weihnachtsmanns gewesen sein konnte, als er ermordet wurde. Er sagte nur, dass Guðlaugur zwanzig Jahre lang in dem Hotel gearbeitet hatte.

Wapshott starrte Erlendur an, während der ihm diese Informationen gab, und schüttelte ungläubig den Kopf, als begriffe er nicht ganz, was er hörte.

»Ist er tot?«

»Ja.«

»Ermordet?!«

»Ja.«

»Oh my God«, stöhnte Wapshott.

»Woher kannten Sie Guðlaugur?«, fragte Erlendur.

Wapshott schien mit seinen Gedanken ganz woanders zu sein, und Erlendur wiederholte die Frage.

»Ich kenne ihn seit vielen Jahren«, sagte Wapshott endlich und lächelte, sodass man kleine nikotingeschädigte Zähne sehen konnte, bei einigen war die Bissfläche schwarz. Erlendur war davon überzeugt, dass er Pfeifenraucher war.

»Wann haben Sie ihn kennen gelernt?«

»Wir haben uns nie kennen gelernt«, sagte Wapshott. »Ich habe ihn nie gesehen. Ich wollte mich heute Abend zum ersten Mal mit ihm treffen. Deswegen bin ich nach Island gekommen.«

»Sind Sie nach Island gekommen, um ihn zu treffen?«

»Ja, unter anderem.«

»Aber woher haben Sie ihn denn dann gekannt? Wenn Sie ihn nie kennen gelernt haben, was war denn das für eine Verbindung?«

»Es gab keine Verbindung«, sagte Wapshott.

»Ich verstehe Sie nicht«, sagte Erlendur.

»Da ist niemals eine Verbindung gewesen«, wiederholte Wapshott und setzte mit den Fingern das Wort Verbindung in Anführungszeichen.

»Was dann?«, fragte Erlendur.

»Nur einseitige Verehrung meinerseits«, sagte Wapshott.

Erlendur ließ ihn die letzten Worte noch einmal wiederholen. Es war ihm völlig unbegreiflich, wie dieser Mann, der offenbar extra aus England angereist war, Guðlaugur verehren konnte, ohne ihn je getroffen zu haben. Einen Portier in einem Hotel. Einen Mann, der in einem Kabuff im Keller wohnte und mit runtergelassenen Hosen und einem Messerstich im Herzen aufgefunden worden war. Einseitige Verehrung. Einen Mann, der auf Kinderfesten den Weihnachtsmann spielte.

»Ich habe keine Ahnung, worüber Sie reden«, sagte Erlendur. Dann erinnerte er sich daran, dass Wapshott ihn oben auf dem Hotelflur gefragt hatte, ob er Sammler sei. »Warum wollten Sie wissen, ob ich Sammler bin?«, fragte er. »Sammler von was? Was meinen Sie damit?«

»Ich dachte, dass Sie vielleicht Plattensammler seien«, sagte Wapshott. »Wie ich.«

»Plattensammler? Platten? Meinen Sie ...?«

»Ich sammle alte Platten«, sagte Wapshott. »Alte Schallplatten. Vinylplatten. In dem Zusammenhang kenne ich Guðlaugur. Ich wollte mich vorhin mit ihm treffen und habe mich wirklich auf diese Begegnung gefreut, deswegen verstehen Sie vielleicht, dass es ein ziemlicher Schock war, als ich erfuhr, dass er tot ist. Ermordet! Wer hätte ihn ermorden wollen?«

Seine Verwunderung wirkte echt.

»Haben Sie ihn vielleicht gestern getroffen?«, fragte Erlendur.

»Worauf wollen Sie ... Glauben Sie etwa, dass ich lüge? Bin ich ...? Wollen Sie mir etwa sagen, dass ich unter Mordverdacht stehe? Glauben Sie, dass ich etwas mit seinem Tod zu tun habe?«

Erlendur blickte ihn an und schwieg.

»Aber das ist ja absurd!«, sagte Wapshott und sprach unwillkürlich lauter. »Ich habe mich seit langem darauf gefreut, diesen Mann zu treffen. Seit Jahren. Das kann nicht Ihr Ernst sein.«

»Wo waren Sie gestern um diese Zeit?«, fragte Erlendur.
»In der Stadt«, erwiderte Wapshott. »Ich war in der Stadt. Ich war in einem Sammlerladen da an der Hauptgeschäftsstraße, und dann habe ich indisch gegessen, das Restaurant war da ganz in der Nähe.«
»Sie sind bereits einige Tage hier im Hotel. Warum waren Sie nicht früher mit Guðlaugur verabredet?«
»Aber ... Haben Sie nicht gesagt, dass er tot ist? Was meinen Sie damit?«
»Haben Sie ihn nicht gleich treffen wollen, nachdem Sie ins Hotel gekommen waren? Sie haben sich doch so auf die Begegnung gefreut. Warum haben Sie so lange gewartet?«
»Er hat Zeit und Ort bestimmt. Oh my God, in was bin ich da hineingeraten?«
»Wie haben Sie überhaupt Verbindung zu Guðlaugur bekommen? Und was meinen Sie mit einseitiger Verehrung?«
Henry Wapshott schaute ihn an.
»Ich meine ...«, begann Wapshott, aber Erlendur ließ ihn nicht ausreden.
»Sie haben gewusst, dass er hier im Hotel arbeitet?«
»Ja.«
»Wie haben Sie davon erfahren?«
»Ich hatte mich darüber informiert. Ich bin immer darauf bedacht, mich gut über meine Objekte zu informieren. Meine Sammelobjekte.«
»Und deswegen haben Sie in diesem Hotel übernachtet?«
»Ja.«
»Wollten Sie Platten von ihm kaufen?«, fuhr Erlendur fort. »Haben Sie sich auf diese Weise kennen gelernt? Zwei Sammler mit ähnlichen Interessen?«
»Wie ich bereits gesagt habe, ich kannte ihn nicht, aber ich hatte vor, ihn persönlich kennen zu lernen.«
»Was meinen Sie damit?«

»Sie haben offensichtlich keine Ahnung, wer er war, oder?«, sagte Wapshott. Es hatte ganz den Anschein, als sei er erstaunt darüber, dass Erlendur Guðlaugur Egilsson nicht zu kennen schien.
»Er war Hausmeister oder Portier und Weihnachtsmann«, sagte Erlendur. »Muss ich noch mehr über ihn wissen?«
»Wissen Sie, was mein Spezialgebiet ist?«, fragte Wapshott. »Ich weiß nicht, wie viel Sie von Sammlern im Allgemeinen und Plattensammlern im Besonderen verstehen, aber die meisten Sammler haben ihre Spezialgebiete. Bei einigen kann es wirklich zu einer Marotte werden. Es ist unglaublich, was Leute sich alles einfallen lassen zu sammeln. Ich weiß von einem Mann, der Kotztüten von praktisch allen Fluglinien der Welt gesammelt hat. Ich weiß von Frauen, die Haare von Barbie-Puppen sammeln.«
Wapshott blickte Erlendur an.
»Wissen Sie, was mein Spezialgebiet ist?«, wiederholte er.
Erlendur schüttelte den Kopf. Er war sich nicht sicher, ob er das mit den Kotztüten richtig verstanden hatte. Und was sollte das mit den Barbie-Puppen?
»Mein Spezialgebiet sind Knabenchöre.«
»Knabenchöre?«
»Und nicht nur Knabenchöre. Mein ganz besonderes Interesse gilt Chorknaben.«
Erlendur zögerte, weil er sich nicht sicher war, ob er den Mann vielleicht missverstanden hatte.
»Chorknaben?«
»Ja.«
»Sammeln Sie Platten mit Chorknaben?«
»Ja. Ich sammle selbstverständlich auch andere Platten, aber Chorknaben sind – wie soll man das ausdrücken? – meine Leidenschaft.«
»Was hat das mit Guðlaugur zu tun?«
Henry Wapshott lächelte. Er streckte die Hand nach einer

ledernen schwarzen Aktentasche aus, die er dabeihatte. Er öffnete sie und entnahm ihr die Hülle einer kleinen 45er Schallplatte.

Er zog eine Brille aus der Brusttasche, und Erlendur sah, dass ein weißer Zettel auf den Boden fiel. Er bückte sich danach und sah, dass der Name Brenner's mit grünen Buchstaben aufgedruckt war.

»Vielen Dank«, sagte Wapshott. »Eine Serviette aus einem deutschen Hotel. Sammeln ist eine Leidenschaft«, fügte er entschuldigend hinzu.

Erlendur nickte.

»Ich wollte ihn bitten, diese Plattenhülle für mich zu signieren«, sagte Wapshott und reichte Erlendur die Platte.

Auf der Vorderseite stand mit goldenen, geschwungenen Buchstaben ›Guðlaugur Egilsson‹, dazu das Schwarzweiß-Foto eines sommersprossigen Jungen mit glatt gekämmten Haaren, ein Junge, der kaum älter als zwölf Jahre war und Erlendur anlächelte.

»Er hatte eine unerhört sensible Stimme«, sagte Wapshott. »Aber dann kommt die Pubertät und ...« Er zuckte resigniert mit den Achseln. »In dieser Stimme konnte man Wehmut und Sehnsucht spüren. Ich finde es erstaunlich, dass Sie nie etwas von ihm gehört haben und nicht wissen, wer er war, wenn Sie diesen Mordfall bearbeiten. Er muss doch seinerzeit einen ziemlichen Namen gehabt haben. Meinen Informationen zufolge war er ein bekannter Kinderstar.«

»Kinderstar?«

»Es wurden zwei Platten mit ihm herausgegeben, einmal eine Soloplatte und dann eine, wo er mit einem Kirchenchor singt. Er muss doch seinerzeit einen ziemlich bekannten Namen gehabt haben.«

»Kinderstar«, wiederholte Erlendur. »Sie meinen wie Shirley Temple? Meinen Sie so einen Kinderstar?«

»Wahrscheinlich, nach den Maßstäben hierzulande, hier auf Island, meine ich. Er muss doch sehr bekannt gewesen sein, auch wenn alle ihn heutzutage vergessen haben. Shirley Temple war ...«

»The Little Princess«, murmelte Erlendur wie zu sich selbst.

»Wie bitte?«

»Ich habe nicht gewusst, dass er ein Kinderstar war.«

»Es ist natürlich viele Jahre her.«

»Und was dann? Es wurden also Plattenaufnahmen mit ihm gemacht?«

»Ja.«

»Die Sie in Ihrer Sammlung haben?«

»Ich versuche, an solche Exemplare heranzukommen. Mein Spezialgebiet sind Chorknaben wie er. Er hatte eine einzigartige Knabenstimme.«

»Chorknabe?«, sagte Erlendur wie zu sich selbst. Er sah im Geiste das Plakat mit der kleinen Prinzessin vor sich und wollte gerade Wapshott näher nach dem Kinderstar Guðlaugur Egilsson ausfragen, aber er kam nicht dazu.

»Hier bist du also«, hörte er jemanden von oben sagen, und er blickte hoch. Valgerður stand hinter ihm und lächelte. Sie hatte keine Instrumententasche in der Hand. Sie trug eine dünne, schwarze Lederjacke, die bis zu den Knien reichte, und darunter einen schönen roten Pullover. Sie war so dezent geschminkt, dass es kaum zu sehen war. »Steht die Einladung immer noch?«, fragte sie.

Erlendur sprang auf, aber Wapshott war noch schneller als er.

»Entschuldige«, sagte Erlendur, »mir war nicht klar ... Selbstverständlich.« Er lächelte zurück. »Natürlich.«

Acht

Nachdem sie sich ausgiebig am Büfett gütlich getan und einen Kaffee getrunken hatten, gingen sie in die Bar neben dem Speisesaal. Erlendur bestellte Getränke für sie, und sie setzten sich in eine abgetrennte Nische im Inneren der Bar. Sie sagte, dass es nicht zu spät für sie werden dürfe, was Erlendur als höfliche Vorsicht auslegte. Nicht, dass er sie auf sein Zimmer einladen wollte, das wäre ihm im Traum nicht eingefallen, und das wusste sie auch selbst. Er merkte aber, dass sie unsicher war, und er spürte ihre defensive Haltung, ähnlich wie bei denen, die zum Verhör zu ihm kamen. Vielleicht wusste sie selbst nicht, was sie da tat.

Sie fand es interessant, sich mit einem Kriminalbeamten zu unterhalten, und erkundigte sich ausführlich nach seiner Arbeit, nach den unterschiedlichen Kriminaldelikten und wie man bei der Verbrecherjagd vorgeht. Erlendur erwiderte, dass der größte Teil der Arbeit aus langweiliger Bürotätigkeit bestand.

»Aber die Delikte sind brutaler geworden«, sagte sie. »Das liest man in den Zeitungen. Grausamere Verbrechen.«

»Ich weiß nicht«, sagte Erlendur. »Verbrechen sind immer grausam.«

»Man hört doch dauernd was aus der Drogenszene, über Geldeintreiber und wie sie über die Jugendlichen herfallen, die ihnen Geld schulden, und wenn diese Kinder nicht bezahlen können, wenden sie sich an die Familienangehörigen und erpressen sie.«

»Ja«, sagte Erlendur, der sich nicht selten derartige Sorgen wegen Eva Lind machen musste. »Die Welt hat sich ganz schön verändert. Die Brutalität hat zugenommen.«

Sie schwiegen.

Erlendur versuchte, zu einem anderen Gesprächsthema überzuwechseln, aber er verstand sich nicht auf Frauen. Die Frauen aus seinem Bekanntenkreis hätten ihn nicht auf so etwas wie das hier vorbereiten können, was gemeinhin wohl unter der Bezeichnung romantischer Abend lief. Elínborg und er waren befreundet und gute Arbeitskollegen, und ihre gegenseitige Zuneigung war aus jahrelanger Zusammenarbeit und gemeinsamer Erfahrung erwachsen. Eva Lind war seine Tochter, um die er sich ständig Sorgen machen musste. Halldóra war die Frau, die er vor mehr als einem Menschenalter geheiratet hatte und die ihm nach der Scheidung nur noch Hass entgegenbringen konnte. Das waren die Frauen in seinem Leben, und dann vielleicht noch ein paar flüchtige Bekanntschaften, die nichts hinterlassen hatten als Enttäuschung und Verwirrung.

»Was ist mit dir?«, fragte er, als sie sich gesetzt hatten. »Warum hast du dich anders entschlossen?«

»Ich weiß nicht«, entgegnete sie. »Es ist lange her, dass ich so eine Einladung bekommen habe. Wie bist du eigentlich auf die Idee gekommen, mich einzuladen?«

»Ich habe keine Ahnung. Das mit dem Büfett ist mir idiotischerweise so rausgerutscht. So was habe ich auch seit langem nicht mehr gemacht.«

Sie grinsten beide.

Er erzählte ihr von Eva Lind und seinem Sohn Sindri, und sie sagte ihm, dass sie zwei Söhne hätte, auch schon erwachsen. Er spürte, dass sie nicht gern über sich selber und ihre Verhältnisse sprach. Er hatte nicht vor, in ihrem Leben herumzuschnüffeln.

»Habt ihr irgendwas in Bezug auf den Ermordeten herausfinden können?«
»Nein, eigentlich nicht. Der Mann, mit dem ich vorhin da vorne gesprochen habe …«
»Habe ich euch gestört? Ich wusste nicht, dass es etwas mit der Ermittlung zu tun hatte.«
»Das war ganz in Ordnung«, sagte Erlendur. »Er sammelt Platten, also Schallplatten, und es stellte sich heraus, dass der Ermordete im Keller ein Kinderstar gewesen ist, vor vielen Jahren.«
»Ein Kinderstar?«
»Hat sogar auf Platten gesungen.«
»Ich könnte mir vorstellen, dass es schwierig ist, ein Kinderstar zu sein«, sagte Valgerður. »Als Kind solche Träume und Erwartungen zu haben, und meist wird dann gar nichts daraus. Was dann wohl an die Stelle tritt?«
»Dann vergräbst du dich in einem Kabuff und hoffst, dass sich niemand mehr an dich erinnert.«
»Glaubst du das?«
»Ich weiß es nicht. Vielleicht erinnern sich ja einige an ihn.«
»Glaubst du, dass das mit dem Mord in Verbindung steht?«
»Was?«
»Dass er ein Kinderstar war.«
Erlendur hatte versucht, so wenig wie möglich über die Ermittlungen zu sagen, ohne abweisend zu wirken. Er hatte bisher keine Zeit gehabt, über diese Frage nachzudenken, und war sich noch nicht im Klaren, ob sie eine Rolle spielte oder nicht.
»Wir wissen es noch nicht. Das wird sich herausstellen.«
Sie schwiegen.
»Du bist aber kein Kinderstar gewesen«, sagte sie und lächelte.
»Nein«, sagte Erlendur. »In jeder Hinsicht völlig untalentiert.«

»Das Gleiche gilt für mich«, sagte Valgerður. »Ich zeichne immer noch wie eine Dreijährige.«
»Was machst du, wenn du nicht arbeitest?«, fragte sie, nachdem sie sich eine Weile schweigend gegenübergesessen hatten.
Erlendur war nicht auf diese Frage gefasst und zögerte, bis sie anfing zu lächeln.
»Ich wollte dir nicht zu nahe treten«, sagte sie, als er nicht antwortete.
»Nein, das ... ich bin es nicht gewohnt, über mich selber zu sprechen«, sagte Erlendur.
Er konnte ihr nicht sagen, dass er Golf spielte oder irgendeinen anderen Sport trieb. Irgendwann hatte er sich mal für Boxen interessiert, aber das war schon lange vorbei. Er ging nie ins Kino und schaute sich nur ganz selten etwas im Fernsehen an, ging nicht ins Theater. Reiste im Sommer allein in Island herum, aber auch seltener in den letzten Jahren. Was machte er, wenn er nicht arbeitete? Er wusste es selber nicht. Meistens war er allein mit sich selbst.
»Ich lese viel«, sagte er plötzlich.
»Und was liest du?«, fragte sie.
Wieder zögerte er, und wieder musste sie lächeln.
»Ist das so schwierig?«, sagte sie.
»Über tragische Unfälle und Bergnot«, sagte er. »Tödliche Unfälle in den Bergen. Leute, die vor Kälte und Erschöpfung umkommen. Da gibt's eine eigene Literatursparte. Das war früher einmal populär.«
»Unfälle und Bergnot?«
»Aber auch vieles andere, natürlich. Ich lese viel. Geschichte. Philosophie. Historische Sachen.«
»Also alles, was vergraben und vergessen ist?«
Er nickte zustimmend.
»Die Vergangenheit hält einen in der Hand«, sagte er. »Obwohl sie auch manchmal erlogen sein kann.«

»Aber warum tödliche Unfälle? Menschen, die im Schneesturm erfrieren. Ist das nicht schrecklich zu lesen?«
Erlendur lächelte in sich hinein.
»Du solltest bei der Polizei sein«, sagte er.
Es war ihr gelungen, in dieser kurzen Abendstunde bis zu einem Bereich in seinem Inneren vorzudringen, der sorgfältig versperrt und verschlossen war, sogar für ihn selber. Er wollte nicht darüber reden. Eva Lind wusste zwar etwas darüber, aber nichts Genaues, und sie sah da auch keine besondere Verbindung zu seinen Interessen. Er saß lange schweigend da.
»Es hat sich halt mit den Jahren so entwickelt«, sagte er schließlich und bereute diese Lüge sofort. »Aber was ist mit dir? Was machst du, wenn du nicht gerade den Leuten Wattepinnchen in den Mund stopfst?«
Er versuchte, dem Gespräch eine andere Richtung zu geben und einen leichteren Ton anzuschlagen, aber die Verbindung zwischen ihnen war gestört, und das war seine Schuld.
»Ich habe eigentlich zu nichts anderem Zeit gehabt als zu arbeiten«, sagte sie und spürte, dass sie unbewusst etwas angerührt hatte, worüber er nicht reden wollte, und sie wusste nicht, was das war. Sie wurde verlegen, und er spürte das.
»Ich finde, wir sollten das hier bald einmal wiederholen«, sagte er, um den Abend abzuschließen. Die Lüge war zu viel für ihn.
»Unbedingt«, sagte sie. »Ich war erst ziemlich unschlüssig, aber ich bereue es ganz und gar nicht. Ich möchte, dass du das weißt.«
»Ich bereue es auch nicht«, sagte er.
»Gut«, sagte sie. »Dann vielen Dank für alles. Danke für den Drambuie«, sagte sie und leerte das Glas. Er hatte sich ebenfalls einen Drambuie bestellt, um ihr Gesellschaft zu leisten, aber ihn nicht angerührt.

Erlendur lag ausgestreckt auf seinem Bett im Hotelzimmer und starrte zur Decke. Es war immer noch kalt in dem Zimmer, und er war vollständig angekleidet. Draußen schneite es. Es war weicher und schöner Schnee, der zart vom Himmel rieselte und sich am Boden gleich auflöste. Nicht kalt und hart und gnadenlos wie der Schnee, der tötete und verstümmelte.

»Was für Flecken sind das?«, fragte Elínborg den Vater.
»Flecken?«, fragte er. »Was für Flecken?«
»Hier auf dem Teppich«, sagte Erlendur. Elínborg und er waren gerade aus dem Krankenhaus gekommen, wo sie den Jungen besucht hatten. Die Strahlen der Wintersonne fielen auf die mit Teppichboden ausgelegte Treppe, die nach oben führte, wo sich das Zimmer des Jungen befand. Die Flecken im Teppich waren deutlich zu erkennen.
»Ich sehe keine Flecken«, erklärte der Vater, bückte sich und starrte auf den Teppichboden.
»Sie sind ziemlich deutlich bei dieser Beleuchtung«, sagte Elínborg und schaute aus dem Wohnzimmerfenster auf die Sonne. Sie stand sehr tief am Himmel und schien einem direkt in die Augen. Sie blickte auf die beigefarbenen Marmorfliesen, die Feuer gefangen zu haben schienen. Nicht weit von der Treppe stand ein schöner Barschrank mit starken Getränken, teuren Likören. Rotwein- und Weißweinflaschen reihten sich wie vorgeschrieben in den entsprechenden Regalen auf. Der Schrank hatte zwei Glastüren, und an einer Tür erkannte Erlendur undeutliche Wischspuren. An der Schrankseite, die zur Treppe ging, hing ein kleiner Tropfen, der anderthalb Zentimeter weit hinabgeflossen war. Elínborg ging mit dem Finger darüber, er war klebrig.
»Ist hier bei dem Schrank etwas passiert?«, fragte Erlendur.

Der Vater schaute ihn an.
»Worüber redest du eigentlich?«
»Da scheint was drangespritzt zu sein. Du hast ihn erst kürzlich abgewischt.«
»Nein«, sagte der Vater, »nicht kürzlich.«
»Diese Spuren da auf der Treppe«, sagte Elínborg, »die scheinen mir von einem Kind zu stammen, oder irre ich mich da?«
»Ich sehe keine Spuren auf der Treppe«, erklärte der Vater. »Eben noch hast du von Flecken geredet. Was willst du eigentlich damit sagen?«
»Warst du zu Hause, als der Junge attackiert wurde?«
Der Vater schwieg.
»Er wurde in der Schule überfallen«, fuhr Elínborg fort. »Die Schule war schon zu Ende, aber er hat noch Fußball gespielt, und als er nach Hause wollte, wurde er angegriffen. Wir sind davon ausgegangen, dass es sich so abgespielt hat. Er hat nicht mit dir reden können und auch nicht mit uns. Ich glaube, er will das nicht. Traut sich nicht. Vielleicht, weil die Jungs ihm gesagt haben, dass sie ihn umbringen würden, wenn er der Polizei was verrät. Vielleicht, weil jemand anderes ihm gesagt hat, dass er ihn umbringen wird, wenn er mit uns redet.«
»Worauf soll das Ganze hinauslaufen?«
»Warum bist du an dem Tag so früh von der Arbeit gekommen? Du bist mitten am Tag nach Hause gekommen. Der Junge hat sich nach Hause geschleppt, und du hast kurze Zeit später die Polizei verständigt.«
Elínborg hatte schon vorher darüber nachgedacht, was der Vater in einer normalen Arbeitswoche wohl mitten am Tag zu Hause zu suchen hatte, aber erst jetzt danach gefragt.
»Niemand hat ihn auf dem Heimweg aus der Schule gesehen«, sagte Erlendur.
»Du wirst doch wohl nicht etwa andeuten wollen, dass

ich … dass ich in dieser Form über meinen Sohn hergefallen bin? Das willst du mir doch wohl nicht zu verstehen geben?«

»Hättest du etwas dagegen, wenn wir diesem Teppich hier eine Gewebeprobe entnehmen?«

»Ich glaube, es wäre das Beste, wenn ihr jetzt verschwindet«, sagte der Vater.

»Ich will nichts andeuten«, sagte Erlendur. »Der Junge wird früher oder später erzählen, was passiert ist. Vielleicht nicht jetzt und auch nicht nach einer Woche oder einem Monat oder sogar einem Jahr, aber er wird eines Tages davon erzählen.«

»Raus«, sagte der Vater ungehalten und offensichtlich wütend. »Was fällt dir … Was fällt euch … Haut ab. Verschwindet! Raus mit euch!«

Elínborg fuhr direkten Wegs wieder zurück ins Krankenhaus und ging in die Kinderabteilung. Der Junge schlief, den Arm in der Binde hängend. Sie setzte sich zu ihm und wartete darauf, dass er aufwachte. Sie hatte eine Viertelstunde dagesessen, als der Junge wach wurde und eine erschöpfte Polizistin an seinem Bett sah, aber nicht den Mann mit der Strickweste und den traurigen Augen, der heute Vormittag bei ihr gewesen war. Sie schauten einander in die Augen. Elínborg lächelte und fragte, so sanft sie nur konnte.

»War es dein Vater?«

Später am Abend kehrte sie mit einigen Leuten von der Spurensicherung und einem Durchsuchungsbefehl in der Hand in das Haus in Breiðholt zurück. Sie nahmen die Flecken auf dem Teppich in Augenschein. Sie untersuchten den Marmorboden und den Barschrank. Sie nahmen Proben. Sie saugten Partikel vom Marmorboden auf und schabten den klebrigen Tropfen ab. Sie gingen die Treppe hinauf zum Zimmer des Jungen und untersuchten das Bettgestell. Sie gingen in die Waschküche und nahmen sich Wischlappen

und Handtücher vor und die dreckige Wäsche. Sie öffneten den Staubsauger. Sie holten Gewebeproben aus dem Besen. Sie gingen zur Mülltonne und wühlten im Abfall. In der Tonne fanden sie einen Socken des Jungen.
Der Vater stand in der Küche. Er rief einen Rechtsanwalt an, seinen Freund, sobald die Polizei auf der Bildfläche erschienen war. Der Rechtsanwalt kam unverzüglich und schaute sich den Durchsuchungsbefehl an. Er riet seinem Klienten, sich der Polizei gegenüber nicht zu äußern.
Elínborg und Erlendur beobachteten die Leute von der Spurensicherung bei der Arbeit. Elínborg warf dem Vater bohrende Blicke zu, der den Kopf schüttelte und wegschaute.
»Ich begreife nicht, was ihr wollt«, erklärte er, »ich begreife es einfach nicht.«
Der Junge hatte nicht gegen seinen Vater ausgesagt. Als Elínborg ihn fragte, hatte er keine andere Reaktion gezeigt, als dass sich seine Augen mit Tränen füllten.
Zwei Tage später meldete sich der Chef der Spurensicherung.
»Es ist wegen der Flecken auf dem Teppich.«
»Ja«, sagte Elínborg.
»Drambuie.«
»Drambuie? Der Likör?«
»Es gibt Reste davon im ganzen Wohnzimmer und an den Fußspuren, bis in das Zimmer des Jungen.«

Erlendur starrte immer noch zur Decke, als an die Tür geklopft wurde. Er stand auf und öffnete. Eva Lind schlüpfte herein. Erlendur schaute auf den Flur hinaus und machte die Tür hinter ihr zu.
»Mich hat niemand gesehen«, sagte Eva. »Es wäre aber viel einfacher, wenn du bei dir zu Hause wärst. Ich kapier nicht, was bei dir abgeht.«

»Ich komm schon irgendwann nach Hause«, sagte Erlendur. »Mach dir deswegen keine Gedanken. Wieso treibst du dich so herum? Fehlt dir was?«
»Muss ich einen besonderen Grund haben, wenn ich dich treffen will?«, sagte Eva, setzte sich an den Schreibtisch und zog eine Zigarettenschachtel heraus. Sie warf eine Plastiktüte auf den Boden und nickte ihm zu. »Ich hab dir ein paar Klamotten gebracht«, sagte sie. »Falls du hier im Hotel herumhängen willst, brauchst du was zum Wechseln.«
»Vielen Dank«, sagte Erlendur und setzte sich ihr gegenüber aufs Bett. Er bekam eine Zigarette von ihr, und Eva zündete sie für sie beide an.
»Nett, dich zu sehen«, sagte er und blies den Rauch von sich.
»Kommst du vorwärts mit dem Weihnachtsmann?«
»So langsam. Was gibt 's Neues bei dir?«
»Nichts.«
»Was macht deine Mutter, hast du sie getroffen?«
»Ja, immer dasselbe. Bei ihr tut sich überhaupt nichts. Arbeit, Glotze, Schlafen. Arbeit, Glotze, Schlafen. Ist das alles, was einen erwartet? Soll man sich deswegen auf dem geraden Weg halten, nur um sich krumm zu schuften, bis man umfällt? Und guck dich doch bloß mal selber an! Hockst da wie ein Trottel in einem Hotelzimmer rum, anstatt dich nach Hause zu verkrümeln!«
Erlendur inhalierte tief und blies den Rauch durch die Nase aus.
»Ich hatte nicht vor, zu ...«
»Nein, ich weiß«, unterbrach ihn Eva Lind.
»Hältst du nicht mehr durch?«, sagte er. »Als du gestern gekommen bist ...«
»Ich weiß nicht, wie ich das ertragen soll.«
»Was ertragen?«
»Dieses Scheißleben!«

Sie saßen und rauchten, und die Zeit verging.

»Denkst du manchmal an das Kind?«, fragte Erlendur schließlich. Nach der Fehlgeburt hatte sie immer wieder schwere Depressionen gehabt. Erlendur wusste, dass das alles andere als ausgestanden war. Sie gab sich immer noch selbst die Schuld am Tod des Kindes. An dem Abend, an dem er sie nach ihrem Notruf in einer Blutlache vor dem Krankenhaus gefunden hatte, hätte nicht viel gefehlt, und sie wäre selber ums Leben gekommen.

»Dieses Scheißleben«, sagte sie noch einmal und drückte die Zigarette auf der Tischplatte aus.

Als Eva Lind weg war und Erlendur sich hingelegt hatte, klingelte das Telefon auf dem Nachttisch. Es war Marian Briem.

»Weißt du, wie spät es ist?«, fragte Erlendur und schaute auf seine Armbanduhr. Es war schon nach Mitternacht.

»Nein«, sagte Marian. »Ich habe über diese Speichelspuren nachgedacht.«

»Den Speichel an dem Kondom?«, fragte Erlendur und hatte keine Lust, sich aufzuregen.

»Die finden das sicher auch selber heraus, aber es kann vielleicht nichts schaden, sie an das Kortisol zu erinnern.«

»Ich muss sowieso noch mit der Abteilung reden, die werden uns bestimmt etwas über das Kortisol erzählen.«

»Dann kannst du dir das eine oder andere ausrechnen und sehen, was sich da in diesem Kellerloch abgespielt hat.«

»Ich weiß, Marian. Sonst noch was?«

»Ich wollte dich nur an das Kortisol erinnern.«

»Gute Nacht, Marian.«

»Gute Nacht.«

Dritter Tag

Neun

Früh am darauf folgenden Tag trafen sich Erlendur, Sigurður Óli und Elínborg zu einer Besprechung im Hotel. Sie bedienten sich am Frühstücksbüfett und nahmen etwas abseits an einem kleinen runden Tisch Platz. In der Nacht hatte es zwar geschneit, es war dann aber wieder wärmer geworden, und auf den Straßen war inzwischen kein Schnee mehr zu sehen. Das Wetteramt prophezeite grüne Weihnachten. Der Weihnachtsrummel hatte seinen Höhepunkt erreicht. Lange Autoschlangen bildeten sich an allen Kreuzungen Reykjavíks, und in der Stadt wimmelte es von Menschen.

»Dieser Wapshott«, sagte Sigurður Óli. »Wer ist das?«

Viel Lärm um nichts, dachte Erlendur, nahm einen Schluck Kaffee und blickte aus dem Fenster. Merkwürdiger Ort, so ein Hotel. Es war eine Abwechslung, in einem Hotel zu übernachten, aber es war ein merkwürdiges Gefühl, dass jemand in seiner Abwesenheit sein Zimmer betrat und alles in Ordnung brachte. Er verließ sein Zimmer morgens, und wenn er das nächste Mal wieder hereinkam, war jemand drinnen gewesen und hatte alles aufgeräumt; das Bett gemacht, die Handtücher ausgewechselt, ein neues Stück Seife auf das Waschbecken gelegt. Er spürte die Nähe dieser Person, die sein Zimmer in Ordnung brachte, aber er bekam sie nie zu Gesicht und wusste nicht, wer in seinem Leben aufräumte.

Er war an diesem Morgen zur Rezeption gegangen und

hatte darum gebeten, dass sein Zimmer nicht angerührt wurde.

Wapshott würde sich im Verlauf des Vormittags noch einmal mit ihm treffen und ihm mehr über seine Plattensammlung und die Karriere von Guðlaugur Egilsson erzählen. Sie hatten sich mit Handschlag verabschiedet, nachdem sie gestern Abend von Valgerður unterbrochen worden waren. Wapshott hatte kerzengerade dagestanden und darauf gewartet, dass Erlendur ihn dieser Frau vorstellen würde, aber als nichts dergleichen geschah, streckte er selber die Hand aus, sagte seinen Namen und verbeugte sich. Dann zog er sich mit der Entschuldigung zurück, er sei müde und hungrig und wolle noch mal kurz auf sein Zimmer, bevor er etwas zu sich nähme und anschließend zu Bett ginge.

Sie hatten ihn nicht in den Speisesaal kommen sehen, während sie dort aßen und miteinander redeten. Vielleicht hatte er sich das Essen aufs Zimmer bestellt. Valgerður hatte bemerkt, wie müde er aussah.

Erlendur hatte sie zur Garderobe begleitet und ihr in die schöne Lederjacke geholfen. Er war mit ihr zur Drehtür gegangen, wo sie einen Augenblick innehielten, bevor sie in das Schneetreiben hinausging. Beim Einschlafen, nachdem Eva Lind ihn verlassen hatte, begleitete ihn Valgerðurs Lächeln in den Schlaf und ein schwacher Hauch von ihrem Parfüm, der an seiner Hand haften geblieben war, nachdem sie sich verabschiedet hatten.

»Erlendur?«, sagte Sigurður Óli. »Hallo? Was für ein Mann ist Wapshott?«

»Ich weiß nur, dass er Engländer ist und Platten sammelt«, erklärte Erlendur, der ihnen über das Gespräch mit Wapshott berichtet hatte. »Und er wird morgen das Hotel verlassen. Du solltest dich telefonisch mit den Kollegen in England in Verbindung setzen und Erkundigungen über ihn einziehen. Ich treffe ihn am späten Vormittag noch einmal, und dann kriege ich mehr aus ihm heraus.«

»Ein Chorknabe?«, fragte Elínborg. »Wer würde einen Chorknaben umbringen?«

»Er war natürlich kein Chorknabe mehr«, warf Sigurður Óli ein.

»Er war früher einmal berühmt«, sagte Erlendur. »Die Platten, die mit ihm herausgegeben wurden, sind offensichtlich auch heute noch gefragt und gelten als Rarität. Ihretwegen kommt Henry Wapshott extra aus England angereist, und auch seinetwegen. Sein Spezialgebiet sind Knabenchöre beziehungsweise Chorknaben.«

»Ich kenne bloß die Wiener Sängerknaben«, sagte Sigurður Óli.

»Spezialgebiet Knaben«, sagte Elínborg. »Was für ein Mensch ist das, der Chorknaben auf Schallplatten sammelt? Sollte man nicht ein bisschen darüber nachdenken? Stimmt da womöglich was nicht mit diesem Mann?«

Erlendur und Sigurður Óli schauten sich an.

»Was meinst du damit?«, fragte Erlendur.

»Was?«, sagte Elínborg und machte große Augen.

»Findest du es merkwürdig, Schallplatten zu sammeln?«

»Nicht Platten, sondern Chorknaben«, sagte Elínborg. »Chorknaben auf Schallplatten. Da ist schon ein gewisser Unterschied, finde ich. Seht ihr wirklich nicht, dass das nicht ganz normal ist?« Sie blickte von einem zum anderen.

»Ich habe einfach nicht deine schmutzige Phantasie«, sagte Sigurður Óli und blickte auf Erlendur.

»Schmutzige Phantasie! Habe ich mir etwa den Weihnachtsmann in seinem Kabuff mit runtergelassenen Hosen und einem Kondom am Pimmel eingebildet? Brauchte es dazu irgendwelche Phantasie? Und dann stellt sich heraus, dass hier ein Mann im Hotel ist, der den Weihnachtsmann verehrt, aber nur als er zwölf Jahre alt war oder so, und er kommt extra von England hierher, um sich mit ihm zu treffen. Tickt ihr eigentlich noch richtig?«

»Deiner Meinung nach hat das also etwas mit seinem Sexualverhalten zu tun?«, fragte Erlendur.

Elínborg verdrehte die Augen.

»Tut doch nicht so, als ob ihr Mönche wärt!«

»Er ist doch bloß Schallplattensammler«, sagte Sigurður Óli. »Wie Erlendur gesagt hat, es gibt sogar Leute, die Kotztüten sammeln. Was mögen die wohl für sexuelle Gepflogenheiten haben, gemessen an deinen Theorien?«

»Ich begreife nicht, wir ihr so blind sein könnt! Oder so verklemmt. Warum sind Männer immer so blockiert und verklemmt?«

»Mensch, fang jetzt bloß nicht mit so was an«, sagte Sigurður Óli. »Warum reden Frauen ewig darüber, dass Männer so blockiert sind. Als ob Frauen das nicht wären, mit ihrem ewigen ›Oh, ich finde meinen Lippenstift nicht‹, und ›oh …‹.«

»Blinde und verklemmte alte Mönche«, sagte Elínborg.

»Was beinhaltet das, ein Sammler zu sein?«, fragte Erlendur. »Warum häufen die Leute bestimmte Dinge um sich herum an, und warum finden sie das eine Objekt wertvoller als alles andere?«

»Einige Dinge sind wertvoller als andere«, sagte Sigurður Óli.

»Sie suchen doch wohl nach irgendwas, das besonders und einmalig ist. Etwas, das niemand anderer besitzt. Ist das nicht letztlich das Ziel? Eine Kostbarkeit zu besitzen, die niemand anderes auf der Welt besitzt.«

»Sind das nicht eher komische Zeitgenossen?«, fragte Elínborg.

»Komische?«

»Eigenbrötler. Stimmt das nicht? Sonderlinge?«

»Du hast da im Schrank bei Guðlaugur Platten gefunden«, sagte Erlendur zu ihr. »Was hast du damit gemacht? Hast du sie dir angeschaut?«

»Ich habe sie da nur im Schrank stehen sehen«, erwiderte Elínborg. »Ich habe sie nicht angerührt, und die sind da immer noch, falls du sie dir anschauen willst.«

»Wie kommt ein Mann wie Wapshott in Kontakt mit Guðlaugur?«, fuhr Elínborg fort. »Wieso hat er von ihm gewusst? Gibt's da vielleicht Kontaktpersonen? Wie kommt er auf isländische Schallplatten mit Choraufnahmen aus den siebziger Jahren? Wieso weiß er von einem Jungen, der vor mehr als dreißig Jahren in Island Platten besungen hat?«

»Zeitschriften?«, sagte Sigurður Óli. »Internet? Telefon? Andere Sammler?«

»Wissen wir inzwischen etwas mehr über Guðlaugur?«, fragte Erlendur.

»Er hat eine Schwester«, sagte Elínborg. »Und außerdem einen Vater, der noch lebt. Sie wurden selbstverständlich von seinem Tod benachrichtigt. Die Schwester hat ihn identifiziert.«

»Müssen wir nicht auch bei Wapshott eine Speichelprobe vornehmen lassen?«, fragte Sigurður Óli.

»Doch, natürlich, ich werde mich darum kümmern«, stimmte Erlendur zu.

Sigurður Óli machte sich daran, Informationen über Henry Wapshott einzuholen, Elínborg wollte ein Treffen mit Guðlaugurs Vater und Schwester arrangieren, und Erlendur machte sich auf den Weg zu dem Kabuff im Keller. Als er an der Rezeption vorbeikam und sah, dass der Empfangschef wieder im Dienst war, nahm er sich vor, später mit ihm zu reden.

In Guðlaugurs Schrank fand er die Schallplatten. Zwei klei-

ne Platten. Auf der Vorderseite der einen stand: Guðlaugur singt das *Ave Maria* von Schubert. Das war die gleiche Platte, die Henry Wapshott Erlendur gezeigt hatte. Auf der anderen stand der Chorknabe vor einem kleinen Kinderchor. Der Dirigent, ein junger Mann, stand etwas seitlich. Guðlaugur Egilsson als Solist, stand in großen Buchstaben quer über das Cover geschrieben.
Auf der Rückseite der Plattenhülle wurde kurz dargestellt, wer dieser viel versprechende junge Solist war.

Guðlaugur Egilsson hat verdientermaßen großes Aufsehen mit dem Kinderchor von Hafnarfjörður erregt, und man kann davon ausgehen, dass dieser Zwölfjährige eine glänzende Zukunft vor sich hat. Auf dieser seiner zweiten Schallplatte singt er mit seiner wunderschönen hellen Stimme unter der Leitung von Gabríel Hermannsson, dem Dirigenten des Kinderchors von Hafnarfjörður. Diese Aufnahme gehört in die Plattensammlung all derjenigen, die schöne Musik lieben. Hier stellt Guðlaugur Egilsson als Solist unumstößlich unter Beweis, dass er über herausragende Fähigkeiten verfügt. Er wird demnächst auf einer Konzertreise in ganz Skandinavien zu hören sein.

Ein Kinderstar, dachte Erlendur und schaute auf das Plakat mit der ›kleinen Prinzessin‹ Shirley Temple. Was machst du hier?, fragte er das Plakat. Warum hat er dich aufbewahrt? Warum bist du das Einzige, was er hinterlässt?
Er kramte sein Handy hervor.
»Marian«, sagte er, als abgehoben wurde.
»Ja«, sagte die Stimme am Telefon. »Bist du das?«
»Irgendwas Neues?«
»Hast du gewusst, dass dieser Guðlaugur als Kind Schallplatteneinspielungen gemacht hat?«
»Ich komme dem Ganzen gerade auf die Spur.«

»Die Firma, die sie herausgegeben hat, machte vor ungefähr zwanzig Jahren Pleite, und von ihr existiert eigentlich gar nichts mehr. Ein Mann namens Gunnar Hansson war der Besitzer und Geschäftsführer, GH-Schallplattenproduktion nannte sie sich. Er gab während der Hippie- und Beatleszeit allen möglichen Mist heraus, aber wie gesagt, das ging alles in die Hose.«

»Weißt du, was aus den Beständen geworden ist?«

»Den Beständen?«, sagte Marian Briem.

»Den Platten.«

»Sind wahrscheinlich in die Konkursmasse eingegangen. Ist das nicht immer so bei Konkursverfahren? Ich habe mit Verwandten von diesem Gunnar gesprochen, er hat zwei Söhne. Die Firma hat nie sehr viel herausgegeben, und sie waren bass erstaunt, als ich danach gefragt habe. Niemand hat sich in den letzten Jahren nach der Firma erkundigt. Gunnar starb in der Mitte der neunziger Jahre, und sie sagen, dass er außer Schulden nichts hinterlassen hätte.«

»Hier im Hotel ist ein Mann, der Platten mit Choraufnahmen sammelt, mit Knabenchören und Chorknaben. Er hatte vor, sich mit Guðlaugur zu treffen, aber daraus wurde dann nichts. Ich überlege, ob diese alten Platten irgendeinen Wert haben. Wie kann ich das in Erfahrung bringen?«

»Unterhalte dich mit Sammlern«, sagte Marian. »Oder möchtest du, dass ich mich darum kümmere?«

»Ja ja, aber vielleicht noch etwas. Kannst du einen Mann namens Gabríel Hermannsson ausfindig machen, der in den siebziger Jahren den Kinderchor von Hafnarfjörður geleitet hat? Wenn er noch lebt, steht er bestimmt im Telefonbuch. Ich habe hier eine Plattenhülle, da ist er auch drauf, und er scheint mir so Mitte dreißig zu sein. Falls er tot ist, ist es natürlich hoffnungslos.«

»Das ist in der Regel so.«

»Was?«
»Wenn man tot ist, ist es hoffnungslos.«
»Eben.« Erlendur zögerte. »Wieso redest du vom Tod?«
»Nichts.«
»Stimmt was nicht?«
»Dank dir, dass du mir ein paar Brocken zuwirfst.«
»War es nicht das, was du wolltest? In diesem trostlosen Ruhestandsdasein ein bisschen was zum Rumschnüffeln zu haben?«
»Auf jeden Fall ist dieser Tag gerettet«, sagte Marian. »Hast du dich bereits mit dem Kortisol im Speichel befasst?«
»Ich habe es vor«, sagte Erlendur, und sie beendeten das Gespräch.

Der Empfangschef hatte ein kleines separates Büro hinter der Rezeption. Dort saß er und ging Papiere durch, als Erlendur zu ihm hereinkam und die Tür hinter sich zumachte. Der Mann stand auf und wollte protestieren. Er erklärte, keine Zeit zu haben, mit Erlendur zu reden, er sei auf dem Weg zu einer Besprechung, aber Erlendur setzte sich und verschränkte die Arme.
»Vor was fliehst du eigentlich?«, fragte er.
»Was meinst du damit?«
»Gestern war hier im Hotel die Hölle los, und du hast dich nicht blicken lassen. Du warst wie auf der Flucht, als ich an dem Abend mit dir sprach, als der Portier ermordet wurde. Und jetzt sitzt du auch wie auf glühenden Kohlen. Mir wurde gesagt, dass du Guðlaugur am besten gekannt hast. Du streitest das ab. Du behauptest, nichts über ihn zu wissen. Ich glaube, du lügst. Du warst sein direkter Vorgesetzter. Du solltest etwas mehr Kooperationsbereitschaft an den Tag legen. Es ist bestimmt kein Spaß, Weihnachten im Untersuchungsgefängnis zu verbringen.«
Der Empfangschef starrte Erlendur an und wusste augen-

scheinlich nicht, wie er reagieren sollte. Dann setzte er sich langsam auf seinen Stuhl.

»Gegen mich liegt nichts vor«, erklärte er. »Es ist völlig absurd zu glauben, dass ich das getan hätte. Dass ich in Guðlaugurs Kammer gewesen wäre und … ich meine, das mit dem Kondom und all das.«

Erlendur war alles andere als erfreut darüber, dass allem Anschein nach einige Details im Hotel durchgesickert waren und natürlich ein gefundenes Fressen für das Personal waren. Der Koch wusste ganz genau, warum die Speichelproben entnommen wurden. Der Empfangschef schien ebenfalls eine ziemlich klare Vorstellung davon zu haben, wie Guðlaugur aufgefunden worden war. Vielleicht hatte der Hotelmanager alles ausgeplaudert, oder vielleicht das Mädchen, das die Leiche entdeckt hatte, vielleicht auch die Polizisten.

»Wo warst du gestern?«, fragte Erlendur.

»Ich war krank«, sagte der Empfangschef. »Ich war den ganzen Vormittag zu Hause.«

»Du hast niemandem Bescheid gesagt. Bist du zum Arzt gegangen? Hat er dir ein Attest ausgestellt? Kann ich mich mit ihm unterhalten? Wie heißt er?«

»Ich bin nicht zum Arzt gegangen, ich habe nur im Bett gelegen. Mir geht es inzwischen besser.« Er versuchte krampfhaft zu husten. Erlendur lächelte. Der Empfangschef war der armseligste Lügner, der ihm jemals untergekommen war.

»Warum lügst du mir was vor?«

»Gegen mich liegt nichts vor«, wiederholte der Empfangschef. »Dir fällt nichts Besseres ein, als mir zu drohen. Ich will, dass du mich in Ruhe lässt.«

»Ich kann natürlich auch mit deiner Frau sprechen«, sagte Erlendur. »Sie fragen, ob sie dir gestern Tee ans Bett gebracht hat.«

»Lass sie bloß da raus«, sagte der Empfangschef, und plötzlich schwang ein härterer und ernster Ton in der Stimme mit. Er wurde rot.
»Ich lass sie da nicht raus«, sagte Erlendur.
Der Empfangschef schien Erlendur mit seinen Blicken töten zu wollen.
»Du wirst nicht mit ihr reden.«
»Warum denn nicht? Was versuchst du eigentlich zu verbergen? Du verhältst dich inzwischen in meinen Augen schon so verdächtig, dass du mich so schnell nicht loswerden wirst.«
Der Empfangschef starrte vor sich hin und stöhnte.
»Lass mich in Ruhe. Es hat nichts mit Guðlaugur zu tun. Ich habe einige private Probleme und versuche, das auf die Reihe zu kriegen.«
»Worum dreht es sich?«
»Darüber muss ich mich mit dir nicht unterhalten.«
»Überlass es doch mir, das zu beurteilen.«
»Du kannst mich nicht dazu zwingen.«
»Wie gesagt: Ich kann Untersuchungshaft für dich anordnen lassen. Oder ich kann ganz einfach mit deiner Frau sprechen.«
Der Empfangschef seufzte tief auf.
»Es bleibt aber unter uns?«
»Falls es nichts mit Guðlaugur zu tun hat.«
»Es hat nichts mit ihm zu tun.«
»In Ordnung.«
»Vorgestern hat jemand bei meiner Frau angerufen«, sagte der Empfangschef. »Am gleichen Tag, an dem ihr Guðlaugur gefunden habt.«
Am Telefon war eine weibliche Stimme gewesen, die seine Frau nicht kannte, und hatte nach ihm gefragt. Mitten in einer normalen Arbeitswoche, aber es war nicht weiter ungewöhnlich, dass tagsüber nach ihm gefragt wurde.

Alle, die ihn kannten, wussten, dass seine Arbeitszeiten ziemlich unregelmäßig waren. Seine Frau war Ärztin, die schichtweise im Krankenhaus arbeitete. Der Anruf hatte sie geweckt; sie musste erst abends wieder zur Arbeit. Die Frau am Telefon tat, als würde sie den Empfangschef gut kennen, war aber sofort auf der Hut, als die Ehefrau wissen wollte, wer sie war.

»Wer bist du?«, hatte sie gefragt. »Warum rufst du hier an?«

Die Antwort, die daraufhin erfolgte, hatte noch mehr Verwunderung und Befremden ausgelöst.

»Er hat Schulden bei mir«, hatte die Stimme am Telefon gesagt.

»Sie hatte mir damit gedroht, dass sie zu Hause anrufen würde«, sagte der Empfangschef zu Erlendur.

»Und wer war das?«

Vor zehn Tagen hatte er abends einen draufgemacht. Die Ehefrau war auf einem Ärztekongress in Schweden, und er war mit drei Freunden essen gegangen. Sie hatten viel Spaß, alles alte Freunde, sie machten nach dem Essen einen Kneipenbummel und endeten in einem populären Vergnügungslokal in der Altstadt. Dort hatte er seine Freunde aus den Augen verloren, war zur Bar gegangen und hatte dort ein paar Leute getroffen, die er aus der Hotelbranche kannte. Er stand ganz in der Nähe einer kleinen Tanzfläche und schaute sich die tanzenden Leute an. Er war ein bisschen betrunken, aber doch nicht so, dass er nicht imstande gewesen wäre, vernünftige Entscheidungen zu treffen. Deswegen war das alles so unbegreiflich für ihn. So etwas hatte er noch nie gemacht.

Sie kam auf ihn zu, und genau wie in Spielfilmen hatte sie eine Zigarette zwischen den Fingern und bat um Feuer. Er rauchte zwar nicht, aber wegen seiner Tätigkeit hatte er sich angewöhnt, immer ein Feuerzeug bei sich zu tragen.

Die Angewohnheit stammte noch aus der Zeit, in der man überall rauchen durfte, wo man wollte. Sie redete mit ihm über etwas, was ihm schon längst wieder entfallen war, und fragte dann, ob er sie nicht zu einem Glas einladen wolle. Er schaute sie an. Doch, natürlich. Sie standen an der Bar, und er bestellte die Getränke, und als ein kleiner Tisch frei wurde, setzten sie sich. Sie war sehr attraktiv und flirtete mit ihm. Er nahm zwar an dem Spiel teil, war aber unsicher, was sich da abspielte. Frauen benahmen sich ihm gegenüber normalerweise nicht so. Sie saß ganz dicht neben ihm und war zudringlich. Als er aufstand, um einen zweiten Drink zu holen, ließ sie ihre Hand über seinen Schenkel gleiten. Er schaute sie an und sie lächelte. Eine attraktive, schöne Frau, die wusste, was sie wollte. Sie war vielleicht zehn Jahre jünger als er.

Zu fortgeschrittener Stunde fragte sie, ob er sie nach Hause begleiten würde. Sie wohnte ganz in der Nähe, und sie machten sich auf den Weg. Er war immer noch verunsichert und zögerte, aber war auch gespannt, was noch kommen mochte. Das alles war ihm so fremd, er kam sich vor wie auf dem Mond. Dreiundzwanzig Jahre lang war er seiner Frau treu gewesen. Zwei- oder dreimal in all den Jahren hätte er eine andere Frau küssen können, aber so etwas wie das hier war ihm nie zuvor passiert.

»Ich war komplett durcheinander«, sagte der Empfangschef zu Erlendur. »Ein Teil von mir wollte nach Hause laufen und alles vergessen. Und ein Teil von mir wollte zu ihr in die Wohnung.«

»Ich weiß, welcher Teil das war«, sagte Erlendur.

Sie standen im Treppenhaus eines modernen Mehrfamilienhauses vor der Tür zu ihrer Wohnung, und sie steckte den Schlüssel ins Schloss. Sogar diese Bewegung kam ihm

sinnlich vor. Die Tür öffnete sich, und sie trat ganz dicht an ihn heran. »Komm mit herein«, sagte sie, und ihre Hand berührte ihn im Schritt.
Er ging mit ihr hinein. Sie mixte Drinks für sie. Er setzte sich auf das Sofa im Wohnzimmer. Sie legte Musik auf und trat zu ihm mit dem Glas in der Hand und lächelte, sodass sich die schönen weißen Zähne hinter dem Lippenstift entblößten. Sie setzte sich zu ihm, stellte das Glas ab, fasste ihm an den Hosenbund und zog langsam den Reißverschluss herunter.

»Mir war ... Das war ... Sie verstand sich auf die unglaublichsten Dinge«, sagte der Empfangschef.
Erlendur schaute ihn an, ohne etwas zu sagen.
»Am nächsten Morgen wollte ich mich hinausschleichen, aber sie war auf der Hut. Ich hatte Gewissensbisse, ich fühlte mich wie das Letzte, meine Frau und die Kinder betrogen zu haben. Diese Frau wollte ich nie wieder treffen. Sie lag hellwach da, als ich im Dunkeln durch das Zimmer tappte.«

Sie richtete sich halb im Bett auf und knipste die Nachttischlampe an. »Gehst du schon?«, fragte sie. Er sagte Ja, es sei schon viel zu spät. Eine wichtige Besprechung, etwas in der Art.
»Hat dir diese Nacht nicht gefallen?«, fragte sie.
Er hielt seine Hose in der Hand und schaute sie an.
»Phantastisch«, sagte er, »aber da kann nichts zwischen uns werden. Ich kann das einfach nicht. Entschuldige.«
»Ich kriege achtzigtausend Kronen von dir«, sagte sie so ruhig, als sei das vollkommen selbstverständlich und bräuchte eigentlich kaum extra erwähnt zu werden.
Er starrte sie an, als hätte er nicht richtig gehört.
»Achtzigtausend«, wiederholte sie.

»Was meinst du eigentlich?«
»Für die Nacht«, sagte sie.
»Für die Nacht?«, sagte er. »Willst du damit sagen, dass du dich verkaufst?«
»Was hast du denn gedacht?«, sagte sie.
Er begriff überhaupt nicht, was sie sagte.
»Du glaubst doch wohl nicht im Ernst, dass du Frauen wie mich umsonst kriegst?«, sagte sie.
Nach und nach dämmerte es ihm, was sie eigentlich meinte.
»Aber du hast überhaupt nichts gesagt!«
»Hätte ich etwas sagen müssen? Bezahl mir die achtzigtausend, und dann darfst du vielleicht irgendwann noch mal wieder zu mir kommen.«

»Ich habe mich geweigert zu zahlen«, sagte der Empfangschef zu Erlendur. »Bin einfach raus. Sie war stinkwütend. Rief mich hier in der Arbeit an und drohte damit, zu Hause anzurufen, falls ich nicht bezahlen würde.«
»Wie heißen die noch?«, fragte Erlendur. »Irgendein englisches Wort. Date. Date-Nutten? War sie eine von denen? Meinst du das?«
»Ich habe keine Ahnung, was sie war, aber sie wusste genau, was sie tat, und zum Schluss rief sie bei meiner Frau an und sagte ihr, was passiert ist.«
»Warum hast du nicht einfach bezahlt? Dann wärst du sie losgewesen.«
»Ich bin mir nicht so sicher, ob ich sie losgewesen wäre, selbst wenn ich bezahlt hätte«, sagte der Empfangschef. »Meine Frau und ich haben gestern alles durchgesprochen. Ich habe ihr alles gesagt, was passiert ist, genau wie dir. Wir sind seit dreiundzwanzig Jahren zusammen, und natürlich gibt es keine Entschuldigung für mein Verhalten, aber es war eine Falle, oder jedenfalls bin ich der Ansicht.

Falls diese Frau nicht hinter dem Geld her gewesen wäre, wäre nichts vorgefallen.«
»Dann war es also einzig und allein ihre Schuld?«
»Nein, natürlich nicht, aber trotzdem ... das war eine Falle.«
Sie schwiegen.
»Gibt es so etwas auch hier im Hotel?«, fragte Erlendur. »Date-Nutten?«
»Nein«, sagte der Empfangschef.
»Das würde dir nicht entgehen?«
»Ich habe gehört, dass du danach gefragt hast. So etwas gibt es hier nicht.«
»Genau«, sagte Erlendur.
»Du wirst das für dich behalten?«
»Ich bräuchte den Namen dieser Frau, wenn du ihn weißt. Und die Adresse. Das bleibt unter uns.«
Der Empfangschef zögerte.
»Diese verfluchte Schlampe«, sagte er und fiel einen Augenblick aus der Rolle des zuvorkommenden Hoteliers. »Hast du vor, das zu bezahlen?«
»Darin waren meine Frau und ich uns einig. Die kriegt keine müde Krone.«
»Glaubst du, dass jemand dir eins auswischen will?«
»Mir eins auswischen«, echote der Empfangschef. »Ich verstehe dich nicht. Was meinst du damit?«
»Ich meine, ob es sein kann, dass jemand dir so übel gesonnen ist, dass er so etwas arrangieren würde, um dich in Schwierigkeiten zu bringen? Jemand, mit dem du dich angelegt hast?«
»Das wäre mir nie im Traum eingefallen. Du meinst, dass ich irgendwelche Feinde habe, die mir so was antun würden?«
»Es brauchen gar keine Feinde zu sein. Irgendwelche Witzbolde, beispielsweise deine Freunde.«

»Nein, solche Freunde habe ich nicht. Und der Witz wäre wohl auch mehr als zu weit gegangen – da hört der Spaß doch wirklich auf.«
»Hast du dem Weihnachtsmann gekündigt?«
»Was meinst du damit?«
»Hast du ihm das mitgeteilt? Oder wurde ihm ein Brief geschickt, oder was?«
»Ich habe es ihm mündlich mitgeteilt.«
»Und wie hat er es aufgenommen?«
»Es war ziemlich hart für ihn. Verständlicherweise. Er hat lange hier gearbeitet, viel länger als ich beispielsweise.«
»Hätte er möglicherweise dahinter stecken können, falls jemand dahinter steckt?«
»Guðlaugur? Nein, das kann ich mir nicht vorstellen. Guðlaugur? So was einfädeln? Das glaube ich nicht. Der war absolut nicht für Scherze irgendwelcher Art zu haben.«
»Hast du gewusst, dass er früher ein Kinderstar gewesen ist?«
»Ein Kinderstar? Inwiefern?«
»Er hat Platten besungen. Ein Chorknabe.«
»Davon weiß ich nichts«, sagte der Empfangschef.
»Nur eins zum Schluss«, sagte Erlendur und stand auf.
»Ja«, sagte der Empfangschef.
»Kannst du dafür sorgen, dass ich einen Plattenspieler auf mein Zimmer bekomme?«, bat Erlendur und sah, dass der Empfangschef sich fragte, was das nun wieder sollte.

Als Erlendur ins Foyer kam, sah er den Leiter der Spurensicherung die Kellertreppe heraufkommen.
»Wie sieht es aus mit dem Speichel, den ihr an dem Kondom gefunden habt? Gibt's was Neues? Habt ihr schon das Kortisol untersucht?«
»Wir sind dabei. Was verstehst du von Kortisol?«

»Zumindest weiß ich, dass es unter Umständen gefährlich sein kann, wenn zu viel davon im Speichel vorhanden ist.«

»Sigurður Óli hat nach der Mordwaffe gefragt«, sagte der Abteilungsleiter. »Der Gerichtsmediziner glaubt, dass es kein besonderes Messer gewesen ist. Nicht sehr lang, mit schmaler, geriffelter Klinge.«

»Also kein Jagdmesser oder Fleischmesser?«

»Nein, eher ein ziemlich gewöhnliches Messer, wenn ich es richtig verstanden habe«, sagte der Abteilungsleiter. »Ein ganz gewöhnliches Messer.«

Zehn

Erlendur nahm die beiden Platten aus Guðlaugurs Kammer mit auf sein Zimmer und rief von dort im Krankenhaus an, um nach Valgerður zu fragen. Er wurde zu ihrer Abteilung weiterverbunden. Eine andere Frau war am Apparat. Er fragte ein weiteres Mal nach Valgerður, und die Frau sagte »Augenblick, bitte«, und endlich kam Valgerður an den Apparat.

»Hast du noch eins von diesen Wattepinnchen übrig?«, fragte er.

»Geht es um tödliche Unfälle und Bergnot?«, fragte sie.

Erlendur grinste.

»Da ist ein Ausländer hier im Hotel, den wir überprüfen müssen.«

»Ist es sehr eilig?«

»Es muss noch heute über die Bühne gehen.«

»Bist du auch da?«

»Ja.«

»Dann bis später.«

Erlendur legte auf. Tödliche Unfälle und Bergnot, dachte er und lächelte. Er hatte eine Verabredung mit Henry Wapshott an der Bar im Erdgeschoss. Er ging nach unten, setzte sich an die Bar und wartete. Der Kellner fragte, ob er etwas bestellen wolle, aber er lehnte dankend ab. Überlegte es sich dann anders, rief hinter ihm her und ließ sich ein Glas Wasser bringen. Er blickte auf die Bar mit all den alkoholischen Getränken, Alkohol in allen Farben des Regenbogens, Regale voller Likör.

Sie hatten unsichtbaren Glasstaub auf dem Fußboden im Wohnzimmer gefunden. Reste von Drambuie am Barschrank, Drambuie in den Socken des Jungen und auf der Treppe. Sie fanden Glaspartikel im Besen und im Staubsauger. Alles deutete darauf hin, dass eine Likörflasche auf den Marmorboden geknallt war. Der Junge war höchstwahrscheinlich in die Lache getreten, die sich gebildet hatte, und war schnurstracks die Treppe hinauf und in sein Zimmer gelaufen. Die Flecken deuteten eher darauf hin, dass er gerannt war. Ängstliche kleine Füße. Deswegen gingen sie davon aus, der Kleine habe die Flasche zerbrochen, woraufhin der Vater die Beherrschung verloren hatte und über ihn hergefallen war. Und es endete damit, dass der Kleine ins Krankenhaus eingeliefert werden musste.
Elínborg bestellte den Vater zur Vernehmung ins Polizeidezernat an der Hverfisgata, wo sie ihm die Resultate der Spurensicherung darlegte, ebenso die Reaktion des Jungen, als er gefragt wurde, ob es sein Vater gewesen war, der ihn so schlimm zugerichtet hatte. Sie erklärte ihm rundheraus, sie sei sich völlig sicher, dass er der Täter sei. Erlendur war bei der Vernehmung anwesend. Sie legte dem Vater seine Rechtslage dar, dass er unter Verdacht stand und dass er seinen Rechtsanwalt hinzuziehen dürfe. Dass er ihn hinzuziehen sollte. Der Vater erklärte, im Augenblick keines Beistands durch einen Rechtsanwalt zu bedürfen. Er sei unschuldig, und er betonte immer wieder, nicht begreifen zu können, weswegen er verdächtigt wurde, bloß weil eine Likörflasche zu Boden gegangen war.
Erlendur schaltete das Aufnahmegerät im Vernehmungszimmer ein.
»Wir sind der Meinung, dass es sich folgendermaßen zugetragen hat«, begann Elínborg und tat, als würde sie aus einem Bericht vorlesen. Sie versuchte, keine Gefühle einfließen zu lassen. »Der Junge ist aus der Schule nach Hause

gekommen, es war schon fast vier. Kurze Zeit später kamst du. Soweit wir wissen, hast du an diesem Tag früh deinen Arbeitsplatz verlassen. Aus irgendwelchen Gründen fiel dem Jungen eine große Flasche Drambuie aus der Hand. Er bekam Angst und rannte auf sein Zimmer. Du hast einen Wutanfall bekommen, und mehr als das. Du hast völlig die Beherrschung verloren und bist zu dem Jungen hinauf, um ihn zu züchtigen. Das Ganze geriet völlig außer Kontrolle, und du hast ihn so furchtbar zugerichtet, dass er ins Krankenhaus eingeliefert werden musste.«

Der Vater schaute Elínborg an, ohne ein Wort zu sagen.

»Wir wissen noch nicht, mit was du auf ihn eingeschlagen hast, es war ein Gegenstand, den wir noch nicht gefunden haben, wahrscheinlich länglich, oder zumindest ohne scharfe Kanten; es kann aber auch sein, dass du ihn gegen die Bettkante geschlagen hast. Du hast immer wieder auf ihn eingetreten. Bevor du den Krankenwagen gerufen hast, hast du im Wohnzimmer aufgeräumt. Du hast den Likör mit drei Handtüchern aufgetrocknet, die du in die Mülltonne hinter dem Haus geworfen hast. Den Marmorboden hast du gefegt und geschrubbt, und die kleinsten Glassplitter mit dem Staubsauger aufgesaugt. Du hast den Schrank sorgfältig gesäubert und dem Jungen die Socken ausgezogen, die ebenfalls in die Mülltone wanderten. Bei der Treppe hast du ein Reinigungsmittel verwendet, aber es ist dir nicht gelungen, die Spuren voll und ganz zu beseitigen.«

»Nichts davon kannst du beweisen«, sagte der Vater, »denn das Ganze ist an den Haaren herbeigezogen. Der Junge hat nichts gesagt. Er hat keinen Ton über diejenigen gesagt, die ihn attackiert haben. Weswegen kümmerst du dich nicht darum, seine Schulkameraden ausfindig zu machen?«

»Warum hast du uns nichts von dem Likör erzählt?«

»Das hat überhaupt nichts mit der Sache zu tun.«

»Und die Socken in der Mülltonne? Die kleinen Fußspuren auf der Treppe?«
»Die Likörflasche ist zerbrochen, aber das geht auf mein Konto und geschah zwei Tage bevor mein Sohn überfallen worden ist. Ich wollte mir ein Glas einschenken, aber die Flasche fiel mir aus der Hand und ist in tausend Stücke zersprungen. Der Kleine sah das, und er hat sich sehr erschrocken. Ich habe ihm gesagt, er solle aufpassen, wo er hinträte, aber da war er schon in den Likör getreten und lief die Treppe hinauf und in sein Zimmer. Das hat überhaupt nichts mit diesem Überfall auf ihn zu tun, und ich muss schon sagen, ich bin mehr als erstaunt über diese Anschuldigungen und Tatsachenverdrehungen. Ihr habt überhaupt nichts in der Hand! Hat er gesagt, dass ich über ihn hergefallen bin? Das bezweifle ich sehr. Und das kann er auch nie sagen, denn ich war es nicht. Ich könnte ihm niemals so etwas antun. Niemals.«
»Warum hast du uns das nicht gleich gesagt?«
»Gleich?«
»Als wir die Flecken gefunden haben. Du hast nichts gesagt.«
»Weil ich befürchtete, dass genau das passieren würde. Dass ihr dieses Missgeschick mit dem Überfall auf den Jungen in Verbindung bringen würdet. Ich wollte die Sache nicht noch komplizierter machen. Es waren die Jungs in der Schule, die das getan haben.«
»Deine Firma steht vor dem Bankrott«, sagte Elínborg. »Du musstest mehr als zwanzig Leuten kündigen, und weitere Kündigungen stehen in Aussicht. Ich gehe davon aus, dass du unter starkem Druck stehst. Das Haus wirst du auch nicht behalten können ...«
»So ist es halt im Geschäftsleben.«
»Wir gehen sogar davon aus, dass du bereits früher ihm gegenüber Gewalt angewendet hast.«

»Also, jetzt hör ...«
»Wir haben die Krankenberichte durchgeschaut. Innerhalb von vier Jahren zweimal gebrochene Finger.«
»Hast du Kinder? Kinder verletzen sich doch dauernd. Das ist ja absurd.«
»Ein Kinderarzt hat beim letzten Vorfall auf einige Abnormalitäten hingewiesen und das Jugendamt verständigt. Die sind zu dir nach Hause gekommen und haben die häuslichen Verhältnisse inspiziert, haben aber nichts feststellen können. Der Kinderarzt hingegen hat Nadelstiche auf dem Handrücken des Jungen gefunden.«
Der Vater schwieg.
Elínborg verlor die Beherrschung.
»Du Monster«, fauchte sie.
»Ich möchte mit meinem Rechtsanwalt sprechen«, sagte er und wich ihrem Blick aus.

»I said, good morning!«
Erlendur kam wieder zu sich. Henry Wapshott stand vor ihm und wünschte ihm einen guten Morgen. Er war in seinen Gedanken völlig versunken gewesen, hatte an den Jungen gedacht, der die Treppe hinaufgelaufen war, und weder bemerkt, dass Wapshott in die Bar gekommen war, noch gehört, als er ihm einen guten Morgen wünschte.
Er sprang auf und schüttelte ihm die Hand. Wapshott trug die gleichen Sachen wie am Tag zuvor. Nur das Haar war etwas unordentlicher, er wirkte müde. Er bestellte Kaffee, und Erlendur tat es ihm nach.
»Wir haben über Sammler gesprochen«, sagte Erlendur.
»Yes«, sagte Wapshott und lächelte gequält. »Bunch of loners, like myself.«
»Wie findet ein Sammler in England wie Sie heraus, dass es vor fast vierzig Jahren in Hafnarfjörður auf Island einen Chorknaben mit einer schönen Stimme gegeben hat?«

»Oh, viel mehr als nur eine schöne Stimme. Viel, viel mehr als das. Er hatte eine einzigartige Stimme, dieser Junge.«

»Wie haben Sie von Guðlaugur Egilsson erfahren?«

»Durch Menschen mit denselben Interessen wie ich. Schallplattensammler spezialisieren sich, aber das habe ich Ihnen, glaube ich, bereits gestern gesagt. Nehmen wir Chormusik, in dem Bereich können sich Sammler auf bestimmte Bereiche konzentrieren, beispielsweise bestimmte Lieder oder bestimmte Arrangements oder auch nur bestimmte Chöre. Oder andere, wie ich, auf Chorknaben. Einige sammeln nur Chorknaben auf den alten 78er Schellackplatten, andere sammeln Singles mit 45 Umdrehungen, aber nur von einer bestimmten Schallplattenfirma. Man kann sich endlos spezialisieren. Manche sammeln ausschließlich sämtliche Aufnahmen eines bestimmten Lieds, bespielsweise *Stormy Weather*, das kennen Sie bestimmt. Nur damit Sie verstehen, um was es geht. Von Egilsson habe ich durch eine Gruppe japanischer Sammler erfahren, die eine umfangreiche Informations- und Tauschbörse im Internet betreiben. Niemand sammelt so viel westliche Musik wie die Japaner. Die reisen um die ganze Welt und kaufen wie die Staubsauger alles auf, was auf Platten herausgegeben wurde und ihnen in die Finger kommt. Besonders aus der Beatles- und Hippiezeit. Sie sind auf allen Plattenbörsen bekannt wie die bunten Hunde, und das Beste ist, dass sie Geld haben.«

Erlendur überlegte, ob man an der Bar rauchen durfte und beschloss, es darauf ankommen zu lassen. Als Wapshott sah, dass er sich eine Zigarette anzünden wollte, holte er selber eine zerknitterte Packung Chesterfield hervor, Erlendur gab ihm Feuer.

»Meinen Sie, dass man hier rauchen darf?«, fragte Wapshott.

»Das wird sich herausstellen«, sagte Erlendur.

»Die Japaner besaßen ein Exemplar von Egilssons kleiner Platte«, sagte Wapshott. »Die, die ich Ihnen gestern Abend gezeigt habe. Ich habe sie ihnen abgekauft. Unheimlich teuer, aber ich bereue es nicht. Als ich danach fragte, wo sie die Platte herhätten, bekam ich zu hören, dass dieses Exemplar von einem norwegischen Sammler aus Bergen auf einem Schallplattenmarkt in Liverpool gekauft worden war. Ich konnte mich mit dem norwegischen Sammler in Verbindung setzen, und es stellte sich heraus, dass er sie aus dem Nachlass eines Plattenproduzenten in Trondheim erstanden hatte. Dem war ein Exemplar aus Island zugeschickt worden, vielleicht von jemandem, der den Jungen international bekannt machen wollte.«

»Was für ein Aufwand wegen einer einzigen alten Schallplatte«, sagte Erlendur.

»Sammler sind Experten. Es gehört einfach zum Spaß dazu, die Ursprünge herauszufinden. Seitdem habe ich versucht, mehr von diesen Platten zu kaufen, aber das war leichter gesagt als getan. Es existieren nur zwei Platten, auf denen er zu hören ist.«

»Sie haben mir gesagt, dass Sie die Platte den Japanern für teures Geld abgekauft haben. Sind solche Platten etwas wert?«

»Nur für Sammler«, sagte Wapshott. »Und hier ist nicht die Rede von besonders hohen Summen.«

»Aber doch von solchen, dass es sich für Sie lohnt, nach Island zu kommen, um mehr davon zu erwerben. Deswegen wollten Sie Guðlaugur doch treffen. Um herauszufinden, ob er noch mehr Exemplare besitzt.«

»Ich stehe seit einiger Zeit mit ein paar isländischen Sammlern in Verbindung. Schon bevor ich Interesse an den Platten mit Egilsson bekam. Leider gibt es aber keine Schallplatten mehr mit ihm. Die isländischen Sammler haben nichts auftreiben können. Möglicherweise kann ich ein Exemplar über eine Internet-Verbindung aus Deutschland bekommen. Ich bin nach Island gekommen, um diese Sammler und Guðlaugur Egilsson zu treffen, weil ich seinen Gesang bewundere. Und um hier den Markt auszuloten und Sammlerläden zu besuchen.«

»Und davon können Sie leben?«

»Wohl kaum«, sagte Wapshott und sog den Rauch der Chesterfield ein. Vom jahrzehntelangen Rauchen hatte er gelbe Finger. »Ich habe geerbt. Hausbesitz in London. Ich kümmere mich um die Verwaltung, aber den größten Teil meiner Zeit verbringe ich mit Sammeln. Man könnte es eine Passion nennen.«

»Und Sie sammeln Chorknaben.«

»Ja.«

»Sind Sie bei dieser Reise auf irgendetwas gestoßen?«

»Nein, nichts. Hierzulande scheint niemand Interesse daran zu haben, etwas aufzubewahren. Hier muss alles neu sein. Alles Alte gilt offenbar als Plunder, nichts ist es wert, aufgehoben zu werden. Meines Erachtens wird hier mit Schallplatten schlecht umgegangen. Die werden einfach weggeworfen, Schallplatten aus Nachlässen beispielsweise. Da wird noch nicht einmal jemand hinzugezogen, um sich die anzuschauen. Bloß auf die Müllkippe damit. Lange Zeit war ich der Meinung, dass ein Unternehmen hier in Reykjavík, das Sorpa heißt, ein Verein für Sammler wäre. Der Name kam nämlich immer wieder in der Korrespondenz vor. Dann stellte es sich heraus, dass es eine Recycling-Firma ist, die einen Gebrauchtwarenhandel betreibt. Sammler finden hier alle möglichen Kostbarkeiten im Müll und verkaufen sie übers Internet zu guten Preisen.«

»Ist Island besonders interessant für Sammler?«, fragte Erlendur. »So ganz generell gesehen.«

»Der größte Vorteil an Island ist die Übersichtlichkeit des

Marktes. Jede Platte wird nur in einer geringen Auflage herausgegeben, und sie verschwindet ziemlich bald wieder vom Markt. Danach ist sie mehr oder weniger verloren. Wie die Platten von Guðlaugur Egilsson.«

»Es muss spannend sein, Sammler in einer Welt zu sein, die alles hasst, was alt und unnütz ist. Das muss doch irgendwie eine Befriedigung sein, wenn man davon überzeugt ist, Kulturschätze zu retten.«

»Ja, wir sind gewissermaßen so ein paar unverbesserliche Käuze, die versuchen, der Vernichtung Einhalt zu gebieten«, erklärte Wapshott.

»Aber man kann auch Geschäfte damit machen.«

»Das kann vorkommen.«

»Was passierte mit Guðlaugur Egilsson? Was wurde aus dem Kinderstar?«

»Was aus allen Kinderstars wird«, sagte Wapshott. »Er wurde erwachsen. Ich weiß eigentlich nicht so genau, was aus ihm geworden ist, aber als Jugendlicher oder als Erwachsener hat er nie wieder gesungen. Seine Gesangskarriere war schön, aber kurz, und dann verschwand er wieder in der Menge und hörte auf, etwas Besonderes oder Einzigartiges zu sein. Niemand hat ihm mehr zugejubelt, und vermutlich hat ihm das gefehlt. Es gehört viel Charakterstärke dazu, in so zartem Alter schon Ruhm und Bewunderung zu verkraften, und noch viel mehr, wenn die Leute einem später den Rücken zukehren.«

Wapshott schaute auf die Uhr, die über der Bar hing, dann auf seine Armbanduhr und räusperte sich.

»Ich wollte die Abendmaschine nach London nehmen, und ich muss noch einiges erledigen, bevor ich aufbreche. Wollen Sie noch mehr von mir wissen?«

Erlendur blickte ihn an.

»Nein, ich glaube, das war's. Ich dachte, Sie wollten erst morgen fliegen?«

»Falls ich Ihnen noch mit irgendetwas behilflich sein kann, hier ist meine Visitenkarte«, sagte Wapshott, zog eine kleine Karte aus der Brusttasche und reichte sie Erlendur.
»Sie haben den Flug geändert?«, fragte Erlendur.
»Nachdem ich ihn jetzt nicht mehr treffen kann«, sagte Wapshott, »habe ich das meiste, was ich vorhatte, erledigt, und damit spare ich mir eine Nacht im Hotel.«
»Nur eine Sache noch«, sagte Erlendur.
»Ja.«
»Nachher kommt eine Laborantin und entnimmt Ihnen eine Speichelprobe, falls Sie keine Einwände haben.«
»Eine Speichelprobe?«
»Ja, wegen der Ermittlung.«
»Wieso denn Speichelprobe?«
»Das kann ich zum gegenwärtigen Zeitpunkt nicht sagen.«
»Stehe ich unter Verdacht?«
»Wir nehmen Speichelproben von allen, die Guðlaugur gekannt haben. Das steht im Zusammenhang mit der Ermittlung. Das hat nichts mit Ihnen persönlich zu tun.«
»Ich verstehe«, sagte Wapshott. »Speichel! Wie komisch.« Er lachte, und Erlendur sah die Zähne im Unterkiefer, die schwarz von Nikotin waren.

Elf

Sie kamen durch die Drehtür ins Hotel, er alt und gebrechlich im Rollstuhl, sie hinter ihm, zierlich und schlank, mit spitzer Adlernase und stechendem Blick, den sie über das Foyer des Hotels gleiten ließ. Die Frau war zwischen fünfzig und sechzig, sie trug einen dicken, braunen Wintermantel und hohe schwarze Lederstiefel. Sie schob den Rollstuhl geschickt vor sich her. Der Mann war um die achtzig, weißes Haar war unter dem Hut zu sehen, das hagere Antlitz leichenblass. Er saß gekrümmt, hatte einen schwarzen Schal um den Hals, und seine weißen, knochigen Hände schauten aus den Ärmeln des schwarzen Mantels hervor. Eine dicke, schwarze Hornbrille vergrößerte seine Augen, die an Fischaugen erinnerten.

Die Frau schob den Rollstuhl zur Rezeption. Der Empfangschef kam aus seinem Büro und beobachtete, wie sie näher kamen.

»Kann ich behilflich sein?«

Der Mann im Rollstuhl würdigte ihn keines Blickes. Die Frau jedoch fragte nach einem Kriminalbeamten, der Erlendur heiße und der ihren Informationen zufolge hier im Hotel eine Ermittlung leite. Erlendur hatte kurz zuvor mit Wapshott die Bar verlassen und sie ins Hotel kommen sehen. Sie weckten sofort sein Interesse. Sie hatten irgendetwas an sich, das ihn an den Tod denken ließ.

Er überlegte kurz, ob er Wapshott festsetzen und ihm verbieten sollte, nach London zurückzukehren, fand aber keinen triftigen Grund, den Mann festzuhalten. Er beobachtete weiterhin interessiert die Frau mit der Adlernase und den Mann mit den Fischaugen an der Rezeption und fragte sich gerade, was das für Leute wohl sein mochten, als der Empfangsschef ihn bemerkte und ihm zuwinkte. Erlendur wollte sich von Wapshott verabschieden, aber der war wie vom Erdboden verschluckt.

»Die beiden haben nach dir gefragt«, sagte der Empfangschef, als Erlendur auf sie zukam. Erlendur stellte sich zu ihnen an die Rezeption. Die Dorschaugen unter dem Hut fixierten ihn voller Skepsis.

»Bist du Erlendur?«, fragte der Mann im Rollstuhl mit alter, unsicherer Stimme.

»Ihr wollt mit mir sprechen?«, fragte Erlendur. Die Adlernase strebte in die Höhe.

»Leitest du hier im Hotel die Ermittlung im Mordfall Guðlaugur Egilsson?«, fragte die Frau.

»Ja«, entgegnete Erlendur.

»Ich bin seine Schwester. Und das ist unser Vater. Können wir irgendwo in Ruhe miteinander sprechen?«

»Kann ich dir mit dem Rollstuhl behilflich sein?«, fragte Erlendur, aber sie schaute ihn an, als hätte er etwas Anzügliches gesagt, und schob los. Sie folgten Erlendur in die Bar zu dem gleichen Tisch, an dem er eben noch mit Wapshott gesessen hatte. Außer ihnen war niemand dort, sogar der Barkeeper war verschwunden. Erlendur wusste nicht, ob die Bar überhaupt vormittags geöffnet war. Wahrscheinlich schon, denn immerhin war die Tür nicht verschlossen gewesen. Anscheinend wusste nur kaum jemand davon.

Die Frau schob den Rollstuhl zum Tisch und stellte ihn mit der Bremsvorrichtung fest. Dann nahm sie Erlendur gegenüber Platz.

»Ich war schon auf dem Weg zu euch«, schwindelte Erlendur, der es eigentlich Sigurður Óli und Elínborg zugedacht hatte, mit den Hinterbliebenen von Guðlaugur zu sprechen. Er konnte sich aber nicht erinnern, ob er ihnen diesbezügliche Anweisungen gegeben hatte.

»Wir sind nicht darauf erpicht, die Polizei bei uns im Haus zu haben«, sagte die Frau. »So was hat es noch nie gegeben. Eine Frau hat bei uns angerufen, wahrscheinlich eine Mitarbeiterin von dir, Elínborg hat sie, glaube ich, geheißen. Ich habe gefragt, wer die Ermittlung leitet, und da wurde mir gesagt, dass du damit befasst bist. Ich mache mir Hoffnungen, dass wir die Sache jetzt erledigen können, damit wir wieder unsere Ruhe haben.«

Diesen Leuten war in keinerlei Form anzumerken, dass sie trauerten. Nichts, was auf den Schmerz hindeutete, den der Tod eines nahen Anverwandten üblicherweise auslöst. Bloß kalter Widerwille. Sie waren der Meinung, gewissen Pflichten nachkommen und der Polizei Bericht erstatten zu müssen, ihnen war aber ganz offensichtlich diese Prozedur mehr als zuwider, und sie hatten keine Scheu, das auch deutlich zu zeigen. Es sah so aus, als würde die Leiche, die im Keller des Hotels gefunden worden war, sie nicht das Geringste angehen. Als seien sie über so etwas erhaben.

»Ihr wisst, unter welchen Umständen Guðlaugur gefunden wurde«, sagte Erlendur.

»Wir wissen, dass er umgebracht wurde«, sagte der alte Mann. »Erstochen. Wir wissen, dass er erstochen wurde.«

»Wisst ihr auch, wer es getan hat?«

»Wir haben keine Ahnung«, erklärte die Frau. »Wir haben keinerlei Kontakt zu ihm gehabt. Wir wissen nicht, mit wem er Umgang hatte. Haben weder seine Freunde gekannt noch seine Feinde, falls er welche hatte.«

»Wann habt ihr ihn zuletzt gesehen?«

In diesem Augenblick betrat Elínborg die Bar. Sie kam zu ihnen herüber und setzte sich an die Seite von Erlendur. Er stellte sie den beiden vor, aber sie zeigten keinerlei

Reaktion, beide fest entschlossen, sich durch nichts von alledem beeindrucken zu lassen.

»Wahrscheinlich, als er etwa zwanzig war«, sagte die Frau. »Da haben wir ihn wohl zuletzt gesehen.«

»Zwanzig?« Erlendur glaubte sich verhört zu haben.

»Wie ich gesagt habe, wir hatten keinerlei Kontakt zu ihm.«

»Und warum nicht?«, fragte Elínborg.

Die Frau würdigte sie keines Blickes.

»Reicht es nicht, wenn wir mit dir sprechen?«, fragte sie Erlendur. »Muss diese Frau ebenfalls anwesend sein?«

Erlendur schaute zu Elínborg hinüber. Es hatte den Anschein, als würde sich seine Miene etwas aufhellen.

»Sein Schicksal geht euch offensichtlich keineswegs nahe«, sagte er, ohne die Frage zu beantworten. »Guðlaugurs Schicksal. Er war dein Bruder«, sagte er und schaute die Frau an. »Er war dein Sohn«, sagte er und blickte auf den alten Mann. »Warum? Wieso habt ihr ihn dreißig Jahre nicht gesehen? Und wie ich bereits gesagt habe, sie heißt Elínborg«, fügte er hinzu. »Falls ihr weitere Einwände habt, werden wir euch ins Dezernat bringen und dort weitermachen, da könnt ihr dann auch eine offizielle Beschwerde einlegen. Hier draußen vor der Tür steht ein Polizeiauto bereit.«

Die Adlernase hob sich beleidigt. Die Dorschaugen zogen sich zusammen.

»Er hat sein Leben gelebt«, sagte sie, »und wir das unsere. Viel mehr ist dazu nicht zu sagen. Es gab keine Verbindung. So war es einfach. Uns war das recht. Ihm auch.«

»Das heißt also, dass ihr ihn seit der Mitte der siebziger Jahre nicht mehr gesehen habt?«

»Es gab keine Verbindung«, wiederholte sie.

»Nicht ein einziges Mal die ganze Zeit? Kein Telefongespräch? Nichts?«

»Nein«, sagte die Frau.

»Warum nicht?«
»Das ist eine Familienangelegenheit«, sagte der alte Mann. »Hat nichts mit dieser Sache zu tun. Nicht das Geringste. Alles begraben und vergessen. Was wollt ihr sonst noch wissen?«
»Wusstet ihr, dass er hier im Hotel gearbeitet hat?«
»Wir haben ab und zu etwas über ihn gehört«, sagte die Frau. »Wir wussten, dass er hier Portier war. Hat so eine absurde Livree getragen und die Türen für die Hotelgäste geöffnet. Und wenn ich richtig verstanden habe, hat er auch auf Weihnachtsfeiern den Weihnachtsmann gespielt.«
Erlendur betrachtete sie unverwandt. Sie sprach so, als hätte Guðlaugur seiner Familie keine größere Demütigung zufügen können, als halbnackt ermordet im Keller eines Hotels aufgefunden zu werden.
»Wir wissen nicht viel über ihn«, sagte Erlendur. »Er scheint nicht viele Freunde gehabt zu haben. Er hat hier in einem kleinen Kellerzimmer im Hotel gewohnt. Er scheint gut gelitten gewesen zu sein. Weil er kinderlieb war, wurde er auf den Weihnachtsfeiern als Weihnachtsmann eingesetzt, wie du gesagt hast. Allerdings haben wir jetzt auch erfahren, dass er seinerzeit eine viel versprechende Gesangskarriere vor sich zu haben schien. Als Junge hat er auf Schallplatten gesungen, ich glaube, zwei waren es, aber das wisst ihr bestimmt besser. Auf der Plattenhülle, die ich gesehen habe, hieß es, er sei im Begriff, eine Tournee durch Skandinavien zu machen, um sich die Welt zu Füßen zu legen. Heutzutage kennt niemand mehr diesen Jungen, außer einigen spleenigen Schallplattensammlern. Was ist damals passiert?«
Die Adlernase senkte sich, und die Dorschaugen verloren ihre Starre, während Erlendur redete. Der alte Mann schlug die Augen nieder und schaute auf den Tisch, und die Frau, die sich zwar immer noch an Wohlanständigkeit und Dün-

kel zu klammern versuchte, schien sich ihrer Sache nicht mehr ganz so sicher zu sein.

»Was ist passiert?«, wiederholte Erlendur und erinnerte sich mit einem Mal daran, dass er die Platten aus Guðlaugurs Kabuff oben bei sich auf dem Zimmer hatte.

»Nichts ist passiert«, sagte der alte Mann. »Er verlor seine Stimme. Er kam früh in die Pubertät und verlor mit zwölf Jahren seine Stimme, und damit hatte sich die Sache.«

»Konnte er danach nicht mehr singen?«, fragte Elínborg.

»Seine Stimme war hässlich«, sagte der alte Mann verärgert. »Es war gar nicht möglich, ihn auszubilden. Ihm konnte nicht geholfen werden. Er hatte einen Widerwillen gegen das Singen entwickelt. Er wurde aufsässig und neigte zu Wutanfällen, er war einfach gegen alles. Gegen mich. Gegen seine Schwester, die versuchte, alles für ihn zu tun, was in ihrer Macht stand. Er hat mich sogar angegriffen und mir die Schuld an allem gegeben.«

»Falls es keine weiteren Fragen gibt …«, sagte die Frau und schaute Erlendur an. »Haben wir nicht genug gesagt? Reicht euch das nicht?«

»Wir haben nicht viel in Guðlaugurs Kammer gefunden«, sagte Erlendur und tat, als hätte er sie nicht gehört. »Wir haben seine Schallplatten gefunden und zwei Schlüssel.«

Er hatte sich die Schlüssel wieder von der Spurensicherung zurückschicken lassen. Er zog sie aus der Tasche und legte sie auf den Tisch. Sie hingen an einem Schlüsselbund mit einem kleinen Taschenmesser, das in einer rosa Plastikhülle steckte. Auf einer Seite war ein Pirat mit Holzbein und schwarzer Augenklappe abgebildet, unter dem Bild stand PIRAT.

Die Frau warf einen raschen Blick auf die Schlüssel und erklärte, sie nicht zu kennen. Der alte Mann setzte sich die Brille auf der Nase zurecht und schaute sich die Schlüssel an, schüttelte aber dann den Kopf.

»Hast du Platten von ihm gefunden?«, fragte die Frau.
»Zwei«, sagte Erlendur. »Wurden noch mehr Aufnahmen mit ihm gemacht?«
»Nein, es gibt keine weiteren Aufnahmen mit ihm«, sagte der alte Mann und schaute mit zusammengekniffenen Augen zu Erlendur hinüber, blickte dann aber schnell wieder weg.
»Können wir diese Platten bekommen?«, fragte die Frau.
»Ich gehe davon aus, dass ihr alles erbt, was er hinterlässt«, antwortete Erlendur. »Wenn die Ermittlung unserer Meinung nach beendet ist, wird euch alles zugestellt, was er hatte. Er hatte doch keine anderen Angehörigen, oder doch? Keine Kinder? Wir haben diesbezüglich noch keine gesicherten Ergebnisse.«
»Ich weiß nur, dass er allein stehend war«, sagte die Frau.
»Können wir euch mit sonst noch etwas behilflich sein?«, fragte sie dann in einem Ton, dass man glauben mochte, sie hätte einen großartigen Beitrag zu den Ermittlungen geleistet, weil sie sich der Mühe unterzogen hatten, ins Hotel zu kommen.
»Es war nicht seine Schuld, dass er in die Pubertät kam und die Stimme verlor«, sagte Erlendur. Er fand diese Gleichgültigkeit und dieses arrogante Benehmen unerträglich. Ein Sohn war gestorben. Ein Bruder war ermordet worden. Trotzdem schien es, als sei nichts vorgefallen. Als ginge sie das alles überhaupt nichts an. Als sei sein Leben schon lange nicht mehr Teil des ihrigen gewesen, aus einem Grund, den sie Erlendur nicht nennen wollten.
Die Frau blickte Erlendur an.
»Falls es also sonst nichts mehr gibt«, sagte sie ein weiteres Mal und löste die Bremsvorrichtung.
»Wir werden sehen«, sagte Erlendur.
»Du findest, dass wir nicht genügend Anteilnahme zeigen«, sagte sie plötzlich.

»Ich finde, ihr zeigt überhaupt keine Anteilnahme«, sagte Erlendur. »Aber das geht mich nichts an.«
»Nein«, sagte die Frau, »das geht dich nichts an.«
»Was ich nur zu gerne wissen möchte: Habt ihr überhaupt keine Gefühle für diesen Menschen gehabt? Er war dein Bruder.« Erlendur wandte sich zu dem alten Mann im Rollstuhl. »Dein Sohn.«
»Er war ein Unbekannter für uns«, sagte die Frau und stand auf. Das Gesicht des alten Manns verzerrte sich.
»Weil er eure Erwartungen nicht erfüllt hat?« Erlendur stand ebenfalls auf. »Weil er euch als Zwölfjähriger enttäuscht hat. Er war ein Kind. Was habt ihr gemacht? Habt ihr ihn rausgeworfen? Habt ihr ihn auf die Straße gesetzt?«
»Wie können Sie es wagen, so mit uns zu reden?«, sagte die Frau mit zusammengebissenen Zähnen und hatte auf einmal angefangen, Erlendur auf arrogante Weise zu siezen. »Wie können Sie es wagen! Wer hat Sie zum Gewissen der Welt bestellt?«
»Wer hat Ihnen das Gewissen genommen?«, stieß Erlendur hervor und legte spezielle Betonung auf das ›Ihnen‹.
Sie starrte Erlendur wütend an. Dann schien sie auf einmal genug zu haben. Sie wandte sich ruckartig dem Rollstuhl zu, drehte ihn vom Tisch weg und schob ihn aus der Bar hinaus. Schnell durchquerte sie die Lobby in Richtung Drehtür. Aus der Lautsprecheranlage drang die wehmütige Stimme einer isländischen Opernsängerin … *Rühr meine Harfe an, du himmlisch schöne Fee* … Erlendur und Elínborg gingen hinter den beiden her und beobachteten, wie sie das Hotel verließen, die Frau kerzengerade, aber der alte Mann noch mehr in sich zusammengesunken, man sah von ihm nur den zittrigen Kopf über der Rückenlehne.
… und manche bleiben Kind ihr Leben lang …

Zwölf

Als Erlendur kurz nach Mittag auf sein Zimmer ging, hatte der Empfangschef einen Schallplattenspieler und zwei Lautsprecher installieren lassen. Das Hotel verfügte über einige alte Plattenspieler, die aber lange nicht benutzt worden waren. Erlendur hatte selber einen und fand ziemlich schnell heraus, wie dieser zu bedienen war. Er besaß keinen CD-Player und hatte sich deshalb seit Jahren keine neuen Platten mehr gekauft. Er hörte sich auch keine moderne Musik an. In der Arbeit hatte er etwas von Hip-Hop gehört und lange geglaubt, das wäre ein neuer Ausdruck für Seilchenspringen.

Elínborg war auf dem Weg nach Hafnarfjörður. Erlendur hatte sie damit beauftragt, Nachforschungen darüber anzustellen, in welche Volksschule Guðlaugur gegangen war. Er hatte den Vater oder die Schwester fragen wollen, aber dazu war es nicht gekommen, da die Begegnung ein so abruptes Ende genommen hatte. Er würde sich auch noch einmal mit Vater und Tochter unterhalten müssen. In der Zwischenzeit sollte Elínborg aber Leute ausfindig machen, die den Kinderstar gekannt hatten, und sich mit denen unterhalten, die mit ihm zur Schule gegangen waren. Erlendur wollte in Erfahrung bringen, welchen Einfluss die vermeintliche Berühmtheit auf den Jungen in diesem Alter gehabt hatte und wie seine Schulkameraden darauf reagiert hatten. Ebenso interessierte ihn, was passiert war, als er seine Stimme verlor. Was in den darauf folgenden Jahren aus ihm geworden war. Vielleicht konnte sich jemand daran erinnern, ob der Kinderstar damals Feinde gehabt hatte.

Während sie in der Lobby standen, erläuterte er das so ausführlich für Elínborg, dass man ihr ansehen konnte, wie genervt sie war. Ihrer Meinung nach musste ihr nicht jeder Schritt in allen Einzelheiten auseinander gelegt werden. Sie wusste, um was es ging, und war durchaus imstande, sich selber eine Marschroute zurechtzulegen.

»Und anschließend darfst du dir unterwegs ein Eis kaufen«, sagte er, um sie noch etwas mehr zu necken. Sie gab ein paar verächtliche Kommentare über Machotum von sich und verschwand durch die Tür.

»Wie erkenne ich diesen Wapshott?«, sagte eine Stimme hinter ihm, und als er sich umdrehte, stand Valgerður vor ihm mit ihrem Köfferchen in der Hand.

»Ein ziemlich mitgenommener und glatzköpfiger Engländer mit total verschandelten Zähnen, der Chorknaben sammelt«, sagte Erlendur. »Den kannst du nicht verpassen.«

Sie lächelte.

»Verschandelte Zähne?«, sagte sie. »Und sammelt Chorknaben?«

»Das ist eine sehr, sehr lange Geschichte, die ich dir irgendwann einmal erzählen werde. Wie steht's mit all den Speichelproben? Dauert das nicht unendlich lange?«

Er war auf eine ungewohnte Weise froh, sie wiederzusehen. Sein Herz schien einen Schlag auszusetzen, als er ihre Stimme hinter sich vernahm. Seine Melancholie wich für einen Augenblick, und in seine Stimme kam Leben. Er holte tief Luft.

»Ich weiß nicht, wie das gehen soll«, sagte sie. »Es sind so unwahrscheinlich viele.«

»Also ich …« Erlendur suchte einen Weg, um das zu entschuldigen, was gestern Abend passiert war. »Ich war gestern Abend auf einmal völlig blockiert. Katastrophen und Bergnot. Ich habe nicht ganz die Wahrheit gesagt, als ich dir von meinem Interesse an tödlichen Unfällen und Katastrophen in den Bergen erzählte.«

»Du musst es mir nicht erzählen«, sagte sie.

»Doch, ich möchte es dir aber erzählen«, sagte Erlendur. »Besteht eine Möglichkeit, dass wir uns noch einmal treffen?«

»Ich …«, sie verstummte. »Mach dir keine unnötigen Sorgen deswegen. Das war nicht weiter schlimm. Vergessen wir es. Ist das in Ordnung?«

»Ganz in Ordnung, wenn du es so willst«, sagte er völlig gegen seinen Willen.

»Wo ist dieser Wapshott?«

Erlendur ging mit ihr zur Rezeption, wo ihr die Zimmernummer gesagt wurde. Sie gaben sich die Hand, und er schaute ihr nach, während sie zum Aufzug ging. Dort wartete sie, ohne sich umzublicken. Er überlegte, ob er noch einen Versuch wagen sollte; bevor er dazu kam, öffnete sich die Tür, und sie verschwand im Aufzug. Bevor sich die Tür schloss, schaute sie zu ihm herüber und lächelte ein fast unsichtbares Lächeln.

Erlendur blieb stehen und sah, dass der Lift auf der Etage von Wapshott anhielt. Dann drückte er auf den Knopf und holte ihn nach unten. Er spürte den Duft von Valgerður, als er zu seinem Zimmer hochfuhr.

Er legte eine Platte mit dem Chorknaben Guðlaugur Egilsson auf und achtete darauf, den Plattenspieler auf 45 Umdrehungen einzustellen. Dann streckte er sich auf dem Bett aus. Die Platte war so gut wie neu. Keine Kratzer und kein Staub. Es knirschte nur ein wenig am Anfang, aber dann kam das Vorspiel und es begann eine reine und außerordentlich schöne Knabenstimme, das *Ave Maria* zu singen.

Er stand allein auf dem Gang und öffnete vorsichtig die Tür zum Zimmer seines Vaters. Er sah ihn auf der Bettkante sitzen und in stummer Verzweiflung vor sich hinstarren. Sein Vater hatte nicht an der Suche teilgenommen. Er war unter größten Strapazen zum Hof zurückgekehrt, nachdem er bei einem Unwetter, das urplötzlich hereingebrochen war, seine beiden Söhne aus den Augen verloren hatte. Er war im Schneesturm umhergeirrt und hatte nach ihnen gerufen, aber er konnte nicht die Hand vor Augen sehen, und das Brüllen des Sturms erstickte seine Schreie. Sein Entsetzen war unbeschreiblich. Er hatte die beiden Jungen mitgenommen, um Schafe zusammenzutreiben. Ein paar von den Schafen, die ihm gehörten, waren in die Berge entwischt. Er wollte sie wieder zum Stall holen. Es war zwar Winter, die Wettervorhersage gab jedoch keinen Anlass zur Besorgnis, und als sie sich auf den Weg machten, waren die Wetteraussichten gut gewesen. Aber es war eben nur eine Vorhersage und nur die Aussichten. Das Unwetter brach ohne Vorwarnung herein.
Erlendur ging zu seinem Vater ins Zimmer und blieb neben ihm stehen. Er begriff nicht, warum er auf dem Bett saß und nicht mit den Suchmannschaften in die Berge ging. Sein Bruder war immer noch nicht gefunden worden. Er konnte noch am Leben sein, auch wenn es nicht sehr wahrscheinlich war. Das konnte Erlendur an den Mienen der Leute ablesen, die völlig erschöpft in die bewohnten Gebiete hinunterkamen, um sich auszuruhen und zu stärken und dann wieder in die Berge zu gehen. Sie kamen von den Höfen ringsum und aus den kleinen Ortschaften an der Küste, alle, die zupacken konnten, waren dabei. Sie hatten Hunde bei sich und lange Stangen, mit denen sie

im Schnee stocherten. So hatten sie Erlendur gefunden. So wollten sie seinen Bruder finden.
Sie verteilten sich in kleinen Suchtrupps über die Hochebene, jeweils acht bis zehn Männer. Sie stocherten mit den Stangen im Schnee und riefen den Namen seines Bruders. Zwei Tage waren vergangen, seit sie Erlendur gefunden hatten, und drei Tage, seit der Schneesturm sie auseinander gerissen hatte. Die Brüder waren noch eine ganze Weile beieinander geblieben. Erlendur war zwei Jahre älter und hielt seinen Bruder an der Hand, aber die Finger wurden kalt und klamm, und Erlendur merkte nicht, als der Griff sich lockerte. Er hatte immer noch das Gefühl, die Hand zu halten, als er sich umdrehte und seinen Bruder nicht mehr sah. Viel später glaubte er sich zu erinnern, wie die Hand des Bruders ihm entglitt, aber das war nur seine Einbildung. Er hatte nichts gespürt, als es passierte.
Er selber hatte geglaubt, dass er mit zehn Jahren umkommen würde in diesem Schneesturm, der nicht enden zu wollen schien und ihn von allen Seiten angriff, der an ihm zerrte und ihm die Sicht versperrte, kalt und hart und gnadenlos. Zum Schluss ließ er sich in den Schnee sinken und versuchte sich einzugraben. Da lag er und dachte an seinen Bruder, der auch hier oben in den Bergen sterben musste.
Er erwachte von einem derben Stoß an der Schulter, und auf einmal erblickte er ein Gesicht, das er nicht kannte. Er hörte nicht, was der Mann sagte. Er wollte nur weiterschlafen. Er wurde aus dem Schnee hochgerissen, und die Männer wechselten sich darin ab, ihn hinunter ins Tal zu tragen, aber er konnte sich kaum an diesen Gang erinnern. Er hörte Stimmen. Er hörte seine Mutter, die ihn zu wärmen versuchte. Der Arzt kam und untersuchte ihn. Einige Erfrierungen an Händen und Füßen, aber nichts Ernstes. Er konnte in das Zimmer seines Vaters sehen. Sah ihn auf

der Bettkante sitzen, als hätte nichts von dem, was geschehen war, irgendetwas mit ihm zu tun.
Zwei Tage später war Erlendur wieder auf den Beinen. Er stand hilflos und verängstigt an der Seite seines Vaters. Seltsame Gewissensbisse fingen an, ihn zu quälen, als er sich zu erholen begann und wieder zu Kräften kam. Weswegen er? Weswegen er und nicht sein Bruder? Wenn sie ihn nicht gefunden hätten, hätten sie dann stattdessen seinen Bruder finden können? Er hätte gern seinen Vater danach gefragt, und er wollte ihn auch danach fragen, warum er nicht an der Suche teilnahm. Aber er stellte keine Fragen. Schaute ihn nur an, schaute auf die tiefen Linien im Gesicht, die Bartstoppeln und die Augen, dunkel vor Trauer.
So verging eine ganze Weile, während sein Vater ihn gar nicht beachtete. Erlendur legte seine Hand auf die des Vaters und fragte, ob es seine Schuld wäre. Weil er ihn nicht fest genug gehalten hatte und besser auf ihn hätte aufpassen sollen. Er hätte bei ihm sein sollen, als sie ihn fanden. Er fragte leise und stockend, aber es war zu viel für ihn, und er fing an zu schluchzen. Sein Vater senkte den Kopf. Seine Augen füllten sich mit Tränen, er umarmte Erlendur und begann auch zu weinen. Der große Mann bebte und zitterte in den Armen seines Sohns.

All das ging Erlendur durch den Kopf, bis er auf einmal die Platte kratzen hörte. Derartige Gedanken hatte er sich schon lange nicht mehr gestattet, aber auf einmal brachen die Erinnerungen über ihn herein, und er verspürte wieder diese tiefe Trauer, von der er wusste, dass sie niemals ganz in Vergessenheit geraten würde.
Eine solche Macht ging von dieser Knabenstimme aus.

Dreizehn

Das Zimmertelefon auf dem Nachttisch klingelte. Er stand auf, nahm die Nadel von der Platte und schaltete den Plattenspieler aus. Valgerður war am Telefon und sagte, dass Henry Wapshott nicht auf seinem Zimmer sei. Als sie ihn im Hotel ausrufen und überall nach ihm suchen ließ, war er nirgends aufzutreiben.

»Er hat gesagt, er würde warten«, sagte Erlendur. »Hat er etwa schon aus dem Hotel ausgecheckt? Er sagte mir, er hätte einen Flug für heute Abend gebucht.«

»Danach habe ich nicht gefragt«, sagte Valgerður. »Viel länger kann ich aber nicht warten, und ...«

»Nein, natürlich, entschuldige«, sagte Erlendur. »Ich schicke ihn zu dir, wenn ich ihn finde. Entschuldige bitte.«

»In Ordnung. Dann gehe ich jetzt.«

Erlendur zögerte. Er wusste nicht, was er sagen sollte, aber er wollte das Gespräch nicht gleich beenden. Das Schweigen zog sich hin, plötzlich wurde an die Tür geklopft. Er ging davon aus, dass es Eva Lind wäre.

»Ich würde dich sehr gerne wieder treffen«, sagte er, »aber ich kann verstehen, falls du keine Lust dazu hast.«

Wieder wurde an die Tür geklopft, diesmal fester.

»Ich würde dir gerne erzählen, was es mit der Bergnot und den tragischen Unfällen auf sich hat«, sagte Erlendur. »Falls du Lust hast, mir zuzuhören.«

»Was meinst du eigentlich?«

»Hast du Lust dazu?«

Er wusste selber nicht ganz genau, was er meinte. Weswegen wollte er dieser Frau sagen, was er außer seiner Tochter nie zuvor jemandem gesagt hatte? Warum konnte er es nicht dabei belassen und weiter sein Leben leben und nichts von außen an sich herankommen lassen, weder jetzt noch später?

Valgerður antwortete nicht gleich, und jetzt wurde zum dritten Mal an die Tür geklopft. Erlendur legte den Hörer auf den Tisch und öffnete die Tür, ohne hinzusehen, wer da zu ihm wollte. Als er den Hörer wieder hochnahm, hatte Valgerður aufgelegt.

»Hallo«, sagte er. »Hallo.« Er erhielt keine Antwort.

Er legte den Hörer auf die Gabel und drehte sich um. Im Zimmer stand ein Mann, den er nie zuvor gesehen hatte. Er war klein, trug einen dunkelblauen Wintermantel mit Schal und eine blaue Schirmmütze auf dem Kopf. Wasserperlen glitzerten auf Mütze und Mantel, geschmolzener Schnee. Er hatte ein ziemlich fleischiges Gesicht, dicke Lippen und enorme rötliche Säcke unter seinen kleinen und müden Augen. Er erinnerte Erlendur an Fotos von W. H. Auden. Unter der Nase hing ein kleiner Tropfen.

»Bist du Erlendur?«, fragte er.

»Ja.«

»Mir wurde gesagt, ich solle hier ins Hotel kommen und mit dir sprechen«, sagte der Mann, nahm die Schirmmütze ab, schlug sie gegen den Mantel und wischte sich den Tropfen unter der Nase ab.

»Wer hat dir das gesagt?«, fragte Erlendur.

»Nannte sich Marian Briem. Ich weiß nicht, wer das ist. Angeblich mit dem Fall befasst, setzt sich mit Leuten in Verbindung, die Guðlaugur früher gekannt haben. Ich gehöre zu denen, die ihn in der Vergangenheit gekannt haben, und Marian Briem sagte mir, ich solle mit dir darüber sprechen.«

»Wer bist du?« Erlendur kamen die Gesichtszüge irgendwie bekannt vor, aber er konnte sie nicht einordnen.
»Ich heiße Gabríel Hermannsson und habe früher den Kinderchor von Hafnarfjörður geleitet«, sagte der Mann. »Darf ich mich hier auf das Bett setzen? Diese langen Korridore ...«
»Gabríel? Selbstverständlich, bitte sehr, nimm Platz.« Der Mann knöpfte den Mantel auf und lockerte den Schal. Erlendur nahm die eine Plattenhülle zur Hand und betrachtete das Bild des Kinderchors in Hafnarfjörður. Der Chordirigent schaute strahlend in die Kamera. »Das bist also du?«, fragte Erlendur und reichte dem Mann die Hülle.
Der Mann warf einen Blick darauf und nickte.
»Wo hast du die her?«, fragte er. »Diese Platten sind seit Jahren nicht mehr im Umlauf. Ich habe meine verloren, hab sie blödsinnigerweise irgendjemandem ausgeliehen. Man soll nie was verleihen.«
»Er besaß sie selber«, sagte Erlendur.
»Ich war nicht viel älter als achtundzwanzig«, sagte Gabríel, »als diese Aufnahme gemacht wurde. Unglaublich, wie die Zeit vergeht.«
»Was hat Marian Briem dir gesagt?«
»Nicht viel. Ich habe gesagt, was ich über Guðlaugur weiß, und dann wurde mir gesagt, dass ich mit dir sprechen solle. Ich musste sowieso etwas in Reykjavík erledigen und dachte, es sei günstig, die Gelegenheit zu nutzen.«
Gabríel zögerte.
»Ich habe das nicht so richtig an der Stimme erkennen können«, sagte er, »und überlege hin und her, ob das ein Mann oder eine Frau war. Marian? Was für ein Name ist das eigentlich? Komisch nach so was fragen zu müssen, aber ich konnte es einfach nicht raushören. Meistens erkennt man das doch an der Stimme. Ist das ein Männer- oder ein

Frauenname? Die Person schien in meinem Alter zu sein, oder vielleicht älter, obwohl ich nicht danach gefragt habe. Komischer Name, Marian Briem.«

Erlendur bemerkte, dass er sehr interessiert klang, so als wäre es ihm außerordentlich wichtig, das in Erfahrung zu bringen.

»Ich habe einfach noch nie darüber nachgedacht«, sagte Erlendur, »über diesen Namen, Marian Briem. Ich habe mir gerade diese Platte angehört«, sagte er und deutete auf die Plattenhülle. »Die Stimme ist beeindruckend, das kann man nicht anders sagen, gemessen am Alter des Jungen.«

»Guðlaugur war vielleicht der beste Chorknabe, den Island je besessen hat«, erwiderte Gabríel und betrachtete das Plattencover. »Im Nachhinein lässt sich das sagen. Ich glaube, wir haben uns gar nicht klar gemacht, was uns da anvertraut war, das ist einem erst sehr viel später aufgegangen, vielleicht sogar erst jetzt in den letzten Jahren.«

»Wann hast du ihn kennen gelernt?«

»Sein Vater kam mit ihm zu mir. Die Familie wohnte damals in Hafnarfjörður und tut es, soweit ich weiß, immer noch. Die Mutter starb kurze Zeit später, und der Vater kümmerte sich ganz allein um die Erziehung von Guðlaugur und seiner Schwester, die etwas älter war. Der Mann wusste, dass ich ein Musikstudium im Ausland absolviert hatte. Ich habe Musikunterricht gegeben, sowohl Privatunterricht als auch in der Volksschule in Hafnarfjörður und andernorts. Ich wurde als Chorleiter engagiert, als man einen Kinderchor zusammengetrommelt hatte. Es waren in der Mehrzahl Mädchen, das ist meistens so, und deswegen haben wir speziell nach Jungen gesucht. Guðlaugur kam eines Tages mit seinem Vater zu mir nach Hause, da war er zehn Jahre alt und hatte diese wunderbare Stimme. Diese wunderbare Stimme. Und er konnte singen. Ich habe sofort gesehen, dass der Vater extrem hohe Anforderungen an den Sohn stellte und streng zu ihm war. Er sagte, dass er ihm alles, was er über Gesang wusste, beigebracht hatte. Später habe ich herausgefunden, dass er ziemlich tyrannisch sein konnte, ihn beispielsweise bestrafte und drinnen im Haus einsperrte, wenn er draußen spielen wollte. Ich glaube, der Junge hat so gesehen keine gute Erziehung genossen, an ihn sind wahrscheinlich durchweg unrealistische Forderungen gestellt worden, und er durfte nur selten mit gleichaltrigen Kindern zusammen sein. Er war ein klassisches Beispiel dafür, wenn Eltern ihre Kinder entmündigen und nach ihren Vorstellungen zu modellieren versuchen. Ich glaube, dass Guðlaugurs Jugend alles andere als glücklich gewesen ist.«

Gabríel verstummte.

»Du hast wohl ziemlich viel darüber nachgedacht, nicht wahr?«, fragte Erlendur.

»Ich habe zusehen müssen, wie dies alles passierte.«

»Was?«

»Es gibt nichts Schrecklicheres, als Kinder mit allen verfügbaren Mitteln streng zu disziplinieren und unzumutbare Anforderungen an sie zu stellen. Und damit meine ich nicht die notwendige Strenge, die jedes Kind braucht, wenn es unartig ist, das ist eine ganz andere Sache. Natürlich müssen Kinder sich an Disziplin gewöhnen. Ich spreche darüber, dass Kinder keine Kinder sein dürfen. Wenn sie nicht die Chance bekommen, das zu sein, was sie sein wollen und was sie sind, sondern unterdrückt und sogar kaputtgemacht werden, um etwas anderes zu sein. Guðlaugur hatte diese schöne Knabenstimme, einen Knabensopran, und sein Vater hatte Großes mit ihm vor. Ich will damit nicht sagen, dass er ihn auf bewusste, berechnende Weise schlecht behandelt hat, er hat ihm nur einfach sein eigenes Leben genommen. Hat ihn um seine Jugend betrogen.«

Erlendur dachte an seinen Vater, der nie etwas anderes gemacht hatte, als ihm gute Sitten beizubringen und ihm seine Zuneigung zu zeigen. Er stellte nur eine einzige Forderung an ihn, sich gut zu benehmen und zuvorkommend zu anderen Menschen zu sein. Sein Vater hatte nie versucht, etwas anderes aus ihm zu machen, als er war. Er dachte auch an den Vater, der wegen brutaler Misshandlung seines Sohns vor Gericht stand, und er sah Guðlaugur vor sich, wie er seine ganze Kindheit hindurch bemüht war, die Erwartungen seines Vaters zu erfüllen.

»Man sieht das am besten bei religiösen Fanatikern«, fuhr Gabríel fort. »Kinder von solchen Sektierern haben keine andere Wahl, als den Glauben der Eltern zu übernehmen, und leben auf diese Weise in Wirklichkeit eher das Leben ihrer Eltern als ihr eigenes. Sie haben nie die Möglichkeit, frei zu sein, aus der Welt auszusteigen, in die sie hineingeboren wurden, und selbstständige Entscheidungen in Bezug auf ihr Leben zu treffen. Die Kinder merken das natürlich erst viel später – wenn überhaupt. Aber als Jugendliche und Erwachsene sagen sie dann oft, ich will das nicht mehr, und dann kann es zu Auseinandersetzungen kommen. Auf einmal will das Kind nicht mehr das Leben seiner Eltern leben, und daraus können schlimme Konflikte entstehen. Es gibt genügend Beispiele: Der Arzt will, dass sein Kind Arzt wird. Der Jurist. Der Direktor. Der Flugkapitän. Überall gibt es Leute, die unzumutbare Anforderungen an ihre Kinder stellen.«

»War das bei Guðlaugur der Fall? Hat er gesagt, jetzt reicht's mir? Hat er rebelliert?«

Gabríel schwieg eine Weile.

»Hast du seinen Vater kennen gelernt?«, fragte er.

»Ich habe mich heute Morgen mit ihnen unterhalten«, sagte Erlendur. »Mit ihm und seiner Tochter. Da ist Zorn im Spiel und ein tiefer Abscheu, und es liegt offen zutage, dass sie Guðlaugur keine warmen Gefühle entgegengebracht haben. Seinetwegen wurden keine Tränen geweint.«

»Der Vater war im Rollstuhl, nicht wahr?«

»Ja.«

»Das ist ein paar Jahre später passiert«, sagte Gabríel.

»Später als was?«

»Einige Jahre nach dem Konzert. Diesem entsetzlichen Konzert, bevor diese Skandinavienreise starten sollte. Das war nie zuvor passiert, dass ein isländischer Junge auf Konzerttournee ging, um in Skandinavien mit bedeutenden Chören aufzutreten. Sein Vater schickte die erste Platte nach Norwegen, und dort bekam ein Plattenproduzent Interesse und organisierte diese Tournee mit dem Ziel, Schallplatten mit ihm in Skandinavien herauszugeben. Sein Vater hat mir einmal gesagt, dass es sein Traum wäre, wohlgemerkt seiner, nicht der seines Sohns, dass der Junge mit den Wiener Sängerknaben auftrete. Und das hätte er geschafft, das ist gar keine Frage.«

»Was geschah?«

»Was früher oder später immer geschieht mit Knabensopranen, die Natur greift ein«, sagte Gabríel. »Im wahrscheinlich allerschlimmsten Augenblick im Leben dieses Jungen. Es hätte ja auf einer Probe passieren können oder zu Hause bei ihm. Aber es geschah im Konzertsaal, und der arme Junge …«

Gabríel blickte Erlendur an.

»Ich war mit ihm hinter der Bühne. Der Kinderchor sollte ein paar Lieder mit ihm singen, und viele Kinder aus Hafnarfjörður waren da, angesehene Leute aus dem Musikleben aus Reykjavík, ja sogar einige Kritiker der Zeitungen. Es war viel Reklame für das Konzert gemacht worden. Sein Vater saß selbstverständlich in der ersten Reihe. Der Junge ist später, viel später, einmal zu mir gekommen, als er von zu Hause ausgezogen war, und hat mir gesagt, wie er diesen schicksalhaften Abend erlebt hat, und ich habe seitdem oft darüber nachgedacht, wie ein einzelnes Ereignis den Menschen für den Rest seines Lebens prägen kann.

Jeder Platz im Stadtkino von Hafnarfjörður war besetzt, und der Saal summte. Er war zweimal zuvor hier in diesem schönen Kino gewesen, um sich Spielfilme anzugucken, und er war begeistert gewesen von allem, was er sah: von der schönen Beleuchtung im Zuschauerraum und der erhöhten Bühne, wo auch Theaterstücke aufgeführt wurden. Seine Mutter war mit ihm dort hingegangen, als »Vom Winde verweht« erneut gezeigt wurde, und er war mit seinem Vater und seiner Schwester hier gewesen, um sich einen neuen Zeichentrickfilm von Walt Disney anzusehen.

An diesem Tag waren die Leute aber nicht gekommen, um die Helden der Leinwand zu bewundern, sondern um ihn zu hören, sie kamen seinetwegen, um seine Stimme zu hören, die sie von seinen Platten her kannten. Er spürte keine Schüchternheit mehr, sondern es war eher ein Gefühl von Ungewissheit. Er war bereits in der Stadtkirche von Hafnarfjörður öffentlich aufgetreten, und in der Schule, und er hatte viele Zuhörer gehabt. Oft war er sehr schüchtern gewesen und hatte sogar richtig Angst gehabt. Später begriff er, dass er in den Augen anderer bewundernswert war, und das half ihm, über die Schüchternheit hinwegzukommen. Es gab einen Grund dafür, warum die Leute kamen und ihn singen hören wollten, und es gab nichts, weswegen er Angst zu haben brauchte. Der Grund waren seine Stimme und sein Gesang. Nichts anderes. Er war ein Star.

Sein Vater hatte ihm die Anzeige in der Zeitung gezeigt: Der beste Knabensopran in Island tritt heute Abend auf. Keiner war besser als er. Sein Vater war überglücklich und viel gespannter auf den Abend als er selbst. Er sprach seit Tagen von nichts anderem. Hätte doch bloß deine Mutter erleben können, dass du im Stadtkino auftrittst, sagte er. Darüber hätte sie sich so gefreut. Darüber hätte sie sich so unsäglich gefreut.

Auch in einem anderen Land war man von seiner Stimme begeistert und wollte ihn auf der Bühne erleben. Eine Platte mit ihm sollte herausgegeben werden. Ich habe es ja gewusst, hatte sein Vater immer wieder gesagt. Er hatte sich große Mühe mit der Vorbereitung der Reise gemacht. Das Konzert im Stadtkino sollte den krönenden Schlusspunkt unter diese Arbeit setzen.

Der Bühnenmeister zeigte ihm, von wo er in den Saal schauen konnte, um zu sehen, wie die Leute hereinströmten. Er lauschte auf das Stimmengewirr und sah viele Gesichter, die er überhaupt nicht kannte und von denen er wusste, dass er sie nie kennen lernen würde. Er sah, wie sich die Frau des Chorleiters mit ihren drei Kindern ans Ende der dritten Reihe setzte. Er sah einige seiner Schulkameraden mit ihren Eltern, sogar einige von denen, die ihn gehänselt hatten. Er sah, dass sein Vater in der Mitte der ersten Reihe Platz nahm und die große Schwester an seiner Seite, die in die Luft starrte. Die Verwandten mütterlicherseits waren auch da, Tanten, die er kaum kannte, Onkel, die ihre Hüte in den Händen hielten und darauf warteten, dass der Vorhang hochging.

Er wollte, dass sein Vater stolz auf ihn sein konnte. Er wusste, dass sein Vater kein Opfer gescheut hatte, nur damit er es als Sänger zu etwas bringen würde, und jetzt sollten sich die Früchte der Arbeit zeigen. Es hatte schier endlose Proben gekostet. Es wäre zwecklos gewesen, sich dagegen aufzulehnen. Er hatte es versucht und damit den Zorn seines Vaters hervorgerufen.

Er vertraute seinem Vater vollkommen, und so war es immer gewesen. Auch als er öffentlich auftreten musste, obwohl er es nicht mochte. Sein Vater hatte ihm zugesetzt und ihn angespornt und zum Schluss seinen Willen durchgesetzt. Ihm war es anfangs eine Qual gewesen, vor Unbekannten zu singen; das Lampenfieber, die Schüchternheit. Sein Vater war aber nicht von seinem Kurs abzubringen gewesen, auch nicht, als der Junge wegen seines Gesangs gehänselt wurde. Je öfter er öffentlich auftrat, in der Kirche und auch in der Schule, desto mehr reizte das die anderen Jungen und auch einige Mädchen, sie gaben ihm Spitznamen und äfften seinen Gesang nach, und er begriff nicht, was dahinter steckte. Er wollte seinen Vater nicht wütend machen. Er hatte sich nach dem Tod der Mutter so verändert. Sie war an akuter Leukämie erkrankt und starb innerhalb von wenigen Monaten. Sein Vater hatte Tag und Nacht am Krankenbett verbracht, hatte sie ins Krankenhaus begleitet und sogar dort geschlafen, als es mit ihr zu Ende ging. Bevor sie an diesem Abend das Haus verließen, hatte sein Vater ihm noch zugeraunt: Denk an deine Mutter, wie stolz sie heute Abend auf dich gewesen wäre.

Der Chor hatte sich bereits auf der Bühne eingefunden. Die Mädchen hatten alle die gleichen Kleider an, die der Stadtrat von Hafnarfjörður bezahlt hatte. Die Jungen trugen weiße Hemden und schwarze Hosen, genau wie er selbst. Sie tuschelten zusammen und waren aufgeregt wegen der Aufmerksamkeit, die dem Chor zuteil wurde, und sie waren bereit, ihr Bestes zu geben. Der Chorleiter sprach mit dem Ansager, der durch das Programm führen sollte. Er trat eine Zigarette auf dem Boden aus. Alles war bereit. Bald würde der Vorgang hochgehen.

Gabríel rief ihn zu sich.

»Ist alles in Ordnung?«, fragte er.

»Nein. Der ganze Saal ist voll.«

»Ja. Alle sind gekommen, um dich zu hören. Denk daran. Die Leute sind gekommen, um dich zu sehen und zu hören, und keinen anderen. Du kannst stolz und glücklich sein, und es

besteht kein Grund zur Schüchternheit. Du bist vielleicht jetzt etwas nervös, aber das geht vorbei in dem Moment, wo du anfängst zu singen. Das weißt du.«

»Ja.«

»Sollen wir dann anfangen?«

Er nickte zustimmend.

Gabríel legte ihm einen Arm um die Schultern.

»Es ist bestimmt schwierig für dich, allen diesen Leuten in die Augen zu schauen, aber du brauchst bloß zu singen, und dann ist alles in Ordnung.«

»Ja.«

»Erst nach dem ersten Lied gibt es eine Ansage. Wir haben das alles sorgfältig geübt. Du beginnst zu singen, und dann ist alles in Ordnung.«

Gabríel gab dem Ansager ein Zeichen. Er winkte dem Chor, der auf der Stelle verstummte und sich aufstellte. Es war so weit. Alle waren bereit.

Die Lichter im Saal gingen aus. Das Stimmengewirr verstummte. Der Vorhang ging auf.

Denk an deine Mutter.

Das Letzte, woran er dachte, bevor sich der Saal vor ihm öffnete, war seine Mutter auf dem Sterbebett, als er sie das letzte Mal sah, und für einen Augenblick verlor er die Konzentration. Er war mit seinem Vater hingegangen, und sie saßen an einer Seite des Betts. Sie war so geschwächt, dass sie kaum die Augen offen halten konnte. Sie lag mit geschlossenen Augen da und schien eingeschlafen zu sein, aber dann öffnete sie sie wieder, schaute ihn an und versuchte zu lächeln. Sie war nicht mehr imstande, sich zu unterhalten. Als es Zeit war, sich zu verabschieden, standen sie auf, und er hatte es immer bereut, sie nicht zum Abschied geküsst zu haben, denn das war das letzte Mal, dass sie zusammen waren. Er stand bloß auf, verließ mit seinem Vater das Krankenzimmer, und die Tür schloss sich hinter ihnen.

Der Vorhang ging auf, und er schaute seinem Vater in die Augen. Der Saal verschwamm vor ihm, und das Einzige, was er sah, waren die stechenden Augen seines Vaters.
Irgendjemand im Saal begann zu lachen.
Er kam wieder zu sich. Der Chor hatte angefangen zu singen, und der Chorleiter hatte ihm das Zeichen zum Einsatz gegeben, aber er hatte es verpasst. Der Chorleiter versuchte, sich nichts anmerken zu lassen, dirigierte den Chor durch eine geschickte Schleife, und jetzt fiel er an der richtigen Stelle ein und hatte gerade angefangen zu singen, als etwas geschah. Als etwas mit der Stimme passierte.

»Sie ist gekippt«, sagte Gabríel, der bei Erlendur im kalten Hotelzimmer saß. »Die Stimme ist gekippt. Gleich bei der ersten Nummer. Und damit war es aus.«

Vierzehn

Gabríel saß regungslos auf dem Bett und starrte vor sich hin, er war augenscheinlich wieder auf der Bühne im Stadtkino, wo der Chor nach und nach verstummte. Guðlaugur, der nicht verstand, was mit seiner Stimme los war, räusperte sich ein ums andere Mal und versuchte weiterzusingen. Sein Vater war aufgestanden, und seine Schwester lief zur Bühne, um ihren Bruder dazu zu bringen, damit aufzuhören. Zuerst tuschelten die Leute untereinander wegen der Schwierigkeiten, die der Junge zu haben schien, aber bald hörte man hie und da unterdrücktes Lachen im Saal, das immer lauter wurde, und ein paar Leute pfiffen. Gabríel ging zu Guðlaugur und wollte ihn wegführen, aber der stand wie angewurzelt da. Der Bühnenmeister versuchte, den Vorhang heruntergehen zu lassen. Der Ansager war mit einer Zigarette in der Hand auf die Bühne gekommen und wusste nicht, was er machen sollte. Endlich gelang es Gabríel, Guðlaugur von der Stelle zu bewegen und ihn vor sich herzuschieben. Dann war auch seine Schwester auf der Bühne erschienen, nahm ihn bei der Hand und schrie in den Saal, dass die Leute nicht lachen sollten. Sein Vater stand immer noch wie versteinert an demselben Platz in der ersten Reihe.

Gabríel kam wieder zu sich und schaute Erlendur an.

»Mich schaudert es immer noch, wenn ich an diese Szene denke«, sagte er.

»Die Stimme ist gekippt?«, fragte Erlendur. »In Musik kenne ich mich nicht so …«

»Man sagt auch, dass die Stimme bricht. Mit der Pubertät werden die Stimmbänder länger. Du verwendest die Stimme wie zuvor, aber sie senkt sich um eine ganze Oktave. Das Ergebnis ist alles andere als schön, es klingt wie Jodeln nach unten. Das ist das, womit alle Knabenchöre zu kämpfen haben. Er hätte möglicherweise auch noch zwei oder drei Jahre weitermachen können, aber Guðlaugur war frühreif. Die Hormonproduktion kam in Gang, und das Ergebnis war der furchtbarste Abend seines Lebens.«

»Du musst dich sehr gut mit ihm verstanden haben, wenn er später zu dir gekommen ist und mit dir darüber gesprochen hat.«

»Das kann man schon sagen. Er betrachtete mich als seinen Vertrauten. Ich versuchte, so gut ich es vermochte, ihm zu helfen, und er nahm weiterhin Gesangsstunden bei mir. Sein Vater wollte nicht aufgeben. Aus seinem Sohn sollte ein Sänger werden. Er sprach davon, ihn nach Deutschland oder Italien zu schicken, oder sogar nach England. Dort hat man den Knabensopran am meisten kultiviert, und dort gibt es Myriaden von Chorknaben, deren Karriere ein solches Ende gefunden hat. Nichts ist so kurzlebig wie ein Knabensopran.«

»Aber es wurde nie ein Sänger aus ihm?«

»Nein. Das war vorbei. Er hatte eine passable Erwachsenenstimme, aber nicht mehr. Vor allem aber war sein Interesse vorbei. Die ganze Arbeit, die in der Gesangsausbildung steckte, und im Grunde genommen seine ganze Kindheit, wurden an diesem einen Abend zunichte gemacht. Sein Vater ging mit ihm zu anderen Gesangslehrern, aber auch dabei kam nichts heraus, der Funke war erloschen. Er ließ sich wegen seines Vaters zunächst noch eine Zeit lang darauf ein, aber dann warf er alles hin. Er sagte mir, dass es in Wirklichkeit auch nie sein Wunsch gewesen war, Chorknabe und Sänger zu werden, zu singen und aufzutreten. Das alles kam von seinem Vater.«

»Du hast vorhin gesagt, dass einige Jahre später etwas passiert ist«, sagte Erlendur. »Einige Jahre nach dem Konzert im Stadtkino. Ich hatte den Eindruck, dass das mit dem Vater und dem Rollstuhl zusammenhing. Ist das richtig?«

»Mit der Zeit entstand eine tiefe Kluft zwischen ihnen. Zwischen Guðlaugur und seinem Vater. Du hast ihr Verhalten gesehen, als er und seine Tochter kamen, um mit dir zu sprechen. Ich kenne andererseits nicht die ganze Geschichte, nur einen Teil davon.«

»Aber wenn ich dich richtig verstehe, haben Guðlaugur und seine Schwester sich gut verstanden.«

»Ganz ohne Zweifel. Sie begleitete ihn oft zu den Chorproben und war immer dabei, wenn er auf Feiern in der Schule oder in der Kirche gesungen hat. Sie war gut zu ihm, aber sie hing auch an ihrem Vater. Er war eine unerhört starke Persönlichkeit, unbeugsam und unerbittlich, wenn er seinen Willen durchsetzen wollte, er konnte aber zwischendurch auch mildere Saiten aufziehen. Sie stellte sich zum Schluss ganz hinter ihn. Der Junge rebellierte gegen seinen Vater. Ich weiß nicht ganz genau, was es war, aber zum Schluss hasste er seinen Vater und gab ihm die Schuld daran, wie es gelaufen war. Nicht nur damals, auf der Bühne, sondern im Hinblick auf alles.«

Gabríel schwieg eine Weile.

»Bei einem der letzten Male, als ich mit ihm sprach, sagte er, dass sein Vater ihm seine Jugend geraubt hätte. Dass er ihn zum Gespött der Leute gemacht hätte.«

»Zum Gespött der Leute?«

»So hat er sich ausgedrückt, aber ich wusste genauso wenig wie du, was er damit meinte. Das war kurz nach dem Unfall.«

»Unfall?«
»Ja.«
»Was ist passiert?«
»Guðlaugur wird wohl so um die zwanzig gewesen sein. Er hatte mit der Schule aufgehört. Nach dem Unfall zog er aus Hafnarfjörður weg, und danach hatten wir so gut wie gar keine Verbindung mehr. Ich könnte mir vorstellen, dass der Unfall durch diese seine Rebellion verursacht wurde. Aus dieser Wut heraus, die sich in ihm angestaut hatte.«
»Und nach dem Unfall ist er von zu Hause ausgezogen?«
»Ja, soviel ich weiß.«
»Was ist damals geschehen?«
»In ihrem Haus gab es eine hohe, steile Treppe. Ich bin einmal bei ihnen gewesen. Sie führte von der Diele aus in die obere Etage. Es hatte wohl wieder einmal ein Streit zwischen Guðlaugur und seinem Vater gegeben, der in der oberen Etage ein Büro hatte. Sie standen direkt vor der Treppe, und soviel ich weiß, hat Guðlaugur ihn dann diese Treppe hinuntergestoßen. Er ist nie wieder auf die Beine gekommen, denn die Wirbelsäule war gebrochen, und er war querschnittsgelähmt.«
»War es ein Unfall? Weißt du das?«
»Das wussten nur Guðlaugur und sein Vater. Vater und Tochter haben ihn danach verstoßen und jegliche Verbindung zu ihm abgebrochen. Sie wollten nichts mehr mit ihm zu tun haben. Das deutet vielleicht darauf hin, dass er seinen Vater angegriffen hat. Dass es kein Unfall gewesen ist.«
»Wieso weißt du davon, wenn du gar keine Verbindung mehr zu den Leuten hattest?«
»Die ganze Stadt redete darüber, dass er seinen Vater die Treppe hinuntergestoßen hätte. Es gab sogar eine polizeiliche Untersuchung.«
»Wann hast du Guðlaugur zuletzt gesehen?«

»Das war hier im Hotel, ein purer Zufall. Ich hatte keine Ahnung, was aus ihm geworden war. Ich war hier mit Bekannten zum Abendessen verabredet, als ich ihn auf einmal in seiner Livree auftauchen sah. Ich erkannte ihn nicht gleich, es war ja so viel Zeit verstrichen. Das war vor fünf oder sechs Jahren. Ich ging zu ihm hin und fragte, ob er sich nicht an mich erinnerte, und dann haben wir uns unterhalten.«

»Über was?«

»Über alles und nichts. Ich fragte ihn, wie es ihm ginge und dergleichen. Er schwieg sich über seine persönlichen Verhältnisse aus. Ihm schien es unangenehm zu sein, mit mir zu sprechen. Es war, als würde ich ihn an die Vergangenheit erinnern, die er verdrängen wollte. Ich hatte das Gefühl, er schämte sich für die Portiersuniform. Vielleicht war es auch etwas anderes, ich weiß es nicht. Ich fragte ihn nach seiner Familie, er sagte, er habe überhaupt keine Verbindung mehr zu ihnen. Und damit hatte es sich, und wir verabschiedeten uns.«

»Hast du irgendeine Idee, wer ein Interesse daran gehabt haben könnte, Guðlaugur umzubringen?«

»Nicht die geringste«, sagte Gabríel. »Wie wurde er angegriffen? Wie wurde er umgebracht?«

Er fragte vorsichtig, und aus seinen Augen sprach Trauer. Es ging nicht darum, etwas in Erfahrung zu bringen, um es brühwarm zu Hause oder im Freundeskreis weiterzuerzählen, er wollte nur wissen, wie das Leben des viel versprechenden Talents, das er einmal unterrichtet hatte, geendet hatte.

»Es ist mir leider nicht möglich, in die Details zu gehen, wegen der Ermittlung«, sagte Erlendur. »Das sind Informationen, die wir geheim zu halten versuchen.«

»Ja, natürlich«, sagte Gabríel. »Das verstehe ich gut. Polizeiliche Ermittlung ... Habt ihr schon etwas herausgefunden?

Aber darüber darfst du bestimmt auch nicht sprechen, was rede ich hier eigentlich. Ich kann mir nicht vorstellen, wer ihn hätte umbringen wollen, aber ich habe natürlich auch seit langem keine Verbindung mehr zu ihm gehabt. Wusste nur, dass er hier im Hotel war.«

»Er hat hier viele Jahre als Portier und Hausfaktotum gearbeitet. Beispielsweise auch den Weihnachtsmann gespielt.«

Gabríel stöhnte.

»Was für ein Schicksal.«

»Das Einzige, was wir außer den Schallplatten in seiner Kammer vorgefunden haben, war ein Filmplakat, das an der Wand hing. Stammt von einem Film mit Shirley Temple aus dem Jahre 1939, der Die kleine Prinzessin oder *The Little Princess* heißt. Hast du irgendeine Vorstellung, warum er so was bei sich aufgehängt hat, oder vielleicht sogar, warum er sie besonders geschätzt hat? Ansonsten ist überhaupt nichts in dem Zimmer.«

»Shirley Temple?«

»Der Kinderstar.«

»Die Verbindung wird sicher ganz direkt sein«, erklärte Gabríel. »Guðlaugur hat sich selbst als Kinderstar angesehen, und das taten alle um ihn herum. Ansonsten sehe ich da keinen Zusammenhang.«

Gabríel stand auf, setzte sich die Schirmmütze auf, knöpfte den Mantel zu und band sich den Schal um den Hals. Währenddessen schwiegen sie beide. Erlendur öffnete ihm die Tür und begleitete ihn auf den Gang hinaus.

»Danke, dass du gekommen bist und mit mir gesprochen hast«, sagte er und streckte seine Hand aus.

»Keine Ursache«, erwiderte Gabríel. »Das war das Mindeste, was ich tun konnte.«

Er zögerte, als wollte er noch etwas sagen, aber wusste nicht, wie.

»Er war voller Unschuld«, sagte er schließlich. »Ein Junge, der nie Streiche machte oder Widerworte gab. Man hatte ihm eingeredet, er sei eine besonderer und einmaliger Junge und dass er berühmt werden und die Welt erobern würde. Die Wiener Sängerknaben. Hierzulande werden die Dinge so aufgebauscht, heute vielleicht noch schlimmer als früher, das ist typisch für diese Nation, die sonst nichts vorzuweisen hat. In der Schule machten sie sich über ihn lustig, weil er anders war, und er musste deswegen einiges einstecken. Und dann stellte sich am Ende heraus, dass er ein ganz normaler Junge war, dessen gesamte Welt an einem einzigen Abend zusammenstürzte. Es hätte unglaublicher Charakterstärke bedurft, um das heil durchzustehen.«
Sie verabschiedeten sich, Gabríel drehte sich um und ging den Gang entlang in Richtung Aufzug. Erlendur blickte ihm nach, und es kam ihm fast so vor, als hätte das Schicksal von Guðlaugur Egilsson den ehemaligen Chorleiter seiner gesamten Kraft beraubt.

Erlendur schloss die Tür. Er setzte sich auf die Bettkante und dachte über den Chorknaben nach, wie er ihn als Weihnachtsmann mit runtergelassenen Hosen vorgefunden hatte. Er grübelte, wie das Schicksal diesen Jungen in dieses Kabuff im Keller geführt und ihm so viele Jahre nach der bittersten Enttäuschung seines Lebens den Tod gebracht hatte. Er dachte an Guðlaugurs Vater mit der dicken Hornbrille, der an den Rollstuhl gefesselt war, und an seine Schwester mit dem stechenden Blick und der Aversion gegen den Bruder. Er dachte an den feisten Hotelmanager, der ihn entlassen hatte, und an den Empfangschef, der vorgab, ihn nicht gekannt zu haben. Er dachte an das Hotelpersonal, das keine Ahnung hatte, wer Guðlaugur Egilsson war. An Henry Wapshott, der von weither gekommen war, weil der junge Guðlaugur mit seiner zar-

ten und schönen Stimme immer noch existierte und es auch weiterhin tun würde.
Unwillkürlich gingen seine Gedanken wieder zurück zu seinem Bruder.
Erlendur legte wieder dieselbe Platte auf, streckte sich auf dem Bett aus und ließ sich erneut in die Vergangenheit zurückversetzen, nach Hause. Dachte an seinen Bruder.
Vielleicht war es auch sein Gesang.

Fünfzehn

Elínborg kam gegen Abend wieder aus Hafnarfjörður zurück und fuhr direkt ins Hotel, um sich mit Erlendur zu treffen.

Sie nahm den Aufzug hoch zu seiner Etage und klopfte an die Tür, zweimal, und als keine Reaktion erfolgte, klopfte sie ein drittes Mal. Sie wollte gerade wieder kehrtmachen, als sich die Tür endlich öffnete und Erlendur sie hereinließ. Er war über seinen Gedanken eingenickt und war immer noch völlig abwesend, als Elínborg anfing zu berichten, was sie in Hafnarfjörður herausgefunden hatte. Sie hatte mit dem ehemaligen Rektor der Volksschule in Hafnarfjörður gesprochen, der steinalt war, sich aber noch gut an Guðlaugur erinnern konnte. Hinzu kam, dass seine Frau, die vor rund zehn Jahren gestorben war, mit der Mutter des Jungen befreundet gewesen war. Mithilfe des Rektors hatte sie drei ehemalige Schulkameraden von Guðlaugur ausfindig gemacht, die immer noch in Hafnarfjörður wohnten. Eine von ihnen war bei dem Konzert im Stadtkino dabei gewesen. Elínborg hatte auch mit alten Nachbarn der Familie gesprochen und mit Leuten, die früher mit der Familie zu tun gehabt hatten.

»Hier in diesem Zwergstaat darf sich niemand hervortun«, sagte Elínborg und setzte sich auf das Bett. »Niemand darf anders sein.«

Alle wussten, dass aus Guðlaugur etwas Besonderes werden sollte. Er sprach zwar selber nie darüber, er sprach eigentlich niemals über sich selbst, aber alle wussten es. Er musste Klavierunterricht nehmen, erst bei seinem Vater und dann beim Leiter des Kinderchors, dessen Stelle um diese Zeit eingerichtet wurde, und dann bei einem bekannten Sänger, der in Deutschland gelebt und gearbeitet hatte, aber jetzt nach Island zurückgekehrt war. Die Leute überschütteten den Jungen mit Lob. Er bekam Applaus, und er verneigte sich in seinem weißen Hemd und den schwarzen Hosen, wohlerzogen und kultiviert wie ein kleiner Erwachsener. Was für ein hübscher Junge, dieser Guðlaugur, sagten die Leute. Schallplatten wurden mit ihm herausgegeben. Demnächst würde er auch in anderen Ländern berühmt sein.

Er war nicht in Hafnarfjörður geboren. Die Familie war aus dem Norden gekommen und hatte zunächst in Reykjavík gelebt. Es hieß, dass Guðlaugurs Vater der Sohn eines Organisten war und selber in jüngeren Jahren im Ausland Gesang studiert hatte. Das Haus in Hafnarfjörður hatte er den Gerüchten zufolge von dem Geld gekauft, das er von seinem Vater erbte, der sich durch Geschäfte mit der amerikanischen Besatzungsmacht eine goldene Nase verdient hatte. Angeblich hatte er so viel geerbt, dass er sich keine Gedanken mehr über seinen Lebensunterhalt zu machen brauchte. Dieser Reichtum wurde aber nie zur Schau gestellt. Es lag ihm nichts daran, im öffentlichen Leben irgendeine Rolle zu übernehmen, sondern sie lebten zurückgezogen. Wenn er mit seiner Frau spazieren ging, zog er den Hut und grüßte die anderen höflich. Es hieß, seine Frau sei die Tochter eines Reeders, aber niemand wusste, woher sie stammte. Sie knüpften kaum neue Bekanntschaften in Hafnarfjörður. Ihre Freunde, falls sie welche hatten, lebten wohl in Reykjavík. Gäste wurden kaum in dem Haus empfangen.

Wenn die anderen Jungen in seinem Viertel oder seine Schulkameraden nach Guðlaugur fragten, wurde ihnen meistens gesagt, dass er zu Hause bleiben und lernen müsse, entweder für die Schule oder für die Gesangs- und Klavierstunden. Manchmal durfte er aber hinaus zu ihnen, und sie merkten schnell, dass er nicht so ungehobelt war wie sie selber, sondern auf merkwürdige Weise empfindlich. Er machte sich nie dreckig, er sprang nie in Pfützen herum, beim Fußball war er zimperlich, und er sprach so unglaublich gewählt. Und dann redete er manchmal über Leute mit ausländischen Namen. Irgendeinen Schubert. Und wenn sie ihm von den neuesten Abenteuerbüchern erzählten, die sie lasen, oder den Filmen, die sie im Kino gesehen hatten, sagte er ihnen, dass er Gedichte lesen würde. Vielleicht nicht unbedingt, weil er das wollte, sondern weil sein Vater ihm sagte, es wäre gut für ihn, Gedichte zu lesen. Sie merkten, dass es der Vater war, der ihm seine Aufgaben zuwies. Zu Hause bei ihm ging es sehr streng und geregelt zu. Ein Gedicht pro Abend.

Die Schwester war anders als er. Sie war härter im Nehmen und ähnelte ihrem Vater. Der Vater schien nicht die gleichen Anforderungen an sie zu stellen wie an den Jungen. Sie nahm Klavierunterricht und begann genau wie ihr Bruder im Kinderchor zu singen, nachdem der gegründet worden war. Ihr Freundinnen sagten, dass sie manchmal auf ihren Bruder neidisch war, wenn der Vater ihn immer bevorzugte, und auch die Mutter schien ihren Sohn mehr zu lieben als ihre Tochter. Die Leute fanden, dass Guðlaugur und seine Mutter viel mehr gemeinsam hatten. Es war, als würde sie eine schützende Hand über ihn halten.

Einmal war ein Schulkamerad bis ins Vorzimmer vorgelassen worden, weil die Eltern sich nicht einigen konnten, ob Guðlaugur spielen gehen dürfe. Der Vater mit der dicken Brille stand oben, Guðlaugur unten, am Fuß der Treppe, und seine Mutter in der Tür zur Diele. Sie meinte, dass es doch vollkommen in Ordnung wäre, wenn Guðlaugur einmal draußen spielen würde. Er hätte nicht so viele Freunde, und sie kämen auch nicht so oft, um nach ihm zu fragen. Er könnte doch später weiterüben.

»Jetzt wird weitergeübt!«, donnerte der Vater. »Glaubst du vielleicht, dass das etwas ist, was man ganz nach Lust und Laune tun und bleiben lassen kann, wie es einem gerade passt? Du begreifst nicht, worauf wir hinarbeiten. Du willst es einfach nicht begreifen!«

»Er ist doch nur ein Kind«, sagte die Mutter, »und hat nicht viele Freunde. Du kannst ihn doch nicht den ganzen Tag im Haus halten. Er muss doch auch Kind sein dürfen.«

»Es ist schon in Ordnung«, sagte Guðlaugur und ging zu dem Jungen. »Ich komme vielleicht später. Geh jetzt, ich komme vielleicht später nach draußen.«

Auf dem Weg nach draußen hörte der Junge noch, kurz bevor die Haustür zuging, wie Guðlaugurs Vater die Treppe herunterschrie: »Untersteh dich, mir noch einmal im Beisein eines Fremden zu widersprechen.«

Guðlaugur isolierte sich in der Schule mit der Zeit immer mehr, und die Jungen in den Klassen über ihm begannen ihn zu hänseln. Anfangs war alles noch harmlos. Jeder zog jeden auf, auf dem Schulhof prügelte man sich, und es wurden Streiche gespielt wie in allen Schulen, aber nach zwei Schuljahren, als Guðlaugur elf Jahre alt war, richteten sich die Hänseleien und Streiche fast ausschließlich gegen ihn. Es war nach heutigen Maßstäben keine große Schule. Alle wussten, dass Guðlaugur anders war. Er hatte Musikunterricht und sang mit dem neuen Kinderchor und durfte nie mit den anderen draußen spielen. Er war immer bleich und kränklich. Ein Stubenhocker. Die Jungen in der Klasse und im Viertel hörten allmählich auf, nach ihm zu fragen, fingen stattdessen an, ihm Streiche zu spielen, wenn er in die Schule kam. Sein Tornister verschwand oder war leer, wenn er ihn aufmachte. Er wurde auf der Straße geschubst,

bis er hinfiel, seine Sachen wurden zerrissen, er wurde verprügelt. Er bekam Spitznamen verpasst. Er wurde nie zu Kindergeburtstagen eingeladen.
Guðlaugur wusste nicht, wie er sich dagegen wehren sollte. Er begriff nicht, was um ihn herum vor sich ging. Sein Vater beschwerte sich beim Rektor, der versprach, einzugreifen, aber das stand nicht in seiner Macht, und Guðlaugur kam weiterhin mit zerrissenen Sachen und leerem Tornister nach Hause. Sein Vater überlegte, ihn von der Schule zu nehmen oder sogar aus der Stadt zu ziehen, aber weil er so starrköpfig war, wollte er nicht klein beigeben, denn er hatte den Kinderchor mit aufgebaut und er war zufrieden mit dem jungen Mann, der den Chor leitete. Der Chor war wichtig für Guðlaugur, er war hervorragend dazu geeignet, um sich zu üben und mit der Zeit das gebührende Aufsehen zu erregen. »Der Junge war dem Mobbing, ein Wort, das es damals gar nicht gab«, erklärte Elínborg, »schutzlos ausgesetzt.«
Seine Reaktion war die totale Kapitulation, er wurde verschlossen und eigenbrötlerisch, konzentrierte sich auf den Gesang und auf das Klavier und schien auf diese Weise eine gewisse Seelenruhe zu finden. Da wenigstens verlief alles nach Wunsch, dort sah er, wessen er fähig war. Aber die meiste Zeit ging es ihm nicht gut. Als schließlich seine Mutter starb, begann er seelisch zu verkümmern.
Man sah ihn immer nur alleine durch die Straßen gehen, und er versuchte zu lächeln, wenn er Kindern aus der Schule begegnete. Er sang auf einer Schallplatte, die in den Zeitungen besprochen wurde. Sein Vater schien also Recht behalten zu haben. Aus Guðlaugur würde etwas ganz Besonderes werden.
Eine Schulkameradin, die mit ihren Eltern im Stadtkino gewesen war, hatte angefangen zu weinen, während viele andere lachten, als der Chorleiter und Guðlaugurs Schwester ihn von der Bühne führten.

Und kurze Zeit danach, kaum jemand wusste, warum, hatte er einen neuen Spitznamen im Viertel bekommen.

»Wie wurde er genannt?«, fragte Erlendur.

»Der Rektor wusste es nicht«, entgegnete Elínborg, »und seine ehemaligen Schulkameraden konnten sich entweder nicht daran erinnern oder wollten nicht mit der Sprache heraus. Aber es hatte fatalen Einfluss auf den Jungen. Darüber waren sich alle einig.«

»Wie spät ist es eigentlich?«, fragte Erlendur, der auf einmal zu sich zu kommen schien.

»Es ist wahrscheinlich schon nach sieben«, sagte Elínborg. »Ist etwas nicht in Ordnung?«

»Verdammt, ich habe den ganzen Tag verschlafen«, sagte Erlendur und sprang auf. »Ich muss Henry finden. Ihm sollte mittags die Speichelprobe entnommen werden, da war er aber nirgendwo im Hotel aufzutreiben.«

Elínborg blickte auf den Schallplattenspieler, die Lautsprecher und die Platten.

»Ist er tatsächlich gut?«

»Er ist großartig«, sagte Erlendur. »Du solltest ihn dir anhören.«

»Ich muss sehen, dass ich nach Hause komme«, sagte Elínborg, die ebenfalls aufgestanden war. »Willst du etwa zu Weihnachten hier im Hotel bleiben? Willst du wirklich nicht nach Hause gehen?«

»Ich weiß noch nicht«, sagte Erlendur. »Ich schau mal.«

»Du bist bei mir zu Hause willkommen, das weißt du. Bei mir gibt's Weihnachtsschinken. Und außerdem Rinderzunge.«

»Mach dir keine Sorgen«, sagte Erlendur und öffnete die Tür. »Geh jetzt nach Hause, ich kümmere mich um Henry.«

»Was hat Sigurður Óli den ganzen Tag gemacht?«, fragte Elínborg.

»Er wollte bei der britischen Polizei etwas über Wapshott

in Erfahrung bringen. Wahrscheinlich ist er aber inzwischen schon zu Hause.«

»Warum ist es hier drinnen bei dir so kalt?«

»Der Heizkörper ist kaputt«, sagte Erlendur und machte die Tür hinter sich zu.

Als sie nach unten in die Rezeption kamen, verabschiedete er sich von Elínborg und suchte den Empfangschef in seinem Büro auf. Er erfuhr, dass sich Henry Wapshott den ganzen Tag nicht im Hotel hatte blicken lassen. Sein Zimmerschlüssel war nicht im Fach, und ausgecheckt hatte er bisher nicht. Die Rechnung war noch nicht beglichen. Erlendur wusste, dass Wapshott mit der Abendmaschine nach London wollte, und hatte nichts in der Hand, um ihn daran zu hindern. Von Sigurður Óli hatte er nichts gehört. Er ging unschlüssig im Foyer auf und ab.

»Kannst du mich in sein Zimmer lassen?«, fragte er den Empfangschef.

Der Empfangschef schüttelte den Kopf.

»Es besteht Fluchtgefahr«, sagte Erlendur. »Weißt du, wann die Maschine nach London geht? Um wie viel Uhr genau?«

»Die Abendmaschine hat heute wesentliche Verspätung«, sagte der Empfangschef. Er musste wegen seines Jobs immer über die aktuellen Flugverbindungen informiert sein. »Sie startet vermutlich gegen neun, heißt es.«

Erlendur tätigte einige Anrufe. Er fand heraus, dass Henry Wapshott für die Abendmaschine nach London gebucht war, aber noch nicht eingecheckt hatte. Erlendur veranlasste, dass er bei der Passkontrolle am Flughafen aufgehalten und wieder nach Reykjavík gebracht würde. Er musste sich einen Grund für die Polizei in Keflavík ausdenken, um den Mann an der Ausreise zu hindern, und zögerte einen Augenblick, während er überlegte, ob er etwas erfinden sollte. Er wusste, dass es ein gefundenes Fressen für die

Medien wäre, wenn sie der Wahrheit auf die Spur kämen, aber auf die Schnelle fiel ihm keine Lüge ein, und er sagte schließlich einfach, was Sache war, dass Wapshott unter Verdacht stand.

»Kannst du mich in sein Zimmer lassen?«, fragte Erlendur den Empfangschef wieder. »Ich rühre nichts an. Ich muss bloß wissen, ob er abgehauen ist. Es braucht eine Ewigkeit, bis ich einen Durchsuchungsbefehl kriege. Ich brauche bloß meine Nase ins Zimmer zu stecken.«

»Es kann durchaus sein, dass er noch auscheckt«, sagte der Empfangschef, der sich auf das Recht seiner Gäste auf Privatsphäre berief. »Es ist noch eine ganze Weile bis zum Abflug, und er hat so gesehen genügend Zeit, zum Hotel zurückzukommen, seine Sachen zu packen, die Rechnung zu bezahlen und den Bus nach Keflavík zu nehmen. Kannst du damit nicht noch etwas warten?«

Erlendur überlegte.

»Könntest du nicht jemanden zum Saubermachen hochschicken, und ich gehe dann ganz zufällig an der offenen Tür vorbei?«

»Du musst meine Position verstehen«, sagte der Empfangschef. »Wir sind in erster Linie darauf bedacht, die Interessen unserer Gäste wahren. Sie haben nun mal das Recht auf Privatsphäre wie bei sich zu Hause. Wenn ich gegen diese Regeln verstoße und sich das herumspricht oder bei einem Prozess zutage kommt, verlieren unsere Gäste das Vertrauen in uns. So einfach ist die Sache. Das musst du verstehen.«

»Wir untersuchen einen Mord, der hier im Hotel passiert ist«, sagte Erlendur. »Ist euer Ruf nicht sowieso schon zum Teufel?«

»Bring mir einen Durchsuchungsbefehl, dann ist es kein Problem.«

Erlendur stöhnte und drehte sich um. Er holte sein Handy

aus der Tasche und rief Sigurður Óli an. Es klingelte eine ganze Weile, bis abgehoben wurde. Erlendur hörte Stimmen im Hintergrund.

»Wo treibst du dich denn herum?«, fragte Erlendur.

»Wir backen *Laufabrauð**«, sagte Sigurður Óli.

»Was macht ihr?«

»Wir verzieren gerade den Teig. Mit Bergþóras Familie. Tradition jedes Jahr zu Weihnachten. Bist du jetzt wieder zu Hause?«

»Hast du was in Bezug auf Henry Wapshott herausgekriegt?«

»Ich warte noch darauf. Ich kriege morgen früh Bescheid. Tut sich da was mit ihm?«

»Ich glaube, der versucht, sich um die Speichelprobe herumzudrücken«, sagte Erlendur und sah, wie der Empfangschef mit einem Blatt in der Hand auf ihn zukam. »Ich glaube, der will sich aus dem Staub machen, ohne sich von uns zu verabschieden. Wir sprechen morgen früh miteinander. Schneid dir nicht in die Finger.«

Erlendur steckte das Handy in die Tasche. Der Empfangschef stand vor ihm.

»Mit ist eingefallen, Henry Wapshott zu überprüfen«, sagte er und reichte Erlendur das Blatt. »Um dir irgendwie behilflich zu sein. Ich darf das eigentlich nicht, aber ...«

»Was ist das?«, fragte Erlendur und schaute auf das Blatt. Er sah den Namen Henry Wapshotts und einige Daten.

»In den letzten drei Jahren hat er hier jedes Jahr zu Weihnachten im Hotel übernachtet«, sagte der Empfangschef. »Falls dir das etwas weiterhilft.«

* *Laufabrauð* wird traditionellerweise zu Weihnachten gebacken, ein Teig aus Mehl, Salz und Wasser wird in hauchdünne runde Platten ausgerollt. Mit dem Messer werden kunstvolle Muster eingeschnitten, bevor das »Laubbrot« in heißem Fett gebacken wird.

Erlendur starrte auf die Daten.
»Und er hat behauptet, er sei nie zuvor in Island gewesen.«
»Davon weiß ich nichts«, sagte der Empfangschef. »Aber in diesem Hotel ist er auf jeden Fall schon früher gewesen.«
»Kannst du dich denn gar nicht an ihn erinnern? Wenn er sozusagen ein Stammgast ist?«
»Ich kann mich nicht erinnern, ihn registriert zu haben. Das Hotel hat über zweihundert Zimmer. Zu Weihnachten ist hier immer Hochbetrieb, und da kann jeder in der Masse verschwinden. Außerdem bleibt er immer nur ein paar Tage. Ich habe ihn dieses Mal überhaupt nicht bemerkt, aber ich konnte mich an ihn erinnern, als ich den Computerausdruck sah. Er ist in gewisser Hinsicht genau wie du. Hat die gleichen Sonderwünsche.«
»Was meinst du damit, genau wie ich? Sonderwünsche?«
Erlendur konnte sich nicht vorstellen, was er mit Henry Wapshott gemeinsam haben sollte.
»Er hat Interesse an Musik.«
»Wie meinst du das?«
»Das kannst du hier sehen«, sagte der Empfangschef und zeigte auf das Blatt. »Wir tragen die Sonderwünsche unserer Gäste ein. In den meisten Fällen.«
Erlendur überflog das Blatt.
»Er wollte eine Stereoanlage aufs Zimmer haben. Keinen CD-Player, sondern dieses alte Zeug. Genau wie du.«
»Dieser verdammte Lügner«, fauchte Erlendur und griff nach seinem Handy.

Sechzehn

Der Haftbefehl für Henry Wapshott wurde im späteren Verlauf des Abends ausgestellt. Er wurde geschnappt, als er sich für die Abendmaschine nach London einchecken wollte. Wapshott landete im Untersuchungsgefängnis an der Hverfisgata, und Erlendur wurde gestattet, sein Zimmer zu durchsuchen. Die Leute von der Spurensicherung trafen um Mitternacht im Hotel ein. Sie durchkämmten das Zimmer auf der Suche nach der Mordwaffe, aber ohne Ergebnis. Das Einzige, was sie fanden, war ein Koffer, den Wapshott offensichtlich zurücklassen wollte, im Bad seine Rasierutensilien, dann einen alten Plattenspieler, ähnlich dem, den Erlendur sich ausgeliehen hatte, einen Fernseher und einen Videorekorder, einige englische Zeitungen und Zeitschriften, darunter *Record Collector.*

Der Experte für Fingerabdrücke suchte nach Anzeichen, dass Guðlaugur das Zimmer betreten hatte. Er untersuchte Tischkanten und Türrahmen. Erlendur stand auf dem Gang und verfolgte die Prozedur. Er sehnte sich nach einer Zigarette und sogar nach einem Glas Chartreuse, nach seinem Sessel und seinen Büchern – Weihnachten stand vor der Tür. Er wollte wieder nach Hause, denn er wusste nicht mehr so recht, weswegen er eigentlich in diesem tödlichen Hotel übernachtete. Wusste nicht so recht, was er mit sich anfangen sollte.

Das weiße Fingerabdruckpulver der Spurensicherung rieselte zu Boden.

Erlendur sah den Hotelmanager den Gang entlanggewatschelt kommen. Das Taschentuch war gezückt, und er blies und schnaufte. Er schaute in das Zimmer, in dem die Spurensicherung bei der Arbeit war, und strahlte wie ein Honigkuchenpferd.

»Ich habe gehört, dass du ihn geschnappt hast«, sagte er und wischte sich über den Nacken. »Und dass es ein Ausländer war.«

»Wo hast du das gehört?«, fragte Erlendur.

»Na, im Radio doch«, sagte der Hotelmanager und konnte seine Freude nicht verhehlen, schließlich hatte er ja auch mehrfach Grund zur Freude. Der Mann war gefunden. Es war kein Isländer gewesen, der das Verbrechen begangen hatte, und es hatte nichts mit dem Hotelpersonal zu tun. Der Hotelmanager schnaufte: »In den Nachrichten wurde gesagt, dass er auf dem Weg nach London war und in Keflavík geschnappt wurde. Ein Engländer also?«

Erlendurs Handy klingelte.

»Wir wissen überhaupt noch nicht, ob es der Mann ist, nach dem wir suchen«, erklärte er und nahm den Anruf entgegen.

»Du brauchst nicht ins Dezernat zu kommen«, sagte Sigurður Óli, als Erlendur antwortete. »Jedenfalls nicht im Augenblick.«

»Bist du nicht dabei, Laufabrauð zu verzieren?«, fragte Erlendur und wandte dem Hotelmanager den Rücken zu.

»Henry Wapshott ist betrunken«, sagte Sigurður Óli. »Es hat keinen Sinn, mit ihm zu sprechen. Ist es nicht am besten, ihn heute Nacht den Rausch ausschlafen zu lassen und morgen früh mit ihm zu reden?«

»Hat er Theater gemacht?«

»Nein, überhaupt nicht. Mir wurde gesagt, dass er stumm und ohne Proteste mitgekommen ist. Sie haben ihn bei der Passkontrolle rausgefischt und ihn bis zum Eintreffen der Polizei im Durchsuchungsraum festgehalten, und die haben ihn direkt nach Reykjavík gebracht. Kein Theater. Er war äußerst schweigsam und ist dann auf dem Weg in die Stadt einfach eingeschlafen. Pennt jetzt in seiner Zelle.«

»Das Ganze wurde schon in den Nachrichten gebracht, wenn ich richtig verstehe«, sagte Erlendur. »Das mit der Verhaftung.« Er blickte auf den Hotelmanager. »Man macht sich Hoffnungen, dass wir den Richtigen erwischt haben.«

»Er hatte nur Handgepäck bei sich. Eine große Aktentasche.«

»Was ist da drin?«

»Schallplatten. Alte. Dasselbe Vinylzeugs, das wir da unten im Keller gefunden haben.«

»Du meinst Platten mit Guðlaugur?«

»Ich glaube ja. Nicht viele. Aber auch noch ein paar andere Platten. Du kannst dir alles morgen anschauen.«

»Er ist hinter den Platten mit Guðlaugur her.«

»Vielleicht hat er seine Sammlung erweitern können«, sagte Sigurður Óli. »Sollen wir uns morgen früh hier im Dezernat treffen?«

»Wir brauchen eine Speichelprobe von ihm«, sagte Erlendur.

»Ich kümmere mich darum«, sagte Sigurður Óli.

Erlendur steckte das Handy wieder in die Tasche.

»Hat er gestanden?«, fragte der Hotelmanager. »Hat er schon gestanden?«

»Kannst du dich von früher an ihn hier im Hotel erinnern? Henry Wapshott. Aus England. Ein Mann um die sechzig. Er hat mir gesagt, es sei seine erste Reise nach Island, aber dann hat sich herausgestellt, dass er schon früher hier im Hotel übernachtet hat.«

»Ich kann mich an niemanden mit diesem Namen erinnern. Hast du ein Foto von ihm?«

»Ich muss eins besorgen und feststellen, ob jemand vom

Personal ihn kennt. Kann sein, dass sie sich an irgendwas im Zusammenhang mit dem Kerl erinnern. Es spielt keine Rolle, wie unbedeutend das scheinen mag.«

»Hoffentlich kannst du damit den Fall abschließen«, sagte der Hotelmanager ächzend. »Wir haben schon Stornierungen wegen des Mords bekommen, in der Mehrzahl von Isländern, bis ins Ausland ist wohl noch nichts durchgedrungen. Aber beim Weihnachtsbüfett ist viel weniger zu tun, die Tischbestellungen sind zurückgegangen. Ich hätte es nie zulassen sollen, dass er da im Keller gewohnt hat. Das hat man von seiner Nettigkeit.«

»Davon hast du ja reichlich«, bemerkte Erlendur.

Der Hotelmanager warf ihm einen unsicheren Blick zu, fragte sich offenbar, wie das wohl zu verstehen war, aber Erlendur verzog keine Miene. Der Leiter der Spurensicherung trat auf den Gang hinaus, begrüßte den Hotelmanager und zog Erlendur zur Seite.

»Sieht alles aus wie bei einem ganz normalen Reisenden in einem normalen Hotelzimmer in Reykjavík«, sagte er. »Die Mordwaffe liegt nicht auf seinem Nachttisch, falls du das erwartet hast, und in dem Koffer sind keine blutigen Sachen, eigentlich gar nichts, was ihn mit dem Mann im Keller verbindet. Aber es gibt massenweise Fingerabdrücke in dem Zimmer. Fest steht auf jeden Fall, dass der Mann seine Flucht geplant hat. Er hat das Zimmer zwar so zurückgelassen, dass es aussieht, als wolle er nur zur Bar. Der Akku seines Rasierapparats war zum Aufladen in die Steckdose gesteckt, ein paar Schuhe standen herum, auch die Pantoffeln, die er dabeihatte, waren noch nicht eingepackt. Das ist im Grunde genommen das Einzige, was wir zum gegenwärtigen Zeitpunkt sagen können. Der Mann war in Panik. Er wollte möglichst schnell weg.«

Der Leiter der Spurensicherung verschwand wieder im Zimmer, und Erlendur ging zum Hotelmanager zurück.

»Wer ist für die Reinigung hier auf dem Gang zuständig?«, fragte er. »Wer geht in die Zimmer? Die Reinigungskräfte, sind die auf bestimmte Flure verteilt?«

»Ich weiß genau, welches von den Mädels hier für diesen Flur zuständig ist«, sagte der Hotelmanager. Seinem abfälligen Ton nach zu urteilen, schienen Putzarbeiten selbstverständlich Frauensache zu sein.

»Und wer ist das?«, fragte Erlendur.

»Tja, beispielsweise das Mädchen, mit dem du gesprochen hast.«

»Das Mädchen, mit dem ich gesprochen habe?«

»Die aus dem Keller«, sagte der Hotelmanager. »Diejenige, die die Leiche gefunden hat. Das Mädchen, das den toten Weihnachtsmann gefunden hat. Das ist ihr Flur.«

Als Erlendur zwei Stockwerke höher auf sein Zimmer kam, saß Eva Lind auf dem Gang und wartete auf ihn. Sie hatte sich an die Wand gelehnt, die Knie unter dem Kinn, und Erlendur hatte den Eindruck, als schliefe sie. Sie schaute hoch, als er sich näherte, streckte die Beine aus und setzte sich.

»Mann, wie voll cool ich das finde, hier in das Hotel zu kommen«, sagte sie. »Willst du nicht bald den Abflug von hier machen?«

»Ich habe es vor«, sagte Erlendur. »So langsam habe ich diesen Kasten hier satt.«

Er steckte die Karte in das elektronische Türschloss, die Tür ging sofort auf. Eva Lind erhob sich und folgte ihm ins Zimmer, wo sie sich gleich der Länge nach aufs Bett warf. Er selbst nahm an dem kleinen Schreibtisch Platz.

»Kommst du endlich voran mit deinem Case?«, fragte Eva bäuchlings auf dem Bett, die Augen geschlossen, so als würde sie versuchen, einzuschlafen.

»Langsam, aber sicher«, sagte Erlendur. »Warum musst

du unbedingt solche Worte wie ›Case‹ verwenden? Was spricht dagegen zu sagen: Kommst du vorwärts mit deinem Fall?«

»Mannomann«, sagte Eva Lind immer noch mit geschlossenen Augen. Erlendur lächelte. Er betrachtete seine Tochter auf dem Bett und überlegte, wie er sich wohl als Erzieher verhalten hätte. Hätte er große Anforderungen an sie gestellt? Hätte er sie für Ballettstunden angemeldet? Sie dazu ermuntert, Klavierstunden zu nehmen? Gehofft, dass sie ein Genie werden würde? Hätte er sie zusammengeschlagen, wenn ihr eine Likörflasche aus der Hand gefallen wäre?

»Bist du noch da?«, fragte sie mit geschlossenen Augen.

»Ja, ich bin hier«, sagte Erlendur müde.

»Warum sagst du nichts?«

»Was soll ich sagen? Wozu muss man immer was sagen?«

»Na ja, beispielsweise, was du eigentlich hier in diesem Hotel machst. Im Ernst.«

»Ich weiß es nicht. Ich hatte keine Lust, in meine Wohnung zu gehen. Es ist irgendwie eine kleine Abwechslung.«

»Abwechslung? Was ist der Unterschied, allein in diesem Zimmer hier rumzuhängen oder allein bei sich zu Hause zu hocken?«

»Willst du ein bisschen Musik hören?«, fragte Erlendur und versuchte, vom Thema abzulenken. Er fing an, seiner Tochter den Fall Stück für Stück darzulegen und sich dabei gleichzeitig selber einen Überblick zu verschaffen. Er erzählte ihr von dem Mädchen, das den erstochenen Weihnachtsmann gefunden hatte, der seinerzeit ein Chorknabe mit einer ungewöhnlich schönen und viel versprechenden Stimme gewesen war. Zwei Platten von ihm waren unter Sammlern gesuchte Objekte. Seine Stimme war einmalig.

Er streckte die Hand nach der Platte aus, die er noch nicht gehört hatte. Es waren zwei Kirchenlieder darauf. Die

Platte war ganz offensichtlich zu Weihnachten herausgegeben worden. Vorne auf der Hülle war Guðlaugur mit einer Weihnachtsmannmütze und lächelte breit mit etwas vorspringenden Zähnen. Erlendur dachte an die Ironie des Schicksals. Er legte die Platte auf, und die Stimme des Chorknaben erfüllte das Zimmer, ein wunderschönes, wehmütiges Lied. Eva Lind machte die Augen auf und richtete sich auf.

»Ist das dein Ernst?«, fragte sie.

»Findest du das nicht großartig?«

»Ich habe noch nie ein Kind so schön singen gehört«, sagte Eva. »Ich glaube, ich habe noch nie überhaupt jemanden so schön singen gehört.« Sie saßen schweigend da und hörten sich das Lied an. Erlendur streckte sich nach dem Plattenspieler aus, drehte die Platte um und spielte das Lied auf der anderen Seite. Sie hörten zu, und als es zu Ende war, bat Eva Lind darum, die erste Seite noch einmal aufzulegen.

Erlendur erzählte ihr von Guðlaugurs Familie, von dem Konzert im Stadtkino, und dass Vater und Schwester mehr als dreißig Jahre lang keinerlei Verbindung zu ihm gehabt hatten, und von dem englischen Sammler, der zu türmen versucht hatte und sich einzig und allein für Chorknaben interessierte. Er sagte ihr, dass die Platten von Guðlaugur heutzutage sehr wertvoll wären.

»Meinst du, dass er vielleicht deswegen abgemurkst worden ist?«, fragte Eva Lind. »Wegen der Platten? Weil sie heutzutage wertvoll sind?«

»Ich weiß es nicht.«

»Gibt es da überhaupt noch welche?«

»Ich glaube nicht«, sagte Erlendur, »und wahrscheinlich sind die paar, die es noch gibt, deswegen so wertvoll und gefragt. Elínborg sagt, dass Sammler nach Objekten suchen, die einmalig sind auf der Welt. Aber das muss nicht unbedingt eine Rolle spielen. Vielleicht war es jemand hier im Hotel, der ihn überfallen hat. Jemand, der überhaupt nichts von dem Chorknaben wusste.«

Erlendur beschloss, seiner Tochter zu sagen, wie Guðlaugur gefunden worden war. Er wusste, dass sie, wenn sie Drogen nahm, auch auf den Strich ging und deswegen gut Bescheid wusste, was in Reykjavík ablief. Trotzdem scheute er sich davor, ihr ins Gewissen zu reden. Sie lebte ihr Leben und tat genau das, was sie wollte, ohne dass er jemals Einfluss darauf nehmen konnte. Er hielt es aber für möglich, dass Guðlaugur hier im Hotel jemanden für gewisse Dienste bezahlt hatte, und er fragte, ob sie wüsste, was hier im Hotel in Sachen Prostitution ablief.

Eva Lind schaute ihren Vater an.

»Der arme Kerl«, sagte sie und antwortete nicht auf seine Frage. »Sie war in Gedanken immer noch bei dem Chorknaben. »Da war so ein Mädchen bei mir in der Schule, in der Grundschule. Die hat ein paar Platten besungen, sie hieß Vala Dögg. Kannst du dich an sie erinnern? Damals wurde unheimlich viel Tamtam um sie gemacht. Sie hat Weihnachtslieder gesungen. Ein blondes, unheimlich süßes kleines Mädchen.«

Erlendur schüttelte den Kopf.

»Die war so ein Kinderstar. Ist auch in der Kinderstunde und in anderen Fernsehsendungen aufgetreten und hat richtig gut gesungen, das kleine Ding. Ihr Vater war irgendso 'ne kleine Nummer im Pop-Business, aber ihre Mutter, die war total durchgeknallt und wollte sie unbedingt zum Popstar machen. Das Mädchen wurde ständig damit aufgezogen. Sie war wirklich lieb und nett und überhaupt nicht eingebildet oder affektiert, aber sie wurde immer gemobbt. Shit, dass die Leute hier immer gleich neidisch sind und keinem was gönnen. Ja, sie wurde richtiggehend gemobbt, und dann hat sie später einfach mit der Schule aufgehört

und angefangen zu arbeiten. Ich habe sie oft in der Szene getroffen, sie war viel schlimmer dran als ich, total am Ende. Sie hat mir gesagt, das sei das Schlimmste gewesen, was ihr passieren konnte.«
»Ein Kinderstar zu werden?«
»Das hat sie vollkommen kaputtgemacht. Davon hat sie sich nie erholt. Sie durfte nie sie selbst sein. Ihre Mutter war diejenige, die immer alles bestimmt hat. Sie wurde nie gefragt, ob sie das auch wollte. Sie hat gern gesungen, und sie fand es schön, im Mittelpunkt zu stehen und all das, aber sie hat überhaupt nicht begriffen, was da abging. Sie durfte nur das kleine Püppchen in den Kindersendungen sein. Sie durfte nur eine Dimension haben, sie war die kleine süße Vala Dögg. Und deswegen wurde sie aufgezogen, und erst als sie älter war, hat sie kapiert, warum, und dann hat sie gerafft, dass sie nie etwas anderes sein würde als das singende, süße, kleine Püppchen im süßen, kleinen Kleidchen. Und dass sie nie und nimmer eine weltberühmte Popsängerin werden würde, was ihre Mutter ihr immer eingeredet hatte.«
Eva Lind schwieg eine Weile und schaute ihren Vater an.
»Die ist völlig vor die Hunde gegangen. Sie sagte, das Mobben wäre das Schlimmste gewesen, das würde einen völlig kaputtmachen. Man übernimmt auf die Dauer genau das Bild von sich selbst, was diejenigen von einem haben, die einen mobben.«
»Guðlaugur hat wohl etwas Ähnliches erlebt«, sagte Erlendur. »Er ist ziemlich früh von zu Hause ausgezogen. Es muss eine wahnsinnige Belastung für die Kinder sein, wenn sie mit so etwas konfrontiert werden.«
Sie schwiegen beide.
»Klar gibt's hier Nutten in dem Hotel«, sagte Eva Lind plötzlich und warf sich wieder aufs Bett. »Was hast du denn gedacht?«

»Was weißt du darüber? Kannst du mir da vielleicht weiterhelfen?«
»Nutten sind doch überall. Du rufst einfach eine Nummer an, und dann warten sie auf dich im Hotel. Die Edelnutten. Die wollen auch auf gar keinen Fall als Nutten bezeichnet werden, sondern sie nennen das ›Hostessenservice‹.«
»Kennst du irgendwelche, die mit diesem Hotel in Verbindung stehen, Mädchen oder Frauen, die hier auf den Strich gehen?«
»Das müssen nicht unbedingt Isländerinnen sein. Die können auch importiert sein. Die reisen einfach als Touristen ein und bleiben ein paar Wochen, da braucht man keine Arbeitserlaubnis, und dann kommen sie nach einem halben Jahr wieder.«
Eva Lind schaute ihren Vater an.
»Du solltest mal mit Stína sprechen, mit der bin ich befreundet. Die kennt sich da aus. Glaubst du, dass er von einer Nutte umgebracht worden ist?«
»Keine Ahnung.«
Sie schwiegen beide. Draußen in der Finsternis glitzerten die Schneeflocken, die zur Erde fielen. Erlendur erinnerte sich, dass in der Bibel irgendwo von Schnee die Rede war, von Sünden und Schnee, und versuchte, das zu rekapitulieren: Wären auch deine Sünden rot wie Scharlach, sie sollen weiß werden wie Schnee.
»Ich glaube, ich bin dabei, mich auszuklinken«, sagte Eva Lind. Da war keine Spannung in der Stimme, keine Energie.
»Vielleicht kannst du das alles einfach nicht ganz alleine schaffen«, sagte Erlendur. Er hatte seiner Tochter schon oft zugeredet, Hilfe in Anspruch zu nehmen. »Vielleicht sollte jemand anderes als ich versuchen, dir zu helfen.«
»Komm mir bloß nicht mit dieser Psycho-Kacke«, sagte Eva Lind.

»Du hast dich noch immer nicht richtig erholt, und dir geht es augenscheinlich nicht gut. Es wird nicht mehr lange dauern, bis du die Schmerzen auf die altbekannte Weise zu betäuben versuchst, und dann steckst du wieder in derselben Scheiße wie vorher.«
»Ewig musst du predigen«, sagte Eva Lind aufbrausend. Sie sprang auf.
Er beschloss, nicht um die Dinge herumzureden.
»Du würdest das Kind im Stich lassen, das gestorben ist.«
Eva Lind starrte ihren Vater an, die Augen schwarz vor Wut.
»Die andere Möglichkeit, die du hast, ist, dieses Scheißleben, wie du dich ausdrückst, in Angriff zu nehmen und die Schmerzen zu ertragen, die damit verbunden sind. Die Widerstände, mit denen wir alle zu kämpfen haben, immer, die ganze Zeit, um das alles durchzustehen. Aber doch auch, um das Glück und die Freuden zu genießen, die es trotz allem auch gibt, dadurch, dass wir existieren.«
»Und das sagst ausgerechnet du! Du traust dich ja nicht mal zu Weihnachten zu dir nach Hause, weil da nichts ist! Überhaupt gar nichts, total empty, und du weißt, dass es nur eine olle Bude ist, und du hast keinen Bock, dich da zu verkriechen.«
»Ich bin Weihnachten immer bei mir zu Hause«, sagte Erlendur.
Eva Lind zögerte. Sie verstand nicht, was er meinte.
»Wie meinst du das eigentlich?«
»Das ist das Schlimmste an Weihnachten«, sagte Erlendur. »Ich gehe dann immer nach Hause.«
»Ich versteh dich nicht«, sagte Eva Lind und öffnete die Tür. »Ich werde dich nie verstehen.«
Sie knallte die Tür hinter sich zu. Erlendur stand auf und wollte erst hinter ihr herlaufen, aber er ließ es bleiben. Er wusste, dass sie wiederkommen würde. Er ging zum Fens-

ter und schaute auf sein Spiegelbild in der Scheibe, bis er hindurchsehen konnte, in die Finsternis hinaus auf die Schneeflocken, die glitzerten.

Er hatte vergessen, dass er wieder zurück in seine Wohnung wollte, die ›empty‹ war, wie Eva Lind sich ausdrückte. Er wandte sich vom Fenster ab, legte die Platte mit den Kirchenliedern wieder auf und lauschte dem Jungen, der viele, viele Jahre später von allen vergessen ermordet in einem Hotel aufgefunden wurde, von allen vergessen, und er dachte an Sünden, weiß wie Schnee.

Vierter Tag

Siebzehn

Als er am frühen Morgen aufwachte, lag er angezogen auf dem Bett. Er brauchte lange, um richtig wach zu werden. Er hatte von seinem Vater geträumt, und dieser Traum folgte ihm in diesen dunklen Morgen. Er versuchte angestrengt, sich zu erinnern, was genau er geträumt hatte, konnte aber nur Bruchstücke zusammenfügen; sein Vater, irgendwie jünger und gesünder, lächelte ihm aus einem abgestorbenen Wald entgegen.

Das Hotelzimmer war dunkel und kalt. Bis zum Sonnenaufgang waren es noch einige Stunden. Er lag da und dachte über den Traum nach, über seinen Vater und den Verlust des Bruders. Wie der grausame Verlust eine Lücke in sein Leben gerissen hatte. Diese Lücke schien immer größer zu werden, er stand am Rand und schaute hinunter in den Abgrund, der nur darauf wartete, ihn zu verschlingen.

Er schüttelte diese morgendliche Unruhe von sich ab und überlegte, was heute alles anlag. Was hatte Henry Wapshott zu verbergen? Weswegen hatte er ihm diese Lügen aufgetischt und die Flucht ergriffen, betrunken und ohne Gepäck? Sein Verhalten war Erlendur ein Rätsel. Und dann kehrten seine Gedanken zu dem Jungen im Krankenbett und seinem Vater zurück; Elínborgs Fall, über den sie ihm ausführlich berichtet hatte.

Elínborg hatte den Verdacht, dass der Junge schon früher einmal misshandelt worden war, und es gab starke Indizien dafür, dass es bei ihm zu Hause geschehen war. Der Vater stand unter Verdacht. Sie hatte sofortige Untersuchungshaft für ihn beantragt. Trotz heftigen Protestes seitens des Vaters und seines Rechtsanwalts waren acht Tage Untersuchungshaft verhängt worden. Als der Haftbefehl vorlag, holte Elínborg ihn im Gefolge von vier uniformierten Polizisten ab und brachte ihn ins Untersuchungsgefängnis an der Hverfisgata. Sie selber begleitete ihn zur Zelle und verschloss höchstpersönlich die Zellentür. Sie öffnete die Klappe an der Tür und schaute zu dem Mann herein, der sich nicht vom Fleck gerührt hatte und ihr den Rücken zukehrte, unglücklich und irgendwie hilflos, wie alle, die aus der menschlichen Gesellschaft herausgeholt und wie Tiere in einen Käfig gesperrt werden.

Er drehte sich langsam um und schaute ihr durch die Stahltür in die Augen, sie ließ die Klappe herunterfallen.

Am nächsten Morgen begannen sie sehr zeitig mit dem Verhör. Erlendur war ebenfalls anwesend, aber Elínborg hatte die Gesprächsführung. Sie saßen ihm zu zweit im Verhörraum gegenüber. Auf dem Tisch zwischen ihnen war ein Aschenbecher fest in die Tischplatte geschraubt. Der Mann war unrasiert, und sein Anzug hatte Falten bekommen. Zu dem weißen zerknautschten Hemd trug er eine tadellos geknotete Krawatte, in der sich das zu konzentrieren schien, was von seiner Selbstachtung übrig geblieben war.

Elínborg schaltete das Tonbandgerät ein und nahm das Gespräch auf. Sie sprach die Namen der Anwesenden auf Band und die Nummer, die der Fall erhalten hatte. Sie war gut vorbereitet. Sie hatte einen Termin mit der Klassenlehrerin des Jungen gehabt, die Dyslexie, Konzentrationsschwäche und geringe Lernerfolge erwähnte, und sie hatte eine Psychologin befragt, mit der sie befreundet war, die ihr einiges über Enttäuschung, Belastung und Selbstverleugnung erzählte; sie hatte mit den Freunden des Jungen gesprochen, mit Nachbarn, Verwandten und allen möglichen Leuten, von denen sie Auskünfte über den Jungen und seinen Vater erhalten hatte.

Der Mann blieb unbeirrbar. Er behauptete, dass sie ein Kesseltreiben gegen ihn inszenierten, und gab zu Protokoll, dass er sie gerichtlich belangen werde. Er weigerte sich, ihre Fragen zu beantworten. Elínborg blickte Erlendur an. Ein Wärter erschien und führte den Mann in seine Zelle zurück.

Zwei Tage später wurde er wieder zu einem Verhör geholt. Sein Rechtsanwalt hatte ihm bequemere Sachen gebracht, er trug jetzt Jeans und ein T-Shirt mit einem modischen Label auf der Brust, das er so präsentierte, als hätte er für diesen absurd teuren Kauf eine Medaille bekommen. Sein Auftreten hatte sich deutlich verändert. Drei Tage Untersuchungshaft hatten sein Imponiergehabe um einiges verringert – ein bekanntes Phänomen bei Gefängnisinsassen. Er sah, dass es von ihm selber abhing, ob und wie lange er hinter schwedischen Gardinen sitzen würde.

Elínborg hatte veranlasst, dass er barfuß zur Vernehmung erschien. Schuhe und Socken wurden ihm ohne Kommentar weggenommen. Als er vor ihnen Platz nahm, versuchte er, die Füße unter dem Stuhl zu verstecken.

Wie zuvor saßen Elínborg und Erlendur ihm unbeirrt gegenüber. Das Band summte leise.

»Ich habe mit der Lehrerin gesprochen, die deinen Sohn unterrichtet«, sagte Elínborg. »Selbst wenn das, was zwischen euch vorgefallen und gesagt worden ist, strengstens vertraulich ist und sie das auch besonders betont hat, wollte sie dem Jungen helfen, es handelt sich ja schließlich um eine Strafsache. Sie hat mir gesagt, dass du einmal in ihrer Anwesenheit über den Jungen hergefallen bist.«

»Über ihn hergefallen! Ich habe ihm eins hinter die Löffel gegeben. Das nennt man wohl kaum ›über einen herfallen‹. Er war ganz einfach bockig. Er ist so zapplig. Er ist ein

schwieriger Junge. Ihr kennt das nicht. Es ist nicht einfach mit ihm.«
»Und dann ist es richtig, ihn zu schlagen?«
»Mein Junge und ich sind gute Freunde«, sagte der Vater. »Ich liebe meinen Sohn. Ich trage ganz allein die Verantwortung für ihn. Seine Mutter ...«
»Ich weiß«, sagte Elínborg. »Keine Frage, es kann sehr schwierig sein, ein Kind allein zu erziehen. Aber das, was du ihm angetan hast – und antust ... das kann man gar nicht in Worte fassen.«
Der Vater schwieg sich aus.
»Ich habe nichts getan«, erklärte er schließlich.
Elínborg trug kantige Schuhe mit harten Sohlen. Sie streckte die Beine unter dem Tisch aus und stieß an die Füße des Mannes, der vor Schmerz aufschrie.
»Entschuldigung«, sagte Elínborg.
Er schaute sie mit schmerzverzerrtem Gesicht an, er war sich offenbar nicht sicher, ob sie ihn möglicherweise absichtlich getreten hatte.
»Die Lehrerin sagte mir, dass du unrealistische Anforderungen an den Jungen stellst«, sagte sie, so als sei nichts vorgefallen. »Stimmt das?«
»Was heißt hier unrealistisch? Ich will, dass er eine gute Ausbildung bekommt, damit etwas aus ihm wird.«
»Verständlich«, sagte Elínborg. »Aber er ist acht Jahre alt, leidet an Dyslexie und ist nur eine Stufe davon entfernt, als hyperaktiv diagnostiziert zu werden. Du selbst hast auch nicht das Abitur geschafft.«
»Ich besitze und leite ein Unternehmen.«
»Das vor dem Bankrott steht. Du bist im Begriff, deine Villa zu verlieren, den Jeep und all die Güter, die dir eine so genannte Position im Leben gegeben haben. Man schaut zu dir auf. Bei Klassentreffen stehst du ganz bestimmt im Mittelpunkt. Golfreisen ins Ausland mit Freunden. Das

alles bist du im Begriff zu verlieren. Sehr unerfreulich, vor allem, wenn man bedenkt, dass sich deine Frau in der Psychiatrie befindet und dein Sohn Lernschwierigkeiten hat. All das hat sich in dir angestaut, und du platzt dann plötzlich, als dein Junge, der bestimmt sein ganzes Leben lang Milch verschüttet und Teller kaputtgeschmissen hat, eine Drambuie-Flasche auf den Marmorboden im Wohnzimmer fallen lässt.«

Der Vater schaute sie an und zeigte keinerlei Reaktion.

»Meine Frau hat damit überhaupt nichts zu tun«, sagte er.

Elínborg hatte sie in der Anstalt besucht. Sie war schizophren und musste manchmal stationär behandelt werden, wenn sie Halluzinationen hatte und die Stimmen nicht mehr ertragen konnte. Als Elínborg mit ihr sprach, war sie so voll gepumpt mit Medikamenten, dass man kaum mit ihr sprechen konnte. Sie saß nur da, wiegte teilnahmslos den Oberkörper vor und zurück und bat Elínborg um eine Zigarette. Sie hatte keine Vorstellung, weshalb Elínborg gekommen war.

»Ich versuche, ihn so gut wie möglich zu erziehen«, sagte der Vater.

»Indem du ihm Nadeln in den Handrücken bohrst?«

»Halt die Klappe.«

Elínborg hatte mit der Schwester des Mannes gesprochen, die erklärt hatte, dass sie die Erziehungsmethoden etwas rigoros fand. Sie hatte ein Beispiel genannt, das während eines Besuchs passiert war. Damals war der Junge vier Jahre alt gewesen und hatte geklagt, dass er sich nicht wohl fühlte, hatte ein bisschen geweint, und sie war der Meinung gewesen, dass er möglicherweise eine Grippe bekam. Ihr Bruder hatte die Beherrschung verloren, als der Junge eine Weile herumgequengelt hatte, er nahm ihn hoch und hielt ihn in die Luft.

»Fehlt dir was?«, fragte er barsch.
»Nein«, sagte der Junge leise und zögernd. Er schien sich nicht mehr zu trauen, etwas zu sagen.
»Dann hast du auch nicht zu weinen.«
»Nein«, sagte der Junge.
»Wenn dir nichts fehlt, hörst du gefälligst auf zu weinen.«
»Ja.«
»Also fehlt dir etwas?«
»Nein.«
»Alles in Ordnung also?«
»Ja.«
»Gut. Man heult doch nicht einfach so rum.«
Elínborg schilderte diese Geschichte, aber er zeigte keinerlei Reaktion.
»Meine Schwester und ich haben kein sonderlich gutes Verhältnis zueinander«, sagte er. »Ich kann mich nicht daran erinnern.«
»Hast du deinen Sohn körperlich so gezüchtigt, dass er infolgedessen ins Krankenhaus eingeliefert werden musste?«
Der Vater schaute sie an.
Elínborg wiederholte die Frage.
»Nein«, sagte er. »Das habe ich nicht gemacht. Glaubst du, dass irgendein Vater sich so verhalten könnte? Er wurde in der Schule attackiert.«
Nachdem der Junge aus dem Krankenhaus entlassen worden war, hatte das Jugendamt ihn bei einer Familie in Pflege gegeben, und nach dem Verhör fuhr Elínborg zu ihm. Sie setzte sich zu ihm und fragte, wie es ihm ginge. Er hatte seit ihrer ersten Begegnung noch kein einziges Wort zu ihr gesagt, aber jetzt schaute er sie so an, als wollte er etwas sagen.
Er hustete verhalten.
»Ich vermisse Papa«, sagte er unter Schluchzen.

Erlendur saß am Frühstückstisch, als Sigurður Óli mit Wapshott im Schlepptau auftauchte. Hinter ihnen nahmen zwei Kriminalbeamte an einem Tisch Platz. Der englische Plattensammler sah etwas ungepflegter aus als beim letzten Mal, die Haare standen ihm wirr vom Kopf ab und seine Leidensmiene zeugte von unverdienter Erniedrigung und dem verlorenen Kampf gegen Kater und Knast.

»Was ist eigentlich hier los?«, fragte Erlendur und stand auf. »Warum bringst du ihn hierher? Und warum läuft er frei herum?«

»Frei herum?«

»Warum trägt er keine Handschellen?«

»Findest du das notwendig?«

Erlendur blickte auf Wapshott.

»Ich hatte keine Lust, auf dich zu warten«, sagte Sigurður Óli. »Wir können ihn höchstens bis zum Abend festhalten, also musst du so schnell wie möglich eine Entscheidung treffen, ob wir Anklage gegen ihn erheben. Außerdem wollte er unbedingt mit dir reden. Hat sich geweigert, mit mir zu sprechen – will nur mit dir reden. Als wärt ihr dick befreundet. Er hat nicht verlangt, aus der Haft entlassen zu werden, er hat weder einen Rechtsbeistand verlangt noch Unterstützung seitens seiner Botschaft. Wir haben ihm gesagt, dass er Verbindung zu seiner Botschaft aufnehmen kann, aber er hat nur den Kopf geschüttelt.«

»Hast du irgendwas über ihn in England ausfindig machen können?«, fragte Erlendur und schaute zu Wapshott hinüber, der hinter Sigurður Óli stand und den Kopf hängen ließ.

»Damit befasse ich mich, wenn du ihn übernommen hast«, sagte Sigurður Óli, der bislang offenbar noch nichts in der Richtung unternommen hatte. »Ich gebe dir Bescheid, wenn etwas über ihn vorliegt.«

Sigurður Óli verabschiedete sich von Wapshott und blieb

kurz bei den zwei Kriminalbeamten stehen, bevor er verschwand. Erlendur forderte den Engländer auf, sich zu setzen. Wapshott nahm Platz und ließ den Kopf hängen.

»Ich habe ihn nicht umgebracht«, sagte er mit leiser Stimme. »Ich hätte ihn nie umbringen können. Ich habe noch nie irgendwas umbringen können, nicht mal eine Fliege. Geschweige denn diesen wunderbaren Chorknaben.«

Erlendur blickte ihn an.

»Sie sprechen von Guðlaugur?«

»Ja«, sagte Wapshott. »Selbstverständlich.«

»Er hatte ja nun wirklich kaum noch etwas mit einem Chorknaben zu tun«, sagte Erlendur. »Guðlaugur ging auf die fünfzig zu und spielte auf Weihnachtsfeiern den Weihnachtsmann.«

»Sie verstehen das nicht«, sagte Wapshott.

»Nein«, sagte Erlendur. »Vielleicht können Sie es mir ja erklären.«

»Ich war gar nicht im Hotel, als er überfallen wurde«, sagte Wapshott.

»Und wo waren Sie?«

»Ich war auf der Suche nach Platten.« Wapshott blickte hoch, und sein Gesicht verzog sich zu einem Grinsen. »Ich habe mir das angeschaut, was ihr wegwerft. Auf dem Gebrauchtwarenmarkt. Ich habe mir angeschaut, was da aus diesen Containern bei der Recycling-Firma kommt. Mir war gesagt worden, dass dort wieder ein Nachlass eingetroffen war, darunter auch Schallplatten, die weggeworfen werden sollten.«

»Von wem?«

»Von wem?«

»Von wem haben Sie von diesem Nachlass erfahren?«

»Von den Angestellten. Ich bezahle ihnen eine Kleinigkeit dafür, wenn sie mir einen Tipp geben. Sie haben meine Visitenkarte. Das hatte ich Ihnen doch gesagt. Man geht in die einschlägigen Läden, trifft andere Sammler und durchforstet dann den Markt. Im Kolaport, heißt das nicht so? Ich mache das, was alle Sammler tun, ich versuche etwas zu finden, was sich zu besitzen lohnt.«

»Waren Sie mit irgendjemandem zusammen in der Zeit, als Guðlaugur überfallen wurde? Jemand, mit dem wir sprechen können?«

»Nein«, sagte Wapshott.

»Aber die werden sich an diesen Stellen wohl an Sie erinnern.«

»Bestimmt.«

»Und haben Sie etwas Lohnenswertes gefunden? Chorknaben?«

»Nichts. Auf dieser Reise habe ich nichts gefunden.«

»Warum sind Sie geflüchtet?«, fragte Erlendur.

»Ich wollte nach Hause.«

»Und haben Ihr ganzes Gepäck zurückgelassen?«

»Ja.«

»Außer einigen Platten mit Guðlaugur.«

»Ja.«

»Warum haben Sie mir nicht gesagt, dass Sie früher schon mal in Island waren?«

»Ich weiß es nicht. Ich wollte kein unnötiges Aufsehen erregen. Mit dem Mord habe ich nichts zu tun.«

»Es ist ziemlich einfach, das Gegenteil zu beweisen. Als Sie mir diese Lügen auftischten, müssen Sie doch gewusst haben, dass ich früher oder später herausfinden würde, dass Sie schon öfter hier im Hotel gewesen sind.«

»Mit dem Mord habe ich nichts zu tun.«

»Aber jetzt haben Sie mich überzeugt, dass Sie etwas damit zu tun haben. Mehr Aufmerksamkeit hätten Sie gar nicht auf sich lenken können.«

»Ich habe ihn nicht umgebracht.«

»Wie war Ihre Beziehung zu Guðlaugur?«

»Das habe ich Ihnen erzählt, und das war die Wahrheit. Ich bekam Interesse an seiner Stimme und an den Platten mit ihm, und als ich erfuhr, dass er noch am Leben war, habe ich mich mit ihm in Verbindung gesetzt.«

»Warum haben Sie gelogen? Sie sind bereits früher nach Island gekommen, Sie haben mehrmals in diesem Hotel übernachtet, und Sie haben ganz bestimmt Guðlaugur schon die ganze Zeit gekannt.«

Wapshott überlegte einen Augenblick.

»Das hat überhaupt nichts mit mir zu tun. Der Mord, meine ich. Als ich davon erfuhr, befürchtete ich, dass ihr herausfinden würdet, dass ich ihn kannte. Meine Angst steigerte sich von Minute zu Minute, und ich musste mich enorm zusammenreißen, um nicht auf der Stelle zu fliehen und auf diese Weise die Aufmerksamkeit auf mich zu lenken. Ich musste ein paar Tage verstreichen lassen, aber dann hielt ich es nicht länger aus und machte, dass ich wegkam. Meine Nerven hielten das nicht aus. Aber ich habe ihn nicht umgebracht.«

»Wie gut haben Sie die Lebensgeschichte von Guðlaugur gekannt?«

»Nicht genau.«

»Geht es bei dieser Plattensammlerei nicht darum, sich Informationen über die zu verschaffen, die man sammelt? Haben Sie das nicht gemacht?«

»Ich weiß nicht viel«, erklärte Wapshott. »Ich weiß bloß, dass er seine Stimme bei einem Konzert verloren hat, es sind nur zwei Platten mit ihm herausgekommen, er hat sich mit seinem Vater überworfen …«

»Einen Augenblick. Wie haben Sie von seinem Tod erfahren?«

»Was meinen Sie?«

»Den Hotelgästen wurde nichts von einem Mord gesagt, sondern nur von einem Unfall oder einer Herzattacke.

Wie haben Sie herausgefunden, dass er ermordet worden war?«
»Wie ich das herausgefunden habe? Sie haben es mir erzählt.«
»Ja, ich habe es Ihnen gesagt, und Sie waren unerhört verwundert, daran kann ich mich erinnern, aber jetzt behaupten Sie, dass Sie, als Sie von dem Mord erfuhren, Angst bekamen, dass wir da eine Verbindung zu Ihnen sehen würden. Das war also, bevor Sie und ich miteinander gesprochen haben. Bevor wir Sie damit in Verbindung brachten.«
Wapshott starrte ihn an. Erlendur wusste genau, dass er nun Zeit zu gewinnen versuchte, ließ ihn aber gewähren. Von ihm aus sollte Wapshott so viel Zeit gewinnen, wie er mochte. Das änderte nichts an der Situation. Die beiden Polizisten warteten ruhig in angemessener Entfernung ab. Erlendur war spät zum Frühstück erschienen, und im Speisesaal befanden sich nur wenige Menschen. Er sah auf einmal die große Küchenchefmütze auftauchen, deren Besitzer wegen der Speichelprobe explodiert war. Erlendur dachte an die Laborantin. Valgerður. Was machte sie? Piekste sie im Krankenhaus Kinder mit Nadeln, die mit dem Weinen kämpften oder sie zu treten versuchten?
»Gibt es vielleicht noch etwas anderes als das Interesse an Schallplatten, was euch verbunden hat?«
»Ich wollte da nicht hineingezogen werden«, sagte Wapshott.
»Was haben Sie zu verbergen? Warum wollen Sie nicht Verbindung zur britischen Botschaft aufnehmen? Warum wollen Sie keinen Rechtsbeistand?«
»Ich habe die Leute hier unten darüber reden gehört. Die Hotelgäste. Sie haben darüber gesprochen, dass er ermordet worden ist. Irgendwelche Amerikaner. So habe ich davon erfahren. Und ich war äußerst besorgt, dass ihr

diese Verbindungslinien ziehen würdet und ich genau in diese Lage geraten würde, in der ich mich jetzt befinde. Deswegen bin ich geflohen. Komplizierter ist es nicht.«

Erlendur erinnerte sich an das amerikanische Paar Henry Bartlett und seine Frau, die Sigurður Óli angelächelt und »Cindy« gesagt hatte.

»Was für einen Wert haben die Platten mit Guðlaugur?«

»Was meinen Sie?«

»Sie müssen einen ganz schönen Wert haben, wenn Sie deswegen mitten im Winter nach Island reisen, um an sie heranzukommen. Wie viel sind die Platten wert? Eine Platte. Was kostet sie?«

»Wenn man verkaufen will, geschieht das mittels einer Auktion im Internet, und bei so etwas ist es unmöglich zu sagen, was am Ende dabei herauskommt.«

»Aber was würden Sie schätzungsweise dafür bekommen?«

Wapshott überlegte.

»Da kann ich nichts zu sagen.«

»Haben Sie Guðlaugur getroffen, bevor er starb?«

Henry Wapshott zögerte.

»Ja«, sagte er schließlich.

»Der Zettel, den wir gefunden haben, 18.30, waren Sie zu diesem Termin mit ihm verabredet?«

»Das war am Tag, bevor er tot aufgefunden wurde. Wir haben in seinem Zimmer ein kurzes Zusammentreffen gehabt.«

»Worum ging es?«

»Um seine Platten.«

»Was war mit seinen Platten?«

»Ich wollte wissen, und zwar schon seit langem, ob er noch mehr davon besitzt. Oder ob diese wenigen Platten, die ich und ein paar andere Sammler besitzen, die einzigen Exemplare auf der Welt sind. Aus irgendwelchen Gründen hat er darauf nicht antworten wollen. Ich habe schon in dem Brief, den ich ihm vor einigen Jahren schickte, danach gefragt, und es war eine der ersten Fragen, die ich ihm stellte, als ich ihn vor drei Jahren zum ersten Mal getroffen habe.«

»Und was dann, hatte er noch mehr Platten für Sie?«

»Er wollte sich nicht dazu äußern.«

»Wusste er, was seine Platten wert waren?«

»Ich habe ihm eine ziemlich klare Vorstellung davon gegeben.«

»Und was sind denn diese Platten wirklich wert?«

Wapshott antwortete nicht sofort.

»Als ich ihn jetzt vor, ich weiß nicht mehr genau, vor zwei oder drei Tagen getroffen habe, lenkte er ein«, fuhr er fort. »Er wollte über seine Platten reden. Ich …«

Wapshott zögerte wieder. Er blickte sich um und sah die zwei Polizisten, die ihn bewachten.

»Ich habe ihm eine halbe Million gegeben.«

»Eine halbe Million?«

»Kronen. Als Anzahlung oder …«

»Sie haben mir gesagt, von großen Summen könne keine Rede sein.«

Wapshott zuckte mit den Achseln, und Erlendur kam es so vor, als lächelte er.

»Das war dann also eine Lüge«, sagte Erlendur.

»Ja.«

»Anzahlung auf was?«

»Die Platten, die er noch besaß. Falls er denn welche besessen hat.«

»Und Sie haben ihm das Geld bei Ihrem letzten Treffen ausgehändigt, obwohl Sie nicht wussten, ob er welche besäße?«

»Ja.«

»Und was dann?«

»Dann wurde er umgebracht.«
»Wir haben kein Geld bei ihm gefunden.«
»Darüber weiß ich nichts. Ich habe ihm am Tag, bevor er starb, in seinem Zimmer eine halbe Million gegeben.«
Erlendur fiel ein, dass er Sigurður Óli damit beauftragt hatte, festzustellen, was für Bankguthaben Guðlaugur besaß. Er musste beim nächsten Mal daran denken, ihn danach zu fragen.
»Haben Sie die Platten bei ihm gesehen?«
»Nein.«
»Warum soll ich das hier jetzt glauben? Sie haben mir bislang eine Lüge nach der anderen aufgetischt. Warum sollte ich jetzt irgendetwas von dem glauben, was Sie sagen?«
Wapshott zuckte die Achseln.
»Also hat er eine halbe Million bei sich gehabt, als er überfallen wurde?«
»Das weiß ich nicht. Ich weiß nur, dass ich ihm das Geld gegeben habe, und dann wurde er umgebracht.«
»Warum haben Sie mir nicht sofort von diesem Geld erzählt?«
»Ich wollte in Ruhe gelassen werden«, sagte Wapshott. »Ich wollte nicht, dass Sie glauben, ich hätte ihn um des Geldes willen umgebracht.«
»Haben Sie das gemacht?«
»Nein.«
Sie schwiegen.
»Werde ich angeklagt?«, fragte Wapshott.
»Ich bin überzeugt, dass Sie immer noch etwas geheim halten«, sagte Erlendur. »Ich werde Sie auf jeden Fall bis zum Abend festhalten. Dann sehen wir weiter.«
»Ich hätte niemals diesen Chorknaben umbringen können. Ich habe ihn verehrt und tue es immer noch. Ich habe noch nie einen Jungen mit einer so wunderschönen Stimme gehört.«

Erlendur schaute Henry Wapshott an.
»Komisch, wie allein Sie dastehen.«
»Was meinen Sie damit?«
»Sie sind irgendwie so allein auf der Welt.«
»Ich habe ihn nicht umgebracht«, sagte Wapshott. »Ich habe ihn nicht umgebracht.«

Achtzehn

Als Wapshott das Hotel im Gefolge der beiden Polizisten verlassen hatte, wurde Erlendur gesagt, dass Ösp im dritten Stock arbeitete. Er nahm den Aufzug nach oben. Auf der dritten Etage angekommen, sah er, wie sie aus einem Zimmer kam und ein Gestell mit schmutziger Wäsche vor sich herschob. Sie war ganz in ihre Arbeit vertieft. Sie nahm ihn erst wahr, als er zu ihr hinging und sie anredete. Sie erkannte ihn sofort.

»Du schon wieder?«, sagte sie desinteressiert.

Sie wirkte fast noch müder und bedrückter als seinerzeit in der Kantine. Erlendur dachte bei sich, dass auch in ihrem Leben Weihnachten offensichtlich keine Zeit des Frohsinns zu sein schien. Bevor er sich versah, hatte er sie danach gefragt.

»Geht dir Weihnachten auf die Nerven?«

Sie antwortete ihm nicht, sondern schob das Putzgestell zur nächsten Tür, klopfte dort an und wartete eine Weile, bevor sie den Schlüssel nahm und aufschloss. Bevor sie hineinging, rief sie etwas ins Zimmer, falls jemand ihr Klopfen überhört haben sollte, und begann dann mit dem Aufräumen. Sie machte das Bett, sammelte die Handtücher im Badezimmer vom Boden auf und besprühte den Spiegel mit Glasreiniger. Erlendur folgte ihr ins Zimmer und beobachtete sie bei der Arbeit. Erst nach einer ganzen Weile schien ihr bewusst zu werden, dass er immer noch da war.

»Du darfst nicht mit ins Zimmer kommen«, sagte sie. »Das ist privat.«
»Zimmer 212 eine Etage tiefer gehört zu deinem Arbeitsbereich«, sagte Erlendur. »Das gehört einem spleenigen Engländer, Henry Wapshott. Hast du etwas Ungewöhnliches in seinem Zimmer bemerkt?«
Sie schaute ihn an, als verstünde sie nicht so richtig, was er meinte.
»Wie beispielsweise ein blutiges Messer?«, fragte er und versuchte zu lächeln.
»Nein«, sagte Ösp. »Nichts.« Sie überlegte. »Was für ein Messer? Hat er den Weihnachtsmann umgebracht?«
»Ich kann mich nicht erinnern, wie du das neulich ausgedrückt hast, als wir miteinander geredet haben, aber du hast irgendwie gesagt, dass einige der Gäste versuchen, euch zu betatschen. Ich hatte den Eindruck, dass du über sexuelle Belästigungen geredet hast. War er einer von denen?«
»Nein. Ich habe ihn nur einmal gesehen.«
»Und war da nichts ...«
»Er ist total ausgerastet«, sagte sie. »Als ich ins Zimmer kam.«
»Ausgerastet?«
»Ich habe ihn gestört, und er hat mich rausgeschmissen. Ich hab mich dann unten erkundigt, was hier eigentlich abging, und es stellte sich heraus, dass er bei der Rezeption speziell darum gebeten hatte, dass in seinem Zimmer unter gar keinen Umständen sauber gemacht werden sollte. Mir hat aber niemand was gesagt. Es redet sowieso nie einer von diesem bescheuerten Pack hier mit einem. Deswegen bin ich zu ihm hinein, und als er mich sah, rastete er komplett aus, ging auf mich los, der Idiot, schrie mich an. Als hätte ich hier im Hotel irgendwas zu sagen. Er hätte lieber den Hotelmanager anscheißen sollen.«
»Er ist ziemlich merkwürdig.«

»Ein richtiges Arschloch.«
»Ich meine diesen Wapshott.«
»Ja, beide.«
»Dir ist also nichts Ungewöhnliches bei ihm aufgefallen?«
»In dem Zimmer herrschte Chaos, aber das ist nichts Ungewöhnliches.«
Ósp legte eine Pause ein, blieb einen Augenblick vor Erlendur stehen und schaute ihn an.
»Hast du irgendwas herausgefunden? In Bezug auf den Weihnachtsmann, meine ich?«
»Wenig«, sagte Erlendur. »Warum?«
»Das ist ein komisches Hotel«, erklärte Ósp, senkte die Stimme und spähte auf den Flur hinaus.
»Komisch?« Erlendur hatte das Gefühl, als hätte sie ein wenig von ihrer Selbstsicherheit verloren. »Hast du Angst vor etwas? Etwas hier im Hotel?«
Ósp antwortete ihm nicht.
»Hast du Angst, den Job zu verlieren?«
Sie blickte Erlendur an.
»Ha, genau, das hier ist echt so ein Job, den man auf gar keinen Fall verlieren möchte.«
»Was meinst du denn sonst?«
Ósp zögerte, schien aber auf einmal eine Entscheidung getroffen zu haben. Als wäre das, was sie zu sagen hatte, eigentlich nicht wert, sich darüber den Kopf zu zerbrechen.
»Die lassen eine Menge mitgehen in der Küche«, sagte sie. »Und zwar so richtig. Ich glaube, die haben schon seit Jahren nicht mehr was für sich privat eingekauft.«
»Klauen?«
»Alles, was nicht niet- und nagelfest ist.«
»Wer sind die?«
»Erzähl keinem, dass du das von mir hast. Der Chefkoch. Der auf jeden Fall.«

»Wieso weißt du das?«

»Gulli hat's mir gesagt. Der wusste genau Bescheid, was hier im Hotel ablief.«

Erlendur erinnerte sich daran, wie er die Rinderzunge unerlaubterweise vom Büfett stibitzt und der Chefkoch ihn dabei beobachtet und zusammengestaucht hatte.

»Wann hat er dir davon erzählt?«

»Irgendwann vor zwei Monaten oder so.«

»Und was dann? War er deswegen besorgt? Wollte er das melden? Warum hat er dir das erzählt? Ich dachte, du hättest ihn überhaupt nicht gekannt?«

»Ich habe ihn nicht gekannt.« Ösp schwieg eine Weile. »Die wollten mich da in der Küche provozieren und sind mir auf die ordinäre Tour gekommen. ›Wie schaut's denn da drinnen bei dir aus?‹, und so was. Echt das Ätzendste, was sich solche Schwachköpfe einfallen lassen können. Gulli hat das mitgekriegt und mit mir geredet. Er hat mir gesagt, ich bräuchte mir keine Sorgen zu machen, das wären alles Diebe, und er könnte die ganze Sache jederzeit auffliegen lassen, wenn er wollte.«

»Hat er gedroht, dass er sie hochgehen lassen würde?«

»Er hat nicht gedroht«, sagte Ösp. »Er hat das bloß so gesagt, um mir irgendwie den Rücken zu stärken.«

»Was klauen die denn?«, fragte Erlendur. »Hat er das gesagt?«

»Er hat gesagt, der Hotelmanager wüsste davon, würde aber nichts unternehmen, weil er selber auch klaut. Er kauft geschmuggelten Alkohol für die Bar. Das hat Gulli auch gesagt. Auch der Oberkellner steckt da mit drin.«

»Hat Guðlaugur das wirklich gesagt?«

»Und den Differenzbetrag stecken sie in die eigene Tasche.«

»Warum hast du mir nichts davon erzählt, als ich das erste Mal mit dir gesprochen habe?«

»Meinst du, dass es wichtig ist?«
»Könnte schon sein.«
Ösp zuckte mit den Achseln.
»Woher soll ich das wissen? Ich war irgendwie so komplett daneben, nachdem ich ihn gefunden hatte. Guðlaugur, meine ich. Mit dem Kondom, und mit den Messerstichen.«
»Hast du da unten bei ihm Geld gesehen?«
»Geld?«
»Ihm war kurz zuvor eine ganz anständige Summe überreicht worden, aber ich weiß nicht, ob das Geld noch bei ihm war, als er angegriffen wurde.«
»Ich habe keine einzige Krone gesehen.«
»Nein«, sagte Erlendur. »Du hast nicht zufällig das Geld genommen, als du ihn gefunden hast?«
Ösp unterbrach ihre Arbeit und stemmte die Hände in die Hüften.
»Willst du damit sagen, dass ich das Geld geklaut haben soll?«
»So was soll schon mal vorgekommen sein.«
»Glaubst du echt, dass ...«
»Hast du es genommen?«
»Nein.«
»Du hättest die Möglichkeit gehabt.«
»Oder der, der ihn umgebracht hat.«
»Das ist richtig«, sagte Erlendur.
»Ich habe nicht eine müde Krone gesehen.«
»Na schön, ist schon in Ordnung.«
Ösp fuhr fort zu putzen. Spritzte Klosettreiniger in die Schüssel und hantierte mit der Klobürste herum, als wäre Erlendur überhaupt nicht anwesend. Er beobachtete sie noch eine Weile bei der Arbeit und bedankte sich dann bei ihr.
»Was hast du damit gemeint, als du gesagt hast, du hättest

ihn gestört?«, fragte er und hielt in der Tür inne. »Henry Wapshott. Du bist ja wohl kaum bis ins Zimmer gekommen, wenn du dich so angemeldet hast wie eben.«

»Er hat mich nicht gehört.«

»Was hat er gemacht?«

»Ich weiß nicht, ob ich das …«

»Es bleibt unter uns.«

»Er hat ferngesehen«, sagte Ösp.

»Das wäre ihm wohl peinlich gewesen, wenn sich das herumgesprochen hätte«, flüsterte Erlendur im Verschwörerton.

»Also ich meine, das war ein Video. Ein Pornofilm, echt widerlich.«

»Zeigt ihr hier im Hotel Pornofilme?«

»Nicht solche Filme, die sind überall verboten.«

»Solche Filme?«

»Das war ein Porno mit Kindern. Ich habe es dem Hotelmanager erzählt.«

»Ein Kinderporno? Was?«

»Wie? Soll ich dir das etwa beschreiben?«

»An welchem Tag war das?«

»Total pervers!«

»Wann war das?«

»An dem Tag, als ich Gulli gefunden habe.«

»Was hat der Hotelmanager unternommen?«

»Gar nichts«, sagte Ösp. »Er hat gesagt, ich solle ja die Schnauze halten.«

»Weißt du, wer Guðlaugur war?«

»Was meinst du eigentlich? Er war Portier. War er sonst noch was?«

»Ja, als Kind. Er war Chorknabe und hatte eine wunderschöne Stimme. Ich habe eine Schallplatte von ihm gehört.«

»Chorknabe?«

»Eigentlich war er ein Kinderstar. Aber dann ging in seinem Leben so ziemlich alles schief. Er kam in die Pubertät, und da war alles mit einem Mal vorbei.«

»Das wusste ich nicht.«

»Nein, Guðlaugur war völlig in Vergessenheit geraten«, sagte Erlendur.

Sie schwiegen eine Weile. Geraume Zeit verstrich.

»Geht dir Weihnachten auf die Nerven?«, fragte Erlendur noch einmal. Es war, als hätte er einen Leidensgenossen gefunden.

Sie wandte sich ihm zu.

»Weihnachten ist nur was für glückliche Menschen.«

Erlendur schaute Ösp an, und ein kleines schiefes Lächeln huschte über sein Gesicht.

»Du würdest dich gut mit meiner Tochter verstehen«, sagte er und fischte nach seinem Handy.

Sigurður Óli fiel aus allen Wolken, als Erlendur ihn darüber informierte, dass Guðlaugur wahrscheinlich in seinem Kabuff eine ordentliche Summe Geld liegen gehabt hatte. Sie überlegten, ob man Wapshotts Aussage, dass er zur Tatzeit angeblich in den Sammlerläden gewesen war, überprüfen müsste. Sigurður Óli stand gerade vor Wapshotts Zelle, als Erlendur anrief, und er schilderte anschaulich, wie dem Engländer die Speichelprobe entnommen wurde.

Die Zelle, in der er sich befand, hatte schon eine ganze Reihe von Straftätern beherbergt, angefangen bei harmlosen Pennern bis hin zu Gewalttätern und Mördern, die die Wände bemalt oder Kommentare über ihre erbärmliche Unterkunft in den Putz geritzt hatten. In der Zelle befanden sich eine Toilettenschüssel und eine Liege, die fest angeschraubt war. Auf der Liege lagen eine dünne Matratze und ein hartes Kopfkissen. Die Zelle war fensterlos, aber oben

an der Decke war eine gleißende Neonröhre angebracht, die nie ausgeschaltet wurde, sodass die Gefangenen keine Orientierung hatten, ob es Tag oder Nacht war.
Henry Wapshott stand stocksteif vor der Wand, die sich gegenüber der schweren Stahltüre befand. Zwei Wärter hielten ihn fest. Elínborg und Sigurður Óli waren ebenfalls in der Zelle, mit der gerichtlichen Anordnung für die Speichelprobe in der Hand. Valgerður war mit ihren Baumwollstäbchen gekommen, um ihm die Probe zu entnehmen.
Wapshott starrte sie an, als sei der Leibhaftige höchstpersönlich erschienen, um ihn in die finstersten Abgründe der Höllenqualen zu stürzen. Die Augen drohten ihm aus dem Kopf zu springen, und er drehte und wendete sich in alle Richtungen, um Valgerður zu entgehen. Egal, was für Tricks sie anwandten, er war nicht dazu zu bewegen, seinen Mund zu öffnen.
Zum Schluss wurde er gepackt und zu Fall gebracht. Sie hielten ihm die Nase zu, bis er kapitulierte und den Mund zum Atmen öffnete. Valgerður sah ihre Chance gekommen und steckte ihm das Baumwollstäbchen in den Rachen, bis er anfing zu würgen, dann zog sie es blitzschnell zurück.

Neunzehn

Als Erlendur auf seinem Weg in die Küche wieder die Lobby passierte, sah er Marian Briem an der Rezeption stehen, in abgewetztem Mantel, Hut auf dem Kopf, die Finger trommelten auf das Holz. Sie begrüßten sich kurz und gingen in den Speisesaal, wo sie Platz nahmen. Erlendur stellte fest, dass die Jahre an seinem ehemaligen Boss nicht spurlos vorübergegangen waren, aber die Augen waren immer noch genauso wach und fragend wie früher. Und wie immer wurde nicht um die Sache herumgeredet.

»Du siehst furchtbar aus«, sagte Marian und setzte sich. »Mit was quälst du dich eigentlich herum?« Ein Zigarillo wurde zusammen mit einer Streichholzschachtel aus dem Mantel gekramt.

»Hier ist es wohl verboten zu rauchen«, sagte Erlendur.

»Rauchen ist nirgendwo mehr gestattet«, sagte Marian und zündete mit gequälter Miene den Zigarillo an. Die Haut war grau und schlapp und faltig. Farblose Lippen spitzten sich um den Zigarillo. Knochige Finger mit blutleeren Nägeln griffen wieder danach, nachdem die Lungen das ihre bekommen hatten.

Obwohl sie auf eine lange und ereignisreiche Zusammenarbeit zurückblicken konnten, hatten sie sich niemals richtig angefreundet. Marian hatte viele Jahre lang die Regie geführt und versucht, Erlendur in seine Disziplin einzuweisen. Erlendur war störrisch gewesen und hatte sich mit dem Entgegennehmen von Anweisungen und Befehlen schwer getan. Er ertrug keine Vorgesetzten, auch heute noch nicht. Es war Marian Briem damals sauer aufgestoßen und entsprechend oft zu Auseinandersetzungen gekommen, aber Marian wusste, was für ein hervorragender Mitarbeiter Erlendur war, nicht zuletzt deswegen, weil er keine Familie hatte und somit privat kaum eingespannt war. Sein Leben bestand nur aus Arbeit. Marian Briem hatte immer allein gelebt und war in der gleichen Situation.

»Gibt's was Neues bei dir?«, fragte Marian und paffte am Zigarillo.

»Nein«, sagte Erlendur.

»Geht dir Weihnachten auf die Nerven?«

»Ich habe keine Ahnung, was dieses Theater mit Weihnachten soll«, sagte Erlendur abwesend, schaute zur Küche und hielt Ausschau nach der weißen Mütze.

»Nein«, sagte Marian. »Zu viel an Freude und Glück, könnte ich mir vorstellen. Warum schaffst du dir nicht eine Frau an? Du bist doch noch nicht so alt. Es gibt jede Menge Frauen, die sich durchaus vorstellen können, so einen Griesgram wie dich zu umsorgen, soviel steht fest.«

»Ich hab's probiert«, sagte Erlendur. »Hast du was herausge...?«

»Meinst du vielleicht deine Ex-Frau?«

Erlendur hatte nicht vor, sich über sein Privatleben auszulassen.

»Hör auf«, sagte er.

»Ich habe gehört, dass ...«

»Ich habe gesagt, du sollst damit aufhören«, sagte Erlendur ärgerlich.

»In Ordnung«, erwiderte Marian Briem. »Es geht mich nichts an, was du mit deinem Leben machst. Ich weiß bloß, dass Einsamkeit zermürbend ist.« Marian verstummte für einen Moment. »Aber du hast natürlich deine Kinder ...?«

»Lassen wir das«, sagte Erlendur. »Du bist …« Weiter kam er nicht.
»Was bin ich?«
»Was willst du hier überhaupt? Konntest du nicht anrufen?«
Marian schaute Erlendur an, und ein Lächeln schien über das Gesicht zu huschen.
»Ich habe gehört, dass du dich hier im Hotel einquartiert hast. Dass du sogar an Weihnachten nicht nach Hause gehst. Was ist los mit dir? Warum gehst du nicht nach Hause?«
Erlendur antwortete nicht.
»Langweilst du dich so mit dir selbst?«
»Können wir bitte über etwas anderes reden?«
»Ich kenne das Gefühl, wenn man sich selber satt hat. Dieses unangenehme Ich, das man ist und das einem ständig im Kopf herumspukt und einen mit seiner altbekannten Leier piesackt. Eine Zeit lang klappt's vielleicht, sich selbst zu belügen und glücklich zu sein, aber dann kommt es wieder, und alles fängt von vorne an. Man kann versuchen, es mit Alkohol zu betäuben, oder irgendwo anders hingehen. Im Hotel übernachten, wenn es unerträglich wird.«
»Marian«, bat Erlendur, »lass mich in Ruhe.«
»Wer Platten mit Guðlaugur Egilsson besitzt«, erklärte Marian Briem und kam endlich zur Sache, »der hat ausgesorgt.«
»Wie kommst du darauf?«
»Die sind heutzutage ein Vermögen wert. Es existieren nur sehr wenige, und diejenigen, die schon welche besitzen oder aus irgendwelchen Gründen von ihnen gehört haben, sind bereit, Unsummen dafür zu bezahlen. Guðlaugurs Platten sind eine absolute Rarität in Sammlerkreisen.«
»Was für Unsummen? Zigtausende?«

»Sogar Hunderttausende«, sagte Marian Briem. »Für jedes einzelne Exemplar.«
»Hunderttausende? Das kann nicht dein Ernst sein.« Erlendur richtete sich auf. Er dachte an Henry Wapshott, wusste, weswegen er nach Island gekommen war und Guðlaugur aufgesucht hatte. Er war auf der Jagd nach seinen Platten. Es war keineswegs nur seine Begeisterung für Chorknaben gewesen, was sein Interesse geweckt hatte, wie Wapshott ihm weismachen wollte. Erlendur begriff, warum er Guðlaugur aufs Geratewohl eine halbe Million in die Hand gedrückt hatte.
»Soweit ich feststellen kann, wurden insgesamt nur zwei Platten mit dem Jungen herausgegeben«, sagte Marian Briem. »Und das, was sie so wertvoll macht, jetzt mal abgesehen von dem außergewöhnlichen Gesangstalent des Jungen, ist, dass die Auflage klein war und kaum verkauft wurde. Es gibt heutzutage nicht viele, die diese Platten besitzen.«
»Spielt der Gesang selber gar keine Rolle?«
»Doch, ich glaube schon, aber trotzdem ist es in der Regel so, dass die Qualität der Musik und die Qualität der Einspielung die untergeordnete Rolle spielen. Es geht mehr um die Einmaligkeit der Einspielung. Die Musik kann scheußlich sein, aber wenn es der richtige Solist zur richtigen Zeit mit dem richtigen Lied beim richtigen Plattenproduzenten ist, dann kann der Wert unbegrenzt steigen. Es wird nicht in erster Linie nach dem künstlerischen Gehalt gefragt.«
»Was wurde aus der Auflage? Konntest du da etwas in Erfahrung bringen?«
»Es lassen sich keine alten Bestände finden. Die sind im Laufe der Zeit in Vergessenheit geraten oder vielleicht sogar einfach weggeworfen worden. Groß waren sie nicht, vielleicht ein paar hundert Platten. Die Platten sind in ers-

ter Linie deswegen so teuer, weil es nur ein paar Exemplare auf der ganzen Welt zu geben scheint. Hinzu kommt, dass die Karriere des Jungen extrem kurz war; außer diesen beiden Platten, die im gleichen Jahr aufgenommen wurden, gibt es nichts. Wenn ich richtig verstanden habe, ist er in den Stimmbruch gekommen und hat nie wieder gesungen.«

»Das passierte dem Ärmsten ausgerechnet auf einem Konzert«, sagte Erlendur. »Die Stimme ist gekippt.«

»Und Jahrzehnte später wird er ermordet aufgefunden.«

»Falls der Wert dieser Platten Hunderttausende beträgt …«

»Ja?«

»… ist das nicht Grund genug, ihn umzubringen? Von den Platten haben wir jeweils ein Exemplar in seinem Kabuff gefunden. Sonst befand sich eigentlich überhaupt nichts in dem Zimmer.«

»Dann hat derjenige, der ihn erstochen hat, wohl kaum gewusst, wie wertvoll sie sind«, sagte Marian Briem.

»Du meinst, sonst hätte er die Platten mitgehen lassen?«

»Wie sahen die aus?«

»Wie neu«, erwiderte Erlendur. »Die Plattenhülle völlig sauber und nicht zerknittert. Die Platten sind völlig unbeschädigt. Soweit ich sehen kann, sind sie nie zuvor gespielt worden …«

Er schaute Marian Briem an.

»Könnte es sein, dass Guðlaugur irgendwie in den Besitz der restlichen Auflage gekommen ist?«

»Warum nicht?«, sagte Marian Briem.

»Wir haben Schlüssel bei ihm gefunden, von denen wir nicht wissen, wozu sie gehören. Wo könnte er das Zeug wohl aufbewahrt haben?«

»Es muss ja nicht die gesamte Auflage sein, vielleicht nur ein Teil davon. Wer sonst außer dem Chorknaben selbst sollte das Zeug besitzen?«

»Ich weiß es nicht«, sagte Erlendur. »Wir haben einen Sammler in Gewahrsam, der extra aus England angereist ist, um Guðlaugur zu treffen. Ein dubioser Zeitgenosse, der versucht hat, uns zu entwischen und nach eigenen Aussagen den Chorknaben von einst verehrt. Er ist meines Wissens der Einzige, der darüber Bescheid weiß, was die Platten von Guðlaugur wert sind. Er sammelt Platten mit Chorknaben.«

»Tickt der noch richtig?«

»Sigurður Óli findet das gerade heraus«, sagte Erlendur. »Guðlaugur war Weihnachtsmann hier im Hotel«, fügte er hinzu, als habe der Weihnachtsmann im Hotel eine Planstelle gehabt.

Trotz seines hohen Alters musste Marian grinsen.

»Wir haben bei Guðlaugur einen Zettel gefunden, auf dem ›Henry‹ und die Uhrzeit ›18.30‹ stand, so, als wäre er zu diesem Zeitpunkt verabredet gewesen. Henry Wapshott behauptet, ihn am Tag vor dem Mord um halb sieben getroffen zu haben.«

Erlendur verstummte, tief in Gedanken versunken.

»Was grübelst du?«, fragte Marian.

»Wapshott hat mir gesagt, dass er Guðlaugur eine halbe Million Kronen gezahlt hat, um zu zeigen, dass es ihm ernst war mit dem Ankauf der Platten. Dieses Geld kann in dem Zimmer gewesen sein, als er überfallen wurde.«

»Meinst du damit, dass jemand über Wapshott und dessen Geschäfte mit Guðlaugur Bescheid gewusst hat?«

»Denkbar.«

»Auch ein Sammler?«

»Vielleicht. Ich weiß es nicht. Wapshott benimmt sich verdächtig. Ich weiß, dass er uns irgendwas verheimlicht. Ob es mit ihm selbst oder mit Guðlaugur zu tun hat, kann ich nicht sagen.«

»Das Geld war natürlich verschwunden, als ihr Guðlaugur gefunden habt.«

»Ja.«
»Ich muss weiter«, sagte Marian und stand auf. Erlendur erhob sich ebenfalls. »Ich kann mich kaum einen halben Tag auf den Beinen halten. Es ist die Hölle, wenn Tag für Tag die Kräfte nachlassen. Wie geht's deiner Tochter?«
»Eva? Ich weiß nicht. Ich glaube, es geht ihr nicht gut.«
»Vielleicht solltest du zu Weihnachten mit ihr zusammen sein.«
»Ja, vielleicht.«
»Und wie steht's mit den Frauen?«
»Mensch, hör auf damit«, sagte Erlendur und musste an Valgerður denken. Er hätte sie gerne angerufen, aber er traute sich nicht. Was sollte er sagen? Was ging sie seine Vergangenheit an? Was ging andere sein Leben an? Völliger Blödsinn, sie einzuladen. Er wusste nicht, was da in ihn gefahren war.
»Ich habe gehört, dass du hier mit einer Frau zu Abend gegessen hast«, sagte Marian, »das ist ja, soweit bekannt, schon seit Jahrzehnten nicht mehr der Fall gewesen.«
»Von wem hast du das?«, fragte Erlendur wie vom Donner gerührt.
»Was für eine Frau ist das?«, fragte Marian zurück, ohne auf seine Frage einzugehen. »Mir wurde gesagt, dass sie gut aussah.«
»Es gibt keine Frau«, stieß Erlendur hervor und stapfte davon. Marian Briem schaute ihm nach und verließ grinsend und mit langsamen, vorsichtigen Schritten das Hotel.

Auf dem Weg von seinem Zimmer in die Lobby hatte Erlendur noch überlegt, wie er den Chefkoch auf vorsichtige Weise mit dem Vorwurf des Diebstahls konfrontieren könnte, aber das Gespräch mit Marian Briem hatte ihn innerlich aufgewühlt. Als er nun den Mann in der Küche auf die Seite zog, ließ er alles, was Höflichkeit hieß, beiseite.

»Du klaust hier also?«, sagte er ohne Umschweife. »Und all die anderen in der Küche auch? Ihr klaut hier alles, was nicht niet- und nagelfest ist?«

Der Chefkoch starrte ihn an.

»Was meinst du eigentlich?«

»Ich meine, dass der Weihnachtsmann erstochen wurde, weil er ganz genau über diese Klauerei hier im Hotel Bescheid wusste. Vielleicht wurde er erstochen, weil er genau wusste, wer dahinter steckt. Vielleicht hast du dich da in sein Kabuff unten im Keller geschlichen und ihn erstochen, damit er diese Geschichte nicht an die große Glocke hängt. Wie findest du diese Erklärung? Und außerdem hast du ihn ausgeraubt.«

Der Koch glotzte Erlendur an. »Du bist durchgeknallt«, sagte er schließlich ächzend.

»Klaust du aus der Küche?«

»Mit wem hast du geredet?«, fragte der Koch mit drohendem Unterton. »Wer lügt dir so die Hucke voll? War das jemand aus dem Hotel?«

»Hat man dir inzwischen die Speichelprobe entnommen?«

»Von wem hast du das?«

»Warum hast du dich gegen die Speichelprobe gewehrt?«

»Die wurde doch noch gemacht, zum Schluss. Ich glaube, du bist ein Volltrottel. Speichelproben von allen, die hier im Hotel arbeiten! Wozu? Um uns alle lächerlich zu machen? Und dann kommst du daher und nennst mich einen Dieb. Ich habe hier aus der Küche noch nicht mal so was wie einen Kohlkopf mitgehen lassen! Niemals! Wer lügt dir so was vor?«

»Falls der Weihnachtsmann etwas gegen dich in der Hand hatte und wusste, dass du ein Dieb bist, könnte es dann nicht sein, dass er versucht hat, dich zu erpressen? Beispielswei…«

»Jetzt reicht's aber!«, brüllte der Chefkoch. »War es dieser Zuhälter, der dir das aufgebunden hat?«

Erlendur war klar, dass sein Gegenüber jeden Moment ausrasten und womöglich handgreiflich werden würde. Der Koch war so dicht an ihn herangetreten, dass sich ihre Gesichter fast berührten.

»War das dieser verdammte Zuhälter?«, fauchte der Koch.

»Wer ist hier ein Zuhälter?«

»Dieser feiste Fettkloß von einem Manager«, stieß der Koch zwischen zusammengebissenen Zähnen hervor.

Erlendurs Handy klingelte. Sie fixierten einander mit zusammengekniffenen Augen, keiner von beiden war bereit nachzugeben. Schließlich holte Erlendur das Handy aus der Tasche. Schäumend vor Wut wandte sich der Koch von ihm ab.

Der Leiter der Spurensicherung war am Apparat.

»Es ist wegen des Speichels an dem Kondom«, erklärte er, nachdem er seinen Namen genannt hatte.

»Ja«, sagte Erlendur. »Habt ihr die zugehörige Person schon gefunden?«

»Nein, das wird bestimmt noch eine Weile dauern. Aber wir haben sie uns genauer angeschaut, also die Zusammensetzung, und wir fanden unter anderem Tabakrückstände.«

»Tabak? Meinst du, der Täter war Raucher?«

»Nein, eigentlich mehr im Sinne von Kauresten.«

»Kauresten?«

»Die chemische Zusammensetzung. Früher konnte man so was in Tabakläden bekommen, aber ich bin mir nicht sicher, ob das überhaupt noch verkauft werden darf. Wir werden dem nachgehen. Die Leute schieben das unter die Lippe, entweder lose oder in kleinen Gazebeutelchen, du musst das doch kennen.«

Der Koch trat gegen eine Schranktür und ließ eine Schimpfkanonade vom Stapel.
»Du meinst also Kautabak«, sagte Erlendur. »Gibt es Reste von Kautabak in dem Speichel am Kondom?«
»Genau«, sagte der Abteilungsleiter.
»Und was bedeutet das?«
»Derjenige, der mit dem Weihnachtsmann zusammen war, benutzt Kautabak.«
»Bringt uns das weiter?«
»Nein. Noch nicht. Ich dachte bloß, du würdest das wissen wollen. Und dann noch etwas. Du hast nach dem Kortisol im Speichel gefragt. »
»Ja.«
»Gemessen wurde nicht viel, es war eigentlich ganz normal.«
»Und was sagt uns das? Alles war also friedlich?«
»Falls viel Kortisol gemessen wird, ist der Blutdruck wegen Spannung oder Belastung gestiegen. Wer auch immer mit dem Portier zusammen gewesen ist, war die ganze Zeit völlig gelassen. Keine Spannung. Er hat keine Angst vor nichts gehabt.«
»Bis dann aber etwas passierte«, sagte Erlendur.
»Ja«, sagte der Abteilungsleiter. »Bis dann etwas passierte.«
Sie beendeten das Gespräch. Erlendur steckte das Telefon wieder in die Tasche. Der Chefkoch stand da und starrte ihn an.
»Weißt du, ob irgendjemand hier im Hotel Kautabak verwendet?«, fragte Erlendur.
»Leck mich am Arsch!«, schrie der Koch.
Erlendur holte tief Atem, nahm die Hände vors Gesicht und rieb es müde. Im Geiste sah er plötzlich die tabakgeschädigten Zähne von Henry Wapshott vor sich.

Zwanzig

Erlendur fragte in der Rezeption nach dem Hotelmanager und erfuhr, dass er momentan nicht im Haus sei. Der Chefkoch weigerte sich, genauer zu erläutern, warum er den Manager einen Zuhälter genannt hatte, als die Rede auf »diesen verdammten, feisten Fettkloß« kam. Erlendur war noch nie einem derartig cholerischen Menschen begegnet; ihm war klar, dass dem Koch in seiner Wut irgendetwas herausgerutscht war, was er eigentlich nicht hatte sagen wollen. Erlendur wusste im Augenblick aber nicht so recht weiter, denn aus seinem Gegenüber war nichts anderes herauszuholen als Ausflüchte und Verwünschungen. Um den Heimvorteil, den dieser in der Küche hatte, etwas auszugleichen, aber hauptsächlich, um seine Wut noch mehr zu steigern, erwägte Erlendur, vier uniformierte Polizisten ins Hotel zu beordern, den Koch abführen und zur Vernehmung ins Dezernat an der Hverfisgata bringen zu lassen. Er spielte eine Weile mit dem Gedanken, beschloss dann aber, davon abzusehen.

Stattdessen fuhr er hoch zu Henry Wapshotts Zimmer. Er brach das Polizeisiegel, das sich an der Tür befand. Die Leute von der Spurensicherung hatten darauf geachtet, alles an seinem Platz zu belassen. Erlendur stand lange Zeit unbeweglich da und blickte sich um. Er suchte nach irgendwelchen Verpackungen für Kautabak.

Es war ein Doppelzimmer mit zwei Betten, beide waren nicht gemacht, so als hätte Wapshott entweder in beiden geschlafen, oder es hatte noch jemand hier übernachtet. Auf einem Tisch stand ein alter Plattenspieler, der mit einem Verstärker und zwei kleinen Lautsprechern verbunden war, und auf einem anderen Tisch stand ein kleiner Fernseher mit einem Videogerät. Daneben lagen zwei Videokassetten. Erlendur legte die eine ein und schaltete den Fernseher ein, machte aber sofort wieder aus, als er die ersten Bilder gesehen hatte. Ösp hatte Recht gehabt mit den Pornos.

Er öffnete die Nachttischschubladen und untersuchte den Koffer genau, Kautabak fand er nirgends. Er warf einen Blick in den Papierkorb, aber der war leer.

»Elínborg hatte Recht«, sagte Sigurður Óli, der plötzlich im Zimmer stand.

Erlendur drehte sich um.

»Was meinst du?«, fragte er.

»Die Engländer haben endlich ein paar Informationen über ihn rübergeschickt«, sagte Sigurður Óli und blickte sich um.

»Ich suche nach Kautabak. Sie haben so was in der Art an dem Kondom gefunden.«

»Ich glaube, ich weiß, warum er keine Verbindung zu seiner Botschaft oder zu einem Rechtsanwalt aufnehmen wollte und darauf hofft, dass sich das einfach so erledigt«, sagte Sigurður Óli, und er berichtete kurz, was der englischen Polizei über den Plattensammler vorlag.

Henry Wapshott, unverheiratet und kinderlos, kam 1938, kurz vor Ausbruch des Zweiten Weltkriegs, in London zur Welt. Seine Familie väterlicherseits besaß einige wertvolle Immobilien mitten in der City. Einige der Gebäude waren im Zweiten Weltkrieg zerstört worden, und auf den Grundstücken hatte man solide Wohnhäuser und Bürogebäude errichtet, die erhebliche Einkünfte garantierten. Wapshott hatte nie seinen Lebensunterhalt verdienen müssen. Er war Einzelkind und besuchte die besten Schulen, Eaton und Oxford, schloss aber sein Universitätsstudium nie ab. Als sein Vater starb, übernahm er die Firma, aber im Gegensatz zu seinem alten Herrn hatte er keinerlei Interesse, sich um den Hausbesitz zu kümmern, und bald ließ er sich nur noch auf den allerwichtigsten Sitzungen blicken, bis er auch damit aufhörte und die Abwicklung ganz und gar seinen Geschäftsführern überließ.

Er hatte zeit seines Lebens im elterlichen Haus gewohnt, und bei den Nachbarn galt er als spleeniger Einzelgänger, zwar zuvorkommend und höflich, aber wortkarg und unzugänglich. Plattensammeln war sein einziges Interesse, er füllte das Haus mit Schallplatten, die er aus Nachlässen oder auf Schallplattenmessen aufkaufte. Wegen seiner Sammelleidenschaft reiste er viel. Angeblich besaß er eine der größten Plattensammlungen in England.

Er war zweimal mit dem Gesetz in Konflikt geraten und gehörte zu denjenigen Sexualstraftätern, die die englische Polizei ständig im Visier behielt. Beim ersten Mal war er angeklagt und verurteilt worden, weil er einen zwölfjährigen Jungen vergewaltigt hatte. Der Junge wohnte in Wapshotts Nachbarschaft, sie hatten sich durch das gemeinsame Interesse an Schallplatten kennen gelernt. Der Vorfall ereignete sich in Wapshotts Elternhaus. Als seine Mutter davon erfuhr, erlitt sie einen Nervenzusammenbruch; der Fall wurde in den englischen Zeitungen, vor allem in der Regenbogenpresse, breitgetreten. Wapshott, der den privilegierten Schichten angehörte, war als Unmensch in aller Munde. Bei der polizeilichen Ermittlung stellte sich heraus, dass er gewohnt war, Jungen und junge Männer großzügig für diverse sexuelle Dienstleistungen zu bezahlen.

Als er aus dem Gefängnis kam, war seine Mutter gestorben. Er verkaufte sein Elternhaus und zog in einen anderen Stadtteil. Einige Jahre später kam er wieder in die Schlagzeilen, als zwei Jungen im Konfirmationsalter aussagten, dass Henry Wapshott ihnen Geld dafür angeboten hatte, sich vor ihm auszuziehen. Außerdem lag wieder eine Anzeige wegen Vergewaltigung gegen ihn vor. Als die Sache hochkam, befand sich Wapshott in Baden-Baden und wurde in Brenner's Park Hotel & Spa festgenommen.

Es gelang nicht, ihm diese zweite Vergewaltigung nachzuweisen, und Wapshott verließ das Land; er zog nach Thailand, behielt aber seine britische Staatsbürgerschaft, denn seine Plattensammlung ließ er in England und kam häufig zu Sammelzwecken zurück. Er verwendete seitdem den Namen seiner Mutter, Wapshott, aber sein richtiger Name war Henry Wilson. In England war er nicht mehr mit dem Gesetz in Konflikt gekommen, seit er das Land verlassen hatte, aber über seinen Aufenthalt in Thailand war so gut wie nichts bekannt.

»Kein Wunder, dass er inkognito bleiben wollte«, sagte Erlendur, als Sigurður Óli seinen Bericht beendet hatte.

»Scheint wirklich Abschaum zu sein«, sagte Sigurður Óli. »Man kann sich vorstellen, warum er nach Thailand gezogen ist.«

»Gegen ihn liegt also derzeit nichts vor?«, fragte Erlendur. »Bei der englischen Polizei?«

»Nein, die sind bestimmt heilfroh, ihn los zu sein«, sagte Sigurður Óli. »Elínborg hat Recht gehabt.«

»Wie war das noch?«

»Dass Henrys Interesse an Guðlaugur, das heißt, an dem Chorknaben Guðlaugur und nicht an dem Weihnachtsmann, sexueller Natur gewesen ist. Sie hat uns verklemmte Mönche genannt, weil wir nicht mit ihrer Phantasie mitkamen.«

»Mit anderen Worten, Henry ist da unten bei ihm gewesen und hat ihn umgebracht? Den Chorknaben, den er verehrte? Klingt das nicht trotzdem irgendwie widersinnig?«

»Ich krieg sowieso keinen Sinn in das Ganze«, sagte Sigurður Óli. »Ich begreife Kerle mit solchen perversen Interessen einfach nicht, ich weiß bloß, dass es das Abartigste ist, was man sich vorstellen kann.«

»Angesehen hat man ihm das nicht, so auf den ersten Blick«, sagte Erlendur und nippte an einem grünen Chartreuse, den er inzwischen bestellt hatte.

»Denen sieht man nie was an, diesen perversen Päderasten«, sagte Sigurður Óli.

Sie waren wieder ins Erdgeschoss gegangen und hatten in der kleinen Bar Platz genommen. An der Theke herrschte Hochbetrieb. Die ausländischen Hotelgäste waren aufgekratzt und unterhielten sich mit geröteten Wangen lautstark über das, was sie tagsüber alles gesehen und erlebt hatten. Man sah ihnen an, dass sie mit ihrem Aufenthalt im winterlichen Island sehr zufrieden waren.

»Hast du herausgefunden, ob Guðlaugur irgendwelche Bankkonten hatte?«, fragte Erlendur. Er zündete sich eine Zigarette an und stellte mit einem kurzen Blick fest, dass er der Einzige in der Bar war, der rauchte.

»Ich bin dabei«, sagte Sigurður Óli und nahm einen Schluck Bier.

Elínborg erschien im Eingang zur Bar, und Sigurður Óli winkte ihr zu. Sie nickte und zwängte sich zu ihnen zur Theke durch, bestellte sich ein großes Bier und setzte sich. Sigurður Óli informierte Elínborg in knappen Worten darüber, was die englische Polizei in Bezug auf Wapshott zu berichten hatte. Sie konnte sich ein Lächeln nicht verkneifen.

»Da habe ich also haarscharf ins Schwarze getroffen.«

»Womit?«
»Damit, dass sein Interesse an Chorknaben mit Sex zu tun hat. Und sein Interesse an Guðlaugur genauso.«
»Meinst du, dass er und Guðlaugur da unten rumgemacht haben?«
»Vielleicht wurde Guðlaugur dazu gezwungen. Und irgendjemand hatte ein Messer dabei.«
»Mein Gott, dass man sich zu Weihnachten über so was den Kopf zerbrechen muss«, stöhnte Elínborg.
»Nicht gerade appetitlich«, sagte Erlendur und leerte sein Glas Chartreuse. Er hätte gern noch eins getrunken, er schaute auf die Uhr. Im Büro wäre jetzt Dienstschluss angesagt. Der Betrieb an der Bar hatte etwas nachgelassen, und Erlendur gab dem Barkeeper ein Zeichen.
»Das hieße, es wären mindestens zwei da unten bei ihm gewesen, denn schließlich schaffst du es kaum, jemanden zu bedrohen, wenn du bei so einer Beschäftigung vor jemandem kniest«, bemerkte Sigurður Óli. Er schaute zu Elínborg hinüber, weil er glaubte, dass er vielleicht zu weit gegangen war.
»Das wird ja immer besser«, sagte Elínborg.
»Die Spekulatius verlieren wohl etwas an Geschmack«, sagte Erlendur.
»Okay, aber warum geht er mit dem Messer auf Guðlaugur los?«, fuhr Sigurður Óli fort. »Und zwar nicht nur einmal, sondern mehrmals. Als hätte er die Kontrolle über sich verloren. Falls es Henry war, der über ihn hergefallen ist, muss da im Keller etwas vorgefallen oder gesagt worden sein, wodurch dieser perverse Brite völlig ausgerastet ist.«
Der Barkeeper kam, und Erlendur wollte eine weitere Runde bestellen, Elínborg und Sigurður Óli lehnten jedoch ab, indem sie auf die Uhr zeigten. Weihnachten rückte unerbittlich näher.

»Ich bin überzeugt, dass er da unten mit einer Frau zusammen war«, sagte Sigurður Óli.
»Die haben das Kortisol gemessen«, sagte Erlendur, »und das war völlig normal. Wer immer mit Guðlaugur zusammen war, kann schon weg gewesen sein, als er ermordet wurde.«
»Finde ich nicht sehr wahrscheinlich, wenn man bedenkt, wie wir ihn gefunden haben«, warf Elínborg ein.
»Wer auch immer mit ihm zusammen war, ist zu nichts gezwungen worden«, sagte Erlendur. »So viel steht, glaube ich, fest. Falls der Kortisolspiegel höher gewesen wäre, hätte es auf körperliche Erregung oder Spannung gedeutet.«
»Also war es eine Nutte«, sagte Sigurður Óli, »die schlicht und ergreifend ihrem Job nachging.«
»Können wir vielleicht über was anderes reden?«, bat Elínborg.
»Es kann sein, dass hier im Hotel geklaut wurde und dass der Weihnachtsmann davon wusste«, sagte Erlendur.
»Und deswegen ist er umgebracht worden?«, fragte Sigurður Óli.
»Ich weiß es nicht. Außerdem kann es sein, dass es hier in irgendeiner Form professionell organisierte Prostitution gibt, und zwar gedeckt vom Hotelmanager. Mir ist nicht ganz klar, wie das abläuft, aber das werden wir wohl mal unter die Lupe nehmen müssen.«
»Hat Guðlaugur irgendwas damit zu tun?«, fragte Elínborg.
»Wenn man bedenkt, wie er gefunden wurde, ist das keineswegs unwahrscheinlich«, sagte Sigurður Óli.
»Wie kommst du mit deinem Typen weiter?«, wandte sich Erlendur an Elínborg.
»Vor Gericht hat er keinen Ton von sich gegeben«, sagte Elínborg und trank einen Schluck Bier.

»Der Kleine hat immer noch nicht gegen seinen Vater ausgesagt, oder?«, fragte Sigurður Óli, der auch über den Fall informiert war.
»Schweigsam wie ein Grab, der arme Junge«, sagte Elínborg. »Und der verdammte Kerl hält sich an seine Aussage. Streitet rundheraus ab, über ihn hergefallen zu sein. Er hat natürlich zwei ausgezeichnete Rechtsanwälte.«
»Und muss der Kleine dann wieder zu ihm zurück?«
»Das kann gut sein.«
»Und was sagt der Junge?«, fragte Erlendur. »Will er wieder zu ihm zurück?«
»Das ist das Merkwürdigste an der ganzen Sache«, sagte Elínborg. »Er hängt immer noch an ihm. Man hat den Eindruck, dass er glaubt, er habe es verdient, bestraft zu werden.«
Sie schwiegen.
»Willst du wirklich über Weihnachten hier im Hotel bleiben, Erlendur?«, fragte Elínborg. In ihrer Stimme schwang ein vorwurfsvoller Unterton mit.
»Nein, ich werde wohl machen, dass ich nach Hause komme«, sagte Erlendur. »Eva will bei mir sein und geräuchertes Lammfleisch kochen.«
»Wie geht es ihr?«, fragte Elínborg.
»Na ja«, sagte Erlendur, »ganz gut, denke ich.« Er glaubte, dass sie es ihm ansehen konnten, dass er log. Sie kannten die Probleme nur zu gut, mit denen seine Tochter zu kämpfen hatte, kamen aber nur selten darauf zu sprechen. Sie wussten, dass er so wenig wie möglich darüber reden wollte, und sie fragten nie nach irgendwelchen Details.
»Morgen ist der Dreiundzwanzigste«, sagte Sigurður Óli. »Alles im grünen Bereich bei dir, Elínborg?«
»Nix ist im grünen Bereich«, seufzte Elínborg.
»Ich denke an diese Plattensammelei«, sagte Erlendur.
»Was ist damit?«, fragte Elínborg.

»Ist das nicht etwas, womit man schon als junger Mensch anfängt?«, sagte Erlendur. »Obwohl ich mich da nicht auskenne. Ich habe noch nie irgendwas gesammelt. Aber kommt das Interesse für so was nicht schon bei Kindern auf, wenn man Bilder von Schauspielern sammelt oder Modellflugzeuge, und natürlich Briefmarken und Kinoprogramme und Platten? Bei den meisten ist das nur eine vorübergehende Begeisterung, aber einige machen weiter und sammeln Bücher und Platten, bis an ihr Lebensende.«

»Willst du uns damit etwas sagen?«

»Ich denke über solche Plattensammler wie Wapshott nach, obwohl die meisten sicherlich nicht so pervers sind wie er. Ob diese Sammelei nicht so etwas wie ein Kindheitssyndrom ist. Ob es vielleicht mit dem Bedürfnis zu tun hat, etwas zu behalten, was sonst aus ihrem Leben verschwinden würde, was sie aber auf keinen Fall missen wollen. Ist Sammeln nicht ein Versuch, etwas aus der Jugend aufzubewahren? Etwas, was mit den Erinnerungen zu tun hat, die man unbedingt lebendig halten möchte und die man mit dieser Manie sozusagen hegt und pflegt.«

»Mit anderen Worten, Wapshotts Plattensammlung, diese Chorknaben, das hat also was mit einem Kindheitssyndrom zu tun«, sagte Elínborg.

»Und wenn sich dieses Kindheitssyndrom ihm auf einmal leibhaftig hier im Hotel präsentiert, dreht er durch?«, fragte Sigurður Óli. »Der Chorknabe ist zu einem alten Knacker geworden. Meinst du etwas in der Art?«

»Ich weiß es nicht.«

Erlendur betrachtete nachdenklich die Touristen an der Bar und bemerkte einen Mann mittleren Alters, mit asiatischen Zügen, der aber fließend Amerikanisch sprach. Er hatte eine funkelnagelneue Videokamera in der Hand und filmte damit seine Bekannten. Urplötzlich schoss ihm

der Gedanke durch den Kopf, dass es im Hotel Überwachungskameras geben könnte. Darum hatte er sich noch gar nicht gekümmert! Weder der Hotelmanager noch der Empfangschef hatten andererseits etwas darüber erwähnt. Er schaute Sigurður Óli und Elínborg an.
»Habt ihr euch danach erkundigt, ob es hier im Hotel Überwachungskameras gibt?«, fragte er.
Sie schauten einander an.
»Wolltest du das nicht machen?«, fragte Sigurður Óli zu Elínborg.
»Ich habe es vergessen«, erwiderte sie. »Ihr wisst, Weihnachten und das alles. Hab's total vergessen.«

Der Empfangschef schaute Erlendur an, schüttelte den Kopf und erklärte, dass man in diesem Hotel diesbezüglich eine klare Übereinkunft getroffen hatte. Es gäbe keine Überwachungskameras im Hotelgebäude, weder in der Lobby, in der Rezeption, den Aufzügen, den Fluren noch auf den Zimmern, vor allem nicht auf den Zimmern, selbstverständlich.
»Sonst hätten wir hier keine Gäste mehr«, sagte der Empfangschef ernst.
»Ja, das habe ich mir gedacht«, sagte Erlendur enttäuscht. Einen Augenblick lang hatte er die schwache Hoffnung gehabt, dass Überwachungskameras irgendetwas aufgezeichnet haben könnten. Etwas, das die bisherigen Berichte und Aussagen, die der Polizei vorlagen, in einem neuen Licht erscheinen ließ.
Er hatte sich schon umgedreht und wollte zurück in die Bar, als der Empfangschef ihm hinterherrief.
»Beim Südeingang gibt es eine Bankfiliale, auf der anderen Seite des Hauses. Dort sind Geschäfte und eine Bank, und von da kann man ins Hotel kommen. Die wenigsten Leute benutzen aber diesen Eingang. Die Bank hat bestimmt

solche Kameras, aber die zeigen wohl kaum etwas anderes als deren Kunden.«

Erlendur waren die Bank und der Souvenirladen schon zuvor aufgefallen, und er machte sich gleich auf den Weg dorthin. Die Filiale war aber bereits geschlossen. Er schaute hoch und sah ein fast unsichtbares Kameraauge über dem Eingang. Die Räume waren offensichtlich menschenleer. Er klopfte und rüttelte trotzdem an der gläsernen Tür, aber nichts rührte sich. Schließlich griff er zum Handy und verlangte, dass der Filialleiter ausfindig gemacht und geholt würde.

Solange Erlendur wartete, schaute er sich in dem Souvenirgeschäft um. Wo er auch hinschaute, völlig überzogene Preise. Teller mit Bildern von Gullfoss und Geysir, geschnitzte Thor-Skulptürchen, Schlüsselanhänger mit Fuchshaar, Plakate mit den Walen vor Islands Küsten, Jacken aus Seehundfell, die ein Monatsgehalt von ihm kosteten. Er erwog kurz, sich hier etwas zur Erinnerung an dieses seltsame Touristen-Island zu kaufen, das nur in der Vorstellung reicher Ausländer existierte, aber er fand nichts, was einigermaßen bezahlbar gewesen wäre.

Die Bankfiliale wurde von einer Frau um die vierzig geleitet. Sie war auf dem Weg zu einer Weihnachtsfeier gewesen und alles andere als erfreut über diese Störung. Ihr erster Gedanke war, dass die Bank ausgeraubt worden sei. Ihr war nicht gesagt worden, was los war, als zwei Polizisten bei ihr zu Hause klingelten und sie abholten. Sie starrte Erlendur grimmig an, als er ihr vor der Filiale erklärte, dass er an die Überwachungskameras herankommen müsse. Sie hatte gerade eine Zigarette geraucht, zündete sich mit der Glut von der alten aber schon wieder eine neue an. Erlendur dachte, dass er lange keine so fanatische Raucherin mehr gesehen hatte.

»Hätte das nicht Zeit bis morgen gehabt?«, fragte sie frostig, und er hörte förmlich die Eisnadeln klirren, die von ihr abfielen. Dieser Frau hätte er um keinen Preis etwas schulden mögen.

»Das bringt dich um«, sagte er und deutete auf ihre Zigarette.

»Noch nicht«, sagte sie. »Weswegen hast du mich holen lassen?«

»Es hängt mit dem Mord hier im Hotel zusammen.«

»Und?«, fragte sie. Ein Mord konnte sie offenbar nicht aus der Fassung bringen.

»Wir versuchen, die Ermittlungen voranzutreiben.« Er versuchte zu lächeln, aber das gelang ihm nicht so richtig.

»Was für ein hirnrissiger Quatsch«, erklärte sie und gab Erlendur ein Zeichen, ihr zu folgen. Die zwei Polizisten waren wieder gegangen, offensichtlich froh, die Frau loszusein, die sie auf dem Weg ins Hotel mit Beschimpfungen überschüttet hatte. Sie ging mit Erlendur zum Personaleingang der Bank, gab ihren Nummerncode ein, öffnete die Tür und erklärte, dass er sich gefälligst beeilen solle.

Die Filiale war nicht groß, und im Büro der Frau befanden sich vier kleine Bildschirme, die mit den Kameras über den Schaltern, im Schalterraum und am Eingang verbunden waren. Sie schaltete die Geräte ein und erklärte Erlendur, dass die Kameras rund um die Uhr liefen und alles auf Videokassetten aufgezeichnet würde, die drei Wochen lang aufbewahrt und dann wieder überspielt wurden. Die Aufnahmegeräte befanden sich im Keller des Hauses.

Nach der dritten Zigarette ging die Frau mit ihm nach unten und zeigte ihm die Kassetten, die sorgfältig mit Datum und Kamerastandort beschriftet waren. Die Kassetten wurden in einem verschlossenen Schrank aufbewahrt.

»Hier kommt täglich ein Sicherheitsbeamter vorbei«, sagte sie, »der sich um das alles kümmert. Ich kenne mich da überhaupt nicht aus, und ich möchte dich bitten, hier nicht in etwas herumzukramen, was dich nichts angeht.«

»Vielen Dank«, sagte Erlendur unterwürfig. »Ich möchte mit dem Tag beginnen, an dem der Mord begangen wurde.«

»Bitte sehr«, sagte sie und ließ die aufgerauchte Zigarette zu Boden fallen, um dann die Glut mit dem Fuß auszutreten.

Er fand die Kassette, die mit »Eingang« beschriftet war und das richtige Datum aufwies, legte sie in einen Videorekorder ein, der mit einem kleinen Fernseher verbunden war. Er hielt es für überflüssig, die Filme aus den Überwachungskameras über den Bankschaltern anzusehen.

Die Filialleiterin sah auf ihre goldene Armbanduhr.

»Auf jedem Band sind 24 Stunden«, stöhnte sie.

»Wie kriegst du das hin?«, fragte Erlendur. »Bei der Arbeit?«

»Was meinst du mit ›Wie kriegst du das hin‹?«

»Mit dem Rauchen?«

»Was geht dich das an?«

»Gar nichts«, beeilte Erlendur sich zu sagen.

»Kannst du nicht einfach die Kassetten mitnehmen?«, sagte sie. »Ich habe eigentlich keine Zeit, ich werde schon längst erwartet, und ich habe nicht vor, hier herumzuhängen, solange du dir die Kassetten anschaust.«

»Nein, da hast du Recht«, sagte Erlendur. Er schaute auf die Kassetten im Schrank. »Ich nehme den halben Monat vor dem Mord mit. Das sind vierzehn Kassetten.«

»Wisst ihr, wer den Mann umgebracht hat?«

»Noch nicht«, sagte Erlendur.

»Ich kann mich gut an ihn erinnern«, sagte sie. »An den Portier. Ich bin hier seit sieben Jahren Filialleiterin«, fügte sie wie zur Erklärung hinzu. »Ein harmloser Zeitgenosse.«

»Hast du in letzter Zeit mit ihm gesprochen?«

»Ich habe nie mit ihm gesprochen. Kein einziges Wort.«
»War er Kunde hier in der Bank?«, fragte Erlendur.
»Nein, er hat kein Konto hier gehabt. Nicht dass ich wüsste. Ich habe ihn nie hier in der Bank gesehen. Hat er Geld gehabt?«

Erlendur nahm die vierzehn Kassetten mit auf sein Zimmer und ließ dort einen Videorekorder an den Fernseher anschließen. Inzwischen war es schon Abend geworden. Er legte gerade die erste Kassette ein, als sein Handy klingelte. Es war Sigurður Óli.
»Wir müssen entweder Anklage erheben oder ihn freilassen«, erklärte er. »Gegen ihn liegt eigentlich ja nichts vor.«
»Hat er sich beschwert?«
»Er hat keinen Ton gesagt.«
»Hat er einen Rechtsanwalt verlangt?«
»Nein.«
»Dann formuliere eine Anklage wegen Kinderpornographie.«
»Kinderpornographie?«
»Er hatte Kinderpornos bei sich auf dem Zimmer. Es ist verboten, so etwas in seinem Besitz zu haben. Wir haben eine Zeugin, die gesehen hat, wie er sich das angeschaut hat. Wir können ihn wegen dieser Pornos festhalten. Ich will nicht, dass er gleich wieder nach Thailand abhauen kann. Und wir müssen unbedingt noch sein Alibi überprüfen und schauen, ob alles stimmt, was er zu Protokoll gegeben hat über seinen Tagesablauf, als Guðlaugur ermordet wurde. Lassen wir ihn doch noch eine Weile in seiner Zelle schmoren und schauen, was passiert.«

Einundzwanzig

Erlendur schaute sich fast die ganze Nacht die Videos an. Er fand heraus, wie man den schnellen Vorlauf betätigte, wenn keine Menschen zu sehen waren. Wie nicht anders zu erwarten, war in der Zeit von neun Uhr morgens bis vier Uhr nachmittags am meisten los vor dem Eingang, bis die Geschäfte um sechs Uhr dichtmachten, ging es schon etwas ruhiger zu. Der Hoteleingang war aber die ganze Nacht geöffnet. Dort befand sich ebenfalls ein Bankautomat, der aber zu dieser späten Stunde kaum mehr benutzt wurde.

Er sah nichts Außergewöhnliches an dem Tag, als Guðlaugur ermordet wurde. Die Leute, die zum Eingang hereinkamen, sah man einigermaßen deutlich, und Erlendur erkannte niemanden darunter. Als er die Nachtaufnahmen schnell vorspulte, schossen die Leute blitzartig herein, hielten kurz vor den Geldautomaten und sausten ebenso schnell wieder hinaus. Vereinzelt ging auch jemand ins Hotel. Er schaute sich die Leute an, konnte sie aber nicht mit Guðlaugur in Verbindung bringen.

Er sah, dass das Hotelpersonal diesen Eingang benutzte. Er erkannte den Hotelmanager und den Empfangschef. Als er sah, wie Ösp hinaushuschte, dachte er daran, dass sie nach einem solchen Arbeitstag bestimmt froh war, nach Hause zu kommen. Einmal tauchte Guðlaugur beim Eingang auf, und Erlendur verlangsamte die Geschwindigkeit der Wiedergabe. Der Portier war allein unterwegs, ging ruhigen Schritts an der Kamera vorbei, warf einen Blick in die Bankfiliale, drehte sich um und schaute zu dem Souvenirladen hinüber, um dann ins Hotel zurückzukehren. Erlendur spulte zurück und schaute sich Guðlaugur noch einmal an, dann noch einmal und schließlich ein viertes Mal. Es berührte ihn seltsam, ihn am Leben zu sehen. Er stoppte das Bild, als Guðlaugur in die Bank hineinschaute, und betrachtete sein eingefrorenes Gesicht auf dem Bildschirm. Da war der ehemalige Chorknabe. Der Mann, der einmal eine weiche und sehnsuchtsvolle Knabenstimme besessen hatte. Der Junge, der Erlendur dazu gebracht hatte, sich in seine schmerzhaftesten Erinnerungen zu versenken, während er ihm lauschte.

Als an die Tür geklopft wurde, schaltete er das Gerät ab und öffnete Eva Lind die Tür.

»Warst du schon eingeschlafen?«, fragte sie und schlüpfte ins Zimmer. »Was für Kassetten sind das?«, fragte sie, als sie die gestapelten Videokassetten sah.

»Die hängen mit dem Fall zusammen«, sagte Erlendur.

»Kommst du vorwärts?«

»Nein. Kein bisschen.«

»Hast du mit Stína gesprochen?«

»Stína?«

»Ich hab dir doch von ihr erzählt. Stína! Du hast mich nach Nutten in den Hotels gefragt.«

»Nein, ich habe noch nicht mit ihr gesprochen. Aber sag mir etwas anderes, kennst du ein Mädchen, das ungefähr in deinem Alter ist, sie heißt Ösp und arbeitet hier im Hotel? Eure Einstellung zum Leben ist so ziemlich die gleiche.«

»Was meinst du damit?« Eva Lind bot ihrem Vater eine Zigarette an, zündete sie für ihn an und warf sich dann aufs Bett. Erlendur setzte sich an den Schreibtisch und schaute durch das Fenster in die pechschwarze Nacht.

Zwei Tage bis Weihnachten, dachte er. Dann wird alles wieder normal.
»Eine ziemlich negative«, sagte er.
»Findest du, dass ich so unheimlich negativ bin?«, fragte Eva Lind.
Erlendur schwieg, aber Eva Lind verschluckte sich am Rauch und prustete los, sodass ihr der Rauch zur Nase herauskam.
»So what? Und dagegen bist du wohl die personifizierte Lebenslust?«
Erlendur grinste.
»Ich kenne keine Ösp«, sagte Eva. »Was hat die mit der Sache zu tun?«
»Sie hat nichts mit der Sache zu tun«, sagte Erlendur. »Oder zumindest glaube ich es nicht. Sie hat die Leiche gefunden und scheint das eine oder andere zu wissen, was sich hier im Hotel abspielt. Sie ist nicht dumm. Weiß sich zu helfen und ist nicht auf den Mund gefallen. Sie erinnert mich ein wenig an dich.«
»Kenn ich nicht«, erklärte Eva. Dann verstummte sie und starrte vor sich hin, ohne ein Wort zu sagen. Er schaute sie an und schwieg ebenfalls, auf diese Weise schritt die Nacht voran. Manchmal hatten sie einander nichts zu sagen. Sie redeten nie über belanglose Dinge. Sie redeten nie über das Wetter oder das Preisniveau in den Geschäften, über Politik oder Sport, oder Klamotten, oder was es auch immer war, womit die Leute sich die Zeit totschlugen. Beide hielten sie das für Zeitverschwendung. Nur sie beide, ihre Vergangenheit und Gegenwart, die Familie, die nie eine war, weil Erlendur sie verlassen hatte. Evas tragische Geschichte und die ihres Bruders, die Feindseligkeit und der Hass ihrer Mutter, nur das spielte für sie eine Rolle, indem es ihre Gespräche beherrschte und auf ihre Beziehung abfärbte.

»Was soll ich dir zu Weihnachten schenken?«, fragte Erlendur schließlich und unterbrach das Schweigen.
»Zu Weihnachten?«, fragte Eva.
»Ja.«
»Ich brauche nichts.«
»Irgendwas wirst du doch brauchen können.«
»Was hast du zu Weihnachten gekriegt? Als du klein warst?«
Erlendur überlegte. Er konnte sich an Fäustlinge erinnern.
»Irgendwelche Kleinigkeiten.«
»Ich habe immer gefunden, dass Sindri tollere Geschenke bekommen hat als ich«, sagte Eva Lind. »Und dann hat Mama auf einmal aufgehört, mir was zu schenken und hat behauptet, ich würde es nur zu Geld machen, um an Dope ranzukommen. Sie hat mir einmal einen Ring geschenkt, den ich verscherbelt habe. Hat dein Bruder auch tollere Geschenke als du gekriegt?«
Erlendur spürte, wie sie sich vorsichtig an ihn heranzupirschen versuchte. Meistens kam sie ohne Umschweife zur Sache und brachte ihn mit ihrer Direktheit aus der Fassung. Hin und wieder, aber sehr viel seltener, kam es auch vor, dass sie etwas feinfühliger vorging.
Als Eva nach der Fehlgeburt im Koma auf der Intensivstation lag und ihr Arzt zu Erlendur gesagt hatte, er solle so viel Zeit wie möglich bei ihr verbringen und mit ihr reden, war es der Verlust seines Bruders gewesen, worüber Erlendur damals zu Eva gesprochen hatte. Und wie er selbst gerettet worden war. Als Eva wieder zu Bewusstsein gekommen war, aus dem Krankenhaus durfte und zu ihm gezogen war, fragte er sie, ob sie wüsste, was er ihr im Krankenhaus erzählt hatte, aber sie konnte sich an nichts erinnern. Dadurch war aber ihre Neugier geweckt worden, und sie setzte ihm so lange zu, bis er das wiederholte, was er im Krankenhaus gesagt hatte. Nie zuvor hatte er zu einem anderen darüber gesprochen, und

niemand wusste davon. Er hatte ihr gegenüber nie seine Vergangenheit erwähnt, und Eva, die ihn unermüdlich zur Verantwortung ziehen wollte, fand, dass sie ihm ein wenig näher gekommen war. Es kam ihr so vor, als hätte sie ihren Vater ein wenig besser kennen gelernt, obwohl sie wusste, dass sie noch weit entfernt davon war, ihn ganz und gar zu verstehen. Die bohrende Frage, die Eva seit jeher zu schaffen machte und ihr Verhältnis mehr als alles andere überschattete, war immer noch unbeantwortet. Scheidungen waren gang und gäbe, das war ihr klar. Die Leute ließen sich dauernd scheiden, und manche Scheidungen waren schlimmer als andere, weil die Leute nicht miteinander reden konnten. Das war ihr bewusst, und es machte ihr auch keine Probleme. Aber es war und blieb ihr ein vollkommenes Rätsel, weswegen Erlendur auch seine Kinder verlassen hatte. Weswegen er nach der Trennung überhaupt nicht mehr an ihrem Leben interessiert gewesen war. Weswegen er sich nie um sie gekümmert hatte, bis Eva ihn aufgespürt und ganz allein in seiner dunklen Behausung gefunden hatte. Über all das hatte sie mit ihrem Vater geredet, der aber bislang keine Antworten auf ihre Fragen gehabt hatte.

»Tollere Geschenke?«, sagte er. »Es waren immer die gleichen Sachen. Eigentlich genau wie in dem alten Gedicht: *Kerzen und ein Kartenspiel.* Man hätte sich wohl manchmal etwas Spannenderes gewünscht, aber unsere Familie war arm. Damals waren alle arm.«

»Aber nachdem dein Bruder gestorben war?«

Erlendur schwieg.

»Erlendur?«, sagte Eva.

»Es hat kein Weihnachten mehr gegeben, nachdem er fort war«, sagte Erlendur.

Das Fest zur Erinnerung an die Geburt des Erlösers wurde nicht mehr gefeiert, nachdem sein Bruder in den Bergen verschollen war. Etwas mehr als ein Monat war seitdem vergangen, und bei ihnen zu Hause gab es keine Freude, keine Geschenke und keine Gäste mehr. Sonst waren die Verwandten mütterlicherseits Heiligabend zu Besuch gekommen, und dann wurden Weihnachtslieder gesungen. Das Haus war klein, die Leute saßen dicht beieinander und strahlten Wärme und Helligkeit aus. Seine Mutter lehnte in diesem Jahr Weihnachtsbesuche kategorisch ab. Sein Vater litt unter schweren Depressionen und lag die meisten Tage im Bett. Er hatte nicht an der Suche nach seinem Sohn teilgenommen, als hätte er gewusst, dass es hoffnungslos war, als hätte er gewusst, dass er versagt hatte. Sein Sohn war tot, und weder er noch irgendein anderer konnten jemals etwas daran ändern. Er allein trug die Schuld daran und niemand anderes.

Seine Mutter war unermüdlich. Sie sorgte dafür, dass Erlendur nach besten Kräften hochgepäppelt wurde. Sie ermunterte die Suchmannschaften, weiterzumachen, und sie nahm selber an der Suche teil. Erst wenn die Dunkelheit hereinbrach, kam sie herunter ins Tal, und sie machte sich als Erste wieder auf den Weg in die Berge, sobald es hell wurde. Selbst als feststand, dass ihr Sohn nicht mehr am Leben sein konnte, suchte sie mit der gleichen Intensität weiter. Erst als der Winter hereingebrochen war, als eine dicke Schneedecke lag und das Wetter immer unbeständiger wurde, gab sie auf und musste sich mit der Tatsache abfinden, dass ihr Sohn in den Bergen umgekommen war und sie bis zum Frühjahr warten musste, um eine erneute Suche nach seinen sterblichen Überresten zu beginnen. Sie schaute hoch zu den Bergen, manchmal stieß sie Verwünschungen aus. Mögen euch die Trolle verschlingen, die ihr mir den Sohn genommen habt.

Der Gedanke an den toten Bruder oben in den Bergen war

nicht zu ertragen, und Erlendur begann, ihn in Albträumen zu sehen, aus denen er schreiend und weinend hochschreckte; er sah ihn gegen den Schneesturm ankämpfen, er kam nicht mehr vorwärts in den tiefen Wehen, er hatte den schmalen Rücken in den Wind gekehrt, und der Tod stand an seiner Seite.

Erlendur begriff nicht, wie sein Vater zu Hause bleiben und gar nichts unternehmen konnte, während andere bis zur Erschöpfung suchten. Das tragische Ereignis schien ihn völlig zerbrochen und in ein teilnahmsloses Wrack verwandelt zu haben. Erlendur grübelte lange darüber, welche Macht die Trauer hatte, denn sein Vater war ein starker und robuster Mann gewesen. Der Verlust des Sohns nahm ihm nach und nach alle Lebenskraft, und er erholte sich nie wieder davon.

Später, eine geraume Zeit war vergangen, kam es zum ersten und einzigen Mal zu einem Streit zwischen seinen Eltern, und Erlendur erfuhr, dass seine Mutter damals nicht gewollt hatte, dass sein Vater an diesem Tag in die Berge ging, aber er hatte das in den Wind geschlagen. Aber, hatte sie gesagt, falls du unbedingt losziehen willst, die Jungen nimmst du nicht mit. Er hörte nicht auf sie.

Seitdem war Weihnachten nie wieder dasselbe Fest gewesen. Seine Eltern söhnten sich mit der Zeit auf eine gewisse Weise miteinander aus. Sie kam nie darauf zu sprechen, dass er gegen ihren Willen gehandelt hatte. Er wiederum kam nie darauf zu sprechen, dass es eine Trotzreaktion gewesen war, weil er sich von ihr keine Vorschriften machen lassen wollte. Das Wetter war gut, und er fand, dass sie sich in seine Angelegenheiten einmischte. Sie zogen es vor, nie wieder über das zu reden, was zwischen ihnen vorgefallen war, bevor das Unglück geschah, es war, als würde sie nichts mehr miteinander verbinden, wenn das Schweigen gebrochen würde. In diesem Schweigen kämpfte Erlendur mit den Schuldgefühlen, die ihn überfielen, weil er mit dem Leben davongekommen war.

»Warum ist es hier drinnen so kalt?«, fragte Eva Lind und zog die Jacke enger um sich.

»Das liegt am Heizkörper«, sagte Erlendur. »Der wird einfach nicht warm. Gibt's was Neues bei dir?«

»Nichts. Mama hat sich wieder so einen Kerl zugelegt, den sie in so einer Tanzbar für Gruftis aufgerissen hat, bei Akkordeonmusik. Du kannst dir nicht vorstellen, was für ein total durchgeknallter Zombie das ist. Ich glaube, der benutzt immer noch Brillantine, und dann macht er sich so eine Tolle und trägt Hemden mit Riesenkragen, und wenn er diese gammligen Schnulzen im Radio hört, schnipst er mit den Fingern. *Meine Heimat ist das Meer …*«

Erlendur grinste. Eva zog sonst nicht über andere Leute her, nur über diese »Typen« im Leben ihrer Mutter, die von Jahr zu Jahr schlimmer zu werden schienen.

Dann schwiegen sie wieder.

»Ich versuche gerade, mich zu erinnern, wie ich war, als ich acht Jahre alt war«, sagte Eva plötzlich. »Ich kann mich eigentlich an nichts außer meinen Geburtstag erinnern. Ich kann mich noch nicht mal an die Geburtstagsparty erinnern, nur an den Tag, an dem ich Geburtstag hatte. Ich stand auf dem Parkplatz vor dem Haus und wusste, dass ich Geburtstag hatte und acht Jahre alt geworden war, und irgendwie verfolgt mich diese Erinnerung, obwohl sie total unbedeutend ist. Bloß, dass ich da stand und wusste, dass ich Geburtstag hatte und acht Jahre alt war.«

Sie schaute Erlendur an.

»Du hast gesagt, dass er acht Jahre alt war. Als er umkam.«

»Er hatte im Sommer Geburtstag gehabt.«

»Weshalb wurde er nie gefunden?«

»Ich weiß es nicht.«
»Also ist er immer noch da oben in den Bergen.«
»Ja.«
»Seine Knochen.«
»Ja.«
»Acht Jahre alt.«
»Ja.«
»War es deine Schuld? Dass er umgekommen ist?«
»Ich war zehn Jahre alt.«
»Ja, aber ...«
»Niemand hatte Schuld.«
»Aber du musst doch gedacht haben ...«
»Worauf willst du hinaus, Eva? Was willst du wissen?«
»Warum hast du nie Verbindung zu mir und Sindri gehabt, nachdem du uns verlassen hast?«, fragte Eva Lind. »Warum hast du nicht versucht, mit uns zusammen zu sein?«
»Eva ...«
»Wir waren es nicht wert, war es das?«
Erlendur schwieg und schaute aus dem Fenster. Es hatte wieder angefangen zu schneien.
»Du versuchst, einen Zusammenhang zwischen beidem zu sehen«, sagte er schließlich.
»Ich habe nie eine Erklärung dafür bekommen. Mir ist eingefallen ...«
»Dass es irgendwas mit meinem Bruder zu tun hat? Wie er umgekommen ist? Willst du da einen Zusammenhang sehen?«
»Ich weiß es nicht«, sagte Eva. »Ich kenne dich überhaupt nicht. Ich habe dich erst vor ein paar Jahren zum ersten Mal getroffen, und da habe ich nach dir gesucht. Das mit deinem Bruder ist das Einzige, was ich über dich weiß, abgesehen davon, dass du ein Bulle bist. Ich habe nie kapiert, wie du mich und Sindri hast verlassen können, wir waren doch deine Kinder.«

»Ich habe das völlig deiner Mutter überlassen. Vielleicht hätte ich mehr Druck wegen des Umgangsrechts machen und kämpfen sollen, aber ...«
»Du hattest kein Interesse daran«, führte Eva den Satz zu Ende.
»Das stimmt nicht.«
»Doch. Warum? Warum hast du dich nicht ganz normal um deine Kinder gekümmert?«
Erlendur schwieg und schaute zu Boden. Eva machte die dritte Zigarette aus. Dann stand sie auf, ging zur Tür und öffnete sie.
»Stína kommt morgen hier zu dir ins Hotel«, sagte sie. »Mittags. Du kannst sie nicht übersehen mit ihrem neuen Busen.«
»Danke, dass du mit ihr gesprochen hast.«
»Keine Ursache«, sagte Eva.
Sie blieb zögernd in der Tür stehen.
»Was willst du?«, fragte Erlendur.
»Ich weiß es nicht.«
»Nein, ich meine als Weihnachtsgeschenk.«
Eva schaute zu ihrem Vater hinüber.
»Ich wollte, ich dürfte mein Kind bei mir haben«, sagte sie und machte leise die Tür hinter sich zu.
Erlendur seufzte tief auf und saß lange Zeit auf der Bettkante, bevor er mit den Videoaufzeichnungen weitermachte. Menschliche Wesen, die vor Weihnachten viel zu erledigen hatten, irrten über den Schirm, viele hatten volle Taschen und Tüten vom Weihnachtseinkauf dabei.
Er war beim fünften Tag vor dem Mord angekommen, als er sie erblickte. Erst hatte er sie übersehen, aber irgendwo klickte es bei ihm, er stoppte die Kassette, spulte zurück und ließ die Sequenz wieder ablaufen. Nicht das Gesicht hatte seine Aufmerksamkeit erweckt, sondern ihr Auftreten, ihr Gang und die herausfordernd arrogante Haltung.

Er drückte wieder auf ›Play‹ und sah sie jetzt deutlich, wie sie ins Hotel hineinging. Er spulte im Schnellvorlauf weiter, bis sie eine halbe Stunde später wieder auf dem Schirm erschien; sie kam aus dem Hotel und ging rasch an der Bank und den Souvenirläden vorbei, ohne nach rechts oder links zu blicken.

Er stand auf und starrte auf den Bildschirm.

Auf Guðlaugurs Schwester.

Die ihren Bruder angeblich jahrzehntelang nicht gesehen hatte.

Fünfter Tag

Zweiundzwanzig

Das Geräusch weckte Erlendur spät am nächsten Morgen. Er brauchte lange Zeit, um nach einer traumlosen Nacht wach zu werden, und er wusste überhaupt nicht, was für ein grässlicher Krach da in seinem kleinen Zimmer war. Er hatte sich bis in die frühen Morgenstunden eine Kassette nach der anderen angeschaut, aber die Schwester von Guðlaugur war nur an diesem einen Tag aufgetaucht. Erlendur zog überhaupt nicht in Betracht, dass sie aus purem Zufall in das Hotel gekommen war, dass sie aus einem anderen Grund ins Hotel gekommen war, als ihren Bruder zu treffen, von dem sie behauptete, dass sie ihn so lange nicht gesehen hätte.

Erlendur war auf eine Lüge gestoßen, und er wusste, dass für eine Ermittlung nichts wertvoller sein konnte als Lügen.

Der Lärm ließ nicht nach, und allmählich dämmerte es Erlendur, dass es das Telefon war. Er streckte die Hand nach dem Hörer aus, am anderen Ende war die Stimme des Hotelmanagers.

»Du musst in die Küche kommen«, sagte der Hotelmanager. »Da ist ein Mann, mit dem du reden solltest.«

»Wer ist das?«, fragte Erlendur.

»Ein junger Mann, der an dem Tag, als wir Guðlaugur gefunden haben, früher nach Hause ging, weil er sich krank fühlte«, sagte der Hotelmanager. »Du solltest herunterkommen.«

Erlendur stand auf. Er war vollständig angezogen. Er ging

ins Bad, schaute in den Spiegel und sah einige Tage alte Bartstoppeln, die sich anhörten wie Sandpapier auf grobem Holz, als er drüberstrich. Sein Bart war dicht und grob wie der seines Vaters.

Bevor er nach unten ging, rief er Sigurður Óli an und beauftragte ihn, mit Elínborg nach Hafnarfjörður zu fahren und die Schwester von Guðlaugur zur Vernehmung in das Hauptdezernat an der Hverfisgata zu bringen. Dort würde er sich später am Tag mit ihnen treffen. Er gab keine Erklärungen darüber ab, warum sie vernommen werden sollte, denn er wollte nicht, dass sie aus irgendwelchen Andeutungen auf den Grund der Vorladung schließen konnte. Er wollte die Miene dieser Frau sehen, wenn sie erfuhr, dass er über ihren Versuch, ihn hinters Licht zu führen, Bescheid wusste.

Als Erlendur in die Küche kam, stand der Hotelmanager bei einem extrem mageren Mann. Er schien um die dreißig zu sein. Erlendur überlegte, ob es der Hotelmanager war, der diesen Eindruck bestärkte, denn neben diesem Mann musste jeder klapperdürr wirken.

»Da bist du ja«, sagte der Hotelmanager. »Es hat bald den Anschein, als ob ich diese Ermittlung hier führe. Ich mache Zeugen für dich ausfindig und was weiß ich noch alles.«

Er schaute seinen Angestellten an.

»Sag ihm, was du weißt.«

Der Mann begann zu erzählen. Und er tat dies ziemlich ausschweifend und detailreich. Gegen Mittag habe er sich unwohl gefühlt, also, an dem Tag, als Guðlaugur tot in seiner Kammer gefunden worden war. Es sei ihm so schlecht geworden, dass er sich übergeben musste, und er habe es gerade noch bis zum Abfalleimer in der Küche geschafft.

Der Mann schaute verlegen zum Hotelmanager hinüber.

Danach hätte er die Erlaubnis erhalten, nach Hause zu gehen, wo er sich mit einer schlimmen Grippe, Fieber und Gliederschmerzen gleich ins Bett legte. Er lebte allein und hatte keine Nachrichten gehört und deswegen niemandem gegenüber erwähnt, was er wusste. Erst heute Morgen, als er wieder zur Arbeit erschienen war, hatte er von Guðlaugurs Tod erfahren. Und es hatte ihm in der Tat einen schweren Schock versetzt, als er hörte, was passiert war, obwohl er den Mann nicht sonderlich gut gekannt hatte – er arbeitete erst seit einem Jahr hier –, trotzdem hatte er manchmal mit ihm gesprochen und war sogar auch in seiner Kammer da unten gewesen ...

»Ja, ja, ja«, sagte der Hotelmanager ungeduldig. »Das interessiert uns nicht, Denni. Los, weiter.«

»Bevor ich an dem Tag nach Hause ging, kam Gulli in die Küche und fragte, ob ich ihm ein Messer borgen könnte.«

»Wollte er sich ein Messer aus der Küche ausborgen?«, fragte Erlendur.

»Ja. Zuerst wollte er eine Schere, aber als ich keine finden konnte, habe ich ihm ein Messer gegeben.«

»Wozu brauchte er eine Schere oder ein Messer, hat er dir das gesagt?«

»Es hatte etwas mit dem Weihnachtsmannkostüm zu tun.«

»Mit dem Weihnachtsmannkostüm?«

»Er sagte nicht Genaueres, irgendwelche Nähte, die er auftrennen wollte.«

»Hat er das Messer zurückgebracht?«

»Nein, nicht solange ich noch da war, aber dann bin ich mittags weg und weiß nicht, was danach passiert ist.«

»Was für ein Messer war das?«

»Er sagte, dass es scharf sein müsste«, erklärte Denni.

»Es war so eins wie dieses hier«, sagte der Hotelmanager, langte in eine Schublade und zog ein Steakmesser mit Holzschaft und fein gezähnter Klinge hervor. »Das sind Messer, die wir für Gäste haben, die sich unsere großen Steaks bestellen. Hast du die schon probiert? Exzellent. Die Messer schneiden sie wie Kuchenteig.«

Erlendur nahm das Messer entgegen und sah es sich an. Er überlegte, ob Guðlaugur wirklich selber seinem Mörder die Waffe, mit der er umgebracht worden war, besorgt haben könnte. Ob das mit der Naht am Kostüm womöglich nur ein Vorwand gewesen war. Vielleicht hatte Guðlaugur in Wirklichkeit jemanden in seiner Kammer erwartet und das Messer zur Hand haben wollen; oder hatte das Messer nur auf dem Tisch bei ihm gelegen, weil er es für das Kostüm brauchte, und war der Angriff urplötzlich und unvorbereitet gekommen, wegen irgendetwas, was in dem Raum vorgefallen war? Das hieße, der Angreifer wäre also nicht bewaffnet in die Kammer gekommen und hätte nicht vorgehabt, Guðlaugur umzubringen.

»Das Messer muss ich behalten«, sagte er. »Wir müssen herausfinden, ob die Klinge und die Größe zu den Wunden passen. Ist das in Ordnung?«

Der Hotelmanager nickte zustimmend.

»Ist es nicht dieser Engländer? Oder habt ihr irgendjemand anderen im Visier?«

»Ich möchte mich noch etwas mit Denni hier unterhalten«, sagte Erlendur, ohne auf seine Fragen einzugehen.

Der Hotelmanager nickte wieder, rührte sich aber nicht von der Stelle. Dann erst wurde ihm klar, was Erlendur meinte, und er schaute ihn beleidigt an. Er war es gewohnt, dass sich alles um seine Person drehte und hatte nicht sofort begriffen. Als der Groschen endlich gefallen war, gab er vor, etwas im Büro zu tun zu haben, und setzte sich geräuschvoll in Bewegung. Denni atmete sichtlich auf, als sein Vorgesetzter nicht mehr anwesend war. Seine Erleichterung währte nicht lange.

»Bist du in den Keller gegangen und hast ihn erstochen?«, fragte Erlendur.

Denni schaute drein wie jemand, der schon rechtskräftig verurteilt worden war.

»Nein«, sagte er zögernd, so als sei er sich seiner Sache nicht ganz sicher. Die nächsten Fragen verunsicherten ihn noch mehr.

»Verwendest du Kautabak?«, fragte Erlendur.

»Nein«, sagte er. »Kautabak? Was ...?«

»Hat man eine Speichelprobe von dir genommen?«

»Was?«

»Verwendest du Kondome?«

»Kondome?« Denni stand völlig auf dem Schlauch.

»Hast du keine Freundin?«

»Freundin?«

»Bei der du aufpassen musst, dass du ihr kein Kind machst?«

Denni schwieg.

»Ich habe keine Freundin«, sagte er dann, und Erlendur hatte das Gefühl, dass er das bedauerte. »Warum fragst du mich nach all diesen Dingen?«

»Mach dir keine Gedanken deswegen«, sagte Erlendur. »Du hast Guðlaugur gekannt. Was für ein Mensch war er?«

Denni erzählte Erlendur, dass Guðlaugur sich im Hotel wohl gefühlt hatte und seinen Job nicht verlieren wollte und dass er sich davor fürchtete, weggehen zu müssen, nachdem er nun die Kündigung erhalten hatte. Er nutzte alle so genannten Dienstleistungsangebote aus, die das Hotel ihm bot, und er war der einzige Angestellte, der jahrelang damit durchgekommen war. Er aß im Hotel, was ihn fast nichts kostete, er ließ seine Sachen mit der Wäsche vom Hotel waschen, und dafür, dass er in der Kammer wohnte, bezahlte er keine einzige Krone. Die Kündigung war ein Schock für ihn gewesen, aber er hatte erklärt, dass er auch so durchkommen würde; vielleicht bräuchte er überhaupt nicht mehr zu arbeiten.«

»Was hat er wohl damit gemeint?«

Denni zuckte mit den Achseln.

»Ich weiß es nicht. Er tat manchmal ziemlich komisch und geheimnisvoll und gab das eine oder andere von sich, was niemand kapierte.«

»Wie zum Beispiel was?«

»Ich weiß nicht, irgendwas über Musik. Wenn er was getrunken hatte. Aber meistens war er ganz normal.«

»Hat er viel getrunken?«

»Nein, überhaupt nicht. Manchmal an Wochenenden. Arbeitsausfälle gab es bei ihm nicht. Nie. Er war stolz auf seine Arbeit, auch wenn es vielleicht nichts Spannendes war, Portier und so was.«

»Was hat er zu dir über Musik gesagt?«

»Er liebte schöne Musik. Ich kann mich nicht genau erinnern, was er gesagt hat.«

»Was glaubst du, warum er gesagt hat, er würde nicht mehr arbeiten müssen?«

»Er schien irgendwie Geld zu haben. Er hat ja auch nie für was bezahlen müssen und konnte immerzu sparen. Ich glaube, er hat das ernst gemeint. Dass er genug zusammengespart hatte.«

Erlendur erinnerte sich, dass er Sigurður Óli gebeten hatte, die Konten von Guðlaugur abzuchecken, und nahm sich vor, da nachzuhaken. Nachdem er den ziemlich verwirrten Denni, dem Kautabak, Kondome und Freundinnen durch den Kopf schwirrten, in der Küche zurückgelassen hatte, ging er ins Foyer; an der Rezeption stritt sich gerade eine junge Frau lautstark mit dem Empfangschef herum, weil der sie allem Anschein nach vor die Tür setzen wollte. Sie wollte sich das offensichtlich nicht gefallen lassen. Erlendur überlegte kurz, ob das die Frau war, die für die amouröse Nacht mit dem Empfangschef abzukassieren gedachte, und wollte weiter. Aber in diesem Augenblick bemerkte ihn die junge Frau und starrte ihn an.

»Bist du der Bulle?«, rief sie.

»Mach, dass du hier rauskommst!«, kommandierte der Empfangschef in ungewöhnlich rüdem Ton.
»Eva Lind hat mir genau gesagt, wie du aussiehst«, sagte sie und schaute Erlendur von oben bis unten an. »Ich heiße Stína. Sie hat gesagt, ich soll mit dir reden.«

Sie setzten sich in die Bar. Erlendur bezahlte den Kaffee für sie. Er versuchte, den Busen zu ignorieren, aber das war leichter gesagt als getan. Noch nie in seinem Leben hatte er solche enormen Brüste an einem so schlanken und zart gebauten Körper gesehen. Sie trug einen bodenlangen beigefarbenen Mantel mit Pelzkragen. Als sie den Mantel auf einen Stuhl am Tisch legte, kam ein roter, hautenger Pullover zum Vorschein, der gerade bis zum Bauch reichte, und eine schwarze Hose mit Schlag, die kaum die Poritze verdeckte. Sie war stark geschminkt und hatte den dunkelroten Lippenstift dick aufgetragen. Wenn sie lächelte, kamen schöne weiße Zähne zum Vorschein.
»Dreihunderttausend«, sagte sie und massierte sich vorsichtig unter der rechten Brust, als würde es sie dort jucken. »Du hast doch bestimmt überlegt, was meine neuen Titten gekostet haben.«
»Stimmt was nicht?«
»Das sind die Fäden«, sagte sie und verzog das Gesicht. »Ich darf nicht zu viel kratzen. Ich muss aufpassen.«
»Was …?«
»Neues Silikon«, unterbrach Stína ihn. »Ich hab mich vor drei Tagen operieren lassen.«
Erlendur vermied es, auf den neuen Busen zu starren.
»Woher kennst du Eva Lind?«
»Sie hat gewusst, dass du danach fragen würdest, und sie hat mir gesagt, ich soll dir sagen, dass du es lieber nicht wissen willst. Das stimmt. Verlass dich drauf. Sie hat mir auch gesagt, du würdest mir in einer kleinen Angelegen-

heit helfen, und ich könnte dir ebenfalls mit was behilflich sein, alles klar?«
»Nein«, sagte Erlendur. »Ich habe keine Ahnung, was du meinst.«
»Eva hat gesagt, du würdest das schon hinkriegen.«
»Eva lügt. Worüber redest du eigentlich? Was meinst du mit einer kleinen Angelegenheit?«
Stína stöhnte.
»Ein Freund von mir wurde in Keflavík mit Cannabis erwischt. Nicht viel, aber genug, dass sie ihn für drei Jahre in Litla-Hraun einbuchten können. Wenn man sieht, was für Urteile diese Saftärsche fällen, könnte man meinen, es ginge um Mord. Ein bisschen Hasch, und ein paar Pillen, Mensch. Er sagt, dass er drei Jahre kriegt. Drei Jahre! Kinderschänder kriegen ein paar Monate auf Bewährung. Vankers.«
Das Letzte verstand Erlendur nicht und erst recht nicht, wie er ihr helfen konnte. Sie war offenbar wie ein kleines Kind, das sich keine Vorstellung davon macht, wie groß und schwierig und kompliziert die Welt ist.
»Wurde er am Flughafen geschnappt?«
»Ja.«
»Ich kann da nichts machen«, sagte Erlendur. »Und ich habe auch gar keine Lust dazu. Du befindest dich da in keiner guten Gesellschaft. Drogenschmuggel und Prostitution. Wie wär's mit normaler Büroarbeit?«
»Kannst du nicht wenigstens versuchen, mit irgendjemandem zu sprechen«, sagte Stína. »Das darf doch nicht wahr sein, dass er drei Jahre kriegt!«
»Jetzt erst mal zur Sache«, sagte Erlendur und nickte. »Du gehst also auf den Strich?«
»Strich und nicht Strich«, sagte Stína und zog eine Zigarette aus der kleinen schwarzen Handtasche, die sie über die Schulter geschwungen hatte. »Ich tanze im Conte Rosso.«

Sie beugte sich vor und flüsterte Erlendur zu, als wäre es ein kleines Geheimnis zwischen ihnen: »Aber das andere bringt mehr Kohle.«

»Und du hast hier Kunden im Hotel gehabt?«

»Jede Menge, jede Größe«, erklärte Stína.

»Hast du dann hier im Hotel gearbeitet?«

»Ich habe nie hier gearbeitet.«

»Ich meine, ob du dir deine Kunden hier geangelt hast, oder bist du mit denen hierher gekommen?«

»So wie's sich gerade ergeben hat. Ich durfte mich auch durchgängig hier aufhalten, bis Schwabbel mich rausgesetzt hat.«

»Warum?«

Stína juckte es wieder unter dem Busen, und sie kratzte sich vorsichtig. Sie zog eine Grimasse und versuchte, Erlendur anzulächeln, aber es ging ihr offensichtlich nicht besonders.

»Ein Mädchen, das ich kenne, hat auch so eine Operation mitgemacht, aber da ist was schief gelaufen«, sagte sie. »Die hat jetzt Titten wie leere Plastiktüten.«

»Musst du wirklich so einen Atombusen haben?« Erlendur konnte es sich nicht verkneifen, zu fragen.

»Findest du das nicht schön?«, fragte sie und schob den Busen vor, wobei sich aber wieder ihr Gesicht verzog. »Diese Fäden machen mich wahnsinnig.«

»Na ja, groß ist er schon...«, sagte Erlendur.

»Und ganz neu«, sagte Stína stolz.

Erlendur sah, dass der Hotelmanager im Gefolge des Empfangschefs in die Bar kam und auf sie zumarschierte. Er schaute einmal in die Runde, und als er sah, dass außer ihnen niemand in der Bar war, schnaubte er schon aus einigen Metern Entfernung in Richtung Stína:

»Raus! Raus mit dir, Mädchen! Auf der Stelle! Mach dich vom Acker.«

Stína drehte sich um, sah den Hotelmanager und blickte wieder zu Erlendur hinüber und verdrehte die Augen.

»Kraist.«

»Hier im Hotel haben Nutten wie du nichts zu suchen!«, schrie der Hoteldirektor.

Er packte sie, als würde er sie hinauswerfen wollen.

»Lass mich bloß in Ruhe«, sagte Stína und stand auf. »Ich unterhalte mich mit diesem Mann hier.«

»Pass auf deinen Busen auf!«, rief Erlendur, dem nichts Besseres einfiel. Der Hotelmanager schaute ihn entgeistert an. »Der ist neu«, sagte Erlendur wie zur Erklärung.

Er trat zwischen sie und versuchte, den Hotelmanager zurückzudrängen, was ihm aber nicht gelang. Stína verschränkte die Arme schützend vor dem Busen. Der Empfangschef hatte sich bisher im Hintergrund gehalten, kam aber nun Erlendur zu Hilfe, und gemeinsam gelang es ihnen, den stinkwütenden Manager von Stína wegzuschieben.

»Alles, was ... sie ... über mich ... sagt, ist ... eine verdammte Lüge!«, schnaufte der Hotelmanager. Die Anstrengung war beinahe zu viel für ihn, das Gesicht war schweißüberströmt, und er japste nach Luft.

»Sie hat keinen Ton über dich gesagt«, sagte Erlendur, um ihn zu beruhigen.

»Ich will ... ich will, dass sie ... abhaut.« Der Hotelmanager plumpste auf einen Stuhl, zog das Taschentuch hervor und begann, sich den Schweiß vom Gesicht zu wischen.

»Reg dich ab, Schwabbel«, sagte Stína. »Er ist ein Pimp, wusstest du das?«

»Pimp?« Erlendur war sich nicht ganz sicher, was das bedeutete.

»Er nimmt Cuts von uns, die hier im Hotel arbeiten«, sagte Stína.

»Cuts?«, fragte Erlendur.

»Cuts! Prozente! Er nimmt Prozente von uns.«

»Das ist eine Lüge!«, brüllte der Hotelmanager. »Verschwinde, du verdammte Nutte!«

»Er und der Oberkellner wollten zusammen mehr als die Hälfte«, sagte Stína und schob sich vorsichtig den Busen zurecht. »Als ich mich weigerte, sagte er mir, ich solle mich verpissen und nie wiederkommen.«

»Das ist gelogen«, sagte der Hotelmanager, der sich etwas beruhigt hatte. »Ich habe solche Flittchen immer vor die Tür gesetzt, und die hier auch. In diesem Hotel haben Nutten nichts zu suchen.«

»Der Oberkellner?«, fragte Erlendur und sah das Gesicht mit dem superschmalen Oberlippenbärtchen vor sich. Rósant, glaubte er sich zu erinnern.

»Uns vor die Tür gesetzt?« Stína schnaubte verächtlich, als sie sich Erlendur zuwandte. »Er ist nämlich derjenige, der uns anruft. Wenn er weiß, dass Gäste da sind, die auf so was scharf sind oder die Kohle haben, dann ruft er uns an und sagt Bescheid und pflanzt uns hier in der Bar auf. Er sagt, dass das Hotel dadurch populärer wird. Ausländer. Einsame Männer. Wenn es große Konferenzen gibt, ruft er uns an.«

»Seid ihr viele?«

»Wir sind ein paar, die so einen Hostessenservice anbieten«, erklärte Stína. »Voll high class.«

»Von wegen Hostessenservice«, warf der Hotelmanager ein, der jetzt wieder normal atmete. »Die hängen hier im Hotel herum, hier in der Bar, und versuchen, sich die Gäste zu krallen und mit ihnen aufs Zimmer zu gehen. Das ist gelogen, dass ich euch anrufe, du verdammte Nutte.«

Erlendur hielt es nicht für ratsam, sein Gespräch mit Stína in der Bar fortzusetzen, und erklärte, er müsse entweder für einen Augenblick das Büro des Empfangschefs in Anspruch nehmen, oder sie müssten alle zusammen zum Dezernat und da weitermachen. Der Hotelmanager ächzte und warf Stína giftige Blicke zu. Erlendur verließ mit ihr die Bar, und sie gingen ins Büro. Der Hotelmanager blieb zurück. Die ganze Luft schien aus ihm heraus zu sein, aber er wies den Empfangschef von sich, als dieser ihm behilflich sein wollte.

»Sie lügt, Erlendur«, rief er hinter ihnen her. »Sie lügt wie gedruckt!«

Erlendur setzte sich an den Schreibtisch des Empfangschefs, Stína blieb stehen und zündete sich eine Zigarette an. Es schien ihr völlig egal, dass Rauchen im ganzen Hotel abgesehen von der Bar verboten war.

»Hast du den Portier hier im Hotel gekannt?«, fragte Erlendur. »Guðlaugur?«

»Das war echt ein Netter. Er hat bei uns für Schwabbel abkassiert. Und dann ist er umgebracht worden.«

»Er war ...«

»Glaubst du, dass Schwabbel ihn umgebracht hat?«, unterbrach ihn Stína. »Er ist das größte Arschloch, das ich kenne. Weißt du, warum er mich hier nicht mehr in seinem Scheißhotel haben will?«

»Nein.«

»Er wollte nicht nur Prozente von uns Mädchen, sondern er wollte auch ... du weißt schon ...«

»Was?«

»Dass wir so das ein oder andere für ihn machten. Persönlich, du weißt ...«

»Und was dann?«

»Ich hab mich geweigert. O Mann, dieses schwitzende Ungetüm. Er ist ekelhaft. Der könnte Guðlaugur ganz gut umgebracht haben, das traue ich ihm echt zu. Er hat sich bestimmt einfach auf ihn draufgesetzt.«

»Was für ein Verhältnis hattest du zu Guðlaugur? Hast du ihm ab und zu einen Gefallen getan und bist ihm zu Diensten gewesen?«

»Überhaupt nicht. Der hatte kein Interesse an so was.«
»Doch«, sagte Erlendur und sah im Geiste die Leiche mit der heruntergelassenen Hose vor sich. »Ich fürchte, dass er keineswegs so desinteressiert war.«
»Für mich hat er sich überhaupt nicht interessiert«, stellte Stína fest und schob vorsichtig den Busen zurecht. »Auch für die anderen Mädchen nicht.«
»Steckt der Oberkellner mit dem Manager unter einer Decke?«
»Mit Rósant? Ja.«
»Und was ist mit dem Empfangschef?«
»Er will uns hier nicht haben. Er ist dagegen, dass hier so ein Service angeboten wird, aber die anderen beiden haben das Sagen. Der Empfangschef wollte Rósant schassen, aber Schwabbel verdient zu viel an ihm.«
»Sag mir noch eins. Nimmst du Kautabak? So in kleinen Tütchen wie Teebeutel. Die Leute schieben sich so was unter die Lippe oder unter den Gaumen.«
»Igittigitt, nein«, sagte Stína. »Du tickst wohl nicht frisch? Ich pass unheimlich auf meine Zähne auf.«
»Kennst du irgendjemanden, der so was nimmt?«
»Nein.«
Sie schwiegen eine Weile, aber dann konnte Erlendur es sich nicht mehr verkneifen, ihr moralisch zu kommen. Er dachte an Eva Lind. Wie sie in die Drogenszene abgerutscht und bestimmt auch auf den Strich gegangen war, um an Stoff heranzukommen; auch wenn das wahrscheinlich nicht in einem der besseren Hotels in der Stadt geschehen war. Er dachte daran, was für eine beschissene Situation das war, wenn Frauen gezwungen waren, für jeden beliebigen Kerl käuflich zu sein, wo auch immer, wann auch immer.
»Warum machst du das?«, fragte er und versuchte, keinerlei Vorwurf in der Stimme mitklingen zu lassen. »Lässt dir

den Busen mit Silikon ausstopfen? Machst die Beine breit für irgendwelche Konferenzgäste? Warum?«

»Eva Lind hat mir auch gesagt, dass du danach fragen würdest. Versuch nicht, das zu kapieren«, sagte Stína und trat die Zigarette auf dem Boden aus. »Vergiss es.«

Sie warf einen Blick zur Tür hinaus ins Foyer. In diesem Augenblick ging Ösp vorbei.

»Arbeitet Ösp etwa immer noch hier?«, fragte sie.

»Ösp? Kennst du sie?« Erlendurs Handy begann zu klingeln.

»Ich dachte, sie hätte aufgehört. Ich hab mich manchmal mit ihr unterhalten, als ich hier noch was zu tun hatte.«

»Woher kennst du sie?«

»Einfach so, wir waren zusammen ...«

»Sie ist doch nicht mit dir auf den Strich gegangen?« Erlendur hatte das Telefon gefunden und wollte antworten.

»Nein«, sagte Stína. »Sie ist nicht wie ihr kleiner Bruder.«

»Bruder? Hat sie einen Bruder?«

»Als Nutte bin ich harmlos gegen den.«

Dreiundzwanzig

Erlendur starrte Stína an, während er zu verstehen versuchte, was sie über den jüngeren Bruder von Ösp gesagt hatte. Stína stand vor ihm und schien unschlüssig zu sein.

»Was ist los?«, fragte sie. »Stimmt was nicht? Willst du nicht ans Telefon gehen?«

»Warum hast du geglaubt, dass Ösp aufgehört hat?«

»Einfach so. Ist doch ein Scheißjob.«

Erlendur nahm geistesabwesend das Gespräch entgegen.

»Mensch, das dauert bei dir!« Elínborg war am Telefon. Sie und Sigurður Óli waren nach Hafnarfjörður gefahren, um die Schwester von Guðlaugur zur Vernehmung ins Polizeidezernat in Reykjavík zu bringen, aber die hatte sich rundheraus geweigert mitzukommen. Sie hatte um eine Begründung gebeten, aber nicht bekommen. Schließlich hatte sie erklärt, dass sie den gelähmten Vater nicht allein lassen konnte. Ihr war angeboten worden, jemanden abzustellen, der sich um ihn kümmern und im Haus sein würde, und ihr gesagt, dass sie einen Rechtsbeistand dabeihaben könnte, aber es hatte den Anschein, als wäre sie sich nicht über den Ernst der Lage im Klaren. Sie konnte sich nicht vorstellen, aufs Polizeirevier gebracht zu werden. Elínborg schlug einen Kompromiss vor, obwohl Sigurður Óli völlig dagegen war, nämlich mit ihr zu Erlendur ins Hotel zu fahren und nach diesem Gespräch mit Erlendur zu entscheiden, wie es weitergehen sollte. Sie bat sich etwas Bedenkzeit aus. Sigurður Óli war kurz davor, die Geduld zu verlieren und sie mit Gewalt abzuführen, als sie sich endlich einverstanden erklärte. Sie telefonierte mit einer Nachbarin, die sofort kam, offensichtlich daran gewöhnt, einzuspringen. Aber dann wurde sie wieder störrisch, was Sigurður Óli erneut in Rage brachte.

»Er ist mit ihr auf dem Weg zu dir«, sagte Elínborg. »Er hätte sie viel lieber eingebuchtet. Sie hat andauernd gefragt, warum wir mit ihr reden wollten, und hat uns nicht geglaubt, als wir sagten, dass wir das nicht wüssten. Weswegen willst du eigentlich mit ihr reden?«

»Sie ist ein paar Tage bevor ihr Bruder ermordet wurde, ins Hotel gekommen, aber uns hat sie weismachen wollen, dass sie ihren Bruder jahrzehntelang nicht gesehen hat. Ich möchte wissen, warum sie uns darüber nichts gesagt hat, warum sie gelogen hat. Ich möchte ihr Gesicht dabei beobachten.«

»Sie wird wahrscheinlich ziemlich sauer sein«, sagte Elínborg. »Sigurður Óli war nicht besonders begeistert darüber, wie sie sich aufgeführt hat.«

»Was ist passiert?«

»Er wird's dir sagen.«

Erlendur schaltete das Handy aus.

»Was meinst du damit, dass du als Nutte harmlos bist im Vergleich zu diesem Jungen?«, sagte er zu Stína, die auf ihre Tasche starrte und überlegte, ob sie sich noch eine Zigarette anzünden sollte. »Im Vergleich zu Ösps Bruder? Wie hast du das gemeint?«

»Was?«

»Der Bruder von Ösp. Du hast gesagt, du wärst als Nutte harmlos im Vergleich zu ihm.«

»Frag doch Ösp«, sagte Stína.

»Das werde ich tun, aber ich meine, was ... er ist ihr jüngerer Bruder?«

»Ja, und er ist bi.«

»Bi, meinst du …?«
»Bisexuell.«
»Und er geht also auf den Strich?«, fragte Erlendur. »So wie du?«
»Und wie. Außerdem Addict. Ihm sind immer welche auf den Hacken, die ihn zusammenschlagen, weil er ihnen was schuldet.«
»Und was ist mit Ösp? Woher kennst du sie?«
»Wir waren zusammen in der Schule. Und er auch. Er ist nur ein Jahr jünger als sie. Ösp und ich sind gleichaltrig, wir sind in dieselbe Klasse gegangen. Sie ist ganz schön unterbelichtet.« Stína zeigte sich an den Kopf. »Empty da oben«, sagte sie. »Sie hat nach der zentralen Mittelstufenprüfung das Handtuch geworfen, weil sie überall durchgerasselt ist. Ich hab alles geschafft, und das Abi habe ich auch.«
Stína lächelte breit.
Erlendur betrachtete sie.
»Ich weiß, dass du mit meiner Tochter befreundet bist, und du hast mir weitergeholfen«, sagte er, »aber du solltest dich nicht mit Ösp vergleichen. Bei ihr jucken zumindest keine Nähte.«
Stína schaute ihn an, lächelte schief, verließ stumm das Büro und durchquerte die Lobby. Im Gehen warf sie sich den Mantel mit dem Pelzkragen über, aber ihre Bewegungen waren nicht mehr so sicher. Sie begegnete Sigurður Óli und Guðlaugurs Schwester, die gerade ins Hotel kamen, und Erlendur beobachtete, wie Sigurður Óli auf ihren Busen glotzte. Die Investition hat sich also gelohnt, dachte Erlendur.
Der Hotelmanager hielt sich in der Nähe auf und schien nur darauf gewartet zu haben, dass die Unterredung zwischen Erlendur und Stína zu Ende war. Ösp stand beim Aufzug und beobachtete, wie Stína das Hotel verließ. Man sah ihr an, dass sie sich kannten. Als Stína beim Empfangs-

chef vorbeikam, der an der Rezeption stand, blickte er auf und schaute ihr nach. Seine Blicke wanderten weiter zum Hotelmanager, der seinerseits in Richtung Küche watschelte. Ösp betrat den Lift, und die Türen schlossen sich.

»Darf ich fragen, was dieses Theater hier soll«, hörte Erlendur Guðlaugurs Schwester fragen, die auf ihn zukam. »Was hat das zu bedeuten, mich dermaßen grob und unverschämt zu behandeln?«

»Grob und unverschämt?«, sagte Erlendur erstaunt. »Mir ist nichts dergleichen bekannt.«

»Dieser Mann hier«, sagte die Schwester, die augenscheinlich nicht wusste, wie Sigurður Óli hieß, »dieser Mann hat mich unverschämt behandelt, und ich bestehe darauf, dass er sich entschuldigt.«

»Kommt nicht in Frage«, sagte Sigurður Óli.

»Er hat mich gestoßen und aus meinem Haus abgeführt, als wäre ich ein ordinärer Verbrecher.«

»Ich habe ihr Handschellen angelegt«, sagte Sigurður Óli. »Und ich denke nicht daran, sie um Entschuldigung zu bitten. Das kann sie vergessen. Sie hat mir ein Menge Beschimpfungen vor den Latz geknallt und Elínborg auch, und sie hat sich widersetzt. Am liebsten würde ich sie einbuchten lassen. Sie hat die Arbeit der Kriminalpolizei behindert.«

Die Schwester schaute Erlendur an, sagte aber nichts. Er wusste, dass sie Stefanía hieß, und überlegte, wie sie wohl als kleines Madchen genannt worden war.

»Ich bin es nicht gewohnt, dass man so mit mir umspringt«, erklärte sie schließlich.

»Bring sie auf die Wache«, sagte Erlendur zu Sigurður Óli. »Ab in die Zelle neben Henry Wapshott. Wir werden uns morgen mit ihr befassen.« Er sah Stefanía ins Gesicht. »Oder übermorgen.«

»Das kannst du doch nicht machen«, sagte Stefanía, und

Erlendur sah, dass sie jetzt wirklich erschrocken war. »Du hast überhaupt keine Berechtigung, mich so zu behandeln. Wieso bildest du dir ein, mich ins Gefängnis werfen zu können? Was habe ich denn getan?«

»Du hast gelogen«, sagte Erlendur. »Auf Wiedersehen. Wir sprechen uns später«, sagte er zu Sigurður Óli.

Er drehte sich um und ging in die Richtung, die der Hotelmanager genommen hatte. Sigurður Óli packte Stefanía beim Handgelenk und wollte sie zum Auto abführen. Sie blieb jedoch stocksteif stehen und blickte Erlendur nach.

»Also schön«, rief sie ihm nach. Sie versuchte, sich von Sigurður Óli loszureißen. »Das hier ist nicht nötig«, sagte sie. »Können wir uns nicht irgendwo hinsetzen und wie vernünftige Menschen darüber reden?«

Erlendur blieb stehen und drehte sich um.

»Worüber?«, fragte er.

»Über meinen Bruder«, sagte sie. »Reden wir über meinen Bruder, wenn du das unbedingt willst. Aber ich weiß wirklich nicht, was du dir davon versprichst.«

Sie gingen hinunter in Guðlaugurs Kammer, weil sie darauf bestand. Als Erlendur fragte, ob sie bereits früher einmal dort gewesen sei, verneinte sie. Als er nachfragte, ob sie wirklich all die Jahre ihren Bruder nie getroffen hätte, wiederholte sie das, was sie bereits vorher gesagt hatte, dass sie keinerlei Verbindung zu ihrem Bruder gehabt hätte. Erlendur war davon überzeugt, dass sie log und dass ihr Besuch im Hotel fünf Tage vor dem Mord in irgendeiner Weise mit Guðlaugur zu tun gehabt hatte, der konnte kein purer Zufall gewesen sein.

Sie betrachtete das Plakat mit Shirley Temple als *Little Princess*, verzog aber keine Miene und enthielt sich jeglichen Kommentars. Sie öffnete den Kleiderschrank und sah die Portierslivree. Schließlich setzte sie sich auf den einzigen Stuhl in der Kammer, während Erlendur sich an den Schrank lehnte. Sigurður Óli hatte weitere Termine mit Schulkameraden von Guðlaugur in Hafnarfjörður, und er machte sich auf den Weg, als sie sich in den Keller begaben.

»Hier ist er also gestorben«, sagte die Schwester ohne eine Spur von Bedauern in der Stimme, und Erlendur wunderte sich wieder genau wie beim ersten Zusammentreffen, warum diese Frau überhaupt keine Gefühle für ihren Bruder zu haben schien.

»Durch einen Stich ins Herz«, sagte Erlendur. »Wahrscheinlich mit einem Messer aus der Küche«, fügte er hinzu. Immer noch waren die Blutspuren im Bett.

»Wie erbärmlich das ist«, sagte sie und schaute sich um. »Dass er hier die ganzen Jahre gehaust hat. Was hat er sich eigentlich dabei gedacht?«

»Ich habe gehofft, dass du mir da weiterhelfen könntest.«

Sie sah ihn an und schwieg.

»Ich weiß es nicht«, fuhr Erlendur fort. »Er war wohl der Meinung, dass ihm das genügte. Andere Leute brauchen Villen mit fünfhundert Quadratmetern. Soweit ich weiß, hat er einige Vorteile dadurch gehabt, hier im Hotel zu wohnen und zu arbeiten. Hier hatte er die eine oder andere Dienstleistung inklusive.«

»Habt ihr schon die Mordwaffe gefunden?«, fragte sie.

»Nein, aber vielleicht etwas Ähnliches«, antwortete Erlendur. Dann verstummte er und wartete darauf, dass sie etwas sagen würde, aber sie schwieg ebenfalls. Es verging eine ganze Weile, bis sie das Schweigen brach.

»Wieso behauptest du, dass ich lüge?«

»Ich weiß nicht, wie weit reichend die Lüge ist, aber ich bin mir völlig sicher, dass du mir nicht alles zu Protokoll gegeben hast, was du weißt. Du hast nicht die Wahrheit gesagt. Abgesehen davon sagst du sowieso fast nichts, und ich bin erstaunt über deine und deines Vaters Reaktion auf den Tod von Guðlaugur. Es hat den Anschein, als beträfe euch das überhaupt nicht.«

Sie blickte Erlendur eine ganze Weile an, schien sich dann jedoch zu einer Entscheidung durchgerungen zu haben.

»Er war drei Jahre jünger als ich«, sagte sie plötzlich, »und obwohl ich damals so klein war, kann ich mich erinnern, wie meine Eltern ihn als Baby nach Hause brachten. Wahrscheinlich eine meiner ersten Erinnerungen. Er war vom allerersten Tag an der Augenstern meines Vaters. Er stand immer im Mittelpunkt, und ich glaube, mein Vater hat ihm gleich von Anfang an eine große Rolle zugedacht. Das kam nicht später oder hat sich so ergeben, wie es wahrscheinlich normalerweise der Fall ist, sondern unser Vater hatte vom ersten Tag an Großes mit ihm im Sinn, mit Guðlaugur.«

»Und was war mit dir?«, fragte Erlendur. »Hat er keine Talente in dir gesehen?«

»Er war immer gut zu mir«, sagte sie, »aber Guðlaugur hat er vergöttert.«

»Und ihn vorangetrieben, bis er zusammengebrochen ist.«

»Du willst die Dinge anscheinend einfach haben«, sagte sie, »aber das sind sie im seltensten Fall. Ich hätte gedacht, dass ein Mensch wie du, ein Polizist, sich das klar machen würde.«

»Ich glaube, hier geht es nicht um mich«, sagte Erlendur.

»Nein«, sagte sie, »natürlich nicht.«

»Wie ist es dazu gekommen, dass Guðlaugur hier in diesem Kellerloch endete, allein und verlassen? Warum habt ihr ihn so gehasst? Ich kann vielleicht die Reaktion deines Vaters verstehen, wenn er durch ihn in den Rollstuhl gekommen ist, aber ich begreife nicht, warum du so unerbittlich und nachtragend gegen ihn warst.«

»In den Rollstuhl gekommen ist?«, fragte sie und blickte Erlendur erstaunt an.

»Weil Guðlaugur ihn die Treppe hinuntergestoßen hat«, sagte Erlendur. »Die Geschichte habe ich gehört.«
»Von wem?«
»Das spielt keine Rolle. Stimmt sie? Hat er seinen Vater in den Rollstuhl gebracht?«
»Ich glaube, das geht dich nichts an.«
»Gewiss nicht«, sagte Erlendur. »Aber es hat mit meiner Ermittlung zu tun, und da fürchte ich, dass es außer euch auch noch andere angeht.«
Stefanía schwieg und starrte auf das Blut im Bett. Erlendur überlegte, warum sie unbedingt in dieser Kammer mit ihm sprechen wollte, in der ihr Bruder ermordet worden war. Er spielte mit dem Gedanken, sie zu fragen, unterließ es aber dann.
»Das kann doch nicht immer so gewesen sein«, sagte er stattdessen. »Du bist deinem Bruder auf der Bühne im Stadtkino zu Hilfe gekommen, als er seine Stimme verlor. Irgendwann wart ihr Freunde. Irgendwann ist er dein Bruder gewesen.«
»Wieso weißt du, was im Stadtkino geschehen ist? Wie hast du das ausgegraben? Mit wem hast du gesprochen?«
»Wir stellen selbstverständlich Nachforschungen an. Einige Leute aus Hafnarfjörður können sich noch ganz gut daran erinnern. Er war dir nicht gleichgültig, als ihr Kinder wart.«
Stefanía schwieg.
»Das Ganze war ein Albtraum«, sagte sie. »Ein grauenvoller Albtraum.«

Vorfreude und Spannung herrschten in ihrem Haus in Hafnarfjörður an dem Tag, als er im Stadtkino auftreten sollte. Sie wachte früh auf und machte das Frühstück. Sie musste an ihre Mutter denken, ihr kam es so vor, als hätte sie deren Rolle im Haushalt übernommen, und sie war stolz darauf. Ihr Vater hatte sie gelobt und gesagt, wie tüchtig sie für ihre

beiden Männer sorgte, nachdem die Mutter gestorben war. Wie erwachsen sie schon sei und wie verantwortungsvoll in allem, was sie tat. Sonst äußerte er sich nie über ihre Person. Kümmerte sich nicht um sie, hatte es nie getan.
Sie vermisste ihre Mutter. Auf dem Sterbebett hatte sie ihr gesagt, dass sie von jetzt an für ihren Vater und ihren Bruder sorgen müsse. Sie dürfe die beiden nicht im Stich lassen. »Versprich mir das«, hatte ihre Mutter gesagt. »Es wird nicht immer einfach sein. Es ist nicht immer einfach gewesen. Dein Vater ist so streng und so unnachgiebig, ich weiß nicht, ob Guðlaugur das durchhält. Falls nicht, musst du zu ihm stehen, zu Guðlaugur, versprich mir das auch«, sagte ihre Mutter. Sie hatte darauf genickt und es ihr versprochen. Und sie hielten sich die Hände, bis ihre Mutter einschlief, sie strich ihr über die Haare und küsste sie auf die Stirn.
Zwei Tage später war sie tot.
»Lassen wir Guðlaugur noch ein bisschen länger schlafen«, sagte ihr Vater, als er in die Küche herunterkam. »Dies ist ein wichtiger Tag für ihn.«
Ein wichtiger Tag für ihn.
Sie konnte sich nicht erinnern, dass es jemals wichtige Tage in ihrem Leben gegeben hatte. Alles drehte sich um ihn. Seine Stimme, seinen Gesang. Die Schallplattenaufnahmen. Die beiden Platten, die herausgegeben worden waren. Die Einladung zu einer Tournee durch Skandinavien. Die Auftritte in Hafnarfjörður. Das Konzert im Stadtkino heute Abend. Während seiner Gesangsübungen musste sie immer durchs Haus schleichen, um die beiden im Wohnzimmer nicht zu stören. Er stand am Klavier, und sein Vater begleitete ihn, instruierte und spornte ihn an. Er war sanft und verständnisvoll, wenn er fand, dass er sich Mühe gab, aber er konnte genauso unerbittlich und streng sein, wenn Guðlaugur sich seiner Meinung nach nicht genug konzentrierte. Dann

verlor er die Geduld und überschüttete ihn mit Vorwürfen. Manchmal umarmte er ihn und sagte, er sei wunderbar.
Sie sehnte sich nach einem Bruchteil dieser Aufmerksamkeit oder etwas, das im Ansatz der Förderung entsprach, die ihm jeden Tag zuteil wurde, weil er diese schöne Stimme hatte. Sie empfand sich selbst als völlig unbedeutend, denn sie verfügte über keinerlei Fähigkeiten, die das Interesse ihres Vaters wecken konnten. Manchmal sagte er, es sei schade, dass sie keine schöne Stimme habe. Seiner Meinung nach wäre es vergebliche Mühe gewesen, ihr Gesangsunterricht zu geben, aber sie wusste, dass das nicht stimmte. Sie wusste, dass er schlicht und einfach nur keine Lust hatte, seine Kräfte darauf zu verschwenden, denn ihre Stimme war nicht außergewöhnlich. Sie hatte nicht die Fähigkeiten ihres Bruders. Sie konnte im Chor singen und auf dem Klavier klimpern, aber sowohl ihr Vater als auch der Klavierlehrer, zu dem er sie geschickt hatte, weil er selbst dafür keine Zeit hatte, behaupteten, dass sie kein musikalisches Talent habe. Ihr Bruder hingegen hatte diese wunderbare Stimme und war überdurchschnittlich musikalisch, aber trotzdem war er auch ein ganz normaler Junge, genau wie sie ein ganz normales Mädchen war. Sie wusste nicht, was sie von ihm unterschied. Er war nicht anders als sie. Sie sorgte bis zu einem gewissen Grade für seine Erziehung, vor allem, nachdem ihre Mutter erkrankt war. Er gehorchte ihr und tat das, was sie sagte, und er hielt große Stücke auf sie. Und auch sie hing an ihm, aber sie konnte die Eifersucht nicht unterdrücken, wenn sich alles immer nur um ihn drehte. Sie hatte Angst vor diesem Gefühl, erwähnte es aber niemandem gegenüber.
Sie hörte, wie Guðlaugur die Treppe herunterkam, er erschien in der Küche und setzte sich zu seinem Vater.
»Genau wie Mama«, sagte er, als er sah, wie seine Schwester dem Vater Kaffee einschenkte.

Er sprach oft über ihre Mutter, und sie wusste, dass er sie unsäglich vermisste. Sie war immer für ihn da gewesen, wenn er mit Enttäuschungen fertig werden musste oder gehänselt worden war – und wenn sein Vater die Geduld verlor. Oder einfach, wenn er jemanden brauchte, der ihn in die Arme nahm, ohne dass es eine besondere Belohnung für seine Leistungen war.

Erwartungsvolle Spannung und Vorfreude waren den ganzen Tag im Haus zu spüren und kaum noch auszuhalten, als der Abend näher rückte und sie sich fein machten, um ins Stadtkino zu gehen. Sie begleiteten Guðlaugur hinter die Bühne, ihr Vater begrüßte den Chorleiter, dann begaben sie sich in den Saal, der sich mit den Konzertgästen zu füllen begann. Der Saal wurde verdunkelt, der Vorhang ging auf. Guðlaugur, der ziemlich groß für sein Alter war, sah gut aus und wirkte erstaunlich furchtlos da oben auf der Bühne, und endlich begann er mit seiner sehnsuchtsvollen Knabenstimme zu singen.

Sie hielt den Atem an und schloss die Augen.

Sie kam erst wieder zu sich, als ihr Vater sie bei der Hand packte und so fest zugriff, dass es wehtat. Sie hörte ihn stöhnen: »Gott im Himmel.«

Sie öffnete die Augen und sah das leichenblasse Antlitz ihres Vaters. Auf der Bühne versuchte Guðlaugur zu singen, aber da war etwas mit der Stimme passiert. Es hörte sich so an, als jodelte er. Sie stand auf, drehte sich um, schaute in den Saal hinter sich und sah, dass die Leute angefangen hatten, das Gesicht zu einem Grinsen zu verziehen. Einige lachten sogar. Sie rannte, ohne nachzudenken, auf die Bühne zu ihrem Bruder und versuchte, ihn wegzuführen. Der Chorleiter kam ihr zu Hilfe, und es gelang ihnen endlich, ihn hinter die Bühne zu bringen. Sie sah, dass ihr Vater immer noch wie vom Blitz getroffen in der ersten Reihe stand und zu ihnen hochstarrte.

Vor dem Einschlafen rief sie sich wieder diesen grauenvollen Moment in Erinnerung. Ihr Herz begann zu klopfen, nicht aus Furcht oder Schock über das, was geschehen war, oder weil sie daran dachte, wie ihrem Bruder zumute sein musste, sondern aus einer rätselhaften Freude heraus, die sie sich nicht erklären konnte und am liebsten verdrängen wollte, wie eine böse Tat.

»Hast du Gewissensbisse gehabt wegen dieser Gedanken?«, fragte Erlendur.
»Sie waren mir völlig fremd«, sagte Stefanía. »Ich hatte noch nie solche Gefühle gehabt.«
»Ich glaube eigentlich nicht, dass es etwas Unnatürliches ist, sich über den Misserfolg anderer zu freuen«, sagte Erlendur, »auch wenn unsere nächsten Angehörigen betroffen sind. Das können nichtsteuerbare Reaktionen sein, irgendwelche Abwehrmaßnahmen, wenn man einen Schock erlitten hat.«
»Ich sollte dir vielleicht das nicht alles so detailliert erzählen«, sagte Stefanía. »Kein sehr sympathisches Bild, das du da von mir bekommst. Vielleicht hast du Recht. Wir standen alle unter Schock. Unter einem unglaublichen Schock, wie du dir vielleicht vorstellen kannst.«
»Wie war die Verbindung zwischen ihnen nach diesem Vorfall?«, fragte Erlendur. »Zwischen Guðlaugur und seinem Vater?«
Stefanía beantwortete die Frage nicht.
»Weißt du, wie es ist, wenn man von niemandem beachtet und geliebt wird?«, fragte sie stattdessen. »Wie es ist, wenn man ganz einfach durchschnittlich ist und einem niemals besondere Aufmerksamkeit zukommt? Das ist, als ob du gar nicht existierst. Deine Person wird wie selbstverständlich hingenommen, nie wirst du in irgendeiner Form beachtet, nie kümmert sich jemand um dich. Und die ganze Zeit wird

jemand anderes auf Händen getragen, jemand, mit dem du auf gleicher Stufe zu stehen glaubst. Er wird auf Händen getragen wie ein Auserwählter, der zur Freude seiner Eltern und aller anderen in die Welt geboren wurde. Das musst du Tag für Tag mit ansehen, Woche für Woche, Jahr für Jahr, und es ändert sich nichts mit den Jahren, außer dass sich die Bewunderung noch steigert und fast abgöttisch wird.«

Sie schaute zu Erlendur hoch.

»Da muss doch Eifersucht aufkommen«, sagte sie. »Alles andere wäre übermenschlich. Und statt dagegen anzukämpfen, fängt man auf einmal an, dieses Gefühl zu genießen, denn auf irgendeine merkwürdige Weise geht es einem besser damit.«

»Ist das die Erklärung dafür, dass du dich über den Misserfolg deines Bruders gefreut hast?«

»Ich weiß es nicht«, sagte Stefanía. »Ich war diesem Gefühl gegenüber machtlos. Es überfiel mich wie ein eiskalter Schauer, ich zitterte und bebte und versuchte, es von mir fern zu halten, aber das Gefühl wollte nicht weichen. Ich hätte nie gedacht, dass so etwas passieren könnte.«

Sie schwiegen eine Weile.

»Du hast deinen Bruder beneidet«, sagte Erlendur.

»Vielleicht habe ich das zeitweilig getan. Später hatte ich Mitleid mit ihm.«

»Und zum Schluss hast du ihn gehasst.«

Sie schaute Erlendur an.

»Was weißt du über Hass?«

»Nicht viel«, sagte Erlendur. »Ich weiß aber, dass er gefährlich sein kann. Warum hast du uns gesagt, dass du fast drei Jahrzehnte lang keinerlei Verbindung zu deinem Bruder hattest?«

»Weil es wahr ist«, sagte Stefanía.

»Es ist nicht wahr«, entgegnete Erlendur. »Du lügst. Weswegen lügst du?«

»Wollt ihr mich wegen einer Lüge ins Gefängnis bringen?«
»Wenn es sein muss, tu ich das«, sagte Erlendur. »Wir wissen, dass du fünf Tage vor dem Mord an deinem Bruder hier ins Hotel gekommen bist. Du hast uns gegenüber erklärt, du hättest deinen Bruder jahrzehntelang nicht gesehen beziehungsweise keinen Kontakt zu ihm gehabt. Dann finden wir heraus, dass du ein paar Tage vor seinem Tod hier im Hotel gewesen bist. Was hast du von ihm gewollt? Und warum hast du uns angelogen?«
»Ich hätte hier ins Hotel kommen können, ohne ihn treffen zu wollen. Das ist ein großes Hotel. Hast du das vielleicht bedacht?«
»Das bezweifle ich sehr. Meiner Meinung nach war es kein Zufall, dass du ein paar Tage vor seinem Tod in dieses Hotel gekommen bist.«
Er sah, dass sie unschlüssig war, dass sie sich den Kopf darüber zerbrach, ob sie den nächsten Schritt tun sollte. Sie hatte sich augenscheinlich darauf vorbereitet, eine detailliertere Darstellung zu geben als bei ihrem ersten Gespräch, aber jetzt hieß es, den Sprung zu wagen.
»Er hatte einen Schlüssel«, sagte sie dann so leise, dass Erlendur es kaum hören konnte. »Das war der, den du meinem Vater und mir gezeigt hast.«
Erlendur erinnerte sich an den Schlüsselbund, der im Zimmer gefunden worden war, und an das kleine rosa Messer mit dem Bild von einem Piraten, das an dem Schlüsselring hing. Zwei Schlüssel waren daran gewesen, einer wahrscheinlich ein Hausschlüssel, der andere vielleicht zu einer Schublade, einem Schrank oder einer Kiste.
»Was hat es mit diesen Schlüsseln auf sich?«, fragte Erlendur. »Kennst du sie? Weißt du, wo sie hineinpassen?«
Stefanía lächelte kalt.
»Ich habe genau den gleichen Schlüssel«, erklärte sie.

»Was für ein Schlüssel ist das?«
»Zu unserem Haus in Hafnarfjörður.«
»Du meinst dein Zuhause?«
»Ja«, sagte Stefanía. »Das Haus von mir und meinem Vater. Er gehört zur Kellertür hinter dem Haus. Aus dem Keller führt eine schmale Treppe in den Flur im Erdgeschoss, und von dort aus kommt man in die Küche und ins Wohnzimmer.«
»Meinst du damit, dass ...?« Erlendur versuchte, sich über die Bedeutung ihrer Worte klar zu werden. »Meinst du, dass er Zugang zum Haus hatte?«
»Ja.«
»Und ist er ins Haus gekommen?«
»Ja.«
»Aber ich dachte, es hätte keinerlei Verbindung zwischen euch gegeben. Du hast gesagt, dass dein Vater und du euch jahrzehntelang nicht um ihn gekümmert habt. Dass da keinerlei Kontakt war. Weswegen hast du gelogen?«
»Weil Papa nichts davon wusste.«
»Nichts wovon wusste?«
»Dass er gekommen ist. Er muss uns vermisst haben. Ich habe ihn nicht danach gefragt, aber das muss ganz einfach so gewesen sein, sonst hätte er es nicht gemacht.«
»Was genau hat dein Vater nicht gewusst?«
»Dass Guðlaugur manchmal nachts zu uns nach Hause kam, ohne dass wir seiner gewahr wurden, er hat einfach nur im Wohnzimmer gesessen und keinen Mucks von sich gegeben und war dann immer verschwunden, bevor wir aufwachten. Er hat das jahrelang gemacht, ohne dass wir davon wussten.«
Sie schaute auf die Blutflecken im Bett.
»Bis ich einmal nachts aufwachte und ihn sah.«

Vierundzwanzig

Erlendur beobachtete Stefanía und ließ sich ihre Worte durch den Kopf gehen. Sie war nicht so arrogant wie bei ihrem ersten Treffen, als Erlendur ihr die Gefühlskälte übel genommen hatte, die sie ihrem Bruder gegenüber an den Tag legte, und er war sich nicht mehr sicher, ob er sie vielleicht allzu voreilig beurteilt hatte. Er kannte weder sie noch ihre Geschichte gut genug, um sich aufs hohe Ross zu setzen, und bereute es jetzt, ihr Gefühlskälte vorgeworfen zu haben. Es war nicht seine Aufgabe, über andere zu urteilen, obwohl er ständig wieder in diese Falle tappte. Er wusste im Grunde genommen nichts über diese Frau, die urplötzlich so zerknirscht vor ihm saß und grauenvoll einsam wirkte. Ihm war klar geworden, dass ihr Leben nicht gerade ein Tanz auf Rosen gewesen war: erst als Kind im Schatten ihres Bruders, dann als mutterloser Teenager und zuletzt als Frau, die ihrem Vater nicht von der Seite wich und höchstwahrscheinlich ihr Leben für ihn geopfert hatte.

Schweigend standen sie sich geraume Zeit gegenüber, beide dachten nach. Die Tür zur Kammer hatten sie offen gelassen. Plötzlich trat Erlendur auf den Gang hinaus. Er hatte das Gefühl, dass sich dort jemand herumtrieb und lauschte. Er blickte den schlecht beleuchteten Gang entlang, sah aber niemanden. Er drehte sich um und schaute in die hintere Ecke, wo völlige Finsternis herrschte. Er sagte sich, dass jemand, um dorthin zu gelangen, an der offenen

Zimmertür vorbeigemusst hätte, und das wäre ihm nicht entgangen. Da war niemand auf dem Gang. Trotzdem hatte er, als er die Kammer wieder betrat, das unbestimmte Gefühl, dass sie sich nicht allein da unten befanden. Wieder war dieser Geruch auf dem Gang, ein schwacher Rauchgeruch, den er nicht zuordnen konnte. Er fühlte sich unwohl an diesem Ort. Der Gedanke daran, wie sie die Leiche vorgefunden hatten, ließ ihn nicht los, und je mehr er mit der Geschichte des Weihnachtsmanns vertraut wurde, desto armseliger und trauriger schien alles in seinen Augen zu sein, da war etwas, von dem er wusste, dass es ihn nie mehr loslassen würde.

»Ist etwas nicht in Ordnung?«, fragte Stefanía, die reglos auf ihrem Stuhl saß.

»Doch, alles in Ordnung«, sagte Erlendur. »Irgendein komisches Gefühl von mir. Ich hab mir plötzlich eingebildet, da wäre jemand auf dem Gang. Sollten wir nicht einen Ortswechsel vornehmen? Vielleicht einen Kaffee trinken?«

Sie schaute sich noch einmal in der Kammer um, nickte dann und stand auf. Sie gingen schweigend den Gang entlang und die Treppe hinauf, durchquerten das Foyer und begaben sich in den Speisesaal, wo Erlendur zwei Tassen Kaffee bestellte. Sie setzten sich etwas abseits und versuchten, sich nicht durch die Ausländer stören zu lassen.

»Mein Vater wäre nicht einverstanden mit dem, was ich jetzt tue«, erklärte Stefanía. »Er hat mir immer verboten, über die Familie zu reden. Er erträgt solches Eindringen in sein Privatleben nicht.«

»Wie steht es um seine Gesundheit?«

»Er ist für sein Alter einigermaßen gut dran. Aber ich weiß nicht…«

Ihre Worte verebbten.

»Es gibt kein Privatleben bei einer polizeilichen Ermittlung«, sagte Erlendur. »Schon gar nicht, wenn ein Mord verübt worden ist.«

»Das wird mir so langsam auch immer klarer. Wir hatten vor, das alles von uns fern zu halten, so als ginge es uns überhaupt nichts an, aber ich denke, unter diesen grässlichen Umständen kann sich da niemand raushalten.«

»Wenn ich dich richtig verstehe«, sagte Erlendur, »hatten dein Vater und du sämtliche Verbindungen zu Guðlaugur abgebrochen, aber er hat sich nachts heimlich ins Haus geschlichen, ohne dass ihr ihn bemerkt habt. Was bezweckte er damit? Was hat er gemacht? Und weswegen?«

»Ich habe nie eine erschöpfende Antwort von ihm bekommen. Er saß einfach nur im Wohnzimmer, ein oder zwei Stunden, hat sich nicht gerührt und keinen Ton von sich gegeben. Sonst wäre ich bestimmt sehr viel eher dahinter gekommen. Er hat das ein paar Mal im Jahr gemacht, und zwar über viele Jahre hin. Also nicht so, dass er jede Nacht gekommen wäre. Vor ungefähr zwei Jahren konnte ich einmal nachts wegen irgendetwas nicht schlafen. Ich lag da im Halbdunkel, und so gegen vier Uhr glaubte ich unten ein Knarren zu hören. Ich erschrak natürlich. Das Zimmer meines Vaters ist unten, es steht nachts immer offen, und ich dachte, er würde vielleicht auf sich aufmerksam machen wollen. Dann hörte ich dieses Geräusch noch einmal und überlegte, ob da womöglich ein Einbrecher unterwegs war. Ich schlich die Treppe hinunter und sah, dass die Tür zum Zimmer meines Vaters noch genauso angelehnt stand, wie ich sie hinterlassen hatte. Als ich in den Flur kam, sah ich jemanden die Kellertreppe hinunterhuschen und ich habe ihm etwas nachgerufen. Zu meinem Entsetzen hielt er inne und kam wieder nach oben.«

Stefanía verstummte und starrte vor sich hin, sie schien keine Verbindung zu Zeit und Raum zu haben.

»Ich dachte, dass er auf mich losgehen würde«, sagte sie schließlich. »Ich stand in der Küchentür und machte Licht, und da stand er vor mir. Ich hatte ihn viele Jahre lang nicht von Angesicht zu Angesicht gesehen, und ich habe geraume Zeit gebraucht, bis mir klar wurde, dass ich meinem Bruder gegenüberstand.«

»Was hast du dann gemacht?«, fragte Erlendur.

»Ich war unfähig, überhaupt zu reagieren, als mir bewusst wurde, wer er war. Ich hatte solche Angst. Wenn es ein Einbrecher gewesen wäre, hätte ich mich nicht so verhalten, dann hätte ich sofort die Polizei anrufen müssen. Ich zitterte am ganzen Leib und stieß einen Schrei aus, als ich das Licht angeknipst hatte und ihn vor mir sah. Es muss irgendwie komisch gewesen sein, mich so hysterisch zu sehen, denn er fing an zu lachen.«

»Nicht Papa wecken!«, sagte er, legte den Finger vor den Mund und sagte leise Psst.

Sie traute ihren Augen nicht.

»Bist du das?«, stöhnte sie.

Er war so völlig anders als das Bild, das sie aus der Jugendzeit von ihm bewahrt hatte, und sie sah, dass das Alter ihm übel mitgespielt hatte; davon zeugten die Säcke unter den Augen und die dünnen, blutleeren Lippen. Seine Haare standen unordentlich in alle Richtungen. Er schaute sie mit unendlich traurigen Augen an. Unwillkürlich überlegte sie, wie alt er war.

Er sah so viel älter aus, als er war …

»Was machst du hier?«, flüsterte sie.

»Nichts«, sagte er. »Ich mache gar nichts. Ich möchte bloß manchmal nach Hause.«

»Das war die einzige Erklärung, die er mir gab, weswegen er manchmal nachts kam und sich ins Wohnzimmer setzte, ohne sich bemerkbar zu machen«, sagte Stefanía. »Er wollte manchmal nach Hause. Ich weiß nicht, was er damit meinte. Ob das mit seiner Kindheit zusammenhing, als Mama noch lebte, oder ob er an die Jahre dachte, bevor er meinen Vater die Treppe hinunterstieß. Ich weiß es nicht. Vielleicht hatte das Haus selbst irgendeine Bedeutung für ihn, denn er hat nie ein anderes Heim besessen, nur dieses schmutzige Kabuff in diesem Hotel.«

»Du solltest jetzt gehen«, sagte sie. »Er könnte aufwachen.«

»Ja, ich weiß«, sagte er. »Wie geht es ihm gesundheitlich? Fehlt ihm was?«

»Er hält sich gut. Er braucht aber ständig Pflege. Er muss gefüttert und angezogen werden, ich muss ihn spazieren fahren und vor dem Fernseher zurechtsetzen. Er mag Zeichentrickfilme.«

»Du hast keine Vorstellung, wie ich darunter gelitten habe«, sagte er. »Die ganzen Jahre. Ich habe nicht gewollt, dass es so kam. Das Ganze war von Anfang bis Ende ein Missverständnis.«

»Ja, genau«, sagte sie.

»Ich wollte nie berühmt werden«, sagte er. »Das war sein Traum. Ich sollte seinen Traum erfüllen.«

Sie schwiegen.

»Fragt er manchmal nach mir?«

»Nein, nie«, sagte sie. »Ich habe versucht, ihn dazu zu bringen, über dich zu sprechen, aber er erträgt es nicht, deinen Namen zu hören.«

»Er hasst mich immer noch.«

»Ich glaube, das wird sich nie ändern.«

»Weil ich so bin, wie ich bin. Er erträgt es nicht, dass ich so bin.«

»Das ist eure Angelegenheit, und ich ...«

»Ich würde alles für ihn tun, das weißt du.«

»Ja.«
»Immer.«
»Ja.«
»All diese Anforderungen, die er an mich gestellt hat. Gesangsstunden. Üben. Konzerte. Studioaufnahmen. Davon hat er geträumt, nicht ich. Alles war in Ordnung, wenn er zufrieden war.«
»Ich weiß.«
»Weshalb kann er mir dann nicht vergeben? Weswegen können wir uns nicht versöhnen? Ich vermisse ihn. Willst du ihm das sagen? Ich vermisse die Zeit, als wir zusammen waren. Als ich für ihn gesungen habe. Ich habe keine andere Familie.«
»Ich will versuchen, mit ihm zu reden.«
»Würdest du das tun? Willst du ihm sagen, dass ich ihn vermisse?«
»Ich werde es tun.«
»Er kann mich nicht ertragen, weil ich so bin, wie ich bin.«
Stefanía schwieg.
»Vielleicht habe ich gegen ihn rebelliert. Ich weiß es nicht. Ich habe versucht, es zu verstecken, aber ich kann nicht anders sein, als ich bin.«
»Du solltest jetzt gehen«, sagte sie.
»Ja.«
Er zögerte.
»Und was ist mit dir?«, sagte er.
»Was mit mir ist?«
»Hasst du mich auch?«
»Du solltest gehen. Er könnte aufwachen.«
»Weil alles meine Schuld ist. Die Situation, in der du bist, ständig für ihn sorgen zu müssen. Du musst doch ...«
»Geh jetzt«, sagte sie.
»Verzeih mir.«

»Als er nach dem Unfall ausgezogen ist, was geschah dann?«, fragte Erlendur. »Habt ihr ihn ganz einfach aus eurem Leben getilgt, so als hätte er nie existiert?«

»Mehr oder weniger. Ich weiß, dass mein Vater sich hin und wieder seine Platten angehört hat, denn er vergaß manchmal, sie wegzuräumen oder die Platte vom Teller zu nehmen. Manchmal kam uns etwas über ihn zu Ohren, und vor vielen Jahren lasen wir einmal ein Interview mit ihm in irgendeiner Zeitschrift. Da ging es um ehemalige Kinderstars. ›Was ist aus ihnen geworden?‹, war die Überschrift, oder irgendwas Furchtbares in der Art. Die Zeitschrift hatte ihn ausfindig gemacht, und er war anscheinend bereit, über seine frühere Berühmtheit zu sprechen. Ich habe keine Ahnung, warum er sich so exponiert hat. Er sagte eigentlich nichts von Bedeutung in diesem Interview, außer, dass es eine schöne Zeit gewesen war, als er im Mittelpunkt des Interesses stand.«

»Irgendjemand hat sich also an ihn erinnert. Er ist nicht ganz vergessen worden.«

»Es gibt immer welche, die sich erinnern.«

»Hat er in diesem Interview nicht darüber gesprochen, wie er in der Schule gehänselt wurde, oder über den Leistungsdruck seitens seines Vaters, den Verlust der Mutter und darüber, wie seine Hoffnungen, die euer Vater wahrscheinlich geschürt hat, zunichte gemacht wurden und er aus seinem eigenen Heim vertrieben wurde?«

»Was weißt du über die Hänseleien in der Schule?«

»Wir wissen, dass er aufgezogen wurde, weil er allen irgendwie merkwürdig vorkam. Stimmt das nicht?«

»Ich glaube nicht, dass mein Vater irgendwelche Erwartungen geschürt hat. Er ist ein sehr bodenständiger und realistischer Mensch. Ich weiß nicht, weshalb du in diesem Ton mit mir redest. Es sah eine Zeit lang so aus, als hätte mein Bruder eine bedeutende Karriere vor sich, als würde er im Ausland auftreten und viel mehr Aufsehen erregen, als es hier in unserem kleinen Land überhaupt denkbar war. Mein Vater hat ihm das gesagt, aber ich glaube, er hat ihm auch klar gemacht, dass es dazu intensiver Arbeit, großer Ausdauer und bedeutender Fähigkeiten bedarf, und dass er sich keine unrealistischen Hoffnungen machen dürfe. Mein Vater hat keine Macke gehabt. Glaub das ja nicht.«

»Ich glaube gar nichts«, erwiderte Erlendur.

»Gut.«

»Hat Guðlaugur nie versucht, Verbindung mit euch aufzunehmen? Oder ihr mit ihm? Die ganze Zeit?«

»Nein. Ich glaube, diese Frage habe ich bereits beantwortet. Da war nichts, außer der Tatsache, dass er sich manchmal zu uns ins Haus schlich, ohne dass wir davon wussten. Er hat mir gesagt, dass er das jahrelang gemacht hat.«

»Ihr beide habt also nicht nach ihm gesucht?«

»Nein, das haben wir nicht getan.«

»Zwischen ihm und eurer Mutter bestand ein inniges Verhältnis?«, fragte Erlendur.

»Sie war sein Ein und Alles.«

»Ihr Tod muss furchtbar für ihn gewesen sein.«

»Er war furchtbar für uns alle.«

Stefanía seufzte schwer.

»Es kommt mir so vor, als sei damals irgendetwas in uns allen gestorben, als sie uns verließ. Das, was uns zu einer Familie machte. Ich glaube, mir ist erst sehr viel später klar geworden, dass sie es war, die uns zusammenhielt und uns die Balance gab. Unsere Eltern waren sich nicht einig darüber, wie man mit Guðlaugurs Talent umgehen sollte, sie stritten sich wegen seiner Erziehung, wenn man das Streit nennen konnte. Sie wollte, dass er so sein durfte, wie er sein wollte. Selbst wenn er schön singen konnte, musste nicht unbedingt so viel Aufhebens davon gemacht werden.«

Sie blickte Erlendur an.
»Ich glaube, mein Vater hat ihn nie so richtig als Kind betrachtet, sondern als Projekt – und als Objekt, das er ganz allein prägen und formen würde.«
»Aber du? Wie standest du dazu?«
»Ich? Danach wurde ich nie gefragt.«
Sie schwiegen, während sie dem Stimmengewirr im Speisesaal lauschten und die Ausländer beobachteten, die sich lebhaft unterhielten und lachten. Erlendur betrachtete Stefanía, die in sich selbst und ihre Erinnerungen an ein fragiles Familienleben versunken zu sein schien.
»Hast du irgendetwas mit dem Mord an ihm zu tun?«, fragte Erlendur behutsam.
Es war, als hörte sie nicht, was er sagte, und er wiederholte die Frage. Sie blickte hoch.
»Nicht im Geringsten«, sagte sie. »Ich wollte, er wäre noch am Leben, und ich könnte ...«
Stefanía verstummte.
»Du könntest was?«, fragte Erlendur.
»Ich weiß nicht, vielleicht etwas gutmachen ...«
Wieder schwieg sie eine Weile.
»Das war alles so entsetzlich. Alles, von Anfang bis Ende. Es beginnt mit irgendwelchen Kleinigkeiten, und dann eskaliert es und wird immer komplizierter, bis man auf einmal nicht mehr damit fertig wird. Ich will es nicht als harmlose Tat hinstellen, dass er ihn die Treppe hinuntergestoßen hat. Aber man hat danach nur die Konfrontation gesucht und nichts unternommen, um das zu ändern. Weil man es nicht wollte, vermute ich. Und die Zeit vergeht, die Jahre vergehen, bis man im Grunde genommen die Empfindungen vergessen hat, den Grund, wodurch alles ausgelöst wurde, und man hat, willentlich oder unwillentlich, die Möglichkeiten verdrängt, die man hatte, um etwas wieder gutzumachen, was schief gelaufen ist, und dann ist es auf

einmal zu spät, die Dinge in Ordnung zu bringen. All diese Jahre sind vergangen ...«

Sie seufzte tief.

»Was geschah, nachdem du ihn da in der Küche überrascht hast?«

»Ich sprach mit Papa. Er wollte nichts von Gulli wissen, und damit war die Sache für ihn erledigt. Diese nächtlichen Besuche habe ich nicht erwähnt. Ich habe aber einige Male versucht, mit ihm über eine Versöhnung zu sprechen, indem ich behauptete, Gulli zufällig auf der Straße getroffen zu haben, und dass er gerne seinen Vater wiedersehen würde, aber Papa war ganz und gar unerbittlich.«

»Ist dein Bruder danach noch einmal ins Haus gekommen?«

»Nicht, dass ich wüsste.«

Sie schaute Erlendur an.

»Das war vor zwei Jahren, und seitdem habe ich ihn nicht wiedergesehen.«

Fünfundzwanzig

Stefanía stand auf und schickte sich an zu gehen. Es war, als hätte sie alles gesagt, was sie sagen wollte. Erlendur konnte sich des Gefühls nicht erwehren, dass sie gerade nur so viel erzählt hatte, wie notwendig war, und nur das, was ihres Erachtens bekannt werden durfte. Sicherlich hatte sie einiges verschwiegen. Er stand ebenfalls auf und überlegte, ob er es fürs Erste dabei bewenden lassen oder ihr doch noch mehr zusetzen sollte. Er beschloss, auf den von ihr vorgegebenen Kurs und ihr Tempo einzugehen. Sie hatte sich kooperationsbereiter als zuvor gezeigt, und was er gehört hatte, genügte ihm im Augenblick. Er konnte aber nicht umhin, wenigstens bei einer Sache nachzuhaken, die er überhaupt nicht nachvollziehen konnte. Sie hatte sich dazu nicht geäußert.

»Ich kann verstehen, warum euer Vater ihm zeit seines Lebens wegen dieses Unfalls nicht verzeihen konnte«, sagte Erlendur, »wenn er ihm die Schuld daran gegeben hat, dass er für den Rest seines Lebens an den Rollstuhl gefesselt war. Aber ich weiß nicht, wo ich mit dir dran bin, warum du ebenfalls so reagiert hast. Weshalb du dich ganz und gar auf die Seite deines Vaters gestellt hast. Weshalb du dich in dieser Form von deinem Bruder abgewandt und all die Jahre keine Verbindung zu ihm gehabt hast.«

»Ich glaube, ich habe dir hinreichend geholfen«, sagte Stefanía. »Sein Tod geht meinen Vater und mich nichts an. Der war mit dem anderen Leben verbunden, das mein Bruder lebte, und über das weder mein Vater noch ich irgendetwas wussten. Ich hoffe, du weißt es zu schätzen, dass ich versucht habe, aufrichtig zu sein und dich in der Ermittlung zu unterstützen, und ich gehe davon aus, dass du uns nicht mehr belästigen wirst. Dass du mir nicht in meinem eigenen Haus Handschellen anlegen lässt.«

Sie streckte die Hand aus, als wollte sie irgendeinen Pakt zwischen ihnen besiegeln, dem zufolge ihr Vater und sie von jetzt an in Ruhe gelassen würden. Erlendur ergriff ihre Hand und versuchte zu lächeln. Er wusste, dass dieser Pakt früher oder später gebrochen werden würde. Viel zu viele Fragen, dachte er. Zu wenig wirkliche Antworten. Er war nicht bereit, sie gleich gehen zu lassen, und glaubte zu wissen, dass sie immer noch log oder zumindest einen Bogen um die Wahrheit machte.

»Du bist dann einige Tage vor dem Tod deines Bruders nicht ins Hotel gekommen, um deinen Bruder zu treffen?«, fragte er.

»Nein, ich war hier im Speisesaal mit einer Freundin verabredet. Wir haben einen Kaffee zusammen getrunken. Du kannst dich mit ihr in Verbindung setzen und sie fragen, ob ich dir etwas vorlüge. Ich hatte wieder vergessen, dass er hier arbeitete, und ich habe ihn nicht gesehen, während ich hier war.«

»Ich werde das vielleicht überprüfen«, entgegnete Erlendur und schrieb sich den Namen der Frau auf. »Dann noch etwas: Hast du einen Mann mit Namen Henry Wapshott gekannt? Er ist Engländer und hatte Verbindung zu deinem Bruder.«

»Wapshott?«

»Er sammelt Schallplatten und war an den Platten deines Bruders interessiert. Zufälligerweise sammelte er Chorgesang, und er ist auf Chorknaben spezialisiert.«

»Ich habe nie von diesem Mann gehört«, erklärte Stefanía. »Auf Chorknaben spezialisiert?«

»Es gibt wohl noch spleenigere Sammler als ihn«, sagte Erlendur, hielt es aber nicht für ratsam, auf die Kotztüten von Fluggesellschaften einzugehen. »Er ist der Meinung, dass die Platten deines Bruders heutzutage sehr wertvoll sind, weißt du etwas darüber?«

»Nein, keine Ahnung«, erklärte Stefanía. »Was meinte er damit? Was bedeutet das?«

»Ich bin mir da nicht ganz sicher«, sagte Erlendur. »Auf jeden Fall sind sie wertvoll genug, dass Wapshott extra nach Island kommt, um ihn zu treffen. Hat Guðlaugur Platten von sich besessen?«

»Das glaube ich nicht.«

»Weißt du, was aus den Exemplaren geworden ist, die damals produziert wurden?«

»Ich glaube, die sind einfach verkauft worden«, sagte Stefanía. »Wären sie wertvoll, wenn es noch welche gäbe?«

Erlendur hörte den Eifer aus ihrer Stimme heraus. Er überlegte, ob sie ihm da nicht womöglich wieder etwas vormachte und in Wirklichkeit viel besser Bescheid wusste als er selber und nur herauszufinden versuchte, wie viel er wusste.

»Könnte schon sein«, sagte Erlendur.

»Ist dieser Engländer im Lande?«, fragte sie.

»Er sitzt derzeit bei uns ein«, erwiderte Erlendur. »Es könnte sein, dass er mehr über deinen Bruder und dessen Tod weiß, als er uns sagen will.«

»Glaubt ihr, dass er ihn umgebracht hat?«

»Hast du keine Nachrichten gehört?«

»Nein.«

»Er kommt infrage, weiter nichts.«

»Was für ein Mann ist das?«

Erlendur erwog kurz, ihr zu sagen, was sie von den Kollegen in England erfahren hatten, von den Kinderpornos auf Wapshotts Zimmer, ließ es aber dann bleiben. Er wiederholte nur, was er ihr schon über ihn als Plattensammler mit Chorknaben als Spezialgebiet gesagte hatte, und dass er im Hotel übernachtet und mit Guðlaugur in Verbindung gestanden hatte. Es lägen genügend Verdachtsmomente vor, um ihn festzuhalten.

Sie verabschiedeten sich in aller Freundlichkeit, und Erlendur schaute ihr nach, während sie den Speisesaal durchquerte und in das Foyer ging. Gleichzeitig begann sein Handy zu klingeln. Er zog es aus der Tasche und nahm das Gespräch entgegen. Zu seinem großen Erstaunen war Valgerður am Telefon.

»Können wir uns heute Abend treffen?«, sagte sie ohne Umschweife. »Bist du dann im Hotel?«

»Das kann ich einrichten«, sagte Erlendur und konnte seine Verwunderung nicht verhehlen. »Ich habe geglaubt, dass ...«

»Sagen wir gegen acht? In der Bar?«

»In Ordnung«, sagte Erlendur. »Abgemacht. Was ...?«

Er wollte Valgerður fragen, was ihr auf dem Herzen läge, aber sie hatte schon aufgelegt und an sein Ohr drang nur noch Schweigen. Er stellte das Telefon ab und überlegte, was wohl der Grund für ihre Verabredung sein konnte. Er hatte die Möglichkeit abgeschrieben, diese Frau näher kennen zu lernen, und war zu dem Schluss gekommen, dass er wahrscheinlich in Sachen Frauen ein hoffnungsloser Fall wäre. Und jetzt auf einmal dieser Anruf, von dem er nicht so recht wusste, wie er ihn interpretieren sollte.

Die Mittagszeit war schon längst vorbei, und Erlendur war völlig ausgehungert, aber anstatt sich im Speisesaal etwas zu bestellen, nahm er den Aufzug hoch zu seinem Zimmer und ließ sich vom Zimmerservice einen verspäteten Lunch bringen. Er musste sich noch einige Videoaufzeichnungen ansehen. Er legte eine Kassette ein und ließ sie durchlaufen, während er auf das Essen wartete.

Er verlor bald die Konzentration. Im Geiste war er nicht bei dem Geschehen auf dem Bildschirm, sondern dachte über Stefanías Worte nach. Warum hatte Guðlaugur sich heimlich nachts in ihr Haus geschlichen? Er hatte seiner Schwester gesagt, dass er nach Hause wollte. *Ich möchte bloß manchmal nach Hause.* Was steckte hinter diesen Worten? Wusste seine Schwester das? Was bedeutete *nach Hause* für Guðlaugur? Was vermisste er? Er war kein Teil der Familie mehr, und diejenige, die ihm am nächsten gestanden hatte, seine Mutter, war schon lange tot. Er belästigte seinen Vater und seine Schwester nicht mit seinen Besuchen. Er kam nicht tagsüber wie normale Leute, falls es denn etwas wie normale Leute gab, um die Dinge ins Reine zu bringen, um das Zerwürfnis, den Zorn und den Hass in Angriff zu nehmen, die zwischen ihm und seiner Familie herrschten. Er kam mitten in der Nacht und achtete darauf, niemanden zu wecken, und schlich sich wieder hinaus, ohne dass jemand seiner gewahr wurde. Er schien nicht an Versöhnung und Vergebung interessiert zu sein, sondern an irgendetwas, was eine wichtigere Rolle für ihn zu spielen schien, etwas, wovon nur er wusste, was es war, was nie geklärt werden könnte und sich hinter diesen Worten verbarg. Nach Hause.

Was war das?

Vielleicht der Gedanke an seine Jugend im Haus seiner Eltern, bevor das Leben mit unbegreiflichen Verwicklungen und Schicksalsschlägen hereinbrach, die Zerstörung und Unglück hinterließen. Als er in diesem Haus herumlief in dem sicheren Bewusstsein, einen Vater, eine Mutter und eine Schwester zu haben, die bei ihm waren und ihn liebten. Er musste wohl in das Haus gekommen sein, um Erinnerungen nachzuhängen, die er nicht missen wollte,

um sich an sie zu klammern, wenn das Leben ihm eine schwere Bürde war.
Vielleicht war er in das Haus gekommen, um es mit dem Schicksal aufzunehmen, das ihm dort zuteil geworden war. Mit den unerbittlichen Anforderungen, die sein Vater an ihn stellte, mit den Hänseleien, die er über sich ergehen lassen musste, weil er als anders galt, mit der Liebe seiner Mutter, die ihm mehr bedeutete als alles andere, und mit der großen Schwester, die auch auf ihn aufpasste; mit dem Schock, als er nach dem Konzert aus dem Stadtkino nach Hause kam, nachdem seine Welt zusammengebrochen war und mit ihr die Hoffnungen seines Vaters. Was kann schlimmer für einen Jungen sein, als die Erwartungen seines Vaters nicht zu erfüllen? Nach all dem, was er auf sich genommen hatte, was sein Vater auf sich genommen hatte, was die Familie auf sich genommen hatte. Er hatte seine Jugend geopfert, um etwas zu werden, was er weder verstehen noch beeinflussen konnte – und sich dann als Nichts herausstellte. Sein Vater hatte mit seiner Jugend gespielt und ihn im Grunde genommen um sie betrogen.
Erlendur seufzte. Wer möchte nicht manchmal nach Hause?

Er hatte sich auf dem Bett ausgestreckt, als er auf einmal ein leises Geräusch im Zimmer hörte. Erst war er sich nicht sicher, woher das kam, und glaubte, dass sich der Plattenspieler wieder in Gang gesetzt hätte, aber die Nadel nicht bis zur Platte gekommen war.
Er richtete sich auf, aber als er einen Blick auf den Plattenspieler warf, sah er, dass er abgeschaltet war. Wieder vernahm er den gleichen Laut, er schaute sich um. Es war dunkel im Zimmer, und er konnte nicht viel erkennen. Ein schwacher Lichtschein drang von der Straßenlaterne auf der anderen Seite herüber. Als er die Lampe auf dem klei-

nen Nachttisch anknipsen wollte, hörte er das Geräusch wieder, diesmal lauter. Er wagte nicht, sich zu rühren. Er erinnerte sich plötzlich, wo er das Geräusch schon einmal gehört hatte.

Er setzte sich im Bett auf und schaute zur Tür. In der schwachen Helligkeit sah er eine kleine Gestalt in einer Nische bei der Tür kauern. Sie schaute ihn an, bläulich und bleich vor Kälte, sie zitterte so heftig, dass der Kopf sich heftig hin und her bewegte, sie zog die Nase hoch.

Erlendur kannte das Geräusch.

Er starrte auf die Gestalt, die ihm in die Augen sah und zu lächeln versuchte, es aber wegen der Kälteschauer nicht schaffte.

»Bist du das?«, stöhnte Erlendur.

Im gleichen Augenblick verschwand die Gestalt aus der Nische, Erlendur fuhr aus dem Schlaf hoch, war schon halb aus dem Bett und starrte auf die Tür.

»Warst du das?«, stöhnte er wieder und sah flüchtige Fetzen aus dem Traum vor sich, Fäustlinge, Wollmütze, Winterjacke und Schal. So waren sie gekleidet gewesen, als sie von zu Hause weggingen.

Die Kleidung seines Bruders.

Der in einem kalten Zimmer zitterte.

Sechsundzwanzig

Er stand lange stumm am Fenster und sah den Schneeflocken zu, die zur Erde fielen.

Endlich wandte er sich wieder den Videoaufzeichnungen zu. Guðlaugurs Schwester erschien nicht mehr wieder auf dem Schirm, und auch sonst erkannte er niemanden außer die Hotelangestellten, die entweder zur Arbeit oder nach Hause eilten.

Das Zimmertelefon klingelte, Erlendur hob ab.

»Ich glaube, dass Wapshott die Wahrheit sagt«, erklärte Elínborg. »Sie können sich in diesen Sammlershops an ihn erinnern, und er war auch auf dem Trödelmarkt.«

»War er dort zu den Zeiten, die er angegeben hat?«

»Ich habe Fotos von ihm gezeigt und nach der Uhrzeit gefragt, und die konnten sich gut an ihn erinnern. Jedenfalls gut genug, dass wir ihn zu der Zeit, als Guðlaugur ermordet wurde, nicht unbedingt im Hotel platzieren können.«

»Er wirkt auch nicht wie ein Mörder auf mich.«

»Er ist ein Kinderschänder, aber womöglich kein Mörder. Was willst du mit ihm machen?«

»Ich denke, wir schicken ihn nach England zurück.«

Als sie das Gespräch beendet hatten, setzte Erlendur sich hin und grübelte über das, was sie bisher über den Mord an Guðlaugur in Erfahrung gebracht hatten, ohne zu einem Ergebnis zu kommen. Seine Gedanken schweiften zu Elínborg ab, zu ihrem Fall und dem Jungen, der von seinem Vater misshandelt worden war. Elínborg hasste diesen Mann.

»Du bist gewiss nicht der Einzige«, hatte Elínborg zu dem Vater gesagt. Da war keine Spur von Mitleid in ihrer Stimme. Der Ton war anklagend, als wollte sie ihn wissen lassen, dass er nur einer von vielen Sadisten war, die sich an ihren Kindern vergingen. Sie wollte versuchen, ihm klar zu machen, in was für einer Gesellschaft er sich befand. Wie er sich statistisch gesehen ausnahm.

Sie hatte sich die Statistiken angeschaut. Über dreihundert Kinder waren in den Jahren 1980 bis 1999 in der Kinderstation des Krankenhauses untersucht worden, weil der Verdacht auf körperliche Misshandlungen vorlag, davon 232 Fälle wegen sexuellen Missbrauchs und 43 wegen Körperverletzungen und Gewaltanwendung. Arzneimittelvergiftungen, Elínborg wiederholte das Wort, Arzneimittelvergiftungen fielen ebenfalls darunter. Sie las das kalt und unbeteiligt vom Blatt ab: Kopfverletzungen, Knochenbrüche, Brandwunden, Schürfwunden, Bisse. Sie wiederholte die Liste und starrte dem Vater in die Augen.

»Es besteht der Verdacht, dass in diesen zwanzig Jahren zwei Kinder an den Folgen von körperlichen Misshandlungen gestorben sind«, sagte sie. »Vors Gericht sind die Fälle aber nicht gekommen.«

Sie sagte ihm, dass es den Experten zufolge eine hohe Dunkelziffer gab, mit anderen Worten, dass es wahrscheinlich sehr viel mehr solche Fälle gäbe.

»In England sterben jede Woche vier Kinder wegen Misshandlungen. Vier Kinder«, wiederholte sie. »Jede Woche.«

»Willst du wissen, was für Gründe aufgelistet werden?«, fuhr sie fort. Erlendur war bei diesem Verhör dabei, hielt sich aber im Hintergrund. Er hatte nicht vor einzugreifen, es sei denn, Elínborg brauchte ihn. Es kam ihm aber nicht so vor, als sei das der Fall.

Der Vater hatte den Blick gesenkt. Er schaute auf das Tonbandgerät. Sie hatten es nicht in Gang gesetzt. Das war kein eigentliches Verhör. Sein Rechtsanwalt war nicht hinzugezogen worden, aber der Vater hatte nicht protestiert und sich noch nicht beschwert.

»Ich werde jetzt einige nennen«, sagte Elínborg und begann, die Gründe aufzuzählen, warum Eltern ihren Kindern gegenüber Gewalt anwenden. »Stress«, sagte sie. »Finanzielle Schwierigkeiten, Krankheit, Arbeitslosigkeit, Isolierung, Probleme mit dem Partner, Tobsuchtsanfälle.«

Elínborg schaute auf den Vater.

»Glaubst du, dass etwas von dem auf dich zutrifft? Tobsuchtsanfälle beispielsweise?«

Er antwortete ihr nicht.

»Einige haben keine Kontrolle über sich selbst. Es gibt Fälle, wo die Eltern wegen dem, was sie getan haben, so sehr von Schuldgefühlen verfolgt werden, dass sie letztendlich möchten, dass alles bekannt wird.«

Er schwieg.

»Sie gehen mit dem Kind zum Arzt, vielleicht zum Hausarzt, weil das Kind beispielsweise ständig unter Schnupfen leidet. Aber sie kommen eigentlich nicht wegen des Schnupfens, sondern sie wollen, dass der Arzt die Wunden sieht, die blauen Flecken. Sie wollen, dass es herauskommt. Weißt du, warum?«

Er saß weiterhin stumm da.

»Weil sie wollen, dass es ein Ende damit hat. Dass irgendjemand eingreift. In einen Prozess eingreift, den sie selber nicht im Griff haben. Sie sind unfähig dazu, wollen aber, dass der Arzt bemerkt, dass etwas aus der Bahn gelaufen ist.«

Sie blickte den Vater an. Erlendur verfolgte alles schweigend mit. Er bekam aber jetzt Bedenken, dass Elínborg zu weit gehen könnte. Sie schien äußerst bemüht, professionell vorzugehen und nicht zu zeigen, dass sie persönlich involviert war. Es schien ein hoffnungsloser Kampf zu sein, und sie war sich offenbar selbst darüber im Klaren. Sie war viel zu emotional.

»Ich habe mit deinem Hausarzt gesprochen«, sagte Elínborg. »Er sagt, dass er zweimal wegen der Verletzungen, die der Junge aufwies, einen Bericht an das Jugendamt weitergeleitet hat. In beiden Fällen wurde der Junge untersucht, aber es brachte kein eindeutiges Resultat. Die Sache wurde auch dadurch nicht einfacher, dass der Junge nichts gesagt hat und du nichts zugegeben hast. Es ist eine Sache, das Bedürfnis zu haben, seine Gewalttätigkeit zuzugeben, eine andere, zu seiner Aussage zu stehen, wenn es darauf ankommt. Ich habe die Berichte gelesen. In dem zweiten wurde dein Sohn gefragt, wie eure Beziehung ist, aber er schien die Frage nicht zu verstehen. Dann wurde er gefragt: Zu wem hast du das meiste Vertrauen? Und seine Antwort war: Zu meinem Vater. Ich habe das meiste Vertrauen zu meinem Vater.«

Elínborg schwieg eine Weile.

»Findest du das nicht furchtbar?«, fragte sie.

Sie schaute zu Erlendur herüber, dann wieder zu dem Vater.

»Findest du das nicht furchtbar?«

Erlendur überlegte, dass er irgendwann einmal genau wie der Junge geantwortet hätte. Er hätte seinen Vater genannt.

Als es Frühling wurde und der Schnee geschmolzen war, ging er in die Berge, um nach seinem Sohn zu suchen. Er versuchte zu berechnen, in welche Richtung er gegangen sein könnte, ausgehend von dem Punkt, wo Erlendur gefunden worden war. Er schien sich in gewisser Hinsicht wieder gefangen zu haben, wurde aber von Schuldgefühlen gequält.

Er wanderte kreuz und quer über das Hochplateau und bis ins Gebirge hinauf, viel weiter, als der kleine Junge es jemals geschafft haben könnte, alles ohne Erfolg. Er schlug sein Zelt in den Bergen auf, Erlendur begleitete ihn, auch seine Mutter nahm an der Suche teil. Manchmal kamen die Nachbarn, um mitzusuchen, aber der Junge wurde nie gefunden. Es bedeutete aber so viel, die sterblichen Überreste zu finden, denn erst dann konnte sein Tod akzeptiert werden, bis dahin war er nur verschollen, die Wunde blieb offen und aus ihr sickerte unermessliche Trauer.

Erlendur kämpfte auf seine eigene Weise damit. Es ging ihm schlecht, und zwar nicht nur, weil er seinen Bruder verloren hatte. Er war zwar froh darüber, dass er selber gerettet worden war, aber mit der Zeit wurde er von furchtbaren Schuldgefühlen heimgesucht, weil er und nicht sein kleiner Bruder gefunden worden war. Nicht genug damit, dass er seinen Bruder nicht in dem Schneesturm hatte festhalten können, sondern er quälte sich auch mit dem Gedanken, dass er es war, der hätte umkommen sollen. Er war älter und trug die Verantwortung für seinen Bruder. So war es immer gewesen. Er hatte auf ihn aufgepasst, bei allen Spielen, wenn sie allein zu Hause waren, wenn sie mit kleinen Aufträgen in die Nachbarschaft geschickt wurden. Er hatte die Verantwortung gehabt und sich ihr gestellt. Doch dieses Mal hatte er versagt. Und wenn sein Bruder sterben musste, hatte er es nicht verdient, gerettet zu werden. Er wusste nicht, wozu er lebte. Und er dachte manchmal daran, dass es besser gewesen wäre, wenn er verschollen geblieben wäre.

Seinen Eltern erzählte er nie von diesen Gedanken, denn

in seiner Verzweiflung war er sich manchmal sicher, dass auch sie so über ihn denken mussten. Sein Vater war versunken in seinen eigenen Schuldgefühlen und ließ sich durch nichts davon abbringen. Seine Mutter brach unter der Trauer fast zusammen. Jeder Einzelne von ihnen war davon überzeugt, die Schuld daran zu tragen, was passiert war. Zwischen ihnen herrschte ein seltsames Schweigen, das lauter hallte als Schreie. Erlendur kämpfte seinen Kampf allein und quälte sich mit seinen Gedanken über Verantwortung, Schuld und Glück.

Wenn er nicht gefunden worden wäre, hätten sie dann vielleicht seinen Bruder finden können?

Er stand am Fenster und hing den Gedanken nach, welche Auswirkungen der Verlust des Bruders auf sein Leben gehabt hatte, und ob sie vielleicht weitreichender gewesen waren, als ihm bewusst war. Er hatte oft diese Ereignisse wieder heraufbeschworen, seit Eva Lind angefangen hatte, ihn auszufragen. Er hatte keine simplen Antworten auf ihre Fragen, wusste aber im Innersten, wo die Antworten zu finden waren. Er hatte sich selber nur allzu oft genau diese Fragen gestellt, die Eva Lind nun auf dem Herzen lagen. Wenn sie darauf bestand, dass er sich rechtfertigte.

Erlendur hörte ein Klopfen an der Tür und wandte sich vom Fenster ab.

»Herein!«, rief er. »Es ist offen.«

Sigurður Óli öffnete die Tür und kam ins Zimmer. Er war den ganzen Tag in Hafnarfjörður gewesen und hatte mit Leuten geredet, die Guðlaugur kannten.

»Gibt's was Neues bei dir?«, fragte Erlendur.

»Ich habe rausgekriegt, was für einen Spitznamen er hatte. Du erinnerst dich, er bekam einen neuen Spitznamen, nachdem die Katastrophe eingetreten war.«

»Ja. Von wem hast du das erfahren?«

Sigurður Óli setzte sich seufzend aufs Bett. Bergþóra hatte sich beklagt, dass er viel zu wenig zu Hause war, ausgerechnet jetzt, wo Weihnachten vor der Tür stand; sie musste ganz allein den ganzen Weihnachtskram erledigen. Er war auf dem Weg nach Hause, um mit ihr den Weihnachtsbaum zu kaufen, aber zuvor musste er sich mit Erlendur besprechen. Er hatte mit ihr auf dem Weg zum Hotel telefoniert und gesagt, dass er sich beeilen würde, aber das hatte sie viel zu oft zu hören bekommen, um dem noch Glauben zu schenken, und sie war ziemlich sauer, als sie auflegte.

»Willst du wirklich Weihnachten hier in diesem Zimmer verbringen?«, fragte Sigurður Óli.

»Nein«, sagte Erlendur. »Was hast du also in Hafnarfjörður herausgefunden?«

»Warum ist es hier drinnen so kalt?«

»Der Heizkörper. Der wird nicht warm. Willst du nicht zur Sache kommen?«

Sigurður Óli grinste.

»Kaufst du dir einen Weihnachtsbaum? Zu Weihnachten?«

»Wenn ich mir einen Weihnachtsbaum kaufen würde, würde ich das in der Tat zu Weihnachten tun.«

»Zuerst habe ich auf einigen Umwegen einen Mann ausfindig gemacht, der Guðlaugur früher gekannt hat«, sagte Sigurður Óli. Er wusste, dass er etwas in Erfahrung gebracht hatte, was Einfluss auf den Gang der Ermittlung haben könnte, und er genoss es in vollen Zügen, Erlendur etwas auf die Folter zu spannen.

Sigurður Óli und Elínborg hatten sich vorgenommen, mit allen zu reden, die zusammen mit Guðlaugur zur Schule gegangen waren und ihn von früher kannten. Die meisten erinnerten sich an ihn und an seine viel versprechende Karriere. Und an die Hänseleien, die mit seiner Berühmtheit verbunden gewesen waren. Einige erinnerten sich sehr genau an ihn und wussten, was passiert war, als er seinen Vater zum Krüppel gemacht hatte. Einer war enger mit ihm bekannt gewesen, als Sigurður Óli sich vorstellen konnte.

Eine Schulkameradin von Guðlaugur verwies ihn auf diesen Mann. Sie wohnte in einem Einfamilienhaus in einem der neuen Stadtteile von Hafnarfjörður. Er hatte sie frühmorgens angerufen, und sie erwartete ihn nun, als er kurze Zeit später eintraf. Sie begrüßten sich mit Händedruck, und sie führte ihn ins Wohnzimmer. Sie war mit einem Piloten verheiratet und arbeitete halbtags in einem Buchladen. Ihre Kinder waren erwachsen.

In allen Einzelheiten berichtete sie ihm von ihrer Bekanntschaft mit Guðlaugur, die aber keineswegs eng gewesen war; von der Schwester wusste sie kaum mehr, als dass sie älter als Guðlaugur war. Sie konnte sich dunkel erinnern, dass er seine Stimme genau zu dem Zeitpunkt verloren hatte, als alles genau nach Wunsch zu laufen schien, wusste aber nicht, was später aus ihm geworden war, nachdem sie die Schule verlassen hatten. Es hatte sie ziemlich geschockt, als sie der Zeitung entnahm, dass er der Mann war, der in einem Kellerloch in einem Hotel ermordet aufgefunden worden war.

Sigurður Óli hörte zu, war aber mit seinen Gedanken ganz woanders. Das Meiste hatte er bereits von anderen Schulkameraden von Guðlaugur gehört. Als sie geendet hatte, fragte er, ob sie von einem Spitznamen wüsste, mit dem Guðlaugur als Kind gehänselt wurde. Sie konnte sich nicht daran erinnern, fügte aber hinzu, dass sie vor langer Zeit etwas über Guðlaugur gehört hätte, was für die Polizei interessant sein könnte, falls sie es nicht bereits wüssten.

»Und was ist das?«, fragte Sigurður Óli, der bereits aufgestanden war, um zu gehen.

Sie erzählte es ihm und war sehr erfreut, als sie merkte, dass es ihr gelungen war, das Interesse des Kriminalbeamten zu wecken.
»Lebt dieser Mann noch?«, fragte Sigurður Óli die Frau. Sie nannte den Namen, stand auf und holte das Telefonbuch. Sigurður Óli fand den Namen und die Adresse. Er wohnte in Reykjavík und hieß Baldur.
»Ist das ganz bestimmt dieser Mann?«, fragte Sigurður Óli.
»Soweit ich weiß, ja«, sagte die Frau und lächelte zufrieden, weil sie der Polizei einen Dienst erwiesen hatte. »Das war damals in aller Munde«, fügte sie hinzu.
Sigurður beschloss, sofort zu der Adresse zu fahren, in der Hoffnung, dass der Mann zu Hause war. Es war später Nachmittag. Der Verkehr war zäh, und auf dem Weg nach Reykjavík telefonierte Sigurður Óli mit Bergþóra, die …
»Würdest du vielleicht endlich zur Sache kommen«, unterbrach Erlendur ungeduldig Sigurður Ólis Ausführungen.
»Nein, denn das betrifft dich«, sagte Sigurður Óli und setzte ein süffisantes Lächeln auf. »Bergþóra wollte wissen, ob ich dich für Heiligabend zu uns eingeladen hätte. Ich habe ihr gesagt, dass ich es getan habe, aber von dir immer noch keine Antwort hätte.«
»Ich werde Heiligabend mit Eva Lind bei mir zu Hause verbringen«, sagte Erlendur. »Das ist die Antwort, und würdest du jetzt endlich zur Sache kommen?«
»Okay«, sagte Sigurður Óli.
»Und hör auf, okay zu sagen.«
»Okay.«

Baldur wohnte in einem gepflegten Holzhaus im Þingholt-Viertel und war gerade von der Arbeit nach Hause gekommen; er war Architekt. Sigurður Óli klingelte bei ihm und stellte sich als Mitarbeiter der Kriminalpolizei vor, der mit dem Mordfall Guðlaugur Egilsson befasst war. Der Mann war keineswegs erstaunt. Er taxierte Sigurður von oben bis unten, lächelte dann und bat ihn hinein.

»Ich habe ehrlich gesagt mit einem Besuch gerechnet«, sagte er, »ich meine, von der Polizei. Ich hatte überlegt, ob ich Verbindung mit euch aufnehmen sollte, habe es dann aber immer wieder vor mir hergeschoben. Es ist kein Vergnügen, mit der Polizei zu tun zu haben.« Er lächelte wieder und nahm Sigurður Óli den Mantel ab.

In der Wohnung war alles sehr ordentlich und aufgeräumt, wo man auch hinschaute, schien alles an seinem Platz zu sein. Im Wohnzimmer brannten Kerzen, und der Weihnachtsbaum war bereits geschmückt. Der Mann bot einen Likör an, den Sigurður Óli dankend ablehnte. Baldur war mittelgroß, schlank und machte einen entspannten Eindruck. Das Haar war schon etwas lichter geworden, und der roten Farbe war eindeutig nachgeholfen worden. Aus der Stereoanlage im Wohnzimmer glaubte Sigurður Óli die Stimme von Frank Sinatra zu hören.

»Weshalb hast du mich oder einen von uns erwartet?«, fragte Sigurður Óli und setzte sich auf ein großes rotes Sofa.

»Wegen Gulli«, sagte der Mann und setzte sich ihm gegenüber. »Ich wusste, dass ihr das ausgraben würdet.«

»Dass wir was ausgraben würden?«, fragte Sigurður Óli.

»Dass Gulli und ich früher zusammen waren«, sagte der Mann.

»Was meinst du damit, dass er mit Guðlaugur früher zusammen war?«, warf Erlendur dazwischen.

»Er hat es so ausgedrückt«, sagte Sigurður Óli.

»Dass er mit Guðlaugur zusammen war?«

»Ja.«

»Was bedeutet das?«

»Dass sie zusammen waren.«

»Meinst du, dass Guðlaugur ...« Eine ganze Reihe von Aussagen und Bildern im Zusammenhang mit dem Mordfall gingen Erlendur durch den Kopf, er sah vor allem die verkniffenen Mienen von Guðlaugurs Schwester und dem gelähmten Vater vor sich.

»Das sagt auf jeden Fall dieser Baldur«, wiederholte Sigurður Óli. »Aber Guðlaugur wollte nicht, dass es bekannt würde.«

»Dass seine Beziehung zu Baldur bekannt wurde?«

»Er wollte geheim halten, dass er schwul war.«

Siebenundzwanzig

Der Mann im Thingholt-Viertel informierte Sigurður Óli darüber, dass die Beziehung zwischen ihm und Guðlaugur angefangen hatte, als sie etwa fünfundzwanzig waren. Das war die Disko-Zeit gewesen, und Baldur hatte sich eine Kellerwohnung im Vogar-Viertel gemietet. Weder er noch Baldur hatten es gewagt, sich zu outen. »Damals war die Einstellung zur Homosexualität eine andere als heute«, sagte er und lächelte. »Aber da war schon einiges im Umbruch.«

»Wir haben auch nicht richtig zusammengelebt«, fügte Baldur hinzu. »Damals lebten Männer nicht zusammen, was ja heute möglich ist, ohne dass sich jemand darüber aufregt. In den Jahren hatten Schwule keine Chance. Die meisten gingen ins Ausland, wie du weißt. Er kam mich oft besuchen, drücken wir das mal so aus. Hat auch ab und zu mal bei mir übernachtet. Er selber hatte ein Zimmer im Westend gemietet, und ich bin ein paar Mal da gewesen, aber für meinen Geschmack war er zu schlampig. Deswegen habe ich ihn zuletzt auch nicht mehr in seinem Zimmer besucht. Meistens waren wir hier bei mir zusammen.«

»Wie habt ihr euch kennen gelernt?«, fragte Sigurður Óli.

»Es gab damals Orte, wo Schwule sich getroffen haben. Einer davon war nicht weit vom Zentrum, gar nicht weit von hier. Das war kein Lokal, sondern ein Treffpunkt in einem Privathaus. In den Discos musste man immer auf alles gefasst sein, und man wurde sogar manchmal rausgesetzt, wenn man mit anderen Männern tanzte. Dieses Haus war so ein Mischmasch aus allem, Café, Pension, Nachtklub, Beratungsstelle und Treffpunkt. Er kam eines Abends mit einem Bekannten dorthin. Da habe ich ihn zuerst gesehen. Entschuldige bitte, wie konnte ich nur so unhöflich sein und dir keinen Kaffee anbieten! Möchtest du vielleicht einen?«

Sigurður Óli schaute auf die Uhr.

»Du bist wahrscheinlich in Eile«, sagte der Mann und strich sich sorgsam das dünne, gefärbte Haar zurecht.

»Nein, das ist es nicht, ich würde einen Tee nehmen, wenn du einen hast«, sagte Sigurður Óli und dachte an Bergþóra. Sie konnte ganz schön grantig werden, wenn ihre Zeitplanung durcheinander geriet und ihm stundenlang die Hölle heiß machen, wenn er spät nach Hause kam.

Der Mann ging in die Küche und machte einen Tee.

»Er war fürchterlich schüchtern und verklemmt«, sagte Baldur aus der Küche und sprach etwas lauter, damit Sigurður Óli ihn verstehen konnte. »Ich hatte manchmal das Gefühl, dass er seine Homosexualität hasste, so als hätte er sie nie akzeptiert. Ich glaube, er hat die Beziehung zu mir unter anderem dazu benutzt, um sich vorzutasten. Er war immer noch auf der Suche, obwohl er schon so alt war. Aber das ist ja auch nichts Ungewöhnliches. Die Leute outen sich heutzutage mit vierzig, sind vielleicht bis dahin die ganze Zeit verheiratet gewesen und haben vier Kinder.«

»Ja, das wird unterschiedlich gehandhabt«, sagte Sigurður Óli, der keine Ahnung hatte, worüber er redete.

»Oh ja, mein Lieber. Trinkst du ihn lieber stark oder schwach?«

»Seid ihr lange zusammen gewesen?«, fragte Sigurður Óli und fügte hinzu, dass er den Tee gerne stark hätte.

»Etwa drei Jahre, aber zuletzt haben wir uns nur sehr sporadisch gesehen.«
»Und seitdem hast du keine Verbindung zu ihm gehabt?«
»Nein. Ich wusste von ihm, so gesehen«, sagte der Mann und kam wieder ins Wohnzimmer. »Die Homosexuellenszene hierzulande ist nicht so groß.«
»Inwiefern war er verklemmt?«, fragte Sigurður Óli, während der Mann Tassen auf den Tisch stellte. Er hatte auch eine Schale mit Plätzchen mitgebracht, die Sigurður Óli gut kannte, denn Bergþóra backte jedes Jahr dieselbe Sorte zu Weihnachten. Er versuchte sich zu erinnern, wie sie hießen, aber es fiel ihm nicht ein.
»Er war sehr verschlossen und hat sich nur selten geöffnet, höchstens, wenn wir einen zusammen getrunken haben. Das hatte etwas mit seinem Vater zu tun. Er hatte keinerlei Verbindung zu ihm, vermisste ihn aber sehr und genauso seine ältere Schwester, die sich gegen ihn gestellt hatte. Seine Mutter war schon viele Jahre tot, als ich ihn kennen lernte, aber er sprach fast immer nur von ihr. Er konnte endlos über seine Mutter erzählen, das war äußerst ermüdend, kann ich dir sagen.«
»Inwiefern hat sie sich gegen ihn gestellt? Die Schwester?«
»Das ist sehr lange her, und er ist nie genau darauf eingegangen. Ich weiß nur, dass er gegen seine Veranlagung angekämpft hat. Weißt du, was ich meine? Als ob er etwas anderes hätte sein sollen.«
Sigurður Óli schüttelte den Kopf.
»Er fand es irgendwie schmutzig und unnatürlich, schwul zu sein.«
»Und hat dagegen angekämpft?«
»Ja und nein. Er war in dieser Hinsicht sehr zwiespältig. Ich glaube, er wusste einfach nicht, was er wirklich wollte. Er hatte wenig Selbstvertrauen. Manchmal glaube ich, dass er sich selbst gehasst hat.«

»Kanntest du seine Vergangenheit als Kinderstar?«
»Ja«, sagte der Mann und stand auf, ging in die Küche und kam mit der dampfenden Teekanne zurück und goss die Tassen ein. Er brachte die Kanne wieder zurück in die Küche, und sie tranken einen Schluck Tee.

»Meinst du, dass du das alles etwas schneller aus dir rausziehen könntest?«, sagte Erlendur zu Sigurður Óli. Er saß an seinem Schreibtisch und konnte seine Ungeduld kaum verbergen.
»Ich versuche nur, das so präzise wie möglich zu referieren«, sagte Sigurður Óli und schaute wieder auf seine Uhr. Jetzt war er schon eine Dreiviertelstunde zu spät dran.
»Also schön, weiter im Text ...«

»Hat er jemals darüber gesprochen?«, fragte Sigurður Óli, der die Tasse abstellte und sich ein Plätzchen nahm. »Über seine Vergangenheit als Kinderstar?«
»Er sagte, dass er die Stimme verloren hatte«, sagte Baldur.
»War er verbittert deswegen?«
»Und wie. Es ist wohl auch zu einem ganz fürchterlichen Zeitpunkt geschehen, aber er wollte nicht darüber reden. Er hat gesagt, dass er in der Schule gehänselt worden sei, weil er so berühmt war, und er hat darunter gelitten. Er hat aber nicht das Wort berühmt verwendet. Aus seiner Sicht war er nicht berühmt, doch sein Vater wollte, dass er berühmt würde, und da hat wohl auch nicht viel gefehlt. Aber er fühlte sich unwohl. Und dann machte sich irgendwann noch dieses Interesse für das gleiche Geschlecht bei ihm bemerkbar, die Homosexualität in ihm brach durch. Aber er sprach nicht gern darüber. Wollte so wenig wie möglich über seine Familie reden. Nimm dir doch noch ein Plätzchen.«

»Nein, danke«, sagte Sigurður Óli. »Kannst du dir vorstellen, wer ihn hätte umbringen wollen? Weißt du von jemandem, der ihm übel wollte?«

»Du lieber Himmel, nein! Er war ein verklemmter, schüchterner Mensch und hat nie auch nur einer Fliege was zuleide getan. Ich weiß nicht, wer das getan haben könnte. Der arme Kerl, was für ein Ende. Seid ihr in der Ermittlung schon weitergekommen?«

»Nein«, sagte Sigurður Óli. »Hast du seine Platten gehört, oder besitzt du sie vielleicht?«

»Aber gewiss«, sagte der Mann. »Er war wirklich großartig. Er singt phantastisch. Ich glaube, dass ich noch nie eine so schöne Stimme bei einem Kind gehört habe.«

»War er selber stolz auf seine Stimme, als er älter wurde? Als du ihn gekannt hast?«

»Er hat sich nie selbst gehört. Wollte nicht, dass man seine Platten auflegte, egal, was ich versucht habe.«

»Warum nicht?«

»Es war völlig unmöglich, ihn dazu zu bewegen. Er hat keine Erklärung dafür abgegeben, er hat es einfach kategorisch abgelehnt, seine eigenen Platten anzuhören.«

Baldur stand auf, ging zu einem Schrank im Wohnzimmer, nahm die beiden Schallplatten mit Guðlaugur heraus und legte sie vor Sigurður Óli auf den Tisch.

»Er hat sie mir geschenkt, nachdem ich ihm beim Umzug geholfen habe.«

»Umzug?«

»Das Zimmer im Westend wurde ihm gekündigt, und er hatte mich gebeten, ihm beim Umzug zu helfen. Er hatte irgendeine andere Bleibe gefunden, wo er seinen ganzen Kram unterbringen konnte. Er besaß eigentlich nichts außer den Platten.«

»Besaß er viele Platten?«

»Ja, jede Menge.«

»Gab es da irgendwas Spezielles, was er sich angehört hat?«
»Nein«, sagte Baldur. »Verstehst du, das waren alles die gleichen Platten. Diese hier«, sagte er und deutete auf die zwei Platten mit Guðlaugur. »Er hatte jede Menge davon. Er sagte, er hätte von beiden Platten die gesamten Restbestände der Auflage bekommen.«
»Besaß er ganze Kartons voll mit diesen Platten?«, fragte Sigurður Óli und versuchte erst gar nicht, sein Interesse zu verhehlen.
»Ja, mindestens zwei.«
»Weißt du, wo die sein könnten?«
»Ich? Nein, keine Ahnung. Sind diese Platten heutzutage interessant?«
»Ich kenne einen Engländer, der unter Umständen bereit wäre, dafür zu töten«, sagte Sigurður Óli, und Baldur sah ihn verwundert an.
»Was meinst du damit?«
»Nichts«, sagte Sigurður Óli und schaute auf seine Uhr. »Jetzt muss ich aber sehen, dass ich weiterkomme«, erklärte er. »Ich werde mich eventuell noch einmal mit dir in Verbindung setzen, falls mir noch ein paar Details fehlen. Es wäre auch nicht schlecht, wenn du mich anrufen würdest, falls dir noch etwas einfällt, egal wie unbedeutend oder belanglos es dir erscheinen mag.«
»Damals hatte man ehrlich gesagt keine große Auswahl«, sagte Baldur. »Das ist was ganz anderes heutzutage, wo jeder Zweite schwul ist oder es gern sein möchte.«
Er lächelte Sigurður Óli an, der sich am Tee verschluckte.
»Entschuldigung«, sagte Sigurður Óli.
»Er ist vielleicht etwas stark.«
Sigurður Óli stand auf, und Baldur tat es ihm nach, um ihm zur Tür zu folgen.
»Wir wissen, dass Guðlaugur in der Schule gehänselt wor-

den ist«, sagte Sigurður Óli, als er sich verabschiedete, »und er kriegte einen Spitznamen. Kannst du dich erinnern, ob er jemals mit dir darüber gesprochen hat?«

»Keine Frage, dass er damals gemobbt wurde, weil er im Chor sang, eine schöne Stimme hatte und nie Fußball spielte – und in vieler Hinsicht wie ein Mädchen war. Ich hatte das Gefühl, dass er sehr unsicher im Umgang mit anderen Menschen war. Wenn er mit mir darüber redete, klang er so, als hätte er Verständnis dafür gehabt, warum er von anderen gehänselt wurde. Ich kann mich aber nicht erinnern, dass er einen speziellen Spitznamen erwähnt hätte ...«

Baldur zögerte.

»Ja«, sagte Sigurður Óli.

»Wenn wir zusammen waren, du weißt schon ...«

Sigurður Óli schüttelte verständnislos den Kopf.

»Im Bett ...«

»Ja?«

»Dann wollte er manchmal, dass ich ihn ›meine kleine Prinzessin‹ nannte«, sagte Baldur, und ein Lächeln spielte um seine Lippen.

Erlendur starrte Sigurður Óli an.

»Kleine Prinzessin?«

»Das hat er gesagt.« Sigurður Óli stand vom Bett auf. »Und jetzt muss ich weiter. Bergþóra ist bestimmt schon auf hundertachtzig. – Du bist dann also Weihnachten bei dir zu Hause?«

»Und was ist mit den Platten in den Kartons?«, fragte Erlendur. »Wo können die hingekommen sein?«

»Dieser Baldur hat gesagt, er hätte keine Ahnung.«

»Die kleine Prinzessin? Der Film mit Shirley Temple? Wie passt das zusammen? Hat dieser Kerl das irgendwie erklärt?«

»Nein, er wusste auch nicht, was das zu bedeuten hatte.«

»Es muss ja nichts Besonderes bedeuten«, sagte Erlendur wie zu sich selbst. »Irgend so ein Schwulenjargon, den man nicht kennt, vielleicht nicht komischer als manches andere. Also er hat sich selbst gehasst?«

»Wenig Selbstvertrauen, so hat sein Freund es formuliert. Zwiespältigkeit.«

»Wegen seiner schwulen Veranlagung oder wegen was?«

»Ich weiß es nicht.«

»Du hast nicht danach gefragt?«

»Wir können jederzeit wieder mit ihm sprechen, aber er schien nicht sonderlich viel über Guðlaugur zu wissen.«

»Und wir auch nicht«, sagte Erlendur dumpf. »Falls er vor zwanzig, dreißig Jahren nicht wollte, dass seine homosexuelle Veranlagung bekannt wurde, wird er wohl dieses Versteckspiel auch später beibehalten haben, oder?«

»Das ist die Frage.«

»Bis jetzt bin ich niemandem begegnet, der erwähnt hat, dass er schwul wäre.«

»Tja, also, dann mach's gut«, sagte Sigurður Óli und stand auf. »Oder gibt's sonst noch was für heute?«

»Nein«, sagte Erlendur. »Es reicht fürs Erste. Danke für die Einladung, grüß Bergþóra von mir und versuch mal, nett zu ihr zu sein.«

»Das bin ich immer«, sagte Sigurður Óli und machte, dass er wegkam. Erlendur schaute auf seine Uhr und sah, dass es Zeit für die Verabredung mit Valgerður war. Er nahm die letzte Videoaufzeichnung der Bank aus dem Apparat und legte sie oben auf den Stapel. Gleichzeitig begann das Handy zu klingeln.

Es war Elínborg. Sie hatte mit der Staatsanwaltschaft gesprochen wegen des Vaters, der seinen Sohn misshandelte.

»Was glauben die, was er bekommt?«, fragte Erlendur.

»Sie glauben, dass er ungeschoren davonkommen kann«, sagte Elínborg. »Er wird nicht verurteilt, wenn er bei seiner Aussage bleibt. Wenn er einfach alles abstreitet. Dann braucht er auch nicht eine Sekunde in den Bau.«

»Aber die Beweismittel? Die Spuren auf der Treppe? Die Drambuie-Flasche? Das deutet doch alles darauf ...«

»Ich weiß nicht, warum man sich überhaupt Mühe mit so etwas macht. Gestern erging ein ebenso tolles Urteil in einem anderen Fall. Ein Mann war mit zahlreichen Messerstichen angegriffen worden. Der Täter bekam gerade mal acht Monate, davon vier auf Bewährung, was bedeutet, dass er nur noch zwei Monate abzusitzen hat. Das kapiert man doch einfach nicht.«

»Und der Junge muss zurück zu seinem Vater?«

»Ganz bestimmt. Das einzig Positive, wenn man das positiv nennen will, ist, dass der Junge tatsächlich seinen Vater zu vermissen scheint. Das ist das, was ich nicht verstehe. Wie kann er so an seinem Vater hängen, wenn der Kerl immer wieder über ihn herfällt? Ich begreife das Ganze einfach nicht. Da muss es irgendwo ein Missing Link geben, etwas, das wir übersehen haben. So macht es einfach keinen Sinn.«

»Ich spreche später mit dir«, sagte Erlendur und schaute wieder auf die Uhr. Er war schon zu spät dran für Valgerður. »Kannst du noch eine Sache für mich erledigen? Stefanía hat behauptet, sie hätte sich neulich hier im Hotel mit einer Freundin getroffen. Kannst du mit dieser Frau sprechen, damit sie das bestätigt?«

Erlendur gab ihr den Namen der Frau.

»Willst du nicht endlich machen, dass du aus diesem Hotel rauskommst?«, fragte Elínborg.

»Hör auf, mir damit in den Ohren zu liegen«, sagte Erlendur und beendete das Gespräch.

Achtundzwanzig

Als Erlendur ins Foyer kam, fiel sein Blick auf Oberkellner Rósant. Er zögerte, weil er sich nicht sicher war, ob er ihn jetzt ansprechen sollte. Valgerður war bestimmt schon im Hotel. Erlendur schaute auf die Uhr, zog eine Grimasse und begab sich zu dem Oberkellner. Es würde nicht lange dauern.

»Erzähl mir doch mal was über die Nutten«, sprach er, ohne ein Blatt vor den Mund zu nehmen, Rósant an, der gerade servil und zuvorkommend mit zwei Hotelgästen redete. Es waren offensichtlich Isländer, denn ihre entgeisterten Blicke wanderten in gespannter Erwartung zwischen ihm und Rósant hin und her.

Rósant lächelte, und der kleine Oberlippenbart hob sich. Er entschuldigte sich höflich gegenüber den Gästen, verbeugte sich und trat mit Erlendur zur Seite.

»In einem Hotel geht es um Menschen, und wir sorgen dafür, dass sie sich wohl fühlen, war das nicht der Quatsch, den du von dir gegeben hast?«

»Das ist kein Gesülze. Das wird einem in der Hotelfachschule beigebracht.«

»Bringen sie einem auch bei, wie man als Oberkellner nebenbei als Zuhälter arbeiten kann?«

»Ich habe keine Ahnung, wovon du redest.«

»Nein, aber ich sag's dir gerne. Du hast dir hier einen netten kleinen Puff im Hotel eingerichtet.«

Rósant lächelte.

»Puff?«, fragte er.

»Hat das vielleicht etwas mit dem Mord an Guðlaugur zu tun, dein Nuttenbetrieb?«

Rósant schüttelte den Kopf.

»Wer war bei Guðlaugur, als er ermordet wurde?«

Sie schauten einander in die Augen, bis Rósant den Blick senkte und auf den Boden starrte.

»Niemand, den ich kenne«, sagte er schließlich.

»Auch nicht du selber?«

»Irgendeiner von deinen Leuten hat meine Aussage protokolliert. Ich habe ein Alibi.«

»Hat Guðlaugur sich mit den Nutten abgegeben?«

»Nein. Und ich habe nicht das Geringste mit irgendwelchen Nutten zu tun. Ich weiß nicht, woher du solche Informationen hast, erst Diebstahl in der Küche und jetzt Nutten. Das ist totaler Schwachsinn. Ich bin kein Zuhälter.«

»Aber ...«

»Wir halten ganz bestimmte Informationen für unsere Gäste bereit. Für Ausländer auf Konferenzen, Isländer ebenfalls. Sie fragen nach Begleitung, und da versuchen wir zu helfen. Wenn sie in der Bar schöne Frauen treffen und sich wohl fühlen ...«

»Dann sind alle zufrieden. Sind wohl dankbare Kunden?«

»Sehr.«

»Also du bist für die Versorgung mit Nutten zuständig?«

»Ich ...«

»Toll, wie romantisch du das darstellen kannst. Der Hotelmanager steckt mit dir unter einer Decke. Was ist mit dem Empfangschef?«

Rósant zögerte.

»Er hat nicht die gleiche Auffassung wie wir, wenn es darum geht, den unterschiedlichen Bedürfnissen unserer Gäste nachzukommen.«

»Den unterschiedlichen Bedürfnissen unserer Gäste nachzukommen«, wiederholte Erlendur. »Wo lernt man es, sich so auszudrücken?«

»Auf der Hotelfachschule.«

Erlendur schaute auf seine Uhr.

»Und wie passen deine Auffassung und die des Empfangschefs zusammen?«

»Manchmal gibt es Konflikte.«

Erlendur erinnerte sich, dass der Empfangschef abgestritten hatte, dass es Nutten im Hotel gäbe, und dachte bei sich, dass er wahrscheinlich als Einziger der leitenden Angestellten auf den Ruf des Hotels bedacht war.

»Aber du bist dabei, sie zu reduzieren, oder?«

»Ich verstehe nicht, wovon du redest.«

»Kommt er euch häufig in die Quere?«

Rósant antwortete nicht.

»Du hast ihm neulich die Nutte auf den Hals gehetzt, nicht wahr? Eine kleine Warnung, nicht die Klappe aufzureißen. Du bist an dem Abend auch ausgegangen, hast ihn in diesem Lokal gesehen und eine von deinen Nutten auf ihn angesetzt.«

Rósant zögerte.

»Ich weiß nicht, wovon du redest«, wiederholte er.

»Nein, selbstverständlich nicht.«

»Er ist so fürchterlich bieder«, sagte Rósant, und das Bärtchen lüftete sich zu einem fast unsichtbaren ironischen Grinsen. »Er will einfach nicht kapieren, dass es besser ist, wenn wir bei so etwas selber die Regie führen.«

Valgerður wartete in der Bar auf Erlendur. Sie war wie bei ihrem letzten Treffen dezent geschminkt, was ihre Gesichtszüge vorteilhaft unterstrich. Unter der schwarzen Lederjacke trug sie eine weiße Seidenbluse. Sie gaben sich die Hand und lächelten zögernd. Er überlegte, ob dieses Treffen ein neuer Beginn für beide sein könnte. Es war ihm nicht klar, was sie von ihm wollte, ihm kam es so vor, als hätte sie das letzte Wort im Hinblick auf ihre Bekanntschaft gesagt, als sie sich in der Lobby begegnet waren. Sie lächelte und fragte, ob sie ihm einen Drink anbieten könne, oder ob er womöglich im Dienst sei?

»In Spielfilmen dürfen Bullen nie trinken, wenn sie im Dienst sind«, sagte sie.

»Ich schau mir keine Spielfilme an«, sagte Erlendur lächelnd.

»Nein«, sagte sie, »du ziehst deine Katastrophenlektüre vor.«

Sie nahmen in einer Ecke der Bar Platz, saßen schweigend da und beobachteten das lebhafte Hin und Her. Je näher Weihnachten rückte, desto lauter wurden die Gäste, fand Erlendur. Unablässig dudelten Weihnachtslieder aus der Lautsprecheranlage, die Ausländer schleppten sich mit extravaganten Paketen ab und tranken Bier, ohne groß darüber nachzudenken, dass es nirgendwo in Europa so teuer war wie in Island.

»Ihr habt es also geschafft, eine Speichelprobe von Wapshott zu kriegen«, bemerkte Erlendur.

»Was ist das eigentlich für ein Typ? Die mussten ihn überwältigen und zu Fall bringen und ihm den Mund gewaltsam öffnen. Es war richtig peinlich, wie er sich aufgeführt hat, er wehrte sich mit Händen und Füßen.«

»Ich weiß nicht genau, woran ich mit ihm bin«, erwiderte Erlendur. »Ich weiß nicht genau, was er eigentlich hier in Island will, und ich bin mir nicht sicher, was er zu verbergen hat.«

Er wollte nicht näher auf Wapshott und auf die Informationen aus England eingehen, nicht auf die Kinderpornos und die Verurteilungen wegen Sexualvergehen. Er fand es unpassend, mit Valgerður darüber zu reden, und außerdem hatte Wapshott trotz allem ein Recht darauf, dass sein Privatleben nicht von ihm breitgetreten wurde.

»Wahrscheinlich bist du eher an so etwas gewohnt als ich«, sagte Valgerður.

»Ich habe noch nie jemandem eine Speichelprobe entnehmen müssen, der zu Fall gebracht werden musste und brüllend und tobend auf dem Boden lag.«

Valgerður lachte.

»Das habe ich nicht gemeint«, sagte sie. »Ich habe nie mit jemand anderem so zu zweit dagesessen als mit meinem Ehemann – ich glaube, dreißig Jahre lang. Du musst mir verzeihen, wenn ich etwas ... linkisch wirke.«

»Dann sind wir beide gleich unbeholfen«, sagte Erlendur. »Ich habe mit so etwas auch kaum Erfahrung. Es ist bald fünfundzwanzig Jahre her, seit ich mich von meiner Frau scheiden ließ. Die Frauen in meinem Leben kann man so ungefähr an drei Fingern abzählen.«

»Ich glaube, ich werde mich von ihm trennen«, sagte Valgerður dumpf. Erlendur schaute sie verblüfft an.

»Was meinst du?«, fragte er. »Willst du dich von deinem Mann scheiden lassen?«

»Ich glaube, zwischen uns ist alles zu Ende, und ich wollte dich um Verzeihung bitten.«

»Mich?«

»Ja, dich«, sagte Valgerður. »Ich benehme mich wie ein Idiot«, seufzte sie dann. »Ich wollte dich benutzen, um mich zu rächen.«

»Ich weiß überhaupt nicht, wovon du redest«, sagte Erlendur.

»Ich eigentlich auch nicht. Es war einfach alles so scheußlich, seitdem ich es herausgefunden habe.«

»Was herausgefunden?«

»Dass er mich betrügt.«

Sie sagte das so, als sei es eine Tatsache wie viele andere,

mit denen man leben musste. Erlendur konnte ihr nicht anmerken, wie ihr zumute war, er spürte nur die Leere in ihren Worten.
»Ich weiß nicht, wann es begonnen hat, oder warum«, sagte sie.
Sie verstummte und Erlendur, der nicht wusste, was er sagen sollte, schwieg ebenfalls.
»Bist du fremdgegangen?«, fragte sie plötzlich.
»Nein«, sagte Erlendur. »Das hatte nichts mit so etwas zu tun. Wir waren einfach jung, und es gab keinen gemeinsamen Weg für uns.«
»Ein gemeinsamer Weg, was ist das?«
»Und du willst dich von ihm scheiden lassen?«
»Ich versuche, irgendwelche klare Linien zu finden«, sagte sie. »Es hängt natürlich auch davon ab, was er macht.«
»Was bedeutet in diesem Fall fremdgehen?«
»Gibt's da irgendwelche Optionen?«
»Hat er das seit Jahren gemacht, oder hat es gerade erst angefangen? Hat er vielleicht mehr als eine gehabt?«
»Er sagt, dass er seit zwei Jahren mit derselben Frau zusammen ist. Ich habe es nicht über mich gebracht, ihn nach der Vergangenheit zu fragen, ob es da auch schon andere gegeben hat, von denen ich nie gewusst habe. Im Grunde genommen weiß man nichts. Man vertraut seinen Nächsten, besonders seinem Ehemann, aber dann fängt er eines Tages an, von der Ehe zu reden, und eröffnet einem, dass er diese Frau kennen gelernt und seit zwei Jahren ein Verhältnis mit ihr hat. Und man kommt sich vor wie ein Vollidiot. Begreift überhaupt nicht, worüber er redet. Dann stellt sich heraus, dass sie sich in Hotels wie diesem getroffen haben …«
Valgerður verstummte.
»Diese Frau, ist sie verheiratet?«, fragte Erlendur.
»Geschieden. Sie ist fünf Jahre jünger als er.«

»Hat er irgendeine Erklärung für das Fremdgehen abgegeben? Weswegen er ...«
»Meinst du damit, dass es meine Schuld gewesen ist?«, unterbrach Valgerður ihn.
»Nein, das habe ich ni...«
»Vielleicht ist es meine Schuld«, sagte sie. »Ich weiß es nicht. Es hat keinerlei Erklärungen gegeben, nur Wut und Verständnislosigkeit.«
»Und eure beiden Söhne?«
»Denen haben wir noch nichts gesagt. Sie sind beide schon von zu Hause ausgezogen. Vielleicht ist das die Erklärung. Zu wenig Zeit für uns selbst, während sie noch daheim waren, zu viel Zeit, als sie aus dem Haus waren. Vielleicht haben wir uns beide nicht mehr gekannt. Zwei Fremde, und das nach all den Jahren.«
Sie schwiegen.
»Du brauchst mich nicht um Entschuldigung zu bitten«, sagte Erlendur schließlich und schaute sie an. »Ganz im Gegenteil. Ich sollte dich um Entschuldigung bitten, dir gegenüber nicht aufrichtig gewesen zu sein. Dich angelogen zu haben.
»Mich angelogen?«
»Du hast gefragt, warum ich mich so für diese tödlichen Unfälle in den Bergen interessiere, für Gefahren, Bergnot und Strapazen in Eis und Schnee, und ich habe dir nicht die Wahrheit gesagt. Das ist, weil ich fast noch nie darüber gesprochen und vermutlich Probleme damit habe. Ich finde, dass das niemanden etwas angeht. Auch meine Kinder nicht. Erst als meine Tochter in Lebensgefahr schwebte und ich Angst hatte, dass sie stirbt, erst dann habe ich ein Bedürfnis verspürt, darüber zu sprechen. Um ihr das zu sagen.«
»Um ihr was zu sagen?«, fragte Valgerður behutsam.
»Mein Bruder ist auf diese Weise ums Leben gekommen«,

sagte Erlendur. »Als er acht Jahre alt war. Er wurde nie gefunden.«

Er hatte laut zu einer völlig unbekannten Person an einer Hotelbar das gesagt, was, solange er zurückdenken konnte, wie ein Albtraum auf ihm gelastet hatte. Vielleicht hatte er sich die ganze Zeit danach gesehnt. Vielleicht war es jetzt so weit, dass er nicht mehr allein in diesem Schneesturm stehen wollte.

»In einem dieser Bücher über solche Unglücksfälle ist ein Bericht, den ich immer wieder lese«, sagte er. »Ein Bericht darüber, wie mein Bruder umgekommen ist, über die Suchaktion und die schwere Trauer, die sich über unser Zuhause legte. Eine erstaunlich genaue Beschreibung, die von einem der einflussreichen Männer in der Gemeinde stammt und von einem Freund meines Vaters aufgezeichnet wurde. Unsere Namen werden erwähnt und wie wir gelebt haben. Und die Reaktion meines Vaters, die die Leute seltsam fanden. Mein Vater brach vor Verzweiflung und Selbstanklagen fast zusammen, er saß nur in seinem Zimmer und starrte regungslos vor sich hin, während andere unter Aufbietung all ihrer Kräfte weiter auf die Suche gingen. Wir wurden nicht gefragt, als dieser Bericht herausgegeben wurde, und meine Eltern litten furchtbar darunter. Ich kann ihn dir irgendwann einmal zeigen, wenn du willst.«

Valgerður nickte.

Erlendur begann zu erzählen, während sie aufmerksam zuhörte, und als er damit fertig war, lehnte sie sich zurück und seufzte tief.

»Ihr habt ihn also nie gefunden?«, fragte sie.

Erlendur schüttelte den Kopf.

»Noch lange Zeit, nachdem es passierte, und manchmal sogar heute noch, bilde ich mir ein, dass er gar nicht tot ist. Dass er völlig erschöpft sich in die bewohnten Täler durchgeschlagen hat; dass er deswegen nicht zu uns zurückkam, weil er das Gedächtnis verloren hat, und dass ich ihm noch einmal begegnen werde. Manchmal suche ich in Menschenansammlungen nach ihm und versuche mir vorzustellen, wie er aussehen könnte. Das ist eine verbreitete Reaktion, wenn die sterblichen Überreste eines Menschen nicht gefunden werden. Ich kenne das aus meiner Arbeit bei der Polizei. Wenn nichts anderes mehr bleibt, klammert man sich an die Hoffnung.«

»Du und dein Bruder, ihr hattet ein gutes Verhältnis zueinander?«, fragte Valgerður.

»Wir waren gute Freunde«, erwiderte Erlendur.

Sie saßen schweigend und beobachteten den Betrieb im Hotel, jeder in seine Gedankenwelt versunken. Die Gläser waren leer, aber weder er noch sie hatten die Energie, eine neue Bestellung aufzugeben. Es verging eine geraume Zeit, bis Erlendur sich zu ihr hinüberbeugte, räusperte und zögernd die Frage vorbrachte, die ihm auf den Lippen lag, seit sie ihm vom Fremdgehen ihres Mannes erzählt hatte.

»Möchtest du dich immer noch an ihm rächen?«

Valgerður schaute ihn an und nickte.

»Aber nicht gleich. Ich kann nicht ...«

»Nein«, sagte Erlendur. »Das ist richtig. Natürlich.«

»Erzähl mir lieber von einem von diesen vielen Verschollenen, für die du dich so interessierst. Über die du immer liest.«

Erlendur lächelte und dachte einen Augenblick nach. Dann begann er, ihr von dem Verschwinden eines Menschen zu erzählen, das vor aller Augen passiert war: die Geschichte des Diebes Jón Bergþórsson aus dem Skagafjörður.

»Er wagte sich von einer Landspitze aus hinaus auf den zugefrorenen Fjord, um einen Hai zu holen, der tags zuvor in einer Wake gefangen worden war. Urplötzlich schlug das Wetter um, Sturm und Regen aus dem Süden ließen das Eis aufbrechen und nach Norden wegtreiben. Wegen des Orkans war es nicht möglich, Jón mit einem Boot zurückzuholen, und das Eis trieb aus dem Fjord hinaus. Jón war nur noch durchs Fernglas zu erkennen, wie er auf einer Eisscholle am Meereshorizont hin und her lief, und das war das Letzte, was man von ihm sah.«

Neunundzwanzig

Die ruhige Barmusik hatte einschläfernde Wirkung auf sie, und sie saßen schweigend da, bis Valgerður sich vorbeugte und seine Hand ergriff.

»Am besten gehe ich jetzt«, sagte sie.

Erlendur nickte, und sie standen auf. Sie gab ihm einen Kuss auf die Wange und stand einen Augenblick dicht bei ihm.

Keiner von ihnen hatte bemerkt, dass Eva Lind in die Bar gekommen war und zu ihnen herüberstarrte. Sie sah, wie sie aufstanden, sah, wie sie ihn küsste und sich an ihn zu schmiegen schien. Eva Lind gab sich einen Ruck und ging rasch zu ihnen hin.

»Was ist denn das für eine verdammte Tussi?«, fragte Eva Lind und musterte Valgerður abschätzig.

»Eva«, sagte Erlendur barsch. Evas plötzlicher Auftritt in der Bar hatte ihn etwas aus der Fassung gebracht. »Benimm dich gefälligst anständig.«

Valgerður streckte ihre Hand aus. Eva Lind starrte darauf, und dann schaute sie Valgerður ins Gesicht und wieder auf die Hand. Erlendur sah von Valgerður zu Eva Lind und schien sie mit seinen Blicken durchbohren zu wollen.

»Das ist Valgerður, sie ist eine gute Freundin von mir«, sagte er.

Eva Lind schaute auf ihren Vater und dann auf Valgerður, aber sie nahm die ausgestreckte Hand nicht. Valgerður lächelte verlegen und drehte sich auf dem Absatz um.

Erlendur ging hinter ihr her und schaute ihr nach, wie sie das Foyer durchquerte. Eva Lind kam zu ihm.

»Was geht hier eigentlich ab?«, fragte sie. »Hast du angefangen, hier in der Bar Weiber aufzureißen?«

»Jetzt reicht's aber mit deinen Unverschämtheiten«, schnauzte Erlendur sie an. »Was fällt dir ein, dich so zu benehmen? Das geht dich überhaupt nichts an. Lass mich zum Kuckuck noch mal in Ruhe!«

»Ach so! Du kannst dich von morgens früh bis abends spät in meinen Kram einmischen, aber ich darf nicht mal wissen, mit wem du hier im Hotel herumvögelst?«

»Jetzt ist Schluss. Was fällt dir eigentlich ein, in dieser ordinären Sprache mit mir zu reden!«

Eva Lind verstummte und schaute ihren Vater wütend an. Er starrte bitterböse zurück.

»Was zum Teufel willst du von mir?«, schrie er sie an und lief dann hinter Valgerður her. Sie war schon aus dem Hotel heraus, und durch die Drehtür sah er, wie sie in ein Taxi stieg. Als er nach draußen kam, sah er nur noch, wie sich die roten Rücklichter des Autos entfernten und schließlich um die Ecke bogen.

Erlendur fluchte innerlich, als er hinter dem Taxi herschaute. Er hatte keine Lust, wieder in die Bar zu gehen, wo Eva Lind auf ihn wartete. In Gedanken versunken stieg er die Treppe in den Keller hinunter und stand auf einmal wieder auf dem dunklen Gang. Er fand einen Schalter und machte Licht, und die wenigen Birnen, die noch intakt waren, gaben dem Gang eine gespenstische Beleuchtung. Er ging zu Guðlaugurs Kammer, öffnete die Tür und knipste das Licht an. Das Plakat mit Shirley Temple starrte ihm entgegen.

The Little Princess.

Er hörte leichte Schritte auf dem Gang und wusste, wer da kam, noch bevor Eva Lind in der Tür auftauchte.

»Die da oben hat mir gesagt, sie hätte gesehen, wie du in den Keller gegangen bist«, sagte Eva und schaute in das Zimmer. Ihre Augen blieben an den Blutflecken auf dem Bett hängen. »Ist es hier passiert?«, fragte sie.

»Ja,« sagte Erlendur.

»Was für ein Plakat ist das?«

»Ich weiß es nicht«, sagte Erlendur. »Ich begreife nicht, wie du dich so aufführen kannst. Was fällt dir ein, sie eine Tussi zu nennen und ihr nicht die Hand zu geben? Sie hat dir nichts getan.«

Eva Lind schwieg.

»Du solltest dich was schämen.«

»Verzeih mir«, sagte Eva.

Erlendur antwortete nicht. Er stand da und starrte auf das Plakat. Shirley Temple in einem hübschen Sommerkleidchen und einer Schleife im Haar, sie lächelte in Technicolor. *The Little Princess.* Produktionsjahr 1939, nach einer Erzählung von Frances Hodgson Burnett. Shirley Temple spielte ein munteres kleines Mädchen, dessen Vater ins Ausland ging und sie in den Händen einer unbarmherzigen Schulleiterin zurückließ. Sigurður Óli hatte den Film im Internet gefunden. Die Informationen über den Film sagten aber nichts darüber aus, weswegen Guðlaugur das Plakat bei sich aufgehängt hatte.

Die kleine Prinzessin, dachte Erlendur.

»Ich habe sofort an Mama gedacht«, sagte Eva Lind hinter ihm. »Als ich dich mit ihr in der Bar sah. Und an Sindri und mich, an denen du kein Interesse hattest. Habe an uns alle gedacht, an uns als Familie, denn egal, wie man die Sache auch angeht, wir sind trotz allem irgendwie eine Familie. Jedenfalls finde ich das.«

Sie verstummte.

Erlendur drehte sich zu ihr um.

»Ich kapiere diese Gleichgültigkeit nicht«, fuhr sie fort.

»Vor allem, was Sindri und mich betrifft. Ich raff es einfach nicht. Und du hilfst mir auch nicht gerade weiter. Willst nie über was reden, was dich betrifft. Redest nie über was. Sagst nie was. Man könnte genauso gut mit einer Wand reden.«

»Weswegen brauchst du für alles eine Erklärung?«, sagte Erlendur. »Für einige Dinge gibt es einfach keine Erklärung. Einiges braucht man nicht zu erklären.«

»Das sagt ausgerechnet der Cop!«

»Die Leute reden zu viel«, sagte Erlendur. »Man sollte mehr schweigen, dann würde man sich auch keine Blöße geben.«

»Du redest von Verbrechern. Du denkst immer bloß an Kriminelle. Wir sind deine Familie!«

Sie schwiegen.

»Wahrscheinlich habe ich einen Fehler gemacht«, sagte Erlendur schließlich. »Nicht, was deine Mutter betrifft, glaube ich. Oder doch, es kann auch etwas sein, was deine Mutter betrifft. Ich weiß es nicht. Die Leute lassen sich doch andauernd scheiden, und für mich war es unerträglich, mit ihr zusammenzuleben. Aber was dich und Sindri betrifft, das war falsch. Mir ist das wahrscheinlich erst klar geworden, als du mich aufgespürt und angefangen hast, mich zu besuchen, und manchmal hast du sogar deinen Bruder mitgebracht. Ich habe mir einfach nicht klar gemacht, dass ich zwei Kinder besaß, zu denen ich die ganze Zeit keinerlei Verbindung hatte, und die es dann schon so jung aus der Bahn geworfen hat. Dann erst habe ich angefangen, mir den Kopf darüber zu zerbrechen, ob die Tatsache, dass ich keinen Finger gerührt habe, etwas dazu beigetragen hat. Ich hatte eigentlich so gut wie nie darüber nachgedacht, warum das so war. Genau wie du. Warum ich nicht vor Gericht gegangen bin, um für mein Umgangsrecht zu kämpfen. Um euch bei mir haben zu können. Oder versucht habe, mit eurer Mutter zu reden, um zu einem Kompromiss zu kommen. Oder euch nicht vor der Schule aufgelauert und mir einfach geschnappt habe.«

»Du hattest ganz einfach kein Interesse an uns«, sagte Eva Lind. »Geht es nicht darum?«

Erlendur schwieg.

»Geht es nicht darum?«, wiederholte Eva Lind.

Erlendur schüttelte den Kopf.

»Nein«, sagte er. »Ich wollte, es wäre so einfach.«

»Einfach? Was meinst du damit?«

»Ich glaube …«

»Was?«

»Ich weiß nicht, wie ich das sagen soll. Ich glaube …«

»Ja.«

»Ich glaube, ich bin damals auch in den Bergen geblieben.«

»Als dein Bruder umgekommen ist?«

»Es ist schwierig, das zu erklären, und vielleicht ist es gar nicht möglich. Vielleicht ist es überhaupt nicht möglich, alles zu erklären, und vielleicht gibt es einige Dinge, die am besten unerklärt bleiben.«

»Was meinst du damit, dass du auch in den Bergen geblieben bist?«

»Ich bin nicht … irgendetwas in mir ist abgestorben.«

»Willst du …«

»Ich wurde zwar gefunden und gerettet, aber ich bin damals auch gestorben. Irgendetwas in mir ist gestorben, etwas, was ich früher hatte. Ich weiß nicht, was das genau war. Mein Bruder starb, und in mir ist auch etwas gestorben. Ich habe die ganze Zeit Verantwortung für ihn gehabt, und ich habe ihn im Stich gelassen. Deswegen habe ich Schuldgefühle gehabt, weil ich derjenige war, der mit dem Leben davonkam, und nicht er. Seitdem habe ich es vermieden, Verantwortung für irgendetwas zu übernehmen.

Und wenn ich auch nicht direkt vernachlässigt worden bin, jedenfalls nicht so, wie ich dich und Sindri vernachlässigt habe, so war es, als ob ich keine Rolle mehr spielte. Ich weiß nicht, ob das richtig ist, und das werde ich auch nie herausbekommen, aber dieses Gefühl überfiel mich gleich, als mich die Suchtrupps nach Hause gebracht hatten, und so ist es seitdem geblieben.«

»All die ganzen Jahre?«

»Gefühle werden nicht nach Zeit gemessen.«

»Weil du es warst, der überlebt hat, und nicht er?«

»Statt nach dieser Katastrophe etwas aufzubauen, was ich irgendwie versucht habe, als ich eurer Mutter begegnet bin, habe ich mich danach immer tiefer hineinvergraben, weil das bequemer ist und man glaubt, dass man dort eine Zuflucht hat. Genau wie bei dir mit dem Dope. Es ist einfacher so. Dope ist deine Zuflucht. Und das weißt du auch, man kann sich noch so sehr im Klaren darüber sein, dass man anderen wehtut, trotzdem dreht sich alles immer nur um einen selbst. Deswegen machst du mit dem Zeug weiter. Deswegen vergrabe ich mich wieder und wieder in diese Schneewehen.«

Eva Lind starrte auf ihren Vater, und obwohl sie nicht ganz begriff, was er sagte, verstand sie, dass er vollkommen aufrichtig war und versuchte, ihr zu erklären, was für sie die ganze Zeit ein Rätsel gewesen war und dazu geführt hatte, dass sie ihn unbedingt aufspüren wollte. Ihr war aber klar, dass sie weiter vorgedrungen war, als es irgendjemandem anderem jemals gelungen war, nicht einmal ihm selber, es sei denn, bei einem Versuch, die Mauer um ihn noch undurchdringlicher zu machen.

»Und diese Frau? Wie passt sie in dieses Bild hinein?«

Erlendur zuckte die Achseln. Der Spalt, der sich geöffnet hatte, schloss sich bereits wieder.

»Ich weiß es nicht«, sagte er.

Sie schwiegen lange, bis Eva Lind sagte, sie müsse weiter, und auf den Gang hinaustrat. Sie war sich nicht sicher, in welche Richtung sie gehen musste, und starrte in die Dunkelheit am Ende des Korridors. Plötzlich bemerkte Erlendur, dass sie angefangen hatte, wie ein Hund zu schnuppern.
»Riechst du das?«, fragte sie und streckte die Nase in die Luft.
»Was?«, sagte Erlendur und wusste nicht, wovon sie redete.
»Hier riecht's nach Hasch«, sagte Eva.
»Hasch?«, fragte Erlendur. »Was meinst du damit?«
»Hasch«, sagte Eva Lind. »Ich meine Hasch. Willst du mir etwa sagen, dass du das noch nie gerochen hast?«
»Hasch?«
»Riechst du das denn nicht?«
Erlendur trat hinaus auf den Flur und begann ebenfalls zu schnuppern.
»Ist das Hasch?«, fragte er.
»Ich sollte mich da schon auskennen«, sagte Eva Lind.
Sie schnüffelte immer noch.
»Hier hat jemand gekifft, und das ist nicht sehr lange her«, sagte sie.
Erlendur wusste, dass das Ende des Korridors ausgeleuchtet worden war, als der Tatort untersucht wurde, aber er war sich nicht sicher, wie gründlich das gemacht worden war.
Er schaute Eva Lind an.
»Hier hat jemand gekifft?«
»Genau, das ist der Geruch«, sagte sie.
Er ging wieder in das Zimmer, holte den Stuhl und stellte ihn unter eine der intakten Birnen, um sie herauszuschrauben. Die Birne war glühend heiß, sodass er den Ärmel seines Jacketts verwenden musste. Er suchte und tastete so

lange, bis er die kaputte Birne am Ende des Gangs gefunden hatte, und tauschte sie aus. Mit einem Mal wurde es hell, und Erlendur sprang vom Stuhl herunter.

Zuerst sahen sie nichts, was irgendwie ungewöhnlich war, aber dann wies Eva Lind ihren Vater darauf hin, wie sorgsam hier in dieser finsteren Ecke geputzt worden war, verglichen mit dem sonstigen Zustand des Gangs. Erlendur nickte. Es hatte den Anschein, als hätte hier jemand Fußboden und Wände gründlichst geschrubbt.

Erlendur ging in die Knie und suchte den Fußboden ab. Die Leitungsrohre für heißes Wasser lagen an den Wänden, und er kroch auf allen vieren an ihnen entlang.

Eva Lind sah, wie er innehielt und unter ein Rohr griff, um etwas hervorzuholen, was sein Interesse geweckt hatte. Er stand auf und zeigte ihr, was er gefunden hatte.

»Ich habe zuerst gedacht, das ist zu groß geratener Rattendreck.« Er hielt einen kleinen braunen Gegenstand zwischen den Fingern.

»Was ist das?«, fragte Eva Lind.

»Ein Gazetütchen.«

»Gazetütchen?«

»Ja, mit Kautabak, den man sich unter die Lippe schiebt. Irgendjemand hat den Kautabak hier weggeworfen oder ausgespuckt.«

»Wer? Wer ist hier auf dem Gang gewesen?«

Erlendur schaute Eva Lind an.

»Jemand, der sich mehr prostituiert als ich«, sagte er.

Heiligabend

Dreißig

An der Rezeption erfuhr er, dass Ösp im ersten Stock arbeitete. Er holte sich Kaffee und ein Sandwich vom Frühstücksbüfett, und nachdem er gefrühstückt hatte, ging er die Treppe hinauf ins erste Stockwerk.

Er hatte mit Sigurður Óli telefoniert und ihn gebeten, ein paar Informationen für ihn einzuholen, und Elínborg angerufen, um zu erfahren, ob sie sich mit der Frau unterhalten hatte, die Stefanía angeblich im Hotel getroffen hatte, als sie von den Überwachungskameras aufgenommen worden war. Elínborg war aber schon aus dem Haus und antwortete nicht auf ihrem Handy.

Erlendur hatte im Stockfinsteren bis zum Morgen hellwach im Bett gelegen. Als er endlich aufstand, schaute er aus dem Fenster. Dieses Jahr würde es doch keine grüne Weihnachten geben. Jetzt hatte es ordentlich angefangen zu schneien, wie er im Schein der Straßenlaternen erkennen konnte. Dichter Schnee rieselte in den Lichtkegeln sichtbar zu Boden und gab eine sehr weihnachtliche Kulisse ab.

Eva Lind hatte sich im Kellerflur von ihm verabschiedet und ihm gesagt, sie wolle am Abend zu ihm kommen. Sie hatte vor, geräuchertes Lammfleisch zuzubereiten, und er überlegte, was er ihr zu Weihnachten schenken sollte. Er hatte ihr die eine oder andere Kleinigkeit geschenkt, seitdem sie angefangen hatte, Weihnachten bei ihm zu verbringen. Sie hatte ihm Socken geschenkt, von denen sie zugab, dass sie geklaut waren. Und einmal ein Paar Handschuhe, die sie angeblich für ihn gekauft hatte. Die hatte er längst wieder verloren, aber sie fragte nie danach. Vielleicht war es das, was ihm am besten an seiner Tochter gefiel, dass sie niemals nach etwas fragte, es sei denn nach etwas, was wirklich wichtig war.

Sigurður Óli meldete sich wieder und gab ihm einige Informationen durch. Sie waren nicht besonders ergiebig, aber genügten ihm. Erlendur wusste nicht so ganz genau, wonach er suchte, fand es aber der Mühe wert, seine Theorie weiterzuverfolgen.

Genau wie beim letzten Mal beobachtete er Ösp geraume Zeit bei der Arbeit, bevor sie seiner gewahr wurde. Sie schien nicht überrascht, ihn zu sehen.

»Auch schon auf den Beinen?«, fragte sie, als sei er der faulste Gast im ganzen Hotel.

»Ich konnte nicht schlafen«, sagte er. »Ich habe sozusagen die ganze Nacht an dich denken müssen.«

»An mich?«, sagte Ösp und warf einen Haufen Handtücher in den Wäschekorb. »Hoffentlich keine Sauereien«, sagte sie. »Mir reichen echt die hier im Hotel.«

»Nein«, sagte Erlendur. »Keine Sauereien.«

»Schwabbel hat mich gefragt, ob ich irgendwelchen Quatsch habe durchsickern lassen. Und der Koch hat mich angeschnauzt, als hätte ich was von seinem Weihnachtsbüfett geklaut. Sie haben gewusst, dass du mit mir geredet hast.«

»Hier im Hotel wissen so ungefähr alle alles voneinander«, sagte Erlendur. »Aber es verrät im Grunde trotzdem niemand etwas über den anderen. Es ist ganz schön schwierig, es mit solchen Leuten zu tun zu haben. Beispielsweise mit dir.«

»Mit mir?« Ösp ging in das Zimmer, das sie gerade sauber machte, und Erlendur folgte ihr wie zuvor.

»Du sagst einem, was du weißt, man glaubt jedes Wort, weil du aufrichtig zu sein scheinst, aber trotzdem sagst du nur einen Bruchteil von dem, was du weißt. Und das ist im Endeffekt auch eine Art Lüge. Solche Art von Lügen nehmen wir bei der Polizei ebenfalls sehr ernst. Weißt du, worüber ich spreche?«

Ösp antwortete ihm nicht. Sie war damit beschäftigt, die Bettwäsche zu wechseln. Erlendur beobachtete sie. Ihr war nicht anzusehen, was sie dachte. Sie tat, als sei er gar nicht im Zimmer. Als könnte sie ihn abschütteln, indem sie so tat, als gäbe es ihn nicht.

»Du hast mir beispielsweise nicht gesagt, dass du einen Bruder hast«, sagte Erlendur.

»Weswegen sollte ich dir das sagen?«

»Weil er in Schwierigkeiten ist.«

»Er ist nicht in Schwierigkeiten.«

»Nicht meinetwegen«, sagte Erlendur. »Ich habe ihn nicht in Schwierigkeiten gebracht. Aber er ist in Schwierigkeiten und kommt dann manchmal zu seiner Schwester, wenn er sie braucht.«

»Ich weiß nicht, worauf du hinauswillst.«

»Ich werde es dir sagen. Er ist zweimal im Knast gewesen, nicht lange, immer wegen Einbruch und Diebstahl. Hin und wieder ist er dabei erwischt worden, ein anderes Mal wiederum nicht, das Übliche halt. Typische Bereicherungsdelikte eines Kleinkriminellen. Typisch für Drogenkriminalität. Er ist bei den teuersten Drogen angelangt und hat nie genug Geld. Aber die Dealer kennen kein Pardon. Sie haben ihn öfter als einmal zu fassen gekriegt und ihn zusammengeschlagen. Einmal haben sie gedroht, ihm mit einem Vorschlaghammer das Knie zu zertrümmern. Außer Stehlen muss er noch diverse andere Dinge machen. Um die Schulden bezahlen zu können.«

Ösp legte die Bettwäsche ab.

»Er hat da verschiedene Mittel und Wege gefunden, um seinen Konsum zu finanzieren«, sagte Erlendur. »Das weißt du wahrscheinlich. Das ist so üblich bei diesen Kindern. Kindern, die haschen, kiffen, fixen.«
Ösp antwortete ihm nicht.
»Verstehst du, was ich sage?«
»Hast du das von Stína?«, fragte Ösp. »Ich habe sie gestern hier im Hotel gesehen. Ich habe sie oft hier gesehen, und wenn irgendjemand eine Nutte ist, dann sie.«
»Sie hat mir nichts von alldem gesagt«, erwiderte Erlendur und gestattete Ösp nicht, das Thema zu wechseln. »Es ist nicht lange her, seitdem dein Bruder unten in dem Flur war, wo Guðlaugur wohnte. Es kann sogar gut sein, dass er nach dem Mord gekommen ist. Am hintersten Ende des Gangs ist es stockfinster, dort kommt nie jemand hin. Es kann sein, dass er erst vor kurzem noch einmal dort gewesen ist, zumindest riecht es dort noch danach. Man kann den Geruch immer noch wahrnehmen. Jemand, der sich mit Hasch oder Speed und Heroin auskennt, riecht das sofort.«
Ösp starrte ihn an. Erlendur hatte nicht viel in der Hand, als er sie aufsuchte. Nur, dass diese dunkle Nische gründlich geputzt worden war, aber er sah an ihrer Reaktion, dass das, was er sagte, der Wahrheit ziemlich nahe kam. Er überlegte, ob er sich noch weiter aus dem Fenster hängen sollte, war eine Weile unschlüssig, entschied sich aber dann, es darauf ankommen zu lassen.
»Wir haben auch Kautabak von ihm gefunden«, sagte Erlendur. »Nimmt er das Zeug schon lange?«
Ösp starrte ihn an, ohne ein Wort zu sagen. Dann senkte sie die Augen, schaute auf das Bett und auf das Laken, das sie wieder in die Hand genommen hatte; sie schaute sehr lange auf das Laken, und dann schien sie zu kapitulieren und warf es auf das Bett.

»Seit er fünfzehn ist«, sagte sie so leise, dass Erlendur sie kaum verstehen konnte.

Er wartete darauf, dass sie fortfuhr, aber sie sagte nichts mehr, und die beiden standen einander wortlos im Hotelzimmer gegenüber. Erlendur ließ das Schweigen eine Weile andauern. Schließlich seufzte Ösp tief auf und setzte sich auf das Bett.

»Er hat nie Geld«, sagte sie leise. »Hat überall Schulden. Immer. Und die drohen ihm und schlagen ihn zusammen. Trotzdem geht es immer so weiter, und er macht noch mehr Schulden. Manchmal hat er Geld und kann dann etwas abbezahlen. Mama und Papa haben es schon längst aufgegeben mit ihm. Sie haben ihn aus dem Haus geworfen, als er siebzehn war. Sie haben ihn auch zu irgendwelchen Therapien geschleppt, aber er ist immer wieder abgehauen. Er kam oft nicht nach Hause, war manchmal eine ganze Woche weg, und einmal haben sie eine Suchmeldung in der Zeitung aufgegeben, aber das war ihm alles scheißegal. Seitdem hat er keine feste Bleibe. Ich bin die Einzige in der Familie, die Verbindung zu ihm hat. Im Winter lasse ich ihn manchmal in den Keller. Er hat da unten am Ende des Flurs geschlafen, wenn er sich verstecken musste. Ich habe ihm verboten, da unten mit Dope rumzumachen. Aber er lässt sich auch von mir nichts sagen. Er lässt sich von niemandem was sagen.«

»Hast du ihm Geld gegeben? Um diesen Typen ihr Geld zu zahlen?«

»Manchmal, aber reichen tut es nie. Sie sind sogar zu Mama und Papa nach Hause gekommen und haben ihnen alles Mögliche angedroht. Papas Auto haben sie demoliert. Meine Eltern versuchen zu bezahlen, um sie loszuwerden, aber es ist einfach zu viel. Die Schulden müssen mit Zinsen zurückbezahlt werden, die einfach galaktisch sind. Wenn Papa und Mama mit der Polizei sprechen, mit solchen Typen wie dir, dann kriegen sie nur zu hören, dass man nichts machen kann, weil das bloß Drohungen sind. Anscheinend ist es völlig in Ordnung, andere zu bedrohen.«

Sie schaute Erlendur an.

»Wenn sie Papa umbringen, dann kümmert ihr euch vielleicht um die Sache.«

»Kannte er Guðlaugur? Dein Bruder? Die müssen doch voneinander gewusst haben da unten im Keller.«

»Sie haben sich gekannt«, sagte Ösp kleinlaut.

»Wie?«

»Gulli hat ihm Geld gegeben für ...«

»Für was?«

»Verschiedene Dinge, die er für ihn gemacht hat.«

»Sexuell?«

»Ja, sexuell.«

»Woher weißt du das?«

»Mein Bruder hat es mir gesagt.«

»War er an jenem Nachmittag bei Guðlaugur?«

»Ich weiß es nicht. Ich habe ihn seit vielen Tagen nicht gesehen, nicht seit, ...« Sie verstummte. »Nicht, seitdem Guðlaugur erstochen worden ist«, sagte sie schließlich. »Er hat sich nicht gemeldet.«

»Ich glaube, dass er vor nicht allzu langer Zeit da unten auf dem Flur gewesen ist. Nachdem Guðlaugur ermordet wurde.«

»Ich habe ihn nicht gesehen.«

»Glaubst du, dass er auf Guðlaugur losgegangen ist?«

»Ich weiß es nicht«, sagte sie. »Ich weiß nur, dass er noch nie irgendjemanden angegriffen hat. Er ist ständig auf der Flucht. Und jetzt hält er sich ganz bestimmt auch deswegen versteckt, obwohl er gar nichts gemacht hat. Er hat nie irgendjemandem was zuleide tun können.«

»Und du weißt nicht, wo er jetzt steckt?«

»Nein, ich habe nichts von ihm gehört.«
»Weißt du, ob er diesen Engländer gekannt hat, den ich erwähnt habe? Henry Wapshott? Den mit den Kinderpornos.«
»Nein, den hat er nicht gekannt. Ich glaube es zumindest nicht. Warum fragst du danach?«
»Ist er homosexuell, dein Bruder?«
Ösp schaute ihn an.
»Ich weiß, dass er für Geld alles macht. Ich glaube nicht, dass er schwul ist.«
»Würdest du ihm bitte ausrichten, dass ich gerne mit ihm sprechen möchte. Falls er da auf dem Flur im Keller etwas mitbekommen hat, muss ich das von ihm selber hören. Ich muss ihn auch nach seiner Beziehung zu Guðlaugur fragen. Ich muss wissen, ob er ihn an dem Tag, an dem Guðlaugur ermordet wurde, gesehen hat. Wirst du das für mich tun? Ihm sagen, dass ich ihn sprechen muss?«
»Glaubst du, dass er es getan hat? Guðlaugur umgebracht hat?«
»Ich weiß es nicht«, sagte Erlendur. »Falls ich nicht bald von ihm höre, lasse ich nach ihm fahnden.«
Ösp zeigte keinerlei Reaktion.
»Wusstest du, dass Guðlaugur schwul war?«
Ösp schaute hoch.
»Gemessen an dem, was mein Bruder mir gesagt hat, war er das. Und gemessen an der Tatsache, dass er meinen Bruder dafür bezahlt hat, es ihm zu besorgen ...«
Ösp brach ab.
»Wusstest du, dass Guðlaugur tot war, als du zu ihm geschickt wurdest?«
Sie schaute ihn an.
»Nein, das wusste ich nicht. Versuch nicht, das auf mich zu schieben. Das versuchst du doch? Du glaubst, dass ich ihn umgebracht habe?«

»Du hast mir nichts von deinem Bruder da im Keller gesagt.«
»Er ist immer in Schwierigkeiten, aber ich weiß, dass er das nicht getan hat. Ich weiß, dass er niemals so etwas tun könnte. Niemals.«
»Zwischen euch muss ja wirklich ein gutes Verhältnis bestehen, wo du so gut auf ihn aufpasst.«
»Wir sind immer gute Freunde gewesen«, sagte Ösp und stand auf. »Ich werde mit ihm sprechen, wenn er sich meldet, und ihm sagen, dass du ihn sprechen musst, falls er was weiß über das, was passiert ist.«
Erlendur nickte und sagte, dass er im Verlauf des Tages im Hotel zu erreichen wäre.
»Es muss sofort sein, Ösp«, sagte er.

Einunddreißig

Als Erlendur wieder hinunter ins Foyer kam, sah er Elínborg an der Rezeption stehen. Der Empfangschef deutete in seine Richtung, und Elínborg drehte sich um. Sie hatte offenbar nach ihm gesucht und kam jetzt rasch mit einer mehr als sorgenvollen Miene auf ihn zu. So viel Kummer hatte sie selten ausgestrahlt.

»Stimmt etwas nicht?«, fragte er, als sie sich näherte.

»Können wir uns vielleicht irgendwo setzen?«, sagte sie. »Ist die Bar schon offen? Himmel, was ist das für ein mieser Job. Ich weiß nicht, wozu man sich damit abgibt.«

»Was ist denn los?«, fragte Erlendur, packte sie beim Arm und führte sie zur Bar. Die Tür war zu, aber nicht verschlossen, und sie gingen hinein. Die Bar schien noch nicht geöffnet zu sein. Erlendur entdeckte ein Schild, dem zufolge die Bar erst in einer Stunde aufmachte. Sie setzten sich in eine Nische.

»Weihnachten ist im Eimer bei mir«, sagte Elínborg. »Ich hab noch nie so wenig gebacken. Und die ganze Familie meines Mannes kommt heute Abend und …«

»Erzähl mir, was passiert ist«, sagte Erlendur.

»Was für eine Scheiße«, sagte sie. »Ich verstehe ihn einfach nicht. Ich verstehe ihn überhaupt nicht.«

»Wen?«

»Den Jungen!«, sagte Elínborg. »Ich begreife nicht, was das soll.«

Sie erzählte Erlendur, dass sie gestern Abend, anstatt nach

Hause zu gehen und zu backen, noch einmal zur psychiatrischen Klinik gefahren war. Sie wusste nicht ganz genau, warum, aber die Sache mit dem Vater und seinem Sohn ließ sie einfach nicht los. Als Erlendur einwarf, es läge vielleicht daran, dass sie es satt hätte, für ihre angeheiratete Verwandtschaft zu backen und zu kochen, brachte sie nicht einmal ein Lächeln zustande.

Sie war bereits früher in der Klinik gewesen und hatte versucht, mit der Mutter des Jungen zu sprechen, aber zu diesem Zeitpunkt stand die Frau so neben sich, dass sie kein vernünftiges Wort aus ihr herauslocken konnte. Gestern Abend war es genau das Gleiche gewesen. Die Mutter saß da, wiegte den Oberkörper vor und zurück und war völlig weggetreten. Elínborg wusste nicht genau, was sie eigentlich aus ihr herausholen wollte, aber sie ging davon aus, dass die Frau etwas über das Verhältnis zwischen Vater und Sohn wissen könnte, was bislang noch nicht bekannt geworden war.

Sie wusste, dass die Mutter in regelmäßigen Abständen in der Psychiatrie behandelt werden musste. Sie wurde eingeliefert, wenn es ihr gerade mal wieder eingefallen war, ihre Medikamente im Klo hinunterzuspülen. Solange sie unter Psychopharmaka stand, war sie einigermaßen in Ordnung und kümmerte sich vorbildlich um den Haushalt. Auch die Lehrerin des Jungen, mit der Elínborg gesprochen hatte, schien einen guten Eindruck von ihr zu haben.

Elínborg saß im Aufenthaltsraum, wohin die Krankenschwester die Mutter gebracht hatte, und beobachtete die Frau, die sich unentwegt eine Haarsträhne um den Zeigefinger wickelte und etwas vor sich hin murmelte, was Elínborg nicht verstand. Sie versuchte mit ihr zu reden, aber es war, als sei sie überhaupt nicht anwesend. Die Frau zeigte keinerlei Reaktion auf ihre Fragen. Sie wirkte wie eine Schlafwandlerin.

Elínborg saß eine ganze Weile bei ihr, bis ihr wieder all die Plätzchensorten einfielen, die noch nicht gebacken waren. Sie stand auf, um jemanden zu holen, der die Frau wieder auf ihre Station bringen würde, und traf auf dem Gang einen Aufseher, der um die dreißig zu sein schien und sich dem Aussehen nach in seiner Freizeit mit Gewichtheben beschäftigte. Er trug weiße Hosen und ein weißes T-Shirt, die kräftigen Muskeln spielten bei jeder Bewegung. Der Kopf mit den kurz geschorenen Haaren war rundlich, und die Augen lagen tief. Elínborg fragte ihn nicht nach seinem Namen.

Er folgte ihr in den Aufenthaltsraum.

»Ach, da haben wir ja die liebe Dóra«, sagte der Wärter, ging zu der Frau hin und packte sie am Arm. »Zur Abwechslung mal ruhig heute Abend.«

Die Frau erhob sich genauso apathisch wie zuvor.

»Haben sie dich so gedopt, du Ärmste«, sagte der Wärter, und Elínborg gefiel der Ton nicht. Er schien zu einem fünfjährigen Kind zu sprechen. Und was bedeutete das, dass sie heute Abend zur Abwechslung mal ruhig war? Sie konnte sich nicht zurückhalten.

»Sprich doch nicht mit ihr wie mit einem kleinen Kind«, sagte sie und klang schroffer, als sie eigentlich wollte.

Der Aufseher schaute sie an.

»Geht dich das etwas an?«, fragte er.

»Sie hat genau wie alle anderen das Recht, dass man ihre Menschenwürde respektiert«, sagte Elínborg und verkniff es sich, zu erwähnen, dass sie bei der Kriminalpolizei war.

»Das kann schon sein«, sagte der Wärter. »Ich glaube aber nicht, dass ich sie menschenunwürdig behandle. Na, jetzt komm schon, Dóra«, sagte er und führte die Frau hinaus auf den Korridor.

»Was meinst du damit, dass sie heute Abend zur Abwechslung mal ruhig ist?«
»Ruhig, heute Abend?«, wiederholte der Aufseher und drehte sich zu Elínborg um.
»Du hast gesagt, sie wäre ja geradezu ruhig heute Abend«, sagte Elínborg. »Sollte sie das vielleicht nicht sein?«
»Ich nenne Dóra manchmal *The Fugitive*«, sagte der Krankenwärter. »Sie reißt immer wieder aus.«
Elínborg verstand ihn nicht.
»Wovon redest du eigentlich?«
»Hast du den Film nicht gesehen?«, sagte der Aufseher.
»Haut sie von hier ab?«, sagte Elínborg. »Aus der Klinik?«
»Oder wenn wir einen Ausflug in die Stadt machen«, erklärte der Aufseher. »Das letzte Mal ist sie beim Ausflug in die Stadt abgehauen. Wir sind halb verrückt geworden auf der Suche nach ihr, aber dann habt ihr sie gefunden und hier auf die Station gebracht. Da habt ihr auch nicht sonderlich darauf Wert gelegt, ihre Menschenwürde zu respektieren.«
»Wir?«
»Ich weiß, dass du von der Polizei bist. Ihr seid nicht gerade sehr zuvorkommend mit ihr umgegangen.«
»Wann war das?«
Er überlegte. Er selber hatte sie und zwei andere Patienten begleitet, als sie am Lækjartorg urplötzlich verschwunden war. Er konnte sich gut erinnern, wann das gewesen war, denn am gleichen Tag hatte er einen persönlichen Rekord im Gewichtheben aufgestellt.
Das Datum stimmte überein mit dem Tag, an dem der Junge misshandelt worden war.
»Wurde ihr Ehemann nicht benachrichtigt, als sie abgehauen war?«, fragte Elínborg.
»Wir wollten ihn gerade anrufen, als ihr sie gefunden habt. Wir geben ihnen immer etwas Zeit, damit sie sich auch

von selber wieder einfinden können. Sonst würden wir nur noch am Telefon hängen.«
»Weiß ihr Mann, dass sie bei euch *The Fugitive* genannt wird?«
»Sie wird nicht bei uns so genannt, sondern nur von mir. Er weiß nichts davon.«
»Weiß er, dass sie manchmal ausreißt?«
»Ich habe ihm nichts gesagt. Sie kommt ja immer wieder zurück.«
»Es ist nicht zu fassen«, sagte Elínborg.
»Man muss sie ganz schön unter Stoff stellen, damit sie nicht abhaut«, sagte der Aufseher.
»Das verändert die ganze Sachlage!«
»Komm jetzt, liebe Dóra«, sagte der Aufseher, und die Tür zur Station schloss sich hinter ihnen.

Elínborg starrte Erlendur an.
»Ich war mir so sicher, dass er es war. Dass es der Vater war. Aber jetzt kann es sein, dass sie sich nach Hause abgesetzt hat, über den Jungen hergefallen und dann wieder abgehauen ist. Wenn doch der dumme Junge endlich seinen Mund aufmachen würde!«
»Weswegen sollte sie ihrem Sohn etwas zuleide tun?«
»Ich habe keine Ahnung«, sagte Elínborg. »Vielleicht hört sie Stimmen.«
»Und die gebrochenen Finger und die blauen Flecken? All das, was im Laufe der Jahre passiert ist. War das dann immer sie?«
»Ich weiß es nicht.«
»Hast du mit dem Vater gesprochen?«
»Ich komme gerade von ihm.«
»Und?«
»Wir sind natürlich nicht gerade die besten Freunde. Er hat seinen Sohn nicht zu sehen bekommen, seit wir in sein

Haus eingedrungen sind und alles auf den Kopf gestellt haben. Er hat jede Menge Verwünschungen für mich auf Lager gehabt und ...«

»Was hat er über seine Frau gesagt, über die Mutter?«, unterbrach Erlendur sie ungeduldig. »Er muss sie doch im Verdacht gehabt haben.«

»Der Junge hat nichts gesagt.«

»Außer, dass er sich nach seinem Vater sehnt«, sagte Erlendur.

»Ja, genau. Der Vater findet ihn in seinem Zimmer und glaubt, dass er so aus der Schule nach Hause gekommen ist.«

»Du hast den Jungen im Krankenhaus besucht und gefragt, ob es sein Vater war, der ihn angegriffen hat, und du glaubtest eine Reaktion zu sehen, die dich zu der Überzeugung gebracht hat, dass es der Vater gewesen ist.«

»Ich muss das missverstanden haben«, sagte Elínborg deprimiert. »Ich habe da was in sein Verhalten hineininterpretiert ...«

»Aber wir haben nichts in der Hand, was beweist, dass es die Mutter war. Wir haben nichts, was beweist, dass es nicht der Vater war.«

»Ich habe ihm gesagt, dass ich seine Frau im Krankenhaus besucht und mit ihr gesprochen habe, und dass niemand weiß, was sie an diesem Tag unternommen hat, an dem Tag, als ihr Sohn zusammengeschlagen wurde. Er war völlig perplex. Es schien ihm überhaupt nicht eingefallen zu sein, dass seine Frau aus der Klinik entwischen könnte. Er behauptet immer noch, dass es die Jungs aus der Schule waren. Er sagte, der Junge würde es bestimmt sagen, wenn es seine Mutter gewesen wäre. Er ist davon überzeugt.«

»Warum sagt der Junge denn nicht, dass sie es war?«

»Er steht natürlich unter Schock, der Ärmste. Ich weiß es nicht.«

»Liebe?«, fragte Erlendur. »Trotz allem, was sie ihm angetan hat.«

»Oder Angst«, erwiderte Elínborg. »Vielleicht eine panische Angst davor, dass sie das noch einmal macht. Vielleicht will er seine Mutter durch Schweigen in Schutz nehmen. Keine Ahnung.«

»Was sollen wir deiner Meinung nach tun? Sollen wir die Anklage gegen den Vater zurückziehen?«

»Ich werde mal mit der Staatsanwaltschaft reden und hören, was sie dazu meinen.«

»Genau, damit würde ich an deiner Stelle anfangen. Noch was ganz anderes: Hast du die Frau angerufen, die sich, ein paar Tage bevor Guðlaugur ermordet wurde, mit Stefanía hier im Hotel getroffen hat?«

»Ja«, sagte Elínborg abwesend. »Die hatte sie gebeten, ihr zuliebe zu lügen, aber im entscheidenden Augenblick brachte sie es nicht über sich.«

»Sollte sie für Stefanía lügen?«

»Sie fing damit an, dass sie hier zusammengesessen und Kaffee getrunken hätten, aber dann hat sie wohl Muffensausen gekriegt, oder sie ist eine schlechte Lügnerin, jedenfalls brach sie am Telefon in Tränen aus, als ich ihr sagte, sie müsse aufs Revier kommen, um das zu Protokoll zu geben. Sie sagte, dass Stefanía und sie befreundet seien, weil sie zusammen im Musikverein waren. Stefanía hätte sie angerufen und sie gebeten auszusagen, dass sie sich hier im Hotel getroffen hätten, falls sie gefragt würde. Sie sagte, dass sie sich zuerst geweigert hätte, doch Stefanía hat sie anscheinend mit irgendwas unter Druck gesetzt, aber sie hat mir nicht sagen wollen, mit was.«

»Das war von Anfang an eine miese Lüge«, erklärte Erlendur. »Wir haben es beide gewusst, als ihr das herausgerutscht ist. Ich weiß nicht, warum sie uns so bei der Arbeit behindert, es sei denn, sie hat Schuldgefühle.«

»Meinst du etwa, dass sie ihren Bruder getötet hat?«
»Oder sie weiß, wer es getan hat.«

Sie blieben noch eine Weile sitzen und sprachen über den Jungen und seine Mutter – und die schwierigen häuslichen Verhältnisse. Was Elínborg darauf brachte, Erlendur erneut danach zu fragen, was er an Weihnachten vorhatte. Er sagte, er und Eva Lind würden am Heiligabend zusammen sein.
Er berichtete Elínborg von seiner Entdeckung im Kellerflur und seinem Verdacht, dass Ösps Bruder etwas mit der Sache zu tun haben könnte, der ins kriminelle Milieu abgerutscht sei und ständig Geld bräuchte. Er bedankte sich bei Elínborg für die Weihnachtseinladung und sagte ihr, sie solle sich doch für die restliche Zeit bis Weihnachten freinehmen.
»Da gibt's keine restliche Zeit mehr«, sagte Elínborg grinsend und zuckte mit den Achseln. Anscheinend spielten Weihnachten, Hausputz, Plätzchen, Schwiegereltern keine Rolle mehr.
»Kriegst du irgendwelche Weihnachtsgeschenke?«, fragte sie.
»Vielleicht Socken«, sagte Erlendur. »Hoffentlich.«
Er zögerte.
»Lass dir das nicht zu nahe gehen mit dem Vater«, sagte er dann. »So was kann jedem mal passieren. Wir glauben, sicher zu sein, und sind felsenfest überzeugt von etwas, aber dann kommen die Zweifel. Dann, wenn plötzlich neue Fakten ans Licht kommen.«
Elínborg nickte.
Erlendur begleitete sie ins Foyer, wo sie sich verabschiedeten. Er wollte auf sein Zimmer, um seine Sachen zusammenzupacken. Jetzt reichte es mit der Distanz von zu Hause. Er hatte angefangen, seine Bude zu vermissen, wo

nichts war. Doch, da waren seine Bücher, sein Sessel – und Eva Lind, auf dem Sofa.

Er stand am Aufzug und wartete, als Ösp auf einmal neben ihm auftauchte.

»Ich habe ihn gefunden«, sagte sie.

»Wen ihn?«, fragte Erlendur. »Deinen Bruder?«

»Komm mit«, sagte Ösp und ging zur Treppe, die in den Keller hinunterführte. Erlendur zögerte. Die Aufzugtür ging auf, und er schaute hinein. Er war dem Mörder auf der Spur. Vielleicht war der Bruder gekommen, um sich auf Anraten der Schwester zu stellen; der Junge mit dem Kautabak. Erlendur war deswegen nicht angespannt. Keine Erregung und Siegesgewissheit, die aufkamen, wenn ein Fall gelöst wurde. Er fühlte sich nur müde und unangenehm berührt, weil dieser Fall alle möglichen Erinnerungen aus seiner Kindheit heraufbeschworen hatte. Ihm war klar geworden, dass in seinem eigenen Leben noch so vieles ins Reine zu bringen war, dass er gar nicht wusste, wo er anfangen sollte. Im Augenblick sehnte er sich danach, die Arbeit hinter sich zu lassen und so schnell wie möglich nach Hause zu kommen, um mit Eva Lind zusammen zu sein. Ihr zu helfen, mit den Problemen fertig zu werden, mit denen sie kämpfte. Er wollte damit aufhören, über andere nachzudenken, er wollte über sich selbst nachdenken und seine Nächsten.

»Kommst du nicht?«, fragte Ösp, die an der Treppe stand und auf ihn wartete.

»Ich komme«, sagte Erlendur.

Er folgte ihr die Treppe hinunter in die Kantine, wo er zuerst mit ihr gesprochen hatte. Da drinnen war es immer noch genauso schmutzig. Ösps Bruder saß an einem Tisch und sprang auf, als Erlendur hereinkam. Ösp machte die Tür hinter sich zu.

»Ich habe ihm nichts getan«, sagte er mit schwacher Stimme. »Ösp sagt, dass du glaubst, ich wärs gewesen, aber ich habe nichts getan. Ich hab ihm nichts getan!«

Er hatte einen schmierigen Parka an, der an der Schulter aufgerissen war, sodass man das Futter sehen konnte. Er trug vor Dreck starrende Jeans und klobige Schnürstiefel bis zu den Waden, Schnürsenkel konnte Erlendur keine entdecken. Zwischen den langen, schmutzigen Fingern hielt er eine Zigarette. Er sog den Rauch tief ein und blies ihn von sich.

Seine Stimme klang erregt, und er tigerte in einer Ecke der Kantine auf und ab, wie ein Tier im Käfig, das in die Enge getrieben wurde von einem Kriminalbeamten, der nur darauf lauerte, ihn zu verhaften.

Erlendur blickte sich um und sah Ösp an der Tür stehen, dann schaute er wieder zu ihrem Bruder hinüber.

»Du scheinst Vertrauen zu deiner Schwester zu haben, sonst wärst du nicht hier.«

»Ich hab nichts getan«, sagte er. »Sie hat gesagt, du wärst in Ordnung und wolltest nur ein paar Informationen.«

»Ich muss wissen, was für ein Verhältnis du zu Guðlaugur gehabt hast«, sagte Erlendur. »Ich habe keine Ahnung, ob du ihn erstochen hast.«

»Ich habe ihn nicht erstochen«, erklärte er.

Erlendur betrachtete ihn. Er befand sich irgendwo im Zwischenstadium zwischen Jugend und Erwachsenendasein, einerseits wirkte er merkwürdig kindlich, aber sein Gesichtsausdruck verriet eine ungeheure Härte und Verbitterung – und eine Wut auf etwas, von dem Erlendur nicht wusste, was es war.

»Niemand sagt, dass du es getan hast«, sagte Erlendur, um ihn zu beruhigen und seine Erregung zu dämpfen. »Wie hast du Guðlaugur kennen gelernt? Was für eine Verbindung war zwischen euch?«

Der Junge sah zu seiner Schwester hinüber, aber Ösp sagte

keinen Ton, sondern stand nur stumm an der Tür. Er schaute wieder zu Erlendur.
»Ich habe ihm manchmal einen Gefallen getan, und dafür hat er mich bezahlt«, antwortete er.
»Und wie habt ihr euch kennen gelernt? Wie lange hast du ihn gekannt?«
»Er wusste, dass ich der Bruder von Ösp bin. Er fand es genau wie alle anderen komisch, dass wir Geschwister wären.«
»Wieso das?«
»Ich heiße Reynir.«
»Und? Was ist daran komisch?«
»Ösp und Reynir. Espe und Vogelbeerbaum. Geschwister. Ein Scherz von Papa und Mama. Klingt nach Aufforsten.«
»Was war mit Guðlaugur?«
»Ich habe ihn das erste Mal hier im Hotel gesehen, als ich mich mit Ösp traf. So vor einem halben Jahr.«
»Und?«
»Er wusste, wer ich war. Ösp hatte ihm was von mir erzählt. Sie hat mir manchmal erlaubt, hier im Hotel zu schlafen. Unten im Gang bei ihm.«
Erlendur drehte sich zu Ösp um.
»Du hast da unten in der Ecke ordentlich sauber gemacht«, sagte er.
Ösp schaute ihn an, als verstünde sie nicht, was er meinte, und antwortete ihm nicht. Er wandte sich wieder Reynir zu.
»Er wusste, wer du warst. Du hast auf dem Korridor vor seinem Zimmer geschlafen. Was sonst?«
»Er schuldete mir Geld, aber er sagte, dass er es mir geben würde.«
»Warum hattest du was von ihm zu kriegen?«
»Ich hab ihm manchmal einen Blow-job besorgt und …«
»Und?«
»Ab und zu durfte er mich ficken.«

»Hast du gewusst, dass er schwul war?«

»Was denn sonst?«

»Und das Kondom?«

»Wir haben immer so was benutzt. Da war er total paranoid und wollte nicht das geringste Risiko eingehen. Traute mir nicht, er könne doch nicht wissen, ob ich Aids habe oder nicht. Ich bin nicht infiziert«, sagte er mit Nachdruck und schaute seine Schwester an.

»Und du verwendest Kautabak.«

Er schaute Erlendur verblüfft an.

»Was hat das mit der Sache zu tun?«, fragte er.

»Spielt keine Rolle. Verwendest du Kautabak?«

»Ja.«

»Du warst mit ihm an dem Tag zusammen, als er erstochen wurde?«

»Ja. Er wollte mich treffen, weil er mir das Geld geben wollte.«

»Wie hat er dich erreicht?«

Reynir nahm sein Handy aus der Tasche und hielt es Erlendur hin.

»Als ich kam, zog er sich gerade dieses Weihnachtsmannkostüm an«, sagte er. »Er musste sich beeilen wegen der Weihnachtsfeier. Nachdem er mich bezahlt hatte, schaute er auf die Uhr und hat gesehen, dass er noch Zeit für ein bisschen Fun hatte.«

»Hat er da unten in seiner Kammer viel Geld gehabt?«

»Nicht, dass ich wüsste. Ich hab nur das gesehen, was er mir gegeben hat. Er hat aber gesagt, dass er jede Menge Kohle in Aussicht hätte.«

»Von wem?«

»Das weiß ich nicht. Er hat behauptet, er säße auf einer Goldmine.«

»Was hat er damit gemeint?«

»Irgendwas, was er verkaufen wollte. Keine Ahnung, was

das war, das hat er mir nicht gesagt. Er sagte bloß, dass er einen Haufen Kohle in Aussicht hätte beziehungsweise sehr viel Geld. Er hätte nie ›einen Haufen Kohle‹ gesagt. Er hat nicht so geredet. Hat immer richtig vornehm dahergeredet und sich gewählt ausgedrückt. Er war unheimlich höflich. Der Typ war in Ordnung. Hat mir nie was getan und mich immer bezahlt. Da gibt's Schlimmere als ihn. Manchmal wollte er auch bloß mit mir reden. Er war einsam, zumindest hat er das selber gesagt. Hat behauptet, er hätte außer mir keinen Freund.«

»Hat er irgendetwas über seine Vergangenheit gesagt?«

»Nein.«

»Nichts darüber, dass er einmal ein Kinderstar gewesen ist?«

»Nein. Kinderstar? Was hat er gemacht?«

»Hast du ein Messer bei ihm gesehen, das aus der Hotelküche hätte sein können?«

»Ja, ich habe ein Messer bei ihm gesehen, aber ich habe keine Ahnung, woher es stammte. Als ich zu ihm kam, hat er damit an seinem Weihnachtsmannkostüm rumgefummelt. Er sagte, dass er für nächstes Jahr ein neues Kostüm brauchen würde.«

»Und hatte er kein Geld bei sich, außer dem, was er dir gegeben hat?«

»Nein, das glaube ich nicht.«

»Du hast ihn nicht ausgeraubt?«

»Nein!«

»Hast ihm nicht die halbe Million weggenommen, die in seinem Zimmer war?«

»Eine halbe Million? Hat er 'ne halbe Million gehabt?«

»Soweit ich weiß, brauchst du immer Geld. Das kann man schon daran sehen, dass du anschaffen gehst. Da sind Leute hinter dir her, denen du eine Menge schuldest. Sie haben deiner Familie gedroht ...«

Reynir warf seiner Schwester grimmige Blicke zu.

»Guck nicht sie an, sondern mich. Guðlaugur hatte Geld in seinem Zimmer, und zwar viel mehr, als er dir schuldete. Er hatte vielleicht die Goldmine schon angezapft. Du hast das Geld gesehen, und du wolltest mehr. Du hast ihm Gefälligkeiten erwiesen, von denen du glaubtest, dass du mehr dafür kriegen müsstest. Er hat sich geweigert, ihr habt euch gestritten, du hast dir das Messer geschnappt und ihn damit angegriffen, er hat sich so lange gewehrt, bis es dir gelungen ist, ihm das Messer in die Brust zu stoßen und ihn zu töten. Du hast das Geld genommen …«

»Du Scheißkerl!«, zischte Reynir. »So ein verdammter Schwachsinn!«

»… und hast seitdem gekifft oder gefixt, oder was auch immer …«

»Du bist echt ein Arsch!«, brüllte Reynir.

»Mach doch weiter mit der Geschichte«, rief Ösp. »Sag ihm das, was du mir gesagt hast, sag ihm alles!«

»Alles? Was meinst du damit?«, fragte Erlendur.

»Er hat mich gefragt, ob ich ihm einen Gefallen tun würde, bevor er zu der Weihnachtsfeier ging«, sagte Reynir. »Er sagte, dass die Zeit knapp sei, aber er hätte Geld und würde gut dafür bezahlen. Und als wir da gerade rummachten, ist diese alte Schrulle reingeplatzt.«

»Alte Schrulle?«

»Ja.«

»Was für eine alte Schrulle?«

»Die uns gestört hat.«

»Erzähl es ihm«, hörte man von Ösp, die hinter Erlendur stand. »Erzähl ihm, wer es war!«

»Über wen redest du?«

»Wir hatten vergessen abzuschließen, weil wir uns beeilen mussten, und auf einmal ging die Tür auf und sie ist da reingeschneit.«

»Wer?«

»Ich weiß nicht, wer das war. Irgendeine alte Tussi.«

»Und was geschah dann?«

»Ich weiß es nicht. Ich hab die Biege gemacht. Sie hat ihn angeschrien, und ich hab gemacht, dass ich wegkam.«

»Warum bist du nicht gleich mit diesen Informationen zu uns gekommen?«

»Ich hab nichts mit der Polizei am Hut. Hinter mir sind alle möglichen Leute her, und wenn die erfahren, dass ich mit den Bullen rede, glauben sie, dass ich sie verzinken will, und dann bin ich dran.«

»Wer war diese Frau, die euch gestört hat? Wie hat sie ausgesehen?«

»Ich hab sie mir nicht genau angeguckt. Ich hab gemacht, dass ich wegkam. Er klinkte völlig aus. Schob mich von sich weg, schrie irgendwas und klinkte völlig aus. Er schien eine Scheißangst vor ihr zu haben.«

»Was hat er geschrien?«

»Steffi.«

»Was?«

»Steffi. Das war das Einzige, was ich gehört habe. Steffi. Er hat sie Steffi genannt, und er hatte eine Scheißangst vor ihr.«

Zweiunddreißig

Sie stand vor der Tür zu seinem Zimmer und drehte ihm den Rücken zu. Erlendur blieb stehen, betrachtete sie eine Weile und sah, wie sie sich verändert hatte seit dem Augenblick, als sie zum ersten Mal mit ihrem Vater ins Hotel gerauscht kam. Jetzt war sie nur eine erschöpfte und müde Frau mittleren Alters, die immer noch allein mit ihrem querschnittsgelähmten Vater im gleichen Haus wohnte, das zeit ihres Lebens ihr Heim gewesen war. Aus Gründen, die er nicht kannte, war diese Frau womöglich ins Hotel gekommen und hatte ihren Bruder ermordet.

Sie schien zu spüren, dass er im Flur stand, denn auf einmal drehte sie sich um und blickte ihn an. Ihr war nicht anzusehen, was in ihr vorging. Er wusste nur, dass es diese Frau war, nach der er gesucht hatte, seitdem er zuerst das Hotel betreten und den Weihnachtsmann in seinem Blut vorgefunden hatte.

Sie stand unbeweglich an der Tür und sprach erst, als er direkt vor ihr stand.

»Ich muss dir noch etwas sagen«, sagte sie. »Falls es irgendwie von Bedeutung sein sollte.«

Erlendur ahnte, dass sie wegen der Lüge mit der Freundin zu ihm gekommen war, ihr jetzt die Zeit gekommen zu sein schien, die Wahrheit zu sagen. Er öffnete die Tür, sie trat vor ihm ein, ging zum Fenster und sah in das Schneetreiben hinaus.

»Das Wetteramt hatte grüne Weihnachten prophezeit«, sagte sie.
»Wirst du manchmal Steffí genannt?«, fragte er.
»Damals, als kleines Mädchen, ja«, sagte sie und starrte weiterhin aus dem Fenster.
»Hat dein Bruder dich Steffí genannt?«
»Ja, das hat er getan«, sagte sie. »Immer. Und ich habe ihn immer Gulli genannt. Warum fragst du danach?«
»Warum warst du fünf Tage vor dem Tod deines Bruders im Hotel?«
Stefanía seufzte tief.
»Ich weiß, dass es falsch war, zu lügen.«
»Weswegen bist du gekommen?«
»Wegen seiner Platten. Wir waren der Meinung, dass uns auch ein Teil davon zustünde. Wir wussten, dass er eine ganze Menge davon besaß, wahrscheinlich den ganzen Rest der Auflage seinerzeit, der nicht verkauft wurde. Wir wollten an dem Gewinn teilhaben, falls er die Absicht hatte, sie zu verkaufen.«
»Wie ist er an die Auflage herangekommen?«
»Papa hat sie zugeschickt bekommen und zu Hause in Hafnarfjörður aufbewahrt. Als Guðlaugur auszog, hat er die Kartons einfach mitgenommen. Er fand, dass die Platten ihm gehörten, ihm und niemand anderem.«
»Wieso habt ihr gewusst, dass er verkaufen wollte?«
Stefanía zögerte.
»Ich habe auch gelogen, was Henry Wapshott angeht. Ich kenne ihn ein wenig. Nicht besonders gut, aber ich hätte es dir sagen sollen. Hat er dir gegenüber nicht erwähnt, dass er sich mit uns getroffen hat?«
»Nein«, sagte Erlendur. »Der hat mit ganz anderen Problemen zu kämpfen. Ist überhaupt irgendetwas von dem, was du mir bisher erzählt hast, wahr?«
Sie antwortete ihm nicht.

»Warum sollte ich glauben, was du jetzt sagst?«

Stefanía schwieg und beobachtete, wie der Schnee zur Erde fiel. Sie schien mit ihren Gedanken weit weg, schien in ein Leben zurückgekehrt zu sein, das sie vor langer Zeit gelebt hatte, als sie keine Lügen kannte und alles nur aus der Wahrheit bestand, wie frisch gefallener und reiner Schnee.

»Stefanía?«, sagte Erlendur.

»Der Streit zwischen ihnen war nicht wegen seiner Stimme«, sagte sie plötzlich, »ich meine, als Papa die Treppe hinunterstürzte. Es war nicht wegen des Gesangs. Das war die letzte und größte Lüge.«

»Du meinst, als sie sich auf dem Treppenabsatz gestritten haben?«

»Weißt du, wie die Kinder in der Schule ihn nannten? Was für einen Spitznamen er hatte?«

»Ich glaube, ich weiß es«, sagte Erlendur.

»Sie haben ihn die ›Kleine Prinzessin‹ genannt.«

»Weil er im Chor gesungen hat und verwöhnt war und …«

»Weil sie ihn in einem Kleid von Mama gesehen haben«, unterbrach ihn Stefanía.

Sie wandte sich vom Fenster ab.

»Es war nach ihrem Tod. Er vermisste sie in unvorstellbarem Maße, ganz besonders, als er kein Chorknabe mehr war und nur ein ganz normaler Junge mit einer ganz normalen Stimme. Papa wusste nichts davon, aber ich. Wenn Papa nicht zu Hause war, hat er sich manchmal Mamas Schmuck umgehängt und ihre Kleider angezogen und sich vor den Spiegel gestellt, und er schminkte sich sogar. Und einmal, es war im Sommer, haben ihn ein paar Jungen so gesehen, darunter auch Klassenkameraden von ihm. Sie spähten zum Wohnzimmerfenster hinein. Das haben sie manchmal gemacht, weil wir als etwas merkwürdig galten. Sie fingen an, ihn auszulachen, brutal, unbarmherzig und mitleidlos. Danach wurde er in der Schule nur noch verspottet. Die Kinder fingen an, ihn die ›kleine Prinzessin‹ zu nennen.«

Stefanía schwieg eine Weile.

»Ich glaubte damals, dass er einfach nur Mama vermisst hat«, sagte sie dann. »Dass er versuchte, ihr nahe zu sein, indem er ihre Kleider anzog und ihren Schmuck trug. Ich glaubte nicht, dass es unnatürliche Gefühle waren. Aber dann kam etwas ganz anderes zutage.«

»Unnatürliche Gefühle?«, sagte Erlendur. »Ist das deine Einstellung dazu? Dein Bruder war homosexuell. Hast du ihm das nicht vergeben können? Hast du deswegen die ganzen Jahre keine Verbindung zu ihm gehabt?«

»Er war noch sehr jung, als unser Vater ihn einmal mit einem gleichaltrigen Jungen überrascht hat, als sie Dinge getrieben haben, die ich nicht beschreiben möchte. Ich wusste, dass er mit diesem Freund auf seinem Zimmer war, ich glaubte, sie würden zusammen lernen. Papa kam unerwartet nach Hause und suchte nach irgendwas, er ging in Gullis Zimmer und platzte in diese scheußliche, diese monströse Szene hinein. Er hat mir nie genau sagen wollen, was da los war. Als ich aus meinem Zimmer kam, sah ich, wie der Junge die Treppe hinuntersauste, die Hose hing ihm noch halb herunter. Papa und Gulli standen auf dem Flur und schrien einander an, und dann sah ich, wie Gulli ihm einen heftigen Stoß versetzte. Papa verlor das Gleichgewicht und stürzte die Treppe hinunter. Er ist nie wieder aufgestanden.«

Stefanía drehte sich wieder zum Fenster und sah zu, wie der Weihnachtsschnee zur Erde rieselte. Erlendur schwieg und überlegte, was sie wohl dachte, wenn sie sich so wie jetzt in sich zurückzog. Er wusste es nicht, glaubte jedoch, eine Art Antwort zu bekommen, als sie das Schweigen endlich wieder brach.

»Mir hat nie jemand Aufmerksamkeit geschenkt«, sagte sie. »Alles, was ich tat, war Nebensache. Ich sage das nicht aus Selbstmitleid, ich glaube, diese Zeiten sind längst vorbei. Eher, weil ich versuche, zu verstehen und zu erklären, weswegen ich seit diesem Tag nie wieder Verbindung zu ihm aufgenommen habe. Manchmal glaube ich, dass ich einfach froh darüber war, wie alles gelaufen ist. Kannst du dir das vorstellen?«

Erlendur schüttelte den Kopf.

»Als er weg war, stand ich plötzlich im Mittelpunkt, nicht er. Nie wieder er. Und auf eine seltsame Weise war ich glücklich darüber und froh, dass er nicht dieser große Kinderstar wurde, der er hätte werden sollen. Ich nehme an, dass ich ihn die ganze Zeit beneidet habe, um die Aufmerksamkeit, die er bekam, und um die Stimme, die er als Kind hatte. Sie war übernatürlich schön. Es war, als wäre er mit all diesen Talenten gesegnet, während ich völlig talentlos war und auf dem Klavier herumhämmerte wie ein Trampel. So hat mein Papa sich ausgedrückt, als er versuchte, mir Klavierunterricht zu geben. Er sagte, ich sei völlig untalentiert. Trotzdem schaute ich zu ihm auf, denn ich glaubte, er hätte immer in allem Recht. Er war oft gut zu mir, und nachdem er völlig hilflos geworden war, besaß ich zumindest das Talent, für ihn zu sorgen, und das bedeutete natürlich alles für ihn. Und so vergingen die Jahre, eines nach dem anderen, ohne dass sich irgendetwas änderte. Gulli hatte uns verlassen, Papa war gelähmt, und ich sorgte für ihn. Ich habe niemals an mich selber gedacht, was ich selber wollte. So können die Jahre vergehen, ohne dass man irgendetwas anderes macht, als in den festen Bahnen zu leben, die man sich selber gesetzt hat. Jahr für Jahr für Jahr.«

Sie schwieg eine Weile und starrte in den Schnee hinaus. »Wenn man dann auf einmal zu spüren beginnt, dass das womöglich alles gewesen sein soll, was man im Leben erreicht hat, fängt man an zu hassen – und nach einem Sündenbock zu suchen. Und ich fand plötzlich, dass mein Bruder die Schuld an allem trug. Mit der Zeit begann ich ihn zu hassen, ihn und seine perversen Neigungen, die unser Leben zerstört hatten.«

Erlendur wollte etwas sagen, aber sie sprach weiter.

»Ich weiß nicht, wie ich das besser beschreiben soll. Wenn man sich in sein eigenes, monotones Leben vergräbt, wegen etwas, das sich dann viele Jahre später als völlig unbedeutend herausstellt und überhaupt keine Rolle mehr spielt. Und in der Tat völlig belanglos ist.«

»Soweit wir verstanden haben, hat er es so aufgefasst, dass er seiner Jugend beraubt worden ist«, sagte Erlendur. »Dass er nicht der sein durfte, der er sein wollte, sondern gezwungen wurde, etwas ganz anderes zu sein; Solist, Kinderstar. Er bekam das zu spüren, als er in der Schule deswegen gehänselt wurde. Und dann scheitert das Ganze! Hinzu kommen ›unnatürliche Gefühle‹, wie du es ausdrückst. Ich glaube, dass es ihm alles andere als gut gegangen ist. Vielleicht wollte er diese ganze Aufmerksamkeit gar nicht, nach der du dich offensichtlich gesehnt hast.«

»Seiner Jugend beraubt«, wiederholte Stefanía. »Das kann gut sein.«

»Hat dein Bruder irgendwann versucht, mit deinem Vater oder dir über seine Homosexualität zu reden?«, fragte Erlendur.

»Nein, aber man kann sich ja denken, worauf das hinausgelaufen wäre. Ich weiß auch nicht, ob er sich selber darüber völlig im Klaren war, was da mit ihm geschah. Darüber weiß ich gar nichts. Ich glaube nicht, dass er gewusst hat, warum er sich Mamas Kleider anzog. Ich weiß nicht, wie und wann die Leute feststellen, dass sie anders sind.«

»Auf irgendeine seltsame Weise hat er diesen Spitznamen gemocht«, sagte Erlendur. »Er hat das Plakat in seinem Zimmer hängen, und wir wissen, dass ...« Erlendur verstummte mitten im Satz. Er wusste nicht, ob er von Guðlaugurs Liebhaber erzählen sollte, der ihn die kleine Prinzessin nennen sollte.

»Darüber weiß ich nichts«, sagte Stefanía, »außer natürlich, dass er dieses Plakat da bei sich an der Wand hängen hatte. Vielleicht hat er sich selber auch mit den Erinnerungen an das, was passiert war, gequält. Vielleicht waren sie mit etwas verbunden, was wir nie begreifen werden.«

»Wie hast du Henry Wapshott kennen gelernt?«

»Er kam eines Tages zu uns und wollte mit Papa und mir über Gullis Platten reden. Er wollte wissen, ob wir noch welche besäßen. Das war voriges Jahr zu Weihnachten. Er hatte sich bei irgendwelchen Sammlern Informationen über uns, also Guðlaugur Egilsson und dessen Familie, beschafft, und er hat uns gesagt, dass seine Platten in anderen Ländern großen Wert besäßen. Er hatte mit meinem Bruder gesprochen, der ihm aber nichts verkaufen wollte, bis er plötzlich seine Meinung geändert hat und bereit war, dem Engländer alles zu überlassen, was er haben wollte.«

»Und ihr wolltet euren Anteil an dem Profit, oder was?«

»Wir fanden das nur recht und billig. Die Platten gehörten nicht nur ihm, sondern genauso gut unserem Vater, zumindest waren wir der Meinung. Unser Vater hat diese Platten mit seinem eigenen Geld finanziert.«

»Waren es nennenswerte Summen, die Wapshott euch angeboten hat?«

Stefanía nickte abwesend.

»Millionen.«

»Das stimmt mit unseren Informationen überein.«

»Er hat genug Geld, dieser Wapshott. Wenn ich richtig verstanden habe, wollte er die ganze Auflage kaufen, um zu verhindern, dass zu viele Platten auf den Sammlermarkt gelangen. Er hat ganz offen darüber geredet und war bereit, ungeheure Summen für sämtliche Exemplare zu bezahlen. Ich glaube, dass es ihm in diesem Jahr gelungen ist, Guðlaugur auf seine Seite zu ziehen. Wahrscheinlich hat sich daran aber etwas geändert, denn sonst hätte er ihn wohl nicht angegriffen.«

»Ihn angegriffen? Wie meinst du das?«

»Habt ihr ihn denn nicht festgenommen?«

»Ja«, sagte Erlendur, »aber wir haben keine Beweise gegen ihn in der Hand, dass er wirklich der Täter ist. Was meinst du damit, dass sich etwas geändert hat?«

»Wapshott kam zu uns nach Hafnarfjörður und sagte, er hätte Guðlaugur dazu gebracht, ihm die komplette Auflage zu verkaufen, und er wollte sicherstellen, dass es wirklich nicht noch mehr Exemplare gab. Wir sagten ihm, dass das nicht der Fall wäre. Er fragte nach Papa ...«

»Hat dich dein Vater dann zu Guðlaugur geschickt?«

»Nein, das hätte er nie getan. Seit dem Unfall durfte sein Name nicht mehr genannt werden.«

»Aber Guðlaugur hat als Erstes nach ihm gefragt, als er dich im Hotel gesehen hat.«

»Ja. Wir gingen hinunter in seine Kammer, und ich fragte ihn, wo die Platten wären.«

»Die sind an einem sicheren Ort«, sagte Guðlaugur und lächelte seine Schwester an. »Henry hat mir gesagt, dass er mit dir gesprochen hat.«

»Er hat uns gesagt, dass du bereit bist, ihm die Platten zu verkaufen. Papa ist der Meinung, dass die Hälfte davon ihm gehört, und deswegen wollen wir die Hälfte von dem Preis, den du dafür bekommst.«

»Ich habe meine Meinung geändert«, sagte Guðlaugur. »Ich werde niemandem was verkaufen.«

»Was hat Wapshott dazu gesagt?«

»Das hat ihm gar nicht gefallen.«

»Er bietet dir gutes Geld dafür an.«

»Ich kann mehr dafür bekommen, wenn ich sie selber einzeln verkaufe. Bei Sammlern besteht großes Interesse daran. Ich glaube nämlich, dass Wapshott dasselbe vorhat, auch wenn er sagt, er wolle sie nur kaufen, um sie aus dem Verkehr zu ziehen. Ich habe den Eindruck, dass er lügt. Er will sie verkaufen und an mir verdienen. An mir wollten früher alle verdienen, nicht zuletzt Papa, und das hat sich kein bisschen geändert. Kein bisschen.«

Sie blickten einander lange an.

»Komm nach Hause und sprich mit Papa«, sagte sie. »Er wird nicht mehr lange leben.«

»Hat Wapshott mit ihm gesprochen?«

»Nein, er war nicht zu Hause, als Wapshott kam. Ich habe Papa von ihm erzählt.«

»Und was hat er dazu gesagt?«

»Nichts. Nur, dass er seinen Anteil haben wollte.«

»Und was ist mit dir?«

»Mit mir?«

»Warum bist du immer bei ihm geblieben? Warum hast du nie geheiratet und eine eigene Familie gegründet? Das ist nicht dein Leben, was du lebst, sondern seins. Wo ist dein Leben?«

»Wahrscheinlich hinter dem Rollstuhl, in den du ihn gebracht hast«, stieß Stefanía hervor. »Untersteh dich, nach meinem Leben zu fragen.«

»Er hat dieselbe Macht über dich wie früher über mich.«

Der Zorn stieg in Stefanía hoch.

»Irgendjemand musste sich um ihn kümmern. Sein Augenstern, sein Star war ein Schwuler, der ihn die Treppe hinuntergestoßen hat und seitdem nicht gewagt hat, mit ihm zu reden. Sitzt lieber nachts zu Hause bei ihm herum und schleicht sich weg, bevor er aufwacht. Was für eine Macht

hat er über dich? Du glaubst, dass du ihn ein für alle Mal losgeworden bist, aber sieh dich an! Sieh dich doch endlich einmal an! Was ist aus dir geworden? Sag mir das! Du bist ein Niemand! Eine verkrachte Existenz!«
Sie verstummte.
»Entschuldige«, sagte er, »ich hätte nicht davon anfangen sollen.«
Sie antwortete ihm nicht.
»Hat er nach mir gefragt?«
»Nein.«
»Spricht er nie über mich?«
»Nein, niemals.«
»Er findet es unerträglich, wie ich lebe. Er findet es unerträglich, wie ich bin. Er findet mich unerträglich. Nach all diesen Jahren.«

»Warum hast du mir das nicht sofort gesagt?«, fragte Erlendur. »Warum dieses Versteckspiel?«
»Versteckspiel? Kannst du dir das nicht vorstellen? Ich wollte nicht über meine Familienangelegenheiten reden. Ich glaubte, dass ich uns abschirmen könnte, unser Privatleben.«
»Hast du da deinen Bruder zum letzten Mal getroffen?«
»Ja.«
»Bist du ganz sicher?«
»Ja.« Stefanía schaute ihn an. »Was willst du damit andeuten?«
»Hast du ihn nicht mit einem Jungen bei der gleichen Beschäftigung erwischt wie damals, als dein Vater die Beherrschung verlor? Damals war das der Beginn deiner Lebensmisere, und dem wolltest du jetzt ein Ende machen.«
»Nein. Was ...?«
»Wir haben einen Zeugen.«

»Zeugen?«

»Den Jungen, der bei ihm war. Ein junger Mann, der deinem Bruder gegen Bezahlung gewisse Gefälligkeiten erwiesen hat. Du hast sie in dem Kellerloch überrascht, der Junge hat das Weite gesucht, und du bist auf deinen Bruder losgegangen. Hast ein Messer auf dem Tisch liegen sehen und hast ihn attackiert.«

»Das ist nicht wahr«, sagte Stefanía, die spürte, dass es Erlendur ernst war mit dem, was er gesagt hatte, dass sich der Verdacht jetzt gegen sie richtete. Sie starrte Erlendur an, als traute sie ihren Ohren nicht.

»Es gibt einen Zeugen ...«, begann Erlendur, konnte aber den Satz nicht zu Ende bringen.

»Was für einen Zeugen, über welchen Zeugen redest du eigentlich?«

»Leugnest du, deinen Bruder getötet zu haben?«

Das Zimmertelefon klingelte, und noch bevor Erlendur abheben konnte, begann sein Handy in der Jackentasche ebenfalls zu klingeln. Er entschuldigte sich bei Stefanía, die ihm einen Blick zuwarf.

»Ich muss das Gespräch entgegennehmen.«

Stefanía wandte sich ab, und er sah, wie sie eine von Guðlaugurs Platten aus der Hülle nahm. Während Erlendur den Hörer des Zimmertelefons abnahm, betrachtete sie die Platte. Sigurður Óli war in der Leitung. Erlendur nahm das Gespräch auf dem Handy entgegen und bat um einen Augenblick Geduld.

»Mich hat da ein Mann wegen des Mordes im Hotel angerufen, und ich habe ihm deine Handynummer gegeben«, sagte Sigurður Óli. »Hat er dich schon erreicht?«

»Da ist jemand bei mir auf dem Handy«, sagte Erlendur.

»Meines Erachtens haben wir den Fall geklärt. Sprich mit ihm, und dann melde dich wieder. Ich schicke drei Wagen hin, Elínborg wird mitkommen.«

Erlendur legte auf und griff wieder nach dem Handy. Er kannte die Stimme nicht, aber der Mann stellte sich vor und begann dann zu erzählen. Kaum hatte er angefangen, wurde Erlendurs Verdacht bestätigt, und er begriff die ganzen Zusammenhänge. Sie sprachen eine ganze Zeit miteinander, und am Ende des Gesprächs bat Erlendur den Mann, ins Dezernat zu kommen und alles zu Protokoll zu geben. Dann rief er Elínborg an und gab ihr Anweisungen. Er stellte das Handy ab und wandte sich wieder Stefanía zu, die Guðlaugurs Platte aufgelegt hatte.

»Manchmal waren früher«, sagte sie, »wenn diese Platten aufgenommen wurden, gewisse Nebengeräusche zu hören, weil man nicht sonderlich sorgfältig arbeitete. Die Aufnahmetechnik war noch nicht so gut und auch nicht die Studios. Man kann sogar den Straßenverkehr hören. Wusstest du das?«

»Nein«, sagte Erlendur und hatte keine Ahnung, worauf sie hinaus wollte.

»Das kann man beispielsweise bei dieser Platte hören, wenn man darauf achtet. Ich glaube aber, dass nur die das bemerken, die davon wissen.«

Sie stellte den Apparat lauter. Erlendur lauschte konzentriert, und mitten im Lied hörte er ein anderes Geräusch.

»Was ist das?«, fragte er.

»Das ist Papa«, sagte Stefanía.

Sie spielte die Passage wieder, und jetzt hörte Erlendur das Nebengeräusch deutlich, ohne zu wissen, was es war.

»Ist das euer Vater?«, fragte Erlendur.

»Er sagt ihm, dass er eine Engelsstimme hat«, sagte Stefanía und schien mit ihren Gedanken ganz woanders zu sein. »Er stand in der Nähe des Mikrofons und konnte sich nicht zurückhalten.«

Sie schaute Erlendur an.

»Mein Vater ist gestern Abend gestorben«, sagte sie. »Er

hatte sich nach dem Abendessen etwas auf dem Sofa hingelegt und schlief ein, und aus diesem Schlummer ist er nicht mehr erwacht. Als ich ins Wohnzimmer kam, habe ich sofort gewusst, dass er tot war. Ich habe es gespürt, bevor ich ihn berührt habe. Der Arzt sagt, es war ein Herzinfarkt. Deswegen bin ich hier zu dir ins Hotel gekommen, um reinen Tisch zu machen. Das alles spielt keine Rolle mehr. Nicht für ihn, und auch nicht mehr für mich. Nichts von alledem spielt noch eine Rolle.«

Sie spielte den kleinen Ausschnitt ein drittes Mal, und jetzt glaubte Erlendur zu hören, was dort gesagt wurde, nur ein Wort, das wie eine Fußnote zu dem Gesang war.

Engelsstimme.

»Ich bin an dem Tag, als er ermordet wurde, hier unten zu ihm in den Keller gegangen, um ihm zu sagen, dass Papa ihn sehen und sich mit ihm versöhnen wollte. Ich hatte ihm nämlich gesagt, dass Gulli den Schlüssel zu unserem Haus aufbewahrt hatte und sich manchmal heimlich ins Haus geschlichen und im Wohnzimmer gesessen hatte, ohne dass wir ihn bemerkten. Ich wusste nicht, wie Gulli darauf reagieren würde, ob er Papa treffen wollte, oder ob es hoffnungslos wäre, sie auszusöhnen, aber ich wollte es versuchen. Die Tür zu seinem Zimmer stand offen …«

Ihre Stimme zitterte.

»… und dort lag er in seinem Blut …«

Sie blieb eine Weile stumm.

»… in diesem Kostüm … die Hosen heruntergelassen … alles voller Blut …«

Erlendur ging zu ihr hin.

»Mein Gott«, stöhnte sie, »nie in meinem Leben habe ich … das war entsetzlicher, als Worte es ausdrücken können. Ich weiß nicht, was ich gedacht habe. Ich hatte solche Angst. Ich glaube, ich habe nur an eins gedacht, so schnell wie möglich wegzukommen und zu versuchen, das alles zu vergessen. Wie alles andere. Ich habe mir einzureden versucht, dass mich das nichts anginge. Dass es egal war, ob ich dort war oder nicht, das war alles passiert und ging mich nichts mehr an. Ich habe das wie ein Kind von mir fern zu halten versucht. Ich wollte nichts davon wissen und habe meinem Vater nicht gesagt, was ich gesehen hatte. Ich habe niemandem etwas davon gesagt.«

Sie schaute Erlendur an.

»Ich hätte um Hilfe rufen sollen. Ich hätte natürlich die Polizei rufen sollen ... aber ... das war so ekelhaft, so pervers ... dass ich einfach weggelaufen bin. Das war das Einzige, woran ich denken konnte. Bloß weg von hier. Von diesem Ort des Grauens zu fliehen und von niemandem gesehen zu werden.«

Sie schwieg eine Weile.

»Ich glaube, dass ich immer vor ihm geflohen bin. Irgendwie immer vor ihm weggelaufen bin. Die ganze Zeit. Und dort ...«

Sie weinte leise vor sich hin.

»Wir hätten schon vor langer Zeit versuchen können, das Ganze ins Reine zu bringen. Ich hätte das schon längst getan haben sollen. Darin besteht mein Versagen. Papa wollte es zum Schluss auch, bevor er starb.«

Sie schwiegen. Erlendur schaute zum Fenster hinaus und bemerkte, dass das Schneetreiben nachgelassen hatte.

»Das Entsetzlichste war ...«

Sie verstummte, weil die Vorstellung sie überwältigte.

»Er war noch nicht tot, war es das?«

Sie schüttelte den Kopf.

»Er sagte ein Wort, und dann starb er. Er sah mich in der Tür und brachte unter Stöhnen meinen Namen heraus. So wie er mich immer genannt hat, als wir klein waren. Er hat mich immer Steffí genannt.«

»Und die beiden haben gehört, wie er deinen Namen sagte, bevor er starb. Steffí.«

Sie blickte Erlendur verwundert an.

»Welche beiden?«

Plötzlich wurde die Zimmertür aufgestoßen, und Eva Lind erschien. Sie starrte von Stefanía zu Erlendur und dann wieder auf Stefanía und schüttelte den Kopf.

»Wie viele hast du eigentlich gleichzeitig?«, fragte sie und warf ihrem Vater vorwurfsvolle Blicke zu.

Dreiunddreißig

Ösps Verhalten hatte sich nach außen hin in keinerlei Weise verändert. Erlendur stand da und schaute ihr wieder einmal bei der Arbeit zu. Erlendur fragte sich, ob sie irgendwann Reue oder Anzeichen von Gewissensbissen zeigen würde.

»Hast du diese Steffí gefunden?«, fragte sie, als sie ihn im Gang stehen sah. Sie warf einen Haufen Handtücher in den Korb mit der schmutzigen Wäsche, nahm sich ein paar neue und ging damit ins Zimmer. Erlendur trat näher und blieb gedankenverloren in der Tür stehen.

Er dachte an seine Tochter. Es war ihm gelungen, ihr klar zu machen, wer Stefanía war. Als Stefanía gegangen war, hatte er Eva Lind gebeten, auf ihn zu warten. Es würde nicht lange dauern, dann würden sie zusammen nach Hause gehen. Eva setzte sich auf das Bett, und er sah sofort, dass sie erschöpft war, spürte gleich, dass sie nachgegeben hatte. Sie war gereizt und hektisch und gab ihm die Schuld für alles, was in ihrem Leben schief gelaufen war. Er stand da und hörte zu, ohne ein Wort zu sagen, ohne ihr zu widersprechen, damit hätte er ihre Wut nur noch mehr geschürt. Er wusste, warum sie wütend war. Sie war nicht wütend auf ihn, sondern auf sich selbst, weil sie den Kampf aufgegeben hatte. Sie hatte es nicht mehr ausgehalten.

Er wusste nicht, was sie genommen hatte. Er schaute auf die Uhr.

»Hast du es eilig?«, fragte sie. »Die Welt muss wohl mal wieder gerettet werden?«
»Kannst du hier auf mich warten?«, fragte er.
»Verpiss dich«, sagte sie, und ihre Stimme klang heiser und hässlich.
»Warum tust du das?«
»Halt die Klappe.«
»Wirst du auf mich warten? Es dauert nicht lange, und dann können wir zusammen nach Hause gehen. Hast du nicht Lust dazu?«
Sie antwortete ihm nicht, saß mit hängendem Kopf auf dem Bett und starrte zum Fenster hinaus, in die Leere.
»Ich bin gleich wieder da«, sagte er.
»Nicht gehen«, sagte sie, die Stimme klang nicht mehr so hart. »Warum musst du ewig irgendwohin?«
»Was ist los?«, fragte er.
»Was ist los?!«, schrie sie. »Alles ist los, alles! Dieses Scheißleben, das ist los, dieses Scheißleben. In diesem Leben ist alles los. Ich habe keinen Schimmer, was das alles soll. Ich weiß echt nicht, wozu das alles gut sein soll. Wozu! Wozu?!«
»Eva, das wird schon ...«
»Mein Gott, wie ich sie vermisse«, stöhnte sie.
Er nahm sie in die Arme.
»Jeden Tag. Morgens beim Aufwachen und abends beim Einschlafen. Ich muss jeden Tag an sie denken und das, was ich ihr angetan habe.«
»Das ist gut«, sagte Erlendur. »Ja, du musst dich jeden Tag an sie erinnern.«
»Aber es ist so verdammt schwer, und man wird das alles nie los. Nie. Was soll ich bloß machen? Was kann ich da überhaupt machen?«
»Sie nicht vergessen. An sie denken. Immer. Auf diese Weise hilft sie dir.«

»Mein Gott, wie ich das bereue. Was bin ich nur für ein Mensch? Wer tut seinem eigenen Kind so was an?«
»Eva.« Er nahm sie wieder in die Arme, und sie schmiegte sich an ihn. So saßen sie schweigend auf der Bettkante, während sich der Schnee leise über die Stadt legte.
Sie hatten eine ganze Weile dort gesessen, bis Erlendur ihr zuflüsterte, dass sie hier im Zimmer auf ihn warten solle. Er wollte mit ihr bei sich zu Hause Weihnachten feiern. Sie schauten einander in die Augen. Sie war ruhiger geworden und nickte zustimmend.

Jetzt stand er eine Etage tiefer in der Zimmertür und beobachtete Ösp bei der Arbeit, konnte seine Gedanken jedoch nicht von Eva lösen. Er wusste, dass er so schnell wie möglich zu ihr zurück- und sie mit nach Hause nehmen musste, um an Weihnachten mit ihr zusammen zu sein.
»Wir haben mit Steffí gesprochen«, sagte er ins Zimmer hinein. »Sie heißt Stefanía und ist die Schwester von Guðlaugur.«
Ösp kam aus dem Badezimmer.
»Und was ist, streitet sie alles ab, oder …?«
»Nein, sie streitet nichts ab«, sagte Erlendur. »Sie weiß um ihre Schuld, und sie denkt darüber nach, was schief gelaufen ist, wann es seinen Anfang nahm und weshalb. Ihr geht es nicht gut, aber sie hat angefangen, mit den Dingen ins Reine zu kommen. Das ist sehr schwer für sie, denn es ist zu spät, das, was geschehen ist, wieder gutzumachen.«
»Hat sie gestanden?«
»Ja«, sagte Erlendur. »Das meiste, im Grunde genommen. Sie hat es nicht direkt gestanden, aber sie weiß um ihren Anteil an der Sache.«
»Das meiste? Was bedeutet das?«
Ösp ging an ihm vorbei auf den Gang, holte Putzmittel

und Lappen, kehrte dann zurück ins Badezimmer. Erlendur betrat das Zimmer und sah ihr beim Putzen zu, wie er es schon zuvor getan hatte, als die Lösung des Falls noch völlig im Dunkeln lag und sie durch so etwas wie Freundschaft verbunden gewesen waren.

»Eigentlich alles«, sagte er. »Nur nicht den Mord. Das ist das Einzige, was sie nicht auf ihre Kappe nehmen wird.«

Ösp sprühte Glasreiniger auf den Spiegel im Badezimmer und zeigte keinerlei Reaktion.

»Aber mein Bruder hat sie gesehen«, sagte sie. »Er hat gesehen, wie sie auf ihren Bruder eingestochen hat. Das kann sie nicht leugnen. Sie kann nicht leugnen, dass sie da gewesen ist.«

»Nein«, sagte Erlendur. »Sie war unten im Keller, als er starb. Bloß war es nicht sie, die ihn erstochen hat.«

»Doch, Reynir hat es gesehen«, sagte sie. »Sie kann das nicht abstreiten.«

»Wie viel schuldest du ihnen?«

»Schulde was?«

»Wie viel?«

»Schulde ich wem? Worüber redest du eigentlich?«

Ösp bearbeitete den Spiegel, als ginge es um Leben und Tod, als würde die Maske fallen, wenn sie damit aufhören würde, als wäre das gleichbedeutend mit einer Kapitulation. Sie sprühte, rieb und putzte – und vermied es, sich selber im Spiegel in die Augen zu schauen.

Erlendur schaute ihr zu, und ihm fiel ein Satz aus einem Buch über Armenhäusler früherer Zeiten ein: Sie war ein Stiefkind dieser Welt.

»Meine Mitarbeiterin Elínborg hat sich gerade eben deine Kartei bei der Notaufnahme angeschaut«, sagte er. »Bei der Notaufnahme für Vergewaltigungsopfer. Es gibt da vor ungefähr einem halben Jahr einen Eintrag. Es waren drei, in einer Hütte da oben am Rauðavatn. Mehr hast du nicht ausgesagt. Du hast gesagt, du wüsstest nicht, wer es gewesen ist. Sie haben dich am Freitagabend in der Innenstadt gekidnappt, sind mit dir im Auto zu dieser Hütte gefahren und haben dich einer nach dem anderen vergewaltigt.«

Ösp putzte weiter den Spiegel, ohne ihn anzuschauen. Erlendur konnte nicht erkennen, ob das, was er sagte, sie irgendwie aus der Fassung brachte.

»Du hast dich geweigert zu sagen, wer sie waren, und du wolltest keine Anzeige gegen sie erstatten.«

Ösp sagte keinen Ton.

»Du hast den Job hier im Hotel, aber das reicht nicht, um deine Schulden abzuzahlen, und ebenso wenig reicht es für deinen täglichen Konsum. Du hast sie mit kleinen Raten auf Distanz halten wollen. Klar, dass du das versucht hast, du kriegst ja auch immer wieder was von ihnen, aber sie haben dir trotzdem gedroht, und du weißt, dass sie sich nicht scheuen, ihre Drohungen wahr zu machen.«

Ösp vermied es, ihn anzusehen.

»Hier im Hotel wird überhaupt nicht gestohlen, nicht wahr?«, sagte Erlendur. »Das hast du nur gesagt, um uns zu täuschen, um den Verdacht in eine andere Richtung zu lenken.«

Erlendur hörte Geräusche auf dem Gang. Elínborg und vier Polizisten erschienen draußen vor der Tür. Er gab ihnen ein Zeichen, zu warten.

»Dein Bruder ist in derselben Lage wie du. Vielleicht habt ihr ja sogar ein gemeinsames Konto bei denen, keine Ahnung. Ihn haben sie genommen und brutal zusammengeschlagen. Er hat auch Drohungen bekommen. Eure Eltern haben Drohungen bekommen. Ihr traut euch nicht, diese Typen anzuzeigen. Die Polizei kann nichts unternehmen, weil es nur Drohungen sind. Und wenn sie euch was tun, wenn sie dich in der Innenstadt kidnappen und dich in einer Hütte am Rauðavatn vergewaltigen, dann weigerst du dich zu sagen, wer es war. Wie dein Bruder.«

Erlendur schwieg eine Weile und beobachtete sie.

»Vorhin hat mich ein Mann angerufen. Er arbeitet bei der Polizei, im Rauschgiftdezernat. Er wird manchmal von Leuten angerufen, die ihm etwas zutragen, wenn sie irgendwas auf der Straße und in der Drogenszene hören. Er bekam spätabends einen Anruf von einem Mann, der berichtete, ihm sei von einem jungen Mädchen erzählt worden, das vor einem halben Jahr vergewaltigt wurde. Sie wäre bisher immer in argen Schwierigkeiten gewesen wegen ihrer Schulden bei den Dealern, bis sie plötzlich vor zwei Tagen die ganzen Schulden mit einem Mal bezahlt hat. Für sich und für ihren Bruder. Kommt dir das bekannt vor?«

Ösp schüttelte den Kopf.

»Du weißt also gar nichts darüber?«, fragte Erlendur noch einmal. »Der Mann, der da im Rauschgiftdezernat angerufen hat, kannte den Namen des Mädchens und wusste, dass sie in dem Hotel arbeitete, wo der Weihnachtsmann ermordet worden ist.«

Noch einmal schüttelte Ösp den Kopf.

»Wir wissen, dass da unten in Guðlaugurs Kammer mindestens eine halbe Million gewesen ist«, sagte Erlendur.

Sie hörte auf, den Spiegel zu putzen, die Hände sanken langsam herab, und sie starrte sich selbst im Spiegel an.

»Ich habe versucht aufzuhören.«

»Mit Dope?«

»Es hat keinen Zweck. Und die kennen keine Gnade, falls man ihnen etwas schuldet.«

»Willst du mir sagen, wer das ist?«

»Ich wollte ihn nicht umbringen. Er war immer nett zu mir. Aber dann ...«

»Hast du das Geld gesehen?«
»Ich brauchte Geld.«
»War das wegen des Geldes? Bist du wegen des Geldes über ihn hergefallen?«
Sie antwortete ihm nicht.
»Hast du nichts von diesem Verhältnis zwischen Guðlaugur und deinem Bruder gewusst?«
Ösp schwieg.
»War es das Geld? Oder war es wegen deines Bruders?«
»Vielleicht wegen beidem«, sagte Ösp leise.
»Du wolltest das Geld.«
»Ja.«
»Und er hat deinen Bruder missbraucht.«
»Ja.«

Sie sah ihren Bruder vor ihm knien, sie sah den Haufen Geld auf dem Bett, und aus den Augenwinkeln sah sie das Messer. Ohne einen Augenblick zu zögern, ergriff sie das Messer und stach auf ihn ein. Er versuchte, sie mit den Händen abzuwehren, aber sie achtete nicht darauf, sondern stach immer und immer wieder zu, bis er aufhörte, sich zu wehren und gegen die Wand zurücksank. Blut spritzte aus der Herzwunde.
Das Messer war blutig, und sie hatte Blut an den Händen. Es war auch etwas auf ihren Kittel gespritzt. Ihr Bruder war aufgesprungen und in Richtung Treppe gelaufen.
Guðlaugur stöhnte schwer.
Tödliches Schweigen herrschte in der Kammer. Sie starrte Guðlaugur an und das Messer in ihren Händen. Plötzlich tauchte Reynir auf.
»Da kommt jemand die Treppe runter«, zischte er.
Er nahm das Geld, packte seine Schwester, die immer noch starr vor dem Bett stand, und zerrte sie mit sich auf den Gang, in die dunkle Nische am Ende des Korridors. Sie wag-

ten kaum zu atmen, als sich die Frau näherte. Sie schaute in die Dunkelheit hinein, konnte sie aber nicht sehen.

Als sie in der Tür erschien, stieß sie einen Schrei aus, und dann hörten sie Guðlaugur.

»Steffí?«, ächzte er.

Dann hörten sie nichts mehr.

Die Frau ging in das Zimmer hinein, und sie sahen, wie sie sofort wieder herausgetaumelt kam. Sie stolperte rückwärts, bis sie an die Wand des Flurs stieß, drehte sich um und hastete den Gang hinunter, ohne sich ein einziges Mal umzublicken.

»Den Kittel habe ich weggeworfen und mir einen anderen geholt. Reynir hat sich aus dem Staub gemacht. Ich konnte nichts anderes machen, als weiterzuarbeiten. Sonst hättet ihr sofort alles aufgedeckt, der Meinung war ich jedenfalls. Dann wurde ich nach unten geschickt, um ihn zur Weihnachtsfeier zu holen. Ich konnte das nicht ablehnen. Ich durfte nichts tun, was irgendeinen Verdacht auf mich gelenkt hätte. Ich ging nach unten und wartete auf dem Korridor. Die Tür zu seinem Zimmer stand noch immer offen, aber ich bin nicht hineingegangen. Ich ging wieder nach oben und sagte, ich hätte ihn in der Kammer gefunden, und dass ich ihn für tot hielt.«

Ösp schaute auf den Boden.

»Das Schlimmste ist, dass er immer nett zu mir gewesen ist. Deswegen bin ich vielleicht so ausgerastet. Weil er einer von den wenigen hier im Haus war, die nett zu mir waren, und dann stellt sich heraus, dass er meinen Bruder als Strichjungen benutzt hat. Nach all dem …«

»Nach all dem, was sie dir angetan haben?«, fragte Erlendur.

»Es hat keinen Sinn, diese Schweine zu verklagen. Die können doch die brutalsten, schlimmsten Vergewaltigungen begehen und kriegen dafür dann ein paar Monate oder, wenn es hochkommt, anderthalb Jahre. Und danach sind sie wieder auf freiem Fuß. Ihr könnt da gar nichts machen. Da gibt es keine Stelle, an die man sich wenden kann, wenn man Hilfe braucht. Man muss ganz einfach bezahlen. Egal, wie man das anstellt. Ich hab das Geld genommen, und ich hab bezahlt. Vielleicht habe ich ihn wegen dem Geld umgebracht, vielleicht wegen Reynir. Ich weiß es nicht. Ich weiß nicht ...«

Sie schwiegen beide.

»Es war einfach aus bei mir«, fuhr sie fort. »Ich habe noch nie so etwas erlebt, ich bin noch nie so durchgedreht vor Wut. Ich habe plötzlich wieder vor mir gesehen, was in dieser Hütte passiert ist. Hab sie vor mir gesehen. Das ist alles vor mir abgespult, und da hab ich das Messer genommen und versucht, zuzustechen, wo ich konnte. Er hat versucht, sich zu wehren, aber ich habe immer wieder zugestochen, bis er sich nicht mehr bewegt hat.«

Sie schaute Erlendur an.

»Ich hätte nicht gedacht, dass es so schwierig ist. Dass es so schwierig ist, jemanden umzubringen.«

Elínborg erschien in der Zimmertür und gab Erlendur zu verstehen, dass sie sich wunderte, was da drinnen passierte und warum das Mädchen nicht festgenommen würde.

»Wo ist das Messer?«, fragte Erlendur.

»Das Messer?«, wiederholte Ösp und kam auf ihn zu.

»Das du verwendet hast.«

Sie zögerte einen Augenblick.

»Ich habe es wieder an seinen Platz getan«, sagte sie dann. »Ich habe es gründlich gereinigt, sodass man nichts sehen konnte. Es lag schon wieder an Ort und Stelle, bevor ihr gekommen seid.«

»Und wo ist es?«

»Ich habe es an seinen Platz getan.«

»In der Küche, zusammen mit den anderen Messern?«
»Ja.«
»Es gibt bestimmt fünfhundert solcher Messer im Hotel«, sagte Erlendur resigniert. »Wie sollen wir es finden?«
»Ihr könnt beim Weihnachtsbüfett beginnen.«
»Beim Weihnachtsbüfett?«
»Da isst bestimmt gerade jemand damit.«

Vierunddreißig

Erlendur überließ Ósp Elínborg und den Polizisten und beeilte sich, wieder zurück zu seinem Zimmer, wo Eva Lind auf ihn wartete. Er steckte seine Karte in den Schlitz, riss die Tür auf und sah, dass Eva Lind das große Fenster weit geöffnet hatte. Sie saß auf dem Fensterbrett und starrte nach unten, wo der Schnee einige Stockwerke tiefer zu Boden fiel.

»Eva«, sagte Erlendur ruhig.

Eva sagte etwas, was er nicht hören konnte.

»Komm, mein Mädchen«, sagte er und näherte sich ihr vorsichtig.

»Das sieht ganz einfach aus«, sagte Eva Lind.

»Eva, komm«, sagte Erlendur leise. »Komm nach Hause.«

Sie drehte sich um. Sie schaute ihn eine ganze Weile an und nickte dann.

»Gehen wir«, sagte sie leise, schwang sich vom Fensterbrett herunter und machte das Fenster zu.

Er ging zu ihr hin und küsste sie auf die Stirn.

»Habe ich dir deine Jugend geraubt?«, fragte er leise.

»Hä?«, sagte sie.

»Nichts«, sagte er.

Erlendur schaute ihr lange in die Augen. Manchmal konnte er weiße Schwäne darin erkennen.

Jetzt waren sie schwarz.

Erlendurs Handy klingelte im Aufzug auf dem Weg nach unten ins Foyer. Er erkannte die Stimme sofort.

»Ich wollte dir bloß frohe Weihnachten wünschen«, sagte Valgerður, und es hatte den Anschein, als flüsterte sie ins Telefon.

»Danke gleichfalls«, sagte Erlendur. »Frohe Weihnachten.«

Als sie ins Foyer kamen, schaute Erlendur in den Speisesaal, der voller Ausländer war, die sich an den feierlich gedeckten Tischen in allen möglichen Sprachen so angeregt unterhielten, dass das Stimmengewirr das ganze Erdgeschoss erfüllte. Er konnte sich des Gedankens nicht erwehren, dass einer von ihnen die Mordwaffe in der Hand hielt.

Er sagte dem Empfangschef, dass es durchaus sein konnte, dass Rósant die Frau auf ihn angesetzt hatte, die mit ihm geschlafen und dafür Geld verlangt hatte. Der Empfangschef sagte, dass ihm auch schon dieser Verdacht gekommen sei. Er hatte bereits den Hoteleigentümern mitgeteilt, was hier im Hotel vor sich ging, aber er war sich nicht sicher, ob in dieser Sache etwas unternommen werden würde.

Erlendur sah, wie der Hotelmanager aus einiger Entfernung Eva Lind erstaunt anstarrte. Er wollte ihn einfach ignorieren, aber der Hotelmanager reagierte sofort und steuerte auf ihn zu.

»Ich wollte mich bloß bei dir bedanken, und du brauchst selbstverständlich nicht für das Zimmer zu bezahlen!«

»Ich habe die Rechnung bereits beglichen«, sagte Erlendur. »Auf Wiedersehen.«

»Was ist mit Henry Wapshott?«, fragte der Hotelmanager, der jetzt dicht vor Erlendur stand. »Was wollt ihr mit ihm machen?«

Erlendur blieb stehen. Er hielt Eva Lind an der Hand, die den Hotelmanager stumpf anstarrte.

»Wir schicken ihn zurück nach England. Sonst noch was?«

Der Hotelmanager schwankte.

»Wirst du etwas wegen dem unternehmen, was dir das Mädchen vorgelogen hat, das mit den Konferenzgästen?«

Erlendur spürte irgendwie eine innere Genugtuung.

»Machst du dir Sorgen deswegen?«, fragte er.

»Das ist alles gelogen.«

Erlendur legte seinen Arm um Eva Lind, und sie machten sich gemeinsam auf den Weg.

»Das wird sich herausstellen«, sagte er.

Sie durchquerten das Foyer, und Erlendur sah, dass alle Leute stehen geblieben waren und sich umblickten. Die kitschigen amerikanischen Weihnachtslieder waren verstummt.

Erlendur lächelte im Stillen. Der Empfangschef war seinem Wunsch nachgekommen und hatte andere Musik aufgelegt. Er dachte an die Plattenauflage. Er hatte Stefanía danach gefragt, ob ihr bekannt wäre, wo der Rest von den Platten sein könnte, aber sie wusste es nicht. Sie hatte nicht die geringste Ahnung, wo ihr Bruder die Platten aufbewahrt hatte, und fand es unwahrscheinlich, dass sie jemals gefunden würden.

Nach und nach verebbte das Stimmengewirr im Speisesaal. Die Hotelgäste blickten einander mit erstaunten Mienen an, und schauten suchend zur Decke, denn von oben drang dieser wunderbar schöne Gesang an ihre Ohren. Die Hotelangestellten rührten sich nicht vom Fleck und lauschten.

Es war, als bliebe die Zeit stehen.

Sie verließen das Hotel, und Erlendur sang das schöne Lied

des Knaben Guðlaugur im Stillen mit. Und wieder spürte er in der Stimme des Jungen diese tiefe Sehnsucht.

O Vater,
schür mein kleines Licht
im kurzen Lauf des Lebens …